蒲松齡

與《聊齋志異》胜說

于天池 著

圖一　清代朱湘麟為蒲松齡畫的肖像　　圖二　山東淄博蒲松齡紀念館外觀

圖三　紀念館內「聊齋」室內佈置　　圖四　山東淄博蒲家莊蒲松齡墓亭，1966
　　　　　　　　　　　　　　　　　　　年當地紅衛兵盜掘了蒲松齡的墳墓

圖五　1966 年紅衛兵盜掘蒲松齡墳墓出土　圖六　1966 年紅衛兵盜掘蒲松齡墳墓出土
　　　的宣德爐　　　　　　　　　　　　　　　的煙袋、酒壺、酒杯和念珠

圖七　蒲松齡墳墓出土的四枚印章

圖八　蒲松齡手跡（左為《聊齋志異》手跡，　圖九　聊齋志異》初刻本（乾隆三十
　　　右為《聊齋草》的手跡）　　　　　　　　　　一年）青柯亭本的書影

圖十　本書的作者在「綽然堂」前的留影

自　序

　　《蒲松齡與聊齋志異脞說》是我多年來在北京師範大學講授蒲松齡與《聊齋志異》選修課的心得。脞說，紀實也，當然也有點積腋為裘的意思。

　　我研究蒲松齡與《聊齋志異》緣于有點鄉土觀念，因為我是山東人，同時，也是受了我的老師們或有意或無意的啟示。

　　記得剛考上研究生時，我無意讀到了李長之先生收在《中國古典小說評論集》中的《聊齋志異與兒童文學》一文，他說「有人說，中國在『五四』以後才有兒童文學，好像古典文學作品中就沒有這一項似的。這恐怕不對。我以為《西遊記》就已經是很好的兒童文學，我曾試著給小孩子講，大概從五、六歲到十幾歲都很歡迎的。孫敬修同志在廣播電臺對小朋友講《西遊記》，小聽眾也十分熱心。適合兒童心理，兒童又愛聽，這就是好的兒童文學。蒲松齡寫的《聊齋》也同樣包含有很好的兒童文學。」「蒲松齡有可愛的童心，這是他寫兒童文學成功的最大原因。他那美麗的幻想，又不只表現在上面所提到的幾篇而已，乃是幾乎貫穿在全書，構成了全書的魅力之一的。」長之先生活潑的思路勾起了我兒時聽到的《聊齋志異》故事的懷想，對《聊齋志異》產生了新的濃厚的興趣，我沒想到《聊齋志異》也可以在這樣廣闊的空間研究呢。

　　我的導師聶石樵先生給我們上過《聊齋志異》的課，1990年，正趕上山東蒲松齡紀念館召開紀念蒲松齡誕生360周年的學術會議，聶石樵先生帶我去參加。在火車上，他一邊啜著茶，一邊給我講《公孫九娘》，仿佛在追憶那一段歷史。到了淄博，他帶我拜見了嚴薇青、李士釗等前輩。在會上他發表了《聊齋志異本事》的論文，聶石樵先生旁徵博引，將明清之際的時事與聊齋故事互相對照，引起了很大反

響，也教育我建立起對於《聊齋志異》的研究應該知人論世，不能孤立地就書論書的觀念。

　　本來，我的碩士論文打算全面地對蒲松齡加以研究，我去聶石樵先生的住處彙報，正巧趕上聶石樵先生的夫人，──也是我的老師的鄧魁英先生在家，她便坐在聶石樵先生的身邊聽我講述。不等聶先生開口，鄧先生便以她特有的快言快語對我說：「小于（我從當學生的時候鄧先生就這樣稱呼我），你的許多想法很好，但是碩士論文容納不了這麼多內容，你也沒那麼多時間去寫，有些想法等畢業後再繼續寫吧，你說是不是？老聶（鄧先生一直在我們面前這樣稱呼聶石樵先生）。」聶先生同意鄧先生的觀點，我的碩士論文最後就以《蒲松齡的美學思想述評》定了下來。

　　論文答辯之前，答辯委員會主席啟功先生叫我去他的住處。那是上午，啟功先生的居室外面陽光燦爛，綠竹漪漪，室內卻很清涼，書架几案上堆滿了書，牆上掛著一幅文同畫的墨竹圖。啟功先生告訴我，外請的答辯委員本來是舒蕪先生的，因為一些原因改為勞洪先生了。他讓我在答辯會上不要緊張，說：「答辯就是向你咨詢呀」。他以特有的和藹謙遜的口氣詢問我說：「你看過《醒世姻緣傳》嗎？你覺得《醒世姻緣傳》和蒲松齡有關係嗎？你讀過俚曲嗎？」後來他又說：「我喜歡《聊齋俚曲》，等你答辯完了，可以研究研究俚曲。蒲松齡即使沒有寫《聊齋志異》，只寫了俚曲，他在中國文學史上也可以不朽了。」啟功先生的話不僅使我打消了預期中的答辯會上的緊張，也一直提醒我關注蒲松齡對於通俗文學貢獻的一面。

　　1992 年，我的《蒲松齡與聊齋志異》一書由北京師範大學出版社出版了，我請當時的教研室主任，也是我的老師的張俊先生作序，他慨然應允了。他認為我對蒲松齡的研究有三個特點，其一是「文章務實求新」，其二是「文章思路開闊」，其三是「材料翔實」。我知道自己距離張俊先生的評價有很大的差距。這是他對我的期望，向我指明繼續努力的方向。張俊先生的這三點意見一直成為我研究蒲松齡與《聊齋志異》的座右銘。

　　現在我的老師中，長之先生，啟功先生已經作古。聶石樵先生、鄧魁英先生、張俊先生雖然精神矍鑠，筆耕不輟，而早已經退休家居。但他們對我的教誨至今想起來都歷歷在目，恍如昨日。我衷心祝他們康健，祝他們學術事業永遠常青。這本《蒲松齡與聊齋志異胜說》就算是他們的老學生晚近交的作業吧。

　　我要感謝我的夫人李書，她體弱多病，數十年來，相夫教子，實屬不易。我能作出微薄的成績與她的傾力支持分不開。

　　末了，我還要感謝蔡登山先生，由於他的幫助，《蒲松齡與聊齋志異胜說》和《宋金說唱伎藝》得以在臺灣出版。

　　　　　　　　　　　　于天池 2008 年書於有書有琴齋

目　次

上　篇

生　平

第一章　蒲松齡的生平

在中國小說史上，可以說越是偉大的作家，其生平對於我們越陌生和茫然。從羅貫中、施耐庵到吳承恩、蘭陵笑笑生、乃至曹雪芹都是如此。但蒲松齡算是一個例外，其生平雖有迷離之處，但大體明晰，可以排出年譜，在研究上具有可行性，可操作性。給我們知人論世提供了便利，提供了研究明清小說作家作品的樣板。

在中國文學家中，有的生平顯赫，有的平凡，蒲松齡屬於平凡的一類；有的生平與社會格格不入，憤世嫉俗，作出驚人之舉，有的雖然不幸而坎坷，卻合同於社會，老死於窗牖，蒲松齡屬於後者。正因為他的一生平實一般，他的人格與風格更可以見出時代的特徵，他所代表的階層之情況才具有一般的普遍的意義。而這點對於我們研究明清時代的知識份子的人格精神，無論是詩文作家，還是小說戲劇作家都具有相當的普遍意義。

研究蒲松齡的生平對於理解他的作品是非常有意義的。比如，假如我們比較他和王士禛、紀曉嵐的生平，大概對於《池北偶談》、《閱微草堂筆記》和《聊齋志異》的不同藝術風格就有一種深入的認識。假如我們比較蒲松齡和吳敬梓、曹雪芹的生平和家庭出身，那麼，雖然同是名士，同是晚年的生活比較困苦，但他們對於一些問題的認識和看法有相當的區別之理解也就深入了一層。

一、多災多難的童年

蒲松齡字留仙，一字劍臣，別號柳泉居士，山東淄博淄川蒲家莊人。生於 1640 年，卒於 1715 年，享年 76 歲。

　　關於他的族屬有四種說法：蒙古，女真，回族，漢族。不過，即使屬於少數民族族屬，由於同化年久，少數民族的民族特徵並不顯著（參見楊海儒《蒲松齡生平著述考辨》，中國書籍出版社，1994年版）。

　　蒲松齡的家族在淄川可以算得上是書香世家。雖然祖上沒出過什麼大官，但小的功名在鄉中卻首屈一指。明朝萬曆年間，全縣食餼的秀才共八人，蒲氏家族就占了六人（蒲松齡〈族譜序〉，見盛偉編《蒲松齡全集》，上海學林出版社，1998年版。以下蒲松齡著作引文均引自此書，不再一一註明）。蒲松齡的高祖蒲世廣是廩生，曾祖蒲繼芳是庠生，到了祖父蒲生汭這一代，卻由於他沒有考中秀才，家道開始衰落了。

　　蒲松齡的父親名槃，字敏吾。雖然「閉戶讀無釋卷時」，卻也沒有考中秀才，後來放棄科舉做起買賣來。不過他一邊做買賣，一邊卻並不忘記學習經史。蒲松齡在〈蒲氏世系表〉中說他：「博洽淹貫，宿儒不能及也。」蒲槃經商似乎很有一套技巧，曾賺了一大筆錢，在鄉里成為頗有名的財主。但由於他四十多歲還沒有男孩子，覺得斷了香煙，於是不再經商，拿錢也不當回事，「周貧建寺」，「得金錢輒散去」。——在明清那個時代，沒有兒子，算是「絕戶」，是家庭最大的不幸。於是蒲槃吃齋，念佛，信起佛教來，他希望他的虔誠能夠給他帶來兒子。俗話說「坐吃山空」，到了晚年，蒲槃的家境艱難起來。然而，老天爺似乎故意與他開玩笑，佛祖似乎也真靈驗，生活窮起來了，他卻連連得子了。蒲槃有一妻二妾：孫氏、董氏、李氏，晚年生了五個男孩子，蒲松齡是嫡妻董氏所生的第二子，排行老四。

　　由於父親信仰佛教，在蒲松齡生下來的時候，他的父親夢見一個病弱而清秀的老和尚將一帖膏藥粘在乳際，驚醒之後，恰好蒲松齡生下來，於是闔家都認為蒲松齡很有來歷。

　　蒲松齡降生時不僅家庭中落，而且又趕上兵荒馬亂，災荒頻仍。從社會方面講，他出生時已經爆發了李自成、張獻忠的農民起義，距明朝滅亡只有四年了。同時山東滿家洞農民起義，榆園農民起義也風

起雲湧,聲勢浩大。他三歲時,清兵焚掠山東,魯王朱以派自殺。八歲和十一歲時,山東又相繼發生了謝遷和于七的起義,特別是謝遷的起義,曾攻佔了淄川,建立了農民政權。這給了幼年的蒲松齡極深刻印象,他後來在《聊齋志異》的〈公孫九娘〉、〈鬼哭〉、〈九山王〉等篇中就記錄了這些起義的歷史情景。

從自然方面講,淄川雖然是一個山清水秀,樹木蔥籠的好地方。而且自漢置縣,古稱「般陽」,是有名的文明古縣,但自然災害一直相當嚴重,據《淄川縣誌》,蒲松齡出生前後,災荒幾乎連年不斷。像蒲松齡誕生的 1640 年,就「大饑,人相食,五月大旱,饑,樹皮皆盡,發瘞肉以食。」後來有一次蒲松齡過生日,他的母親回憶當時的情況辛酸地告訴他說:「生下你的那年,正趕上鬧災荒,以為你活不了,誰想到你現在兒女成行了。」(〈降辰哭母〉)。

生在這樣一個動盪荒亂的年月裏,蒲松齡自然身體瘦弱,後來他在詩文裏一再強調自己「少羸多病,長命不猶。」由於家庭生活困難,請不起教師,蒲松齡兄弟們的教育,一直由父親蒲槃承擔。因此,他父親經商的家庭環境和商人意識以及對佛教的信仰,也就給蒲松齡以深刻影響。

蒲松齡小時候很聰明,無論是什麼書,看一遍就記住了,因此很得父親的鍾愛。他也很用功,家裏窮,點不起燈,就到廟裏去讀書。那時的淄川人很迷信,幾乎村村有廟。廟,既是暫厝棺材停靈的地方,也是公眾議事的地方,同時也常常是貧窮的讀書人用功的地方,因為這裏不用花油錢呵!不過,到古廟裏看書也需要膽量的,廟裏有神和鬼的塑像,在昏暗搖曳的燭光下更顯得猙獰恐怖。蒲松齡在這幽暗神秘的環境裏卻恬然自適,他往往抱著書卷,誦聲琅琅,直到天明。廟宇裏的夜讀生活長進了蒲松齡的學問,豐富了他的見識和想像,也使他從小就浸潤在浪漫的氣息中。

蒲松齡生性活潑愛玩,他愛大自然,對花、鳥、魚、蟲,不光有著濃厚的興趣而且還有著豐富的知識。他熱愛家鄉的山山水水,相傳這裏有孔子相魯時魯哀公與齊侯相會的夾谷台,著名軍事家鬼谷子教

孫臏、龐涓兵法的鬼谷子洞；漢朝經學家鄭玄講經授業的鄭公書院和曬書台，諸如此類。它們都是蒲松齡經常登臨的地方。不過，蒲松齡最喜歡的還是蒲家莊旁邊的柳泉，那裏「水清以冽，味甘以芳」，起伏的小山崗，各種形狀的大石頭，蓊鬱的垂柳，正好給蒲松齡創造了面對清泉山色讀書的環境。蒲松齡愛柳泉，自稱是柳泉居士，他晚年在柳泉特意種了四株綠柳「以點景色」，並且鄭重告誡族人：「如有異姓之豪強，宗人之不肖，損一石一樹，村中當共擊，勿惜面以毀吾勝地也。」（《新建龍王廟碑記》）可見他對柳泉的愛是何等深摯了。

在蒲松齡十幾歲的時候，父親為他訂了親，岳父劉季調是一個老秀才，為人端方正直，也很有眼光。蒲家託媒提親時，曾有人以蒲家貧窮加以阻撓，但劉季調很滿意蒲家的書香門第，尤其欽佩蒲槃的人品，回答說：「聞其為忍辱仙人，又教兒讀，不以貧輟業，貽謀必無蹉跌，雖貧何病！」（〈述劉氏行實〉）堅定地答應了這門親事。

順治十二年，蒲松齡十六歲時，謠傳朝廷要選民女充實後宮，於是人心惶惶，紛紛嫁女。劉季調開始還不信，後來不敢不信，於是把女兒送到蒲家避難。又過了兩年，蒲松齡正式迎娶妻子。結婚時蒲松齡十八歲，他的妻子劉孺人才十五歲。

二、矯首狂歌的青年時代

順治十五年戊戌，十九歲的蒲松齡第一次參加縣府道考試，以三個第一名考中了秀才。

當時任淄川縣知縣的是費禕祉，他非常欣賞蒲松齡的才華，早在蒲松齡還是童生時，就斷言他將來會有作為。他接見了蒲松齡，安排他在衙門裏讀書，並且不時拿出錢來周濟他的家庭。府道考試時，費禕祉又向山東學道、大詩人施閏章推薦，施閏章也很稱賞蒲松齡的文章，在他的八股文試卷上批道：「空中聞異香，下筆如有神」。「觀書如月，運筆如風」（路大荒手抄《聊齋制藝》，見盛偉編《蒲松齡

全集》，上海學林出版社，1998 年版）。這兩個人的讚譽是蒲松齡在科場中第一次得到的殊榮，不幸也是最後一次得到有司的賞識，對此，蒲松齡終生難忘。

有人說，一個窮愁潦倒的人，當他回首往事，最先浮現的是他受寵遇的時光和那些曾給予他溫暖慰藉的人。蒲松齡也正如此。後來，每當他提起這兩個人時便感激涕零。他在《聊齋志異‧胭脂》篇的異史氏曰中說：「愚山先生吾師也，方見知時，余猶童子。竊見其獎進士子，拳拳如恐不盡，……而愛才如命，尤非後世學使虛應故事者所及。」在《聊齋志異‧折獄》中，他說費禕祉「方宰淄時，松裁弱冠，過蒙器許，而駑鈍不才，竟以不舞之鶴為羊公辱。是我夫子生平有不哲之一事，則松實貽之也。悲夫。」讀過〈葉生〉篇的讀者都還記得，那裏面寫一個秀才葉生受到縣令丁乘鶴的賞識，但屢考不第，竟因此鬱悶而死。後來，當丁乘鶴解任離去時，葉生為了報答知縣的知遇之恩，便「魂從知己」，跟隨縣令而去。其實，那葉生，便滲透著蒲松齡的自我形象，他與丁乘鶴的知己之情也便寄寓著蒲松齡對費禕祉的眷念。

剛考中秀才時的蒲松齡，年少氣盛，對前途充滿著希望，似乎功名垂手可得，魁星已向他招手了。他日夜攻讀，以求一第。為了能專心學習，他離開妻子和家庭，先是在村的東邊找到一個安靜的屋子刻苦攻讀，繼而又到朋友李希梅家的醒軒「朝分明窗，夜分燈火，期相與有成。」（《醒軒日課》序）

那時，他把八股文奉若神明，他說：「當今以時藝試士，則詩之為物，亦魔道也，分以外者也。」這個觀點，現今的讀者可能不理解，這哪像一個大文豪的話呢？怎麼能把空洞呆板的八股文抬到高於一切的地位呢？其實，這種觀點在當時社會上是帶有普遍性的。道理很簡單，既然當時「以時藝取士」，「時藝」當然就是正統文章，是熱門貨，因為可以得官呵！熱衷於功名的蒲松齡對此怎能不像一般人一樣趨之若鶩呢！

　　不過，蒲松齡藝術家的氣質此時卻也顯露了頭角，而且是那麼不馴服，那麼頑強地表現出來。還在少年時，他就「每於無人處，私以古文自效」（《聊齋文集》自序），流露出興趣的真正所在。在他二十歲的時候，蒲松齡與同邑的好朋友張歷友，李希梅，王鹿瞻組織了「郢中詩社」，相約「以宴集之餘暑，作寄興之生涯」（〈郢中社序〉）。這可以看作是蒲松齡文學創作的正式開始，也是他文學家天性不可壓抑的明證，後來「郢中詩社」的成員都成為蒲松齡終生的朋友。

　　在那個舉業至上的年代裏，組織詩社，從事這「分以外」的事要受到非議，也同蒲松齡對功名的追逐背道而馳。於是，為了欺人，也為了自欺，蒲松齡聲稱「郢中詩社」組成的目的是「由此學問可以相長，躁志可以潛消，於文業亦非無補」。就是說，組織詩社的目的是為了有補於八股文。這當然是掩耳盜鈴的解釋。不久，幌子就被他自己戳穿。五年之後，當蒲松齡和他的外甥在李希梅的「醒軒」繼續攻讀八股文時，他總結了幾年來自己的學習成績，說：「書之熟肆，藝之構成者蓋寥寥焉」而詩詞卻「朝夕吟詠，雋語堪驚」了。本來，他們相聚的目的是為了互相揣摩鑽研八股文以準備科舉，事實卻是「分以外」者成了主要鑽研對象，而原來的目標被冷落了。

　　為了強迫自己不至於入了「魔道」，蒲松齡和他的外甥訂了一本考勤成績簿，取名叫「醒軒日課」，規定「日誦一文焉書之，閱一經焉書之，作一藝，仿一帖焉書之，每晨興而為之標目焉。」（〈醒軒日課序〉）這有些滑稽，試想，一種學習假如失去了興趣，變成了強迫，例行公事，這本身還不可悲嗎？

　　孔子有話：「知之者不如好之者，好之者不如樂之者」，儘管蒲松齡為了功名強行壓抑著自己的文學天性，但文學天賦還是頑強地發展起來了。現在留傳下來的蒲松齡的詩歌，都是他三十歲以後的作品。從現存早期作品來看，他在青少年時代受屈原、李賀的影響是很深的，他不僅崇拜他們，也是他們詩歌的模仿者。在古文方面他受莊子、司馬遷的影響比較大，可以說這些浪漫主義作家的文學傳統從青年時代起就給予蒲松齡以潤澤和啟迪。

一方面是藝術家，有著自覺的美的追求，有著對文學創作不可壓抑的熱情；另一方面又熱衷於功名，孜孜矻矻地鑽研八股，拜倒在科舉的面前，這就是年輕時代蒲松齡內心的矛盾，這矛盾實際上伴隨了他一生。

大約在蒲松齡的大兒子蒲箬出生之後，他的大家庭發生了分裂。其原因，據蒲松齡在〈劉孺人行實〉中披露，是來自於他大嫂的吵鬧。〈劉孺人行實〉中說：他的大嫂看到蒲松齡的妻子劉孺人溫順樸訥，很得公婆的喜愛，於是嫉妒起來，聯合其她妯娌一起向公婆無理取鬧，說公婆偏心，說公婆私下裏給了劉孺人東西，等等。由於鬧得很激烈，終於使蒲槃發出「此烏可久居哉」的歎息，不得不給蒲松齡弟兄們分了家。

蒲松齡的大嫂性格的確很兇悍，而且給予蒲松齡以很深的刺激，成為後來他創作《聊齋志異》的〈孫天官女〉、〈江城〉、〈呂無病〉等篇中悍婦的原型。但蒲松齡的這次分家，除去同她大嫂的性格有關外，又有著深刻的經濟原因。那就是，由於蒲松齡把全部身心投入在科舉和文學方面，自然就不事生產。這對於一個中落的大家庭來說是很沉重的負擔。蒲松齡剛考中秀才的那幾年，由於發跡的希望很大，兄弟們還可以忍耐，但後來總考不取，那忍耐自然就達到了限度，分家也就是必然的事了。不過，對於這個原因，蒲松齡在〈劉孺人行實〉中卻不願意觸及。因為在封建社會，弟兄們由於經濟鬧矛盾，鬧分家，很不體面，要加以避諱，並把責任推到女人身上。

分家時，蒲松齡受到了很不公正的待遇，他在〈述劉氏行實〉中敘述當時的情況是，「析箸授田二十畝，時歲歉，菽五斗，粟三升。雜器具，皆棄朽敗，爭完好，而劉氏默若癡。兄弟皆得夏屋，爨舍閒房皆具。松齡獨異，居惟農場老屋三間，曠無四壁，小樹叢叢，蓬蒿滿之。」幸好，蒲松齡的妻子劉孺人非常賢慧，默默地承受著這一切，依然讓蒲松齡專心攻讀舉業，而自己獨自挑起了生活的重擔。

三、壯遊浪跡寶應縣

　　康熙九年（1670），蒲松齡由於生活所迫，也由於他的朋友寶應縣知縣孫蕙的邀請，他離開了家鄉，去孫蕙那裏做幕賓。這是蒲松齡一生中唯一的一次離開山東。此行雖然為時很短（前後不過一年多），但在蒲松齡的生活道路中的影響卻很重要。

　　孫蕙所署理的寶應縣（後兼署高郵州）有兩件最基本又極不好支應的差事。一是驛站的管理，——這需要應付過往的達官貴人，備受屈辱；二是河工的督辦，——這需要奔波勞苦，也是出力不討好的事。再加上淮陽一帶連年鬧災荒需要賑濟，就更使得孫蕙焦頭爛額，難於應付。孫蕙曾向上司痛苦地訴說：「卑職錢谷微員，衝疲苦吏，來隸卒之呵叱，竟等臧獲；竭筋力於風塵，直同牛馬。七衝驛站，水陸並費支吾；一線河渠，淺深皆成罪戾。況且連年饑饉，萬井流離，蒿目焦思，僅存皮骨。」（〈代孫蕙上藩司慕小啟〉）

　　蒲松齡是孫蕙的同鄉，倆人早在青年時代就訂了交。孫蕙很賞識蒲松齡的才華，蒲松齡很同情孫蕙的境遇。他在孫蕙幕府中與孫蕙同甘共苦；一起巡視河道，一起支應驛站，一起發放賑糧，幫助孫蕙做了很多工作，同時也鍛煉了自己，開闊了眼界，由一個只知吟詩寫八股文的書生開始面向社會，接觸社會。在幫辦公務中，蒲松齡比較具體而深刻地瞭解了官場的腐敗和黑暗，觀察到吏胥差役習猾兇惡的伎倆。同時，對人民生活的疾苦和社會各個階級，各個階層之間的關係，他也有了切身的體會。

　　蒲松齡希望能夠為國家和人民做些實際的工作，在陪同孫蕙督理河工時，他寫有〈清水潭決口〉詩，他感歎河水的難以治理，「朝廷百計何難哉，唯有平河千古無長才。誰能負山作長堤，雷吼電掣不能開。民不竭力，國不竭財，官不苦累吏不催，部屋緩輸天子樂，千秋萬世不為災。」這首詩表達了他憂國憂民，治理淮河的的願望。

　　他更渴望自己有朝一日建功立業，名垂青史。有一次，孫蕙問他將來以什麼人為榜樣，他慷慨地說：「他日勳名上麟閣，風規雅似郭

汾陽」（〈樹百問余可仿古時何人，作此答之〉）。郭汾陽，就是唐朝的郭子儀，由於平定安史之亂有功被封為汾陽王，是歷史上一個扭轉乾坤的人物，蒲松齡表示以郭子儀期許孫蕙，但實際上也反映了自己的抱負。

但是，從蒲松齡十九歲考中秀才到來江南作幕賓已過去了十年。在這十多年中，儘管蒲松齡晝夜苦讀，屢次參加考試，功名卻沒有絲毫進展。如今他來到這遠離家鄉的寶應縣，面對著異鄉景物，不免鄉愁頻起，感歎萬分！他說：「旅邸愁生春色裏，天涯人坐雨聲中」（〈寒食陰雨，有懷劉孔集〉）「獨上長堤望翠微，十年心事計全非」（〈堤上作〉）。他說「春花色易老，遊子心易酸。」（〈秦郵官署〉）他懷念家鄉，同時也由於功不成，名不就而心緒萬端。

這時他的《聊齋志異》已經開始創作，或者起碼著手準備了。他的詩作〈感憤〉寫道：「新聞總入夷堅志，斗酒難消磊塊愁」。這也見之於他的〈途中〉詩，「途中寂寞姑言鬼，舟上招搖意欲仙。」他在《聊齋志異‧蓮香》篇的附記中更是明確地說：「余庚戌南遊，至沂阻雨，休於旅舍，有劉生子敬，其中表親，出同社王子章所撰《桑生傳》，約萬餘言，得卒讀，此其崖略耳。」

蒲松齡在江南期間遊歷了許多地方。他遊淮陰，感慨於韓信的謀反，到霸王祠，憑弔項羽的遺跡；泛邵伯湖，登北固山，又到揚州遊歷了一番。這使他對於江南民俗有了深切的瞭解，「始知南北各風煙」，這給《聊齋志異》中敘述有關南方的故事增添了活力。〈青蛙神〉、〈五通〉、〈晚霞〉、〈王桂庵〉等篇之所以具有那麼濃郁的江南水鄉氣息和風采，都得力於他的江南之行。

江南的水色風光給蒲松齡留下了深刻印象，但蒲松齡更愛家鄉的山水草木。有一次，他同孫蕙將南北山水進行了比較，他說，「揚州有紅橋，廊榭亦蕭敞，餘杭有西湖，渟流亦瀲汋。雕甍鬥華麗，名流過題賞。乃知北方士，自不善標榜。江南之水北方山，兩物流峙皆冥頑。大江無底金焦出，培塿直與江聲傳。何如嶗山高崔嵬，上接浮雲插蒼海。」蒲松齡的觀點的確有些偏激，但這除了流露出他對家鄉的

懷念和熱愛，還表現出他對不加雕飾的自然美的追求，表達了他一貫的美學見解。

南遊期間，蒲松齡結識了一個名叫顧青霞的歌妓（後來成為孫蕙的侍妾）。她會唱曲，尤善於吟詩，蒲松齡很欣賞她的吟誦技巧，稱讚說：「曼聲發嬌吟，入耳沁心脾。」（〈聽青霞吟詩〉）特意為她選了唐代香奩詩百首供她吟誦。我們從《聊齋志異‧白秋練》中那個愛吟誦詩歌的少女白秋練身上就可以看到她的影子。蒲松齡和她的關係很深，後來顧青霞隨孫蕙來到淄川，蒲松齡還寫了詩歌贈給她。青霞死時，蒲松齡寫詩悼念：「吟音彷彿耳中存，無復笙歌望墓門。燕子樓中遺剩粉、牡丹亭下吊香魂。」（傷顧青霞）這感情是很真摯的。

蒲松齡由於生活貧窮和長期的教書環境，一生中很少與歌妓來往，顧青霞可能是他唯一結識的歌妓了。從現存的聊齋俚曲來看，雖然主要創作於蒲松齡的晚年，但可以斷言，蒲松齡在三十多歲時已經掌握了俚曲的創作技巧，而且已經有了作品。[1]從當時環境看，蒲松齡在那個時候很可能就是從顧青霞那裏接受了俗曲時調方面的知識的。

雖然蒲松齡在寶應的幕賓生活是難以忘懷的，但只一年多就結束了。因為他要繼續參加鄉試以圖上進。而按照規定，他參加每年的科試也好，將來的鄉試也好，只能回到自己的家鄉應試，於是，在康熙十年（1671）的夏末秋初，他辭別孫蕙，回到了淄川。

四、夜雨寒燈的教師生活

蒲松齡和郢中詩社的朋友們又見面了，他向他們講述了在寶應的經歷，他很感慨：「義氣相逢清夜悔，艱難深歷壯心灰。與君共灑窮途淚，世上何人解憐才」（〈中秋微雨，宿希梅齋〉）。當他路過少年時代刻苦攻讀的舊草屋時，他歎息自己早生華髮，「往日園亭舊遊

---

[1] 見日本慶應大學藤田祐賢教授《聊齋俚曲考》。

處，蕭蕭霜發正堪梳。」（〈過東郊故齋〉）但蒲松齡對功名仍很熱衷，仍充滿信心。他說：「清興可憐因病減，壯心端不受貧降。」（〈遣懷〉）「羈旅經年清興減，消磨未盡祇雄心。」（〈八月新歸，覺斯、鑫斯兩侄邀飲感賦〉）1672 年，也就是蒲松齡回鄉後的第二年，他又參加了鄉試，但這次依然名落孫山。這對他刺激很大。因為在這次考試前，孫蕙曾向當局有力者寫過推薦信，介紹過蒲松齡。俗話說，希望大，失望也就更大。蒲松齡悲憤地在〈寄孫樹百〉詩中說：「楚陂猶然策良馬，葉公原不愛真龍。歧途惆悵將焉往，痛苦遙追阮嗣宗」（〈寄孫樹百其三〉）。

蒲松齡這時的家庭生活更加艱苦了。他有了一女三男，吃飯的時候，「大男揮勺鳴鼎鐺，狼藉流飲聲根根。中男尚無力，攜盤覓筋相叫爭。小男始學步，翻盆倒盞如餓鷹。」只有女孩子還比較懂事，——「弱女踽踽望顏色」。但蒲松齡只能給他們喝稀粥，因為「甕中儋石已無多，留納官糧省催科」（〈日中飯〉）。這使得蒲松齡很痛心，往往一想起來就覺得對不起孩子。

貧困的生活使他的創作也受到干擾。有一次，他剛拿起筆想寫點什麼，門外就傳來催租的叫聲，蒲松齡非常敗興，趕緊懇求妻子把僅有的嫁妝金釵賣掉抵租，省得心煩。

不過，此時蒲松齡的精神是昂揚的。他在家鄉已經是名士了，但他從不去干謁官宦。他同王士禎，唐夢賚，高念東，孫蕙等人的來往，只是文字之交。他嫉惡如仇，富於鬥爭精神。他不怕得罪把臂之交的朋友，也不怕得罪顯赫的官僚。有一次，當得知孫蕙的族人利用孫蕙炙手可熱的勢力橫行鄉里，他立即給孫蕙去信，以「辣於薑桂」之言希望他「收斂族人」，不要「居鄉而有赫赫名」（〈上孫給諫書〉）；他得知王鹿瞻的父親被兒媳婦趕逐在外，「彌留旅邸」，立即通知王鹿瞻，請他「速備材木之資，戴星而往，扶櫬來歸」。警告他如果聽任「獅吼之逐翁」，那麼「至愛者不能為兄諱矣。」（〈與王鹿瞻〉）

在貧困的生活中，他也依然幽默而樂觀。他有一篇「祭窮神文」，那是他在大年三十寫的。「窮神，窮神，我與你有何親，興騰騰的門

兒你不去尋，偏把我的門兒進？難道說，這是你的衙門，居住不動身？你就是世襲在此，也該別處權權印；我就是你貼身的家丁，護駕的將軍，也該放假寬限施施恩。你為何步步把我跟，時時不離身，鰾粘膠合，卻像個纏熱了的情人？」那語言真是俏皮和風趣極了，這使我們也瞭解到在貧窮的生活壓力下，蒲松齡性格的另一面。

　　由於生活所迫，蒲松齡回鄉不久就開始了教書生活。大約在他三十三歲，即母親去世之後，他來到畢際有家當了家庭教師。畢際有是明代尚書畢自嚴的兒子，在清朝做過揚州府通州、知州，同當時的新貴，大詩人王漁洋是姻親，也是淄川的頭等鄉紳。他的家有「石隱園」，「綽然堂」，「效樊堂」等園林，藏書也很多，這對蒲松齡具有很大吸引力。畢際有兄弟子侄都喜歡吟詠，喜歡與文人交往，對蒲松齡很尊重。他們與蒲松齡寫詩唱和，有的人甚至還參與了《聊齋志異》的部分創作。所以，蒲松齡在畢家教書覺得很滿意，就一直呆了下去。可以說，蒲松齡一生中的教書生涯基本上是在畢家度過的。

　　在這期間，蒲松齡不斷地參加鄉試，卻不斷地被黜落。他終於有些醒悟了，他痛恨科舉的不公正，並且由原來感歎「世上何人解憐才」的個人不平，意識到這是一個社會問題，制度問題。他憤然指斥說：「仕道黑暗，公道不彰，非袖金輸璧，不能自達於聖明，真令人憤氣填胸，欲望望然哭向南山而去。」（〈與韓刺史樾依書〉）

　　由於生活的貧困，他在思想感情上和農民進一步接近了。他關心天氣的陰晴，關心農作物的長勢，他在一首〈喜聞雨信〉的詩中說：「方聽訛言欲問天，忽聞雨信倍黯然。此時晴雨關生死，不比尋常家報傳。」他更理解農民的處境了：「日望飽雨足秋日，雨足誰知倍黯然。完得官稅新穀盡，來朝依舊是凶年。」（〈田間口號〉）他同農民一樣感受到封建剝削的壓力。他在〈答王瑞亭〉的信中說：「糶穀賣絲，以辦太平之稅，按限比銷，懼逢官怒。」

　　他的美學思想這時發生了很大變化，雖然他仍在鑽研八股文以備應試，但卻把大部分時間和精力放在詩文的創作，尤其是《聊齋志異》的創作上了。當時他的朋友張歷友、孫蕙都勸他不要這樣做，說「聊

齋且莫競談空」，「談空誤入夷堅志，說鬼時參猛虎行，咫尺聊齋人不見，蹉跎老大負平生」（《張歷友年譜稿》，轉引自路大荒《蒲松齡年表》，見路大荒編《蒲松齡集》，上海古籍出版社，1986年版）。勸他「斂才攻苦」，說：「兄台絕頂聰明，稍一斂才攻苦，自是第一流人物，不知肯以鄙言作瑱（就在耳垂上的玉）否耶？」（《舊抄本》轉引自陸大荒《蒲柳泉先生年譜》）然而，蒲松齡憤激而明確地表示：「鬼狐事業屬他輩，屈宋文章自我曹！」理直氣壯地把文藝，創作當作頭等事業來對待。這是蒲松齡美學思想的一個極大的轉變，這同他在青年時代把詩文看做「分以外者」，「亦魔道也」的觀點截然不同了。

　　這一時期是蒲松齡一生中生活最貧窮，精神最苦悶，同時也是最富於孤憤精神，創作精神最為旺盛的時期。

　　1679年，蒲松齡的《聊齋志異》初具規模。他寫了《聊齋志異》序言，這篇序言記敘了《聊齋志異》創作的動機過程及他本人的身世經歷，對於瞭解《聊齋志異》的創作，研究蒲松齡的思想都有很重要的價值。

　　蒲松齡創作《聊齋志異》的消息傳出後，遠近的人都爭相借閱傳抄。淄川的名人唐夢賚、高珩為《聊齋志異》寫了序言。而尤其使蒲松齡感動的，是當時詩壇盟主，官運亨通的王士禎在回鄉丁憂期間，也看到了《聊齋志異》的部分篇章。儘管當時《聊齋志異》尚未全部完稿謄清，王士禎還是迫不及待地按篇索閱，有時還加以批點。他很稱賞蒲松齡的才華，他在題《聊齋志異》的七古詩中說：「姑妄言之姑聽之，豆棚瓜架雨如絲，料應厭作人間語，愛聽秋墳鬼唱時。」對此，蒲松齡和詩說：「志異書成共笑之，布袍蕭索鬢如絲，十年頗得黃州意，冷雨寒燈夜話時。」可見兩人由於《聊齋志異》確實建立了友誼。

　　不過，關於王士禎和《聊齋志異》的關係，後來頗有傳聞，說王士禎看到《聊齋志異》後，很羨慕蒲松齡的文筆，打算剽竊。他同蒲松齡商量，願意以千金的代價來換取書的著作權，被蒲松齡拒絕了（倪

鴻《桐蔭清話》、易宗夔《新世說》）。這個故事很不可信，魯迅先生在《小說舊聞鈔》中就斥之為「無稽」之談。從後來蒲松齡的長孫蒲立德寫給淄川知縣唐秉彝的呈文看，當時想購買《聊齋志異》著作權，附庸風雅的確有其人，不過不是王士禎，而是山東按察使喻成龍。由此可見，《聊齋志異》在當時就受到人們的推崇。

在蒲松齡五十一歲那年，他參加鄉試再一次失敗。夫人勸他說：「君勿須復爾！」「山林自有樂地，何必以肉鼓吹為快哉！」（〈述劉氏行實〉）他猶豫再三，終於接受了夫人的勸說，不再進行這種既無謂又無望的拼搏了。

五、目昏幸不礙披覽的老年

在蒲松齡進入知天命的年紀時，他的家境漸漸好起來。一方面是由於劉夫人的勤儉，另一方面也由於他的幾個兒子漸次成家立業，並且負擔了蒲松齡的捐稅。因此在四十九歲時，蒲松齡終於改變了「曠無四壁」的窘狀。在這年端陽節過後，他的小院子落成了。雖然小院很簡陋，但蓋起來也相當費了周折。蒲松齡在〈荒園小構落成，有叢柏當門，顏曰綠屏齋〉詩中說：「茅茨佔有盈尋地，搜括艱於百尺樓。」蒲松齡很滿足，他在屋子前後種上他最心愛的竹子，並詼諧地說「萬個還應添綠友，一錢不用買清風。」

五十八歲那年，他的「聊齋」也落成了，不過當時不叫「聊齋」，而叫「面壁居」。這是他根據兒子的提議命名的。因為那個「面壁居」實在太小，只能放下一張床和兩個凳子，一進屋就得「面壁」。

這時他也仍在畢家教書，卻已不是教畢際有的子侄，而是教他的孫子、曾孫輩的孩子了。此時畢際有、畢公權都已去世，畢際有的兒子畢韋仲也已白髮滿頭。蒲松齡同他的學生們關係很融洽，他寫詩說：「高館時逢卯酒醉，錯將弟子作兒孫。」甚至有時忘情的說：「他日移家冠蓋裏，擬將殘息傍門人。」（〈贈畢子韋仲〉）如果以前蒲松

齡在畢家任教是出於生活貧困，那麼，現在繼續在畢家做塾師，則是因為「久交垂老意難分」（〈贈畢子韋仲〉）了。

在畢家坐館的空閒時間裏，蒲松齡除了繼續撰寫、潤色他的《聊齋志異》外，還陸續寫了許多直接為家鄉農民服務的通俗讀物，像《日用俗字》、《農桑經》、《藥祟書》、《曆字文》等。他在《農桑經》序言中說：「居家要務，外惟農而內惟蠶」，要「使紈綺子弟、抱卷書生，人人皆知稼穡」。這見出他晚年對農業的重視，也反映了他同農民在思想上的進一步接近。

大約在蒲松齡六十三歲的時候，畢家為了慶祝畢際有的夫人王太君八十大壽，買了一個會唱俚曲的瞎女專為她說唱解悶。瞎女的到來，使得本來就喜愛創作俚曲的蒲松齡非常高興，因為這使他的俚曲有了演唱者，又由於每年要祝壽，也就有了較多的聽眾。從1702年畢母慶八十壽辰到1710年蒲松齡撤帳離開畢家，是蒲松齡創作俚曲最多的時期。

關於蒲松齡創作俚曲的情況，淄川還流行過這麼一個民間傳說：蒲松齡在畢家創作俚曲非常勤奮，往往嘴裏哼著，手裏寫著，腳下還打著拍子。由於蒲松齡太專心了，所以，每當書房傳出蒲松齡腳打拍子的聲音，畢家的大黑狗就悄悄溜進書房，蹭到蒲松齡的身邊呆著。它知道這時蒲松齡一定顧不上吃飯，而主人按時送來的飯菜，蒲松齡也一定不會注意，——它可以乘機大快朵頤。趕上蒲松齡興致高漲，就是被發現了，也不會挨打。有一次，畢家的丫環送飯來，碰巧蒲松齡在寫曲子。丫環放下飯菜就離去了。過了一會兒，丫環來收拾碗筷，發現蒲松齡還在忘情地哼呀，寫呀，而桌上的碗盤卻狼藉不堪，就問道：「先生吃過了？」蒲松齡放下筆，望望旁邊的碗筷，疑惑地說：「吃過了吧！」丫環發現桌子下邊大黑狗正舔著嘴，炯炯地望著她，這才明白是怎麼回事，不禁又好氣又好笑。

康熙四十九年，蒲松齡七十一歲了，他終於結束了五十年左右的教書生涯，回到了家裏。像體育界競賽有所謂安慰獎一樣，蒲松齡在科場掙扎競爭了一輩子，到了這年也「援例出貢」，當上了「歲進士」。

這對於七十一歲的蒲松齡來說，真是笑也笑得，哭也哭得。這年春天，淄川舉行鄉飲酒禮，蒲松齡被選為鄉飲賓介，郢中詩社的另外兩個重要成員張歷友、李希梅也都參予其事。他們年少時在一起共筆硯，現在垂老相逢，感歡萬分。蒲松齡寫了一首七言古詩，說：「憶昔狂歌共夕晨，相期矯首躍龍津。誰知一事無成就，一共作白頭會上人。」（〈張歷友，李希梅為鄉飲賓介，僕以老生參與末座，歸作口號〉）對自己追求科舉的一生做了沉痛的總結。

蒲松齡晚年的生活比較安定了，他感到欣慰：「兩稅仰諸兒，無須愁空橐。臥聽稚孫讀，心境殊不惡。」（〈課農〉）但蒲松齡並沒有忘記時事，他的精神依然是那麼昂揚而富於鬥爭性。康熙四十八年到四十九年，淄川發生了「康利貞事件」。康利貞是淄川的漕糧經承，他為了搜刮民財，巧立名目，亂派雜費，將漕糧米價由往年白銀一兩多驟然增加至二兩多。淄川城老百姓被搞得叫苦連天，民怨沸騰。七十多歲的蒲松齡當即帶領淄川縣老百姓同康利貞進行抗爭。本來，蒲松齡是很少入城，更不願同官府打交道的。他曾經說自己「安貧守拙，遂成林壑之癖，偶因納稅來城，竟忘公門之路」（〈上健川汪邑侯啟〉），這次，為了全縣老百姓的利益，蒲松齡挺身而出，先是在縣城找到康利貞當面質詢，痛斥他的胡作非為，要求他收回成命；接著四處奔走，向縣官申訴，向有勢力的鄉紳求援。為了徹底解決問題，他不顧政治上的風險，不顧身體的羸弱，隻身奔到濟南告狀，他寫信給李希梅說「郡中一行，是非本意，只因向在城中見康利貞，以情理相告，彼既置之不理，初十日又公然不給一信，弟始決意西行。」「若其堅執不肯少減，則是老夫之流年合當奔波。」「弟何惜一再往，而不拔一毛而利天下哉。」（〈與李希梅〉）蒲松齡的抗爭終於取得了勝利，當年，康利貞就被免去了漕糧經承的職務。

在蒲松齡七十四歲那年，與他患難與共五十六年的妻子劉孺人病逝了，這給蒲松齡以很大打擊，他陷入極度的痛苦中，「五十六年琴瑟好，不圖今夕頓離分」。他頓感「邇來倍覺無生趣，死去方為快

活人。」（〈悼內〉）從此，蒲松齡的精神生活和身體狀況顯著走向末路。

　　大概兒孫們發覺蒲松齡的精力越來越不足，預感到他將不久於人世了，於是，在這年的九月底，請來畫家朱湘麟給蒲松齡畫像。畫像畫成後，蒲松齡很滿意，題詞說：「爾貌則寢，爾軀則修。行年七十有四，此兩萬五千餘日。所成何事，而忽已白頭？奕世對爾孫子，亦孔之羞。」

　　這幅畫現在仍然保存著，懸掛在山東淄川蒲松齡紀念館裏。畫上蒲松齡穿著歲貢生的朝服，端坐在椅子上。一隻手扶著椅子的扶手，一隻手拈著髭鬚，彷彿在凝神地遐思，也彷彿在饒有趣味地向別人講述故事。從畫像上看，蒲松齡長得很高大，很有山東大漢的派頭，的確「爾軀則修」，卻也「爾貌則寢」，很不漂亮，高顴骨，大鼻頭，還一臉雀斑。但那雙眼睛爛爛若岩下電，閃爍著智慧的光彩。

　　又過了兩年，那是 1975 年的正月二十二日，蒲松齡終於倚在聊齋的南窗，在夕陽的餘暉中盍然長逝，應了他在妻子墓前所說的「匪久襪被來，及爾省晨昏」（〈過墓作〉）的話。

　　按照一種說法，天才和環境之間有一種神秘的關係，也就是說，冥冥之中似乎有一種超自然的力量，它養育了天才，同時又造就了一種環境，使得天才按照既定的使命去完成任務。蒲松齡就是這樣：以他的才華，本可以在科舉的道路上飛黃騰達，但他行蹤落落，頻居康了，距離實現科舉的願望始終差著半步。據相關文獻的記載，有幾次有司已經準備錄取他了，卻陰差陽錯，始終未果；蒲松齡當日似乎也可以走幕府的道路，在他生活的年代裏，這也不失為終南捷徑之一。在寶應縣孫蕙的幕府期間，他肯幹，也有實幹的本領，從他這一時期的詩歌和替孫蕙寫的公文書信中即可看出來。但他掉頭不顧，放棄這一路徑，繼續在科舉的道路上努力了；他也可以如他父親一樣走經商的道路。教師的生涯貧苦孤寂，他覺得難耐，頗有微詞，他感歎，憤激，曾在〈雷曹〉篇讚賞平子的棄儒經商是「棄毛錐如脫屣」，但最終他還是選擇了當時落舉的讀書人走的一般道路——當塾師，因為那

是一個可以繼續做科舉夢幻的職業。在屢戰屢敗的科舉之後，他也滿可以平平凡凡當一輩子教書匠，不必進行文學創作了，但是一個才華橫溢的人能自甘寂寞麼？於是他在教書之餘不忘筆耕，寫出了《聊齋志異》那樣的偉大著作，也寫出了《聊齋俚曲》那樣的傑出的說唱著作，彷彿前此的曲折、坎坷，只是為他的文學創作作了必要的精神上的準備似的。

　　我們可以設想一下，假如蒲松齡在科場上一帆風順，飛黃騰達，那麼在中國文學史上是否還會有文學家尤其是文言小說家的蒲松齡呢？可以說沒有了，為什麼？因為中國的文化傳統對於知識份子的影響是非常大的，萬般皆下品，唯有讀書高，而讀書之目的則只認仕途，只認官場，仕途有望，就有前途，此即所謂「學而優則仕」。當了官，蒲松齡一定是好官，但我們失去了一個偉大的文學家。當然，入仕途之後他在業餘之中，也還可以創作，如其在教學之餘創作一樣，但其精力的投入可能就很有限了。與他同時代的王士禎寫《池北偶談》，和稍後於他的紀曉嵐寫《閱微草堂筆記》，都是三兩行即盡的簡約式的文筆，其中固然有審美追求和藝術風格的緣由，——兩人追求的都是六朝簡約的文風，疏朗的筆調，但其中何嘗沒有案牘勞形，不得不然的原因。實際上，中國知識分子在文學創作方面普遍缺乏的專業精神，是造成中國古代文學雖然源遠流長，雖然不乏天才，但總體上仍顯得單薄而不夠深厚的根本原因。蒲松齡當了官，即使也仍然創作《聊齋志異》，大概不會是我們現在看到的《聊齋志異》了，它一定在題材的選擇上，在故事編撰的情節上，在美學的追求意向上，與現在的不同。回望蒲松齡的一生，我們慨嘆其不幸之餘，也為後來的讀者慶幸：蒲松齡正是以其寂寞身前身後事，贏得了中國文學史上的千秋萬世名，為我們貢獻出如此豐富而偉大的文學作品。

第二章　從蒲松齡的疾病說起

在蒲松齡的詩詞作品中，我們自始至終看到蒲松齡慨歎身體的羸弱：「花落一溪人臥病，家無四壁婦愁貧」[1]，「四十衰同七十者，病骨秋來先覺」[2]。疾病確實給蒲松齡帶來了極大的痛苦，他說：「孽病經年才較可，魘魂猶作呻吟夢」[3]，「抱病歸齋意暗傷，頻呻短榻倍淒涼」[4]，以至他「要把憂思一告天，使知病可憐」[5]。不過，除去偶發的病症，如「病足」，「殘齒大痛」外，我們並不知他到底得的是什麼病症，大概體弱多病，病因不明，兼而有之。

病弱一直困擾著蒲松齡，同一生中揮之不去的貧困一起，成為他的心痛，影響到其精神人格及創作。兩者之中，甚至疾病的折磨遠較貧困為甚。但在蒲松齡的研究中，對於貧困給予蒲松齡人格精神和創作的影響，學術界談得較多，而病弱給予蒲松齡的影響，談得則較少，本文擬就此問題談一些看法。

一、蒲松齡疾病的生理和精神因素

在目前蒲松齡的作品中，詩歌是按照年代編排的。按照「在心為志，發言為詩，情動於中而發為言」的說法，蒲松齡的詩歌可以大略當作他的行狀詩傳來看待。

聊齋詩集在《蒲松齡集》中是從庚戌年起始的，是年蒲松齡 31 歲，南遊寶應，此年即有「秋殘病骨先知冷，夢裏歸魂不知身」[6]的話。這是蒲松齡寄給家裏的詩，不同於一般的虛應強說。辛亥年，又有「歸鴻尚憶南征路，病鶴難消北海心」[7]之句。以後的編年詩歌當中，幾乎年年都有感慨病弱的詩歌。多病，訴之於吟詠，可謂伴隨了

蒲松齡一生。蒲松齡的多病，給朋友們的印象也極為深刻，張歷友就有「昨來聞道仍多病，把臂何時話舊遊」[8]的話。

　　由於生病，蒲松齡非常的瘦弱。病情好轉的時候，他說：「遭窮健骨輕」[9]，但更多的時候是慨歎「瘦骨著床初放膽」[10]，「盤錯不銷惟瘦骨」[11]，「瘦骨支離似沈郎」[12]。他剛四十歲便生了白髮，以至「不堪復對鏡，顧影欲沾巾」[13]。由於蒲松齡長得高大，早生華髮，又「瘦骨支離」，他往往自稱「病鶴」：如「病鶴難消北海心」[14]，「伶仃病鶴，搏秋漫羨鷹隼」[15]，「病鶴不忘湖海志，飛鴻寧為稻粱謀」[16]。晚年的蒲松齡似乎更為消瘦。目前保存的朱湘麟所畫蒲松齡的肖像，大概是較真人還是稍微胖了一些。

　　綜觀蒲松齡的病史，他的發病頻率和輕重程度明顯呈拋物線狀：似乎在他的青年時期和老年時期，病症不是很明顯，發病不是很頻繁。蒲松齡的青年時期固然即「少羸多病，長命不猶」[17]，但其他佐證不多。從他南遊到寶應縣作幕的情況來看，身體只是羸弱而已。50歲之後，隨著蒲松齡年歲漸高，家境漸入小康，疾病好像有所遠離。他所患的牙病、痔瘡，屬於老年的常見病症，並不足為奇。此時蒲松齡的身體輕健，75歲高齡還與兒孫們在重陽節登上東山。相比之下，倒是他對妻子的病不斷見之於吟詠，而他的弟弟及不少朋友也先後離他而去。但在他壯年的時候，在他四五十歲之際，病魔頻頻光顧，折磨他也最為厲害，病症似乎又叫不上名目，特別是在乙未年，他四十歲，病魔糾纏達到了高峰。是年，他僅留下九個題目的詩歌，言病的題目竟然有四首之多，可謂曠前絕後：

　　「瘦骨支離似沈郎，高齋兀坐轉悲涼。懷中多緒愁愈病，漏下無眠月滿床。近市頗能知藥價，檢書聊復試疑方。朝朝問訊惟良友，搔首踟躕意暗傷」[18]

　　「忽然四十歲，人間半世人。貧因荒益累，愁與病相循。坐愛青山好，忽看白髮新。不堪復對鏡，顧影欲沾巾」[19]

　　「抱病經三月，鶯花日日辜。唯知親藥餌，無復念妻孥。骨瘦心彌瘁，想癡夢亦愚。若能身強健，端不羨蓬壺。」[20]

「皂紗斜並兩肩高，碧眼奴兒插佩刀。豈果夢中吞二鬼，遂煩煩上益三毛。窺人魑魅爭燈火，瞰室鬔眉動笏袍。粘壁應能除五累，昌黎只覺送窮勞」[21]

尤其令我們注意的是，是年正是蒲松齡寫《聊齋志異自志》之年，《聊齋志異自志》是明確標明「康熙乙未春日」的，從「忽然四十歲」，「抱病經三月，鶯花日日辜」，以及懸掛鍾馗畫像一般在端午節來看，蒲松齡的生病也是在春天。我們無意連綴兩者之間的聯繫，認為蒲松齡創作《聊齋志異》與他的生病有關，我們要指出的是，蒲松齡的生病與他的生活和精神狀態是緊密相關的。

按照中國傳統醫學的說法，疾病的產生源於陰陽失調。疾病現象不完全是生理病理上的原因，也有精神方面的原因。我們不排除蒲松齡從小由於營養不良，生下來的庚辰年，「歲事似饑荒」，至使他「少羸多病」；也不排除設帳生涯的勞累和生活的艱苦給蒲松齡的身體以傷害，但此時的疾病大概更與精神上的苦悶抑鬱相關聯。在此一時期詠病的詩中，蒲松齡一般是愁病連文，交相映襯，如「沈約何時非病裏，少陵常是在愁中」[22]，「貧因荒益累，愁與病相循」[23]，「苦是朝摧暮挫，愁病交相」[24]，可謂病因愁起，愁因病生，病情增加了愁苦，愁苦加重了病情。那麼愁的內容是什麼呢？是愁吃，愁穿，愁賦稅，愁前途，而歸併為一點，那就是懷才不遇，在科場上的潦倒淹蹇。

一個人在遭遇打擊的時候，他的意志力可以堅強，不被摧毀，但物質的肉體往往並不能同步地承受打擊，而是以疾病的形式體現了人性脆弱的一面。科場上的連續鎩羽，在意志上摧不垮蒲松齡，他不斷地高喊「消磨未盡只雄心」，「壯心端不受貧降」，但身體的內在生理結構不是強打精神所能控制的了的。此時蒲松齡疾病的發作，是由科場上的不幸，激起了精神上的孤憤和抑鬱，精神上的孤憤和抑鬱，又誘發了生理上的失衡。愁和病是蒲松齡科場淪落在精神和生理兩個方面後果的孿生兄弟。疾病的發生，病理方面的原因固然有，但精神方面的因素更多。

二、疾病與蒲松齡的人格

　　疾病不僅只是在生理方面對於蒲松齡產生了影響，對於蒲松齡的
精神人格也影響甚巨。

　　由於多病，蒲松齡很早就對醫藥發生了興趣，醫藥用書成了他枕
邊的常備，他說：「引睡惟翻種藥書」[25]。張仲景的《傷寒論》、《金
匱玉函要略》成了他熟讀的書籍。他不僅讀自己家的醫書，還借朋友
的醫書來看：「君有青囊書萬卷，問醫庸癖有方無」[26]。俗話說「久
病成良醫」。蒲松齡也的確由病成了醫學專門家。他說「近市頗能知
藥價，檢書聊復試疑方」[27]。他熟稔各種中草藥的性能，他的〈傷寒
藥性賦〉雖然是通俗演繹《傷寒論》的湯頭歌訣，但如果沒有真的理
解和貫通絕難措手。尤為難得的是，蒲松齡由己及人，把自己的醫藥
知識予以普及，熱情為鄉里服務。他深知農村山區缺醫少藥的情況，
也明晰山區多發常見疾病的規律。他編寫《藥祟書》，將疾病分為「急
救」，「內科」，「外科」，「婦科」，「幼科」，五大門類，共一
百七十七種，開列藥方二百五十七個，而難能可貴的是藥方「不取長
方，不錄貴藥，檢方後立遣村童，可以攜取」[28]。他編寫的《日用俗
字》，單列「疾病」一章，將山區的多發病常見病，治療原則，常用
藥名一一開列，不啻是簡明通俗的醫藥手冊。由於疾病，他有不少懂
醫的朋友，他對於確有醫藥特長的朋友充滿摯愛尊敬之情。醫士盧鶴
友治好了他的病，他像孩子一樣表示「廡下何妨高寄跡，冉童且喜近
行沽」[29]，誠心誠意地邀請他作自己的鄰居。他的和尚朋友冰炭，——
同時又是一個醫生和文學愛好者——當募集醫藥資金進行施捨的時
候，蒲松齡為他寫了「募藥資引」，盛稱是「無際岸之功德」[30]。
他把自己的醫藥常識還傳給了兒子。有一次，在老伴生病而自己必
須外出的情況下，他再三叮嚀兒子「況值母病家無人，審症求方須
精細」[31]。可知他對於醫藥的自知自負，也可見懂醫知藥在蒲松齡的
家庭中已經形成了氛圍。

　　人們在談到蒲松齡受佛教的影響時，往往強調家庭的影響以及功名的幻滅等原因，這固然有道理，但疾病也是一個不容忽視的原因。由於疾病，蒲松齡很早就開始練習「趺坐」，——「衛生學趺坐」[32]。趺坐最早見於蒲松齡的〈袁子續、孫湘芷重陽見招，不果往，賦此寄之〉[33]詩，其年蒲松齡 34 歲，估計趺坐之始當早於此年。後來蒲松齡一直趺坐不輟，屢見詠於詩詞。《聊齋詞集》中有一首〈醉太平〉詞，說「拈珠合目窗前，似腢僧睡仙」。根據後面有「周妻久捐，何腥尚沾」的話，根據「文革」中蒲松齡的墳墓被盜，出土過念珠來看，蒲松齡的趺坐是一直堅持到晚年的。聊齋詩詞中歌詠趺坐的詩句，又往往和佛教信仰相聯繫，如「榻上趺跏理舊疴，新來道念欲成魔」[34]。「聞漏禪機遠，遭窮健骨輕」[35]。「衛生學趺坐，虛室生白光」[36]等等。不管是因佛教而習趺坐，還是因趺坐進一步加深了佛教的信仰，總之，是羸弱促成了他的趺坐，而趺坐又與佛教的信仰有著千絲萬縷的聯繫。

　　明清時代的很多知識份子有信佛參禪的愛好，但是其動機和信仰的渠道各個不同。有的具有思辯的興趣，是從形而上的角度入手，頗具哲學的色彩；有的則於世事幻滅之後，看破紅塵，皈依三寶。蒲松齡參禪和學佛有著很強烈的功利目的和世俗色彩，他是為了衛生的目的才趺坐的；他認為疾病和貧窮都是前身業果所致，所謂「蓬頭圂圇，濺血塵沙，何在不可作刀山劍樹觀耶？惡疽崩潰，癈病支撐，何在不可作鼎沸錐舂觀耶」[37]。對於別人的經歷作如是觀，對於自己的潦倒愁病，他也說：「蓋有漏根因，未結人天之果；而隨風蕩墜，竟成藩溷之花」[38]。因此，蒲松齡的學佛參禪很實際，講衛生，求解脫，祈福祉，他頂多是一個坐禪向善的居士而已，蒲松齡晚年自稱「維摩」，——那是兼有病弱和居士的雙重含意的。

　　蒲松齡熟稔巫術，也熟悉厭禳祛病之術。齊魯之地本是中國巫文化的發祥地之一，淄川又是一個巫風很盛的地方，「習俗披靡，村村巫戲」[39]。蒲松齡寫過〈請禁巫風呈〉的文章，可見當日風氣之盛。從儒家的立場出發，蒲松齡對於危害國計民生的陳風陋俗持嚴厲的批

判態度，他攻擊巫戲，痛斥堪輿，批判紙紮，尤痛恨賣卜的妖術，但對於有關疾病的巫風，他卻持一種中庸的寬容態度，甚至信服、敬畏。在他四十歲的時候，由於疾病，他的朋友王聖符給他畫過鍾馗的畫像，他把它掛在牆上，希冀「粘壁應能除五累，昌黎只覺送窮勞」。他寫有《藥祟書》，一方面羅列各種「偏方，以備鄉鄰之急」，同時又注明「偶有所苦，則開卷覓之，如某日病者，何鬼何祟，以黃白財送之云爾」[40]。從某種意義上，蒲松齡是巫醫並重的，認為巫術和醫藥都是祛病解困的有效手段，這既同當地的民俗習慣有關，也與他對疾病的認識，對於鬼神佛教的理解有連帶的關係。

　　蒲松齡是一個好群，愛交遊，好熱鬧，興趣極為廣泛的人，常年的疾病卻使他疏親淡友，無法溝通；良辰美景，形同虛設。這給他帶來很大的痛苦，他在詩詞中經常慨歎：「交為貧病寡，夢為別離多」[41]。「抱病經三月，鶯花日日辜。」[42]。他專門作過一首〈行鄉子〉詞感歎疾病帶給他的痛苦：「座上凝眸，枕畔搔頭，苦呻吟似燕啁秋。嘯個未廢，臨眺全休。有三分痛，七分癢，萬分憂。漏催五滴，思多千縷，一絲絲亂緒橫抽。人間三恨，淒斷無儔：是病中月，愁裏雨，客邊秋」[43]。

　　疾病對於所有的人都會帶來痛苦，但有的是純生理病理的，有的則除去生理病理之外，同時帶來精神上的痛苦。因為除去生理的存在之外，這些人有著更為廣泛的追求。蒲松齡就是這樣，他追求功名，渴望建功立業；他熱愛創作，要自鳴天籟；他好友，喜飲，愛竹，貪戀觀賞景物，這些卻由於疾病受到了妨礙，他自然痛苦不堪，這些痛苦又與他對於功名追求失敗的痛苦結合在一起，自然是「貧因荒益累，愁與病相循」。「不堪復對鏡，顧影欲沾巾」[44]了。

　　文學藝術家的感覺認知遠較一般人為敏感，甚至病態。一般人感覺不到的，他能感覺；一般人感覺到的，他感覺得更為強烈。當他處在患病狀態之下的時候，其細膩敏感更為一般人所難以想像。蒲松齡也是如此。他自悟自知，他說：「堪嗟病客，此夕漫對芳尊，方瞻弓影還疑詫。真似患初平，猶時時夢怕」[45]。「病中寸心易感，惟徘徊

枕上，咄咄書空」[46]。瞭解了這些，我們對於《聊齋志異自志》中「子夜熒熒，燈昏欲蕊；蕭齋瑟瑟，案冷疑冰」，「驚霜寒雀，抱樹無溫；弔月秋蟲，偎闌自熱」的表述，對於蒲松齡那種寂寞之感，他寫在春日而字裏行間卻透露出深秋甚至冬日的肅殺透骨的涼氣就不會感到驚訝了。

三、《聊齋志異》中的疾病現象

疾病的困擾，醫藥的熟稔，對於山區百姓疾病的瞭解，都直接影響到蒲松齡《聊齋志異》的創作，——以前我們很少注意到的在《聊齋志異》中的疾病現象。

《聊齋志異》直接描寫疾病，或故事中含有疾病內容的篇章有40餘篇之多[47]，其中的患者，有人，有鬼，有狐，有狼，有牛，有馬，有老虎；醫生中，既有中草藥醫生，又有針灸醫生，按摩醫生，還有獸醫和巫師。專門寫醫生故事的篇章就有十幾篇。醫患者之外，還有藥鋪老闆、藥材商人；牽涉到的疾病現象包括內科、外科、婦科、男科、皮科、眼科、性病、精神病科等，涉及到許多山區多發病常見病。就涉獵疾病題材的豐富和數量之多而言，在中國古典小說中是極為罕見的。

《聊齋志異》的疾病現象具有濃厚的民間色彩，它不僅含有許多諸如動物因人予以療傷而報恩的傳說，孝子割股療親的傳說，於中草藥治療中重視偏方、奇方，它尤其形象地闡釋了蒲松齡——那也是當時農村山區普遍存在著的巫醫並重的醫藥思想。出於對鬼神的敬畏和宣傳賞善罰淫的需要，蒲松齡認為壽夭是上天決定的，人的死亡是鬼魂勾拘的結果，而疾病的發生，既有風感外寒而引發的病理因素，更有主人公道德有玷，鬼神示警懲處的社會因素。前者醫藥可治，後者則只有通過醫藥以外的手段，如拜佛懺悔，巫術祈禳來醫治了。〈瞳人語〉寫白內障的發生，是士人侂達違反了非禮勿視的儒家信條，後

來他改過自新，念誦佛經得救；〈紫花和尚〉則寫諸城丁生前生與董尚書府中侍兒有夙冤，沉病瀕死，雖「邑有某生者精岐黃」也無濟於事。《聊齋志異》中的醫生往往既懂醫術，又通巫術，在許多種情況下，疾病是通過巫術來禳解的。蒲松齡津津樂道地描述了治病的巫風巫俗，不僅在〈章阿端〉、〈上仙〉等篇章涉及，而且在〈跳神〉中專門進行了詳細地記載。

在中國的封建社會中，醫術和巫術往往不分。然而，記載醫術的書，車載斗量，傳承巫術則往往憑口耳相傳，文藝作品雖略有涉獵，卻語焉不詳。蒲松齡對巫術有著豐富的知識和濃厚的興趣，文筆又足以達之，他在《聊齋志異》中給我們留下的豐富的有關疾病巫術民俗的珍貴資料，讓我們有幸窺見明清之際巫醫診治的實際生活。

《聊齋志異》的疾病描寫有些是直接的，獨立的，以疾病為中心，如〈瞳人語〉、〈褚遂良〉、〈太醫〉、〈韓方〉等，更多的則是故事的有機組成部分，是情節的穿插過渡，有的則是故事中非常重要的環節。如〈邵女〉中金氏與邵女的矛盾是由於金氏患病，邵女為其療疾而化解的；〈嬌娜〉中孔雪笠是因為嬌娜為其治病而一往情深；〈蓮香〉中的桑生與女鬼李氏和狐女蓮香的錯綜複雜關係是通過桑生的病而漸次展開的。《聊齋志異》的故事千姿百態，疾病也千奇百怪，隨主人公的行事而變化多端。主人公因疾病或遇難，或得福，或遇豔，或有奇遇。疾病，在蒲松齡的筆下成了情節的粘合劑。《聊齋志異》的主人公很多是鬼狐花妖，蒲松齡在人與她們的交往上設置了瑰麗而浪漫的障礙。〈蓮香〉篇云：「世有不害人之狐，斷無不害人之鬼，以陰氣盛也」[48]。中國的文化傳統認為，人為陽，鬼為陰，鬼的陰氣可以給人帶來傷害，人與女鬼既然戀愛，結婚，就不可能不生病。所謂「夜台朽骨，不比生人，如有幽歡，促人壽數」[49]。這種交往給男性帶來的疾病使人鬼之戀平添了許多回環曲折，故事也就在纏綿曲折中平添了許多變數。

在《聊齋志異》以前的人鬼相戀的故事中，頂多強調「人鬼殊途」，強調空間的阻隔，對於生理上的排異反應不是很明晰突出。《聊齋志

異》在這方面的描寫則予以強調，甚至形成程式，增加了故事豐富性的空間，添加了神秘和恐怖，這可謂蒲松齡的一大創造。在這些方面，我們不能不欣賞蒲松齡豐富而浪漫的想像，而這種想像又顯然拜賜於中國傳統醫學理論的體系。

《聊齋志異》對於疾病的描寫不僅表現了蒲松齡極高的語言和描寫天才，同時反映了他的豐富的醫學實踐，像「撥視，則睛上生小翳，經宿益劇，淚簌簌不得止；翳漸大，數日厚如錢；右睛起螺旋，百藥無效」[50]。如果沒有對於像白內障這樣的眼疾的深入觀察，是很難有如此體察入微地描寫的。像〈梅女〉篇：「女送掌為之輕按，自頂及踵皆遍；手所經，骨若醉。既而握指細擂，如以團絮相觸狀，體暢舒不可言；擂至腰，口目皆慵；至股，則沉沉睡去矣」。這是對於按摩術多麼美好的描述啊！不過，《聊齋志異》於患者的心理體驗上的描寫尤為精妙入神。患者對於患處的感覺往往是用心來體驗的，手術治療過程中尤其如此，由於完全靠感覺認知，作者在描寫上自然就困難了一層。《聊齋志異》不僅惟妙惟肖地傳遞出這種感覺，而且把複雜微妙的情感也融匯了進去，如〈嬌娜〉篇：

「女乃斂羞容，揄長袖，就榻診視。把握之間，覺芳氣勝蘭。女笑曰：『宜是有疾，心脈動矣。然症雖危，可治；但膚塊已凝，非伐皮削肉不可。』乃脫臂上金釧安患處，徐徐按下之。創突起寸許，高出釧外，而根際餘腫，盡束在內，不似前如盎闊矣。乃一手啟羅衿，解佩刀，刃薄於紙，把釧握刃，輕輕附根而割。紫血流溢，沾染床席。而貪近嬌姿，不惟不覺其苦，且恐速竣割事，偎傍不久。未幾，割斷腐肉，團團然如樹上削下之瘿。又呼水來，為洗割處。口吐紅丸，如彈大，著肉上，按令旋轉：才一周，覺熱火蒸騰；再一周，習習作癢；三周已，遍體清涼，沁入骨髓。女收丸入喉，曰：『愈矣！』趨步出。

在中國的文言小說中，很少有描寫疾病中患者的感受的，即或有，也從未有像蒲松齡這樣把患者的心理感受和情感體驗如此細膩完美地傳遞過！

　　丰采多姿的疾病故事，濃郁的民間巫醫色彩，生動傳神的疾病描寫，既構成了《聊齋志異》故事中特有的疾病現象題材，也形成了《聊齋志異》中一道亮麗的風景線。

　　在古今中外的文學創作史上，影響於文學家創作風格的因素是很多的，歐陽修說：「凡士之蘊其所有，而不得施於世者，多喜自放於山巔水涯，外見蟲魚草木風雲鳥獸之狀類，往往探其奇怪；內有憂思感憤之鬱積，其興於怨刺，以道羈臣寡婦之所歎，而寫人情之難言；蓋愈窮則愈工」[51]。疾病對於蒲松齡而言，是他一生中很大的不幸，影響了他的人格精神，也影響了《聊齋志異》的風格特色。如果蒲松齡沒有患病，或不是這樣「貧因荒益累，愁與病相循」的話，很可能我們就不會讀到這樣風格和魅力的《聊齋志異》了。

參考文獻：

〔1〕：〈撥悶〉，《蒲松齡集》P486，上海古籍出版社，1986 年出版。

〔2〕：〔15〕：〈念奴嬌〉，《蒲松齡集》P721，上海古籍出版社，1986 年出版。

〔3〕：〈滿江紅·夜霽〉，《蒲松齡集》P731，上海古籍出版社，1986 年出版。

〔4〕：〈五月十二日，抱病歸齋〉，《蒲松齡集》P549，上海古籍出版社，1986 年出版。

〔5〕：〈長相思〉，《蒲松齡集》P725，上海古籍出版社，1986 年出版。

〔6〕：〈寄家〉，《蒲松齡集》P461，上海古籍出版社，1986 年出版。

〔7〕：〔14〕：〈客署作〉，《蒲松齡集》P474，上海古籍出版社，1986 年出版。

〔8〕：張歷友，《昆侖山房詩集》。

〔9〕：〔35〕：〈趺坐〉，《蒲松齡集》P498，上海古籍出版社，1986 年出版。

〔10〕：〈榻上〉，《蒲松齡集》P479，上海古籍出版社，1986 年出版。

〔11〕：〈八月新歸，覺斯、螽斯兩侄邀飲感賦，得深字〉其二，《蒲松齡集》P481，上海古籍出版社，1986 年出版。

〔12〕：〔18〕、〔27〕：〈抱病〉，《蒲松齡集》P516，上海古籍出版社，1986 年出版。

〔13〕：〔19〕、〔23〕、〔44〕：〈四十〉，《蒲松齡集》P516，上海古籍出版社，1986 年出版。

〔16〕：〈如水新釀熟清夜見招〉，《蒲松齡集》P695，上海古籍出版社，1986 年出版。

〔17〕：〔38〕：〈聊齋志異自序〉，《蒲松齡集》P58，上海古籍出版社，1986 年版。

〔20〕：〔42〕：〈病中〉，《蒲松齡集》P516，上海古籍出版社，1986 年版。

〔21〕：〈謝王聖符畫判〉，《蒲松齡集》P516，上海古籍出版社，1986 年版。

〔22〕：〈病足經秋不愈，畢振叔時亦抱恙初起，賦以寄之〉，《蒲松齡集》P527，上海古籍出版社，1986 年版。

〔24〕：〈慶清朝慢・臥病〉，《蒲松齡集》P728，上海古籍出版社，1986 年版。

〔25〕：〈草廬〉其二，《蒲松齡集》P486，上海古籍出版社，1986 年版。

〔26〕：〈又戲贈〉，《蒲松齡集》P689，上海古籍出版社，1986 年版。

〔28〕：〔40〕：〈藥祟書序〉，《蒲松齡集》P61，上海古籍出版社，1986 年版。

〔29〕：〈贈醫士盧鶴友〉，《蒲松齡集》P543，上海古籍出版社，1986 年版。

〔30〕：〈為冰炭和尚募藥資引〉，《蒲松齡集》P55，上海古籍出版社，1986 年版。

〔31〕：〈子笏〉，《蒲松齡集》P545，上海古籍出版社，1986 年版。

〔32〕：〔36〕：〈寂坐〉，《蒲松齡集》P629，上海古籍出版社，1986 年版。

〔33〕：《蒲松齡集》P496，上海古籍出版社，1986 年版。

〔34〕：〈袁子績、孫湘芷重陽見招，不果往，賦此寄之〉，《蒲松齡集》P496，上海古籍出版社，1986 年版。

〔37〕：〈王如水問心集序〉，《蒲松齡集》P67，上海古籍出版社，1986 年版。

〔39〕：〈請禁巫風呈〉，《蒲松齡集》P206，上海古籍出版社，1986 年版。

〔41〕：〈秋興〉，《蒲松齡集》P499，上海古籍出版社，1986 年版。

〔43〕：《蒲松齡集》P725，上海古籍出版社，1986 年版。

〔45〕：〈石洲慢〉，《蒲松齡集》P731，上海古籍出版社，1986 年版。

〔46〕：〈沁園春〉，《蒲松齡集》P729，上海古籍出版社，1986 年版。

〔47〕：這些篇章是：〈瞳人語〉、〈嬌娜〉、〈僧孽〉、〈妖術〉、〈王蘭〉、〈董生〉、〈珠兒〉、〈蓮香〉、〈巧娘〉、〈伏狐〉、〈黃九郎〉、〈金陵女子〉、〈湯公〉、〈翩翩〉、〈章阿端〉、〈武孝廉〉、〈孝子〉、〈上仙〉、〈跳神〉、〈孫生〉、〈狐懲淫〉、〈邵女〉、〈牛癀〉、〈鬼津〉、〈祿數〉、〈役鬼〉、〈醫術〉、〈紫花和尚〉、〈司文郎〉、〈顧生〉、〈獄神〉、〈藥僧〉、〈太醫〉、〈真生〉附則、〈二班〉、〈蠍客〉、〈毛大福〉、〈青城婦〉、〈褚遂良〉、〈劉全〉、〈果報〉、〈韓方〉、〈丐仙〉等。

〔48〕：《聊齋志異》卷二，P225，上海古籍出版社，1986年出版。

〔49〕：〈連瑣〉，《聊齋志異》卷三，P333，上海古籍出版社，1986年出版。

〔50〕：〈瞳人語〉，《聊齋志異》卷一，P11，上海古籍出版社，1986年出版。

〔51〕：歐陽修〈梅聖俞詩集序〉，《歐陽文忠公文集》卷42。

第三章　蒲松齡的感情生活

一、與劉孺人

　　在一般人的眼裏，蒲松齡和妻子的關係是很幸福的，尤其是在蒲松齡的晚年，他關心妻子，愛護妻子，在妻子病逝後，寫了很多悼內的詩歌，感人肺腑，催人淚下，這都是不移的事實。

　　蒲松齡的妻子劉孺人比蒲松齡小三歲，是秀才劉季調的次女。劉季調，「諱文鼎，文戰有聲」[1]。雖然蒲松齡在所撰〈族譜序〉中說自己的家族在明末清初是淄川縣「科甲相繼」的望族，卻可能有些誇張，起碼在他父親這一輩中落了。他的父親連秀才也沒有考中，經商賺了一點小錢，由於中途輟業，不事生產，又「周貧建寺」，晚年的家境顯然已很貧窮，以至於孩子上不了學，蒲松齡到了聘妻的年齡，也遲遲未能落實。在物色劉孺人的時候，很多人曾以蒲家貧窮為理由向劉季調說過壞話，但劉季調很欣賞蒲松齡父親蒲槃的為人，堅定地說：「聞其為忍辱仙人，又教兒讀，不以貧輟業，貽謀必無蹉跌，雖貧何病？」[2]最終把婚事定了下來。後來，順治十二年謠傳宮廷要選民女進宮，劉季調便把女兒提前送到蒲家。過了兩年，在蒲松齡 18 歲的時候，他和劉孺人正式舉行「御輪之禮」。從這個意義上說，蒲松齡和劉孺人的結合實在是來之不易。

　　在蒲松齡和劉孺人結婚後的很長一段時間裏，蒲松齡的家庭生活是很艱難的。儘管在蒲松齡十九歲的時候以縣府道三第一補博士弟子員，可能有過一個短暫的愉悅的生活，其間蒲松齡和劉氏在家中也比較得寵，但隨著蒲松齡在科舉上的不順利，蒲松齡在家庭中的地位坎坷起來，劉氏也成為娣姒攻擊的對象。先是蒲松齡的父母被攪得感歎：「此鳥可久居哉！」後來終於分了家。分家的時候，蒲松齡和劉孺人

顯然吃了虧：「乃析箸授田二十畝。時歲歉，菽五斗、粟三斗。雜器具，皆棄朽敗，爭完好；而劉氏默若癡。兄弟皆得夏屋，爨舍閒房皆具；松齡獨異：居惟農場老屋三間，曠無四壁，小樹叢叢，蓬蒿滿之。」[3]由於生活所迫，蒲松齡很早便走上了設帳授徒的教學生涯。除去在他三十一歲前後，應孫蕙的邀請去江南寶應縣和高郵做幕賓外，蒲松齡一直在縣裏鄉紳家教書，其中在畢際有家時間最長，教了三十餘年。由於設帳之地均距家甚遠，都是幾十里地，如若不是逢年過節，蒲松齡無法回家與妻子兒女共聚。也就是說，在這多年的教學生活當中，蒲松齡與妻子大部分時間實際上過的是分居的生活：「久以鶴梅當妻子，直將家舍作郵亭」[4]。這分居的生活給蒲松齡帶來了痛苦和寂寞，給他的妻子帶來的除去痛苦和寂寞外，更有沉重的生活負擔。蒲松齡這樣描寫道：「松齡歲歲遊學。劉氏薙荊榛，覓傭作堵，假伯兒一白板扉，大如掌，聊分外內；出逢入者，則避扉後，俟入之乃出。時僅生大男箬，攜子伏跐跼之徑，聞跫然者而喜焉。一庭中觸雨瀟瀟，遇風喁喁，遭雷霆震震諤諤；狼夜入則塒雞驚鳴，圈豕駭竄；兒不知愁；眠早熟，績火熒熒，待曙而已。故常自減餐留餅餌，媚鄰媼，臥以上床，俛作侶。雖固貧寂守，然不肯廢兒讀。憐兒幼，輒昧爽握髮送兒出，又目送之入塾乃返。後又生一女，三男：次篪，次筠，次笏。十八年，漸自成立。為婚嫁所迫促，努力起屋宇，一子授一室，而一畝之園，遂無隙地，向之蓬擇，擇遂化而為茅茨矣。然食指繁，每會食非一榻可容，因與沙釜一，俾各炊。居無何，大男食餼；三男、四男皆掇芹；長孫立德，亦弁童科。劉氏食貧衣儉，甕中頗有餘蓄。松齡年七十，遂歸老不復他遊」[5]。妻子為他和家庭所做的犧牲，如何不令感情濃重的蒲松齡為之動情！所以，蒲松齡對於夫人劉孺人的感念是由衷的，妻子臥病的時候他就感歎道：「少歲嫁衣無執絝，暮年挑菜供盤飧。未能富貴身先老，慚愧不曾報汝恩」[6]。夫人去世後，他回憶往事，涕泗連連：「自嫁黔婁艱備遭，家貧兒女任啼號。浣衣更惜來生福，豐歲時將野菜挑。憐我衰髦留脆餌，哀君多病苦勤勞」。

他說：「五十六年琴瑟好，不圖此夕頓離分！」「魂若有靈當入夢，涕如不下亦傷神。邇來倍覺無生趣，死者方為快活人」[7]。

但是，翻檢《蒲松齡全集》，我們卻有幾點困惑。比如，蒲松齡與劉孺人是在順治十四年丁酉結合的，至劉孺人於康熙五十二年病逝，兩個人在一起生活了 56 年，但從現存蒲松齡表達對於劉孺人感情的詩歌來看，這些詩歌幾乎全集中在六十歲之後，而在這之前則付諸闕如。也就是說，在三十歲到五十歲的長達二十餘年的時間裏，蒲松齡幾乎沒有給妻子寫詩。相比之下，此期間蒲松齡給他的朋友們寫了許多的詩歌。康熙九年和十年，蒲松齡赴寶應縣做孫蕙幕賓，這是蒲松齡生平的唯一一次遠遊，他給郢中詩社朋友們寫了許多詩歌，卻沒有寄給劉孺人一首詩。即或有，也是〈寄家〉。而玩味〈寄家〉的語意，則無寧是籠統地向父母妻子報平安。與其說是給劉孺人，不如說是給父母；與其說是給家裏，不如說是自我抒情。形成鮮明對照的是，此時他給歌妓顧青霞的詩卻情意綿綿，有三首之多！

再比如，《聊齋志異》中的〈嬌娜〉篇的「異史氏曰」中有這樣的一段話：「余於孔生，不羨其得豔妻，而羨其得膩友也。觀其容可以療饑，聽其聲可以解頤。得此良友，時一談宴，則色授魂與，尤勝於顛倒衣裳矣」[8]。撇開蒲松齡在這裏似乎探索第四種感情不談，撇開蒲松齡是否有所感所思也不談，起碼有理由認為，在情愛的感情上，蒲松齡只有感到不滿足時才會有是語。在人類的感情當中，愛情是排他的，獨佔的，當一個人有了妻子，而又豔羨別的女人的才色，希望接近交往，希望「色授魂與」，這只能有一種解釋：妻子相對在某些方面使丈夫慊慊於心，丈夫需要的，妻子欠缺，他渴望在另一個渠道得到補償和疏導。

蒲松齡具有詩人的氣質，浪漫，喜群樂友，感情豐富；他是一個天才的文學藝術家，詩詞歌賦，吹拉彈唱，無不通曉；他會棋，愛飲酒，喜歡花，愛竹子，愛登山，書法繪畫，醫卜星相，事事靈通，是一個百科全書式的人物。他也愛表現，一個文學藝術家還有不愛表現的嗎？表現之餘，文學藝術家又沒有一個不「嚶其鳴矣，求其友聲」，

渴望有人能夠與他溝通唱和的。蒲松齡自然也不例外。但夫人劉孺人並不能與他琴瑟相和。劉氏不識字，到了晚年才「初學持籌」[9]。生活的艱辛和勞累更是使她缺乏對詩歌的興趣。她「默若癡」的寡言與熱情健談的蒲松齡之間的反差怎能不大呢。《聊齋志異》的〈嘉平公子〉寫一個浪漫多才的女鬼希冀與嘉平公子聯句，沒料到公子不會風雅，女鬼大為掃興。我們想像如果那女鬼是蒲松齡，而嘉平公子是劉孺人時，蒲松齡的感慨當不會與女鬼有太大差別。蒲松齡在《聊齋志異・自志》中感歎「驚霜寒雀，抱樹無溫，吊月秋蟲，偎欄自熱」，那既可以看作是科場上失敗後的憤懣，也可以看作是茫茫四海缺乏知音的孤獨，但未嘗沒有生活上的寂寞和空虛，包括情感上荒涼的感喟。

二、與顧青霞

　　顧青霞是影響於蒲松齡感情生活的另外一個女子。

　　蒲松齡與顧青霞相識是在江南寶應縣。1670 年，孫蕙邀約蒲松齡去寶應縣做他的幕賓。孫蕙生於 1632 年，死於 1686 年，是一個縱情聲色的官吏，只活了 55 歲。他不僅家裏妻妾成群，載歌載舞，而且也留戀地方上的聲色。死後，張歷友寫詩說：「金粉黛螺叢，狼藉方空縠。妖姬一十二，伐性亦何速」[10]！蒲松齡既然是他的同鄉好友，又是他請來幫辦事物的親信，孤身前來，孫蕙自然在生活上要給予照顧。這照顧包括飲食起居，也包括聲色之娛。寶應之行，既是蒲松齡唯一的一次走出山東，也是他唯一的一次涉足聲色之地的機會。《蒲松齡詩集》就載有〈樹百家宴戲呈〉、〈樹百宴歌妓善琵琶，戲贈〉、〈孫樹百先生壽日，觀梨園歌舞〉等作品，蒲松齡與顧青霞就是在這樣一個氛圍中相識的。

　　蒲松齡在寶應縣的時候，顧青霞尚未成為孫蕙的侍妾，身份只是歌妓，是「領袖仙班」的頭牌妓女。何以為證呢？這可以從蒲松齡贈給她的詩的稱呼上看出。在寶應時，蒲松齡給她寫的贈詩的稱呼一律

是「青霞」，「顧青霞」，而當顧青霞成為孫蕙侍妾之後，蒲松齡贈詩的稱呼則變為「顧姬」了。在她死後又直稱其名。另外，也可以從他在此時的詩中稱顧青霞為「可兒」看出。假如此時顧青霞已經是孫蕙的侍妾的話，則蒲松齡無論如何在稱謂上不能有此過分的口吻。正由於顧青霞與蒲松齡相識時的身份是歌妓，故兩個人的關係自可以深入一層，與蒲松齡後來面對的是朋友的姬妾的關係不同。當時蒲松齡對於顧青霞可稱是體貼愛憐，柔情似水：為了滿足顧青霞吟誦詩歌的需要，蒲松齡從萬首唐人絕句中謄錄出既符合香奩內容又適宜吟誦的百首詩歌送給顧青霞，稱「為選香奩詩百首，篇篇音調麝蘭馨。鶯吭囀出真雙絕，喜付可兒吟與聽」[11]。他讚美顧青霞的吟誦：「曼聲發嬌吟，人耳沁心脾。如披三月柳，斗酒聽黃鸝」。「旗亭畫壁較低昂，雅什猶沾粉黛香。寧料千秋有知己，愛歌樹色隱昭陽。」[12]。其中「寧料千秋有知己」之句，固然是讚揚顧青霞的眼光足以使唐人引為知己，但又何嘗沒有蒲松齡引顧青霞為自己知己之意！

　　顧青霞是個什麼樣子的女子，她為什麼會讓蒲松齡如此傾心呢？從蒲松齡寫的詩歌來看，她漂亮，溫柔，「眉如新月鬢如雲」[13]；她風情萬種，「顫顫如花，亭亭似柳，嘿嘿情無限。恨狂客兜搭千千遍，垂粉領，繡帶常拈」[14]；除了一般歌妓的能歌善舞，愛好音樂外，她還喜愛書法，「書法歐陽畫似鉤」，也學寫詩歌，「佳人韻癖愛文章，日日詩成喚玉郎」。而且很快「閨閣才名日日聞」[15]。尤其是她愛好並善於吟誦詩歌，「吟聲嚦嚦，玉碎珠圓」[16]。「吟調鏗鏘春燕語，輕彈粉指叩金釵」[17]。她的色藝和性情，她身上所洋溢著的書卷氣息，讓感情豐富的才子蒲松齡迷戀傾心，追慕不已。乃至顧青霞成為孫蕙的侍妾之後，蒲松齡依然纏綿難忘！有人講，在中國的古代包辦婚姻的社會中，士人缺乏真正的戀愛，假如有的話，反倒是發生在士人和妓女的身上，這話放在蒲松齡的身上大概也不算為過。顧青霞成為孫蕙的侍妾後，蒲松齡寫過多首懷念她的詩詞，有的詩詞名義上是給孫蕙，所謂「戲孫給諫」，而實際上是蒲松齡自抒情愫。甚至在 1682 年，孫蕙不在淄川的時候，蒲松齡出格地寫了〈孫給諫顧姬工詩，作

此戲贈〉，繞開孫蕙，直接投詩給顧青霞，思念之情溢於言表。1688年，顧青霞病逝，蒲松齡寫了沉痛的詩歌悼念她：「吟聲彷彿耳中存，無復笙歌望墓門。燕子樓中遺剩粉，牡丹亭下吊香魂。」[18]。回顧蒲松齡與顧青霞十八年來的感情糾葛，他們的關係已不是士人與妓女的關係，也不是短暫的逢場作戲，而是帶有著知己和刻骨銘心的情感。假如顧青霞不是早逝，相信這種感情肯定還會繼續下去。

　　顧青霞與劉孺人顯然是兩種不同的女性，她們給予蒲松齡的感受也截然不同，劉孺人雖然是秀才的女兒，賢慧知禮，但性格和教養與蒲松齡心目中的感情生活相差得較遠。劉孺人溫謹樸訥，少言寡語。做為賢妻良母，持家過日子，她會讓蒲松齡一直感念她；但與蒲松齡浪漫的性情和才藝上的溝通則相對欠缺。與劉孺人相比，顧青霞是妓女出身，在文學藝術上有著良好的訓練，她的色藝氣質與才子蒲松齡有著更多的契合。

　　從蒲松齡寫給劉孺人和顧青霞的詩歌來看，他對這兩個女人的感情聯繫是不同的。蒲松齡與劉孺人之間的感情是倫理的，家庭的，與顧青霞之間的感情則是知己的，友情的。明白點說，蒲松齡之於劉孺人是丈夫對於妻子的情感，而對於顧青霞則是對於情人或妾的情感。他對於兩人的感情都很真摯，而且都含有不容質疑的愛。這是一種現在的讀者不甚理解而在當時卻是司空見慣的社會現象，蒲松齡對此也視若當然。蒲松齡在孫蕙的幕府裏只待了一年左右，以他的經濟能力，他只能借孫蕙的光與顧青霞盤桓，而不可能為顧青霞贖身。他與顧青霞的關係只能曇花一現。在他離開江南後，顧青霞被孫蕙納為侍妾。後來顧青霞隨孫蕙回到了淄川，蒲松齡雖然舊情未斷，但「侯門一入深似海，從此蕭郎是路人」，大概直到顧青霞去世，蒲松齡與顧青霞很難見面了。蒲松齡與劉孺人的關係則正相反，雖然在年輕的時候不見得很諧和，但隨著年歲的增高，隨著蒲松齡對於家庭和劉孺人的依賴進一步加強，他與劉孺人的感情進一步加深，這對患難貧賤夫妻可以說最後攜手走完了生命的旅途。蒲松齡對於劉孺人的感情老而彌

篤，可以看作是蒲松齡在感情生活上向家庭和倫理的回歸，也和蒲松齡晚年總體的思想感情由浪漫走向現實相一致。

三、蒲松齡的感情生活與《聊齋志異》的創作

蒲松齡的感情生活對《聊齋志異》和《聊齋俚曲》中的愛情婚姻篇章給予了深刻的影響。

從某種意義上說，蒲松齡的婚姻生活是「父母之命，媒灼之言」這一婚姻制度的受益者，產生波瀾的原因只是社會上的「嫌貧愛富」，「門當戶對」觀念所帶來的閒言碎語。幸好劉孺人的父親頂住了壓力，使蒲松齡和劉孺人最終結合。世俗的「嫌貧愛富」給予蒲松齡的刺激不小，也自然成為《聊齋志異》描寫婚姻問題的題材。但《聊齋志異》攻擊的矛頭不在於「嫌貧愛富」世態炎涼的本身，而在於世俗的人目光短淺，不能夠慧眼識富貴於寒士之中。在相當一部分愛情題材的描寫中，蒲松齡是並不反對「父母之命，媒灼之言」的，具有浪漫婚姻色彩的〈姊妹易嫁〉中的次女就昂揚地宣示：「父母之命也，雖乞丐不能辭」[19]。果然後來得到幸福；蒲松齡也不是一般地聲討嫌貧愛富，因為在他的觀念中，「君子逐逐於朝，小人逐逐於野，為富貴也」[20]，是人的普遍品質，他自己也是富貴的癡迷追求者。蒲松齡所憤激的是窮苦而有才學的讀書人因世人輕寒士的觀念而娶不了妻，得不到好姻緣。《聊齋志異·封三娘》中的十一娘嫌同里的秀才孟安仁貧窮，封三娘批評她說「娘子亦何墜世情哉！此人苟長貧賤者，余當抉眸子，不復相天下士矣」[21]。他在〈青梅〉篇的「異史氏曰」中則直接說：「天生佳麗，固將以報名賢。而世俗之王公，乃留以贈紈絝。此造物所必爭也。而離離奇奇，致作合者無限經營，化工亦良苦矣。獨是青夫人能識英雄於塵埃，誓嫁之志，期以必死，曾儼然而冠裳也者，顧棄德行而求膏粱，何智出婢子下哉」[22]。他在這些篇章中讓窮秀才一個個都飛黃騰達，也算是出了人生的一口惡氣。

　　〈劉氏行實〉中有這樣的一段話：「先是，五十餘猶不忘進取。劉氏止之曰：『君勿須復爾！倘命應通顯，今已台閣矣。山林自有樂地，何必以肉鼓吹為快哉？』松齡善其言。顧兒孫入闈，褊心不能無望，往往情見乎詞，而劉氏漠置之。或媚以先兆，亦若罔聞。松齡笑曰：『穆如者不欲作夫人耶？』」[23]他在〈語內〉的詩中更是感慨地說：「未能富貴身先老，慚愧不曾報汝恩」[24]。蒲松齡夫妻間的這些對話，除了讓我們感受到劉孺人的理智和對於蒲松齡的體恤，感受到蒲松齡一生對於科舉的孜孜追求外，同時也讓我們感受到蒲松齡對於夫人的感念和內疚。既然在訂婚之初，蒲松齡受到過別人對於其婚姻的風言風語，那麼，在蒲松齡對於功名的熱切進取和渴望之中，也未嘗沒有對夫人的內心的承諾——他一定要「為床頭人吐氣」，讓劉孺人成為「夫人」，不枉嫁給他一場！《聊齋志異》中識英雄於寒士之中的女性後來個個博得封誥，嘲笑她們的人至於後悔而「抉目」，既是對世俗狗眼看人低的鞭伐，也是對於殷切支持丈夫如劉孺人那樣女性的補償。

　　由於蒲松齡對於劉孺人和顧青霞都懷有著感情而她們各具性情，所以，在《聊齋志異》中，儘管女性形象千差萬別，有人鬼狐妖之分，但在性格和性情上大別不過兩類，一類是劉孺人型的，吃苦耐勞，持家理財，是賢內助。如「卸妝入廚下，刀砧盈耳矣。俄而肴羅列，烹飪得宜」[25]。「晨興夜寐，經紀彌勤。每先一年，即儲來年之賦，以故終歲未嘗見催租者一至其門。又以此法計衣食，由此用度益杼」[26]。「妾歸君後，當長相守，勿復設帳為也。四十畝聊足自給，十畝可以種黍，織五匹絹，納太平之稅有餘矣。閉戶相對，君讀妾織」[27]。她們具備《聊齋志異》中婚姻女性的性格特點。這些女性的性格特徵似乎都有劉孺人的影子在。寫婚後的生活，寫男讀女織的生活，是《聊齋志異》婚姻愛情小說的一大特點，雖然不無浪漫的意味，卻比較真實地反映了明清時代農村知識份子的家庭生活面貌。假如我們考慮到中國愛情婚姻小說重在傳奇，文筆多止於婚前的

纏綿；即或有婚後生活的描寫，也或者為貴族的，或者為市民的，那麼《聊齋志異》所表現的農村知識份子的婚姻家庭生活就彌足珍視了。

另一類是顧青霞型的女性形象，風流旖旎，嬌波流慧，細柳生姿，浪漫多情。有的善詩歌，有的善舞蹈，有的善圍棋，有的是音樂家。〈連瑣〉中的連瑣「每於燈下為楊寫書，字態端媚。又自選宮詞百首，錄誦之。使楊治棋枰，購琵琶，每夜教楊手談。不則挑弄弦索，作『蕉窗零雨』之曲，酸人胸臆。楊不忍卒聽，則為『曉苑鶯聲』之調，頓覺心懷暢適」[28]。這大概只有顧青霞這樣的歌妓才會有如此的藝術素養。尤其值得一提的是，其中有的形象直然有著顧青霞的影子在，有著顧青霞和蒲松齡當日吟誦相和的影像在。假如我們比較小說〈白秋練〉中男女青年吟誦詩歌的描寫和詩詞中關於顧青霞吟詩的歌詠，就會發現兩者竟然何其相似乃爾！

現實生活中的蒲松齡限於經濟條件無法身擁雙美，但並不妨礙他在《聊齋志異》中實現其白日夢。《聊齋志異》中的男主人公家中有妻子照樣可以堂而皇之的追求漂亮女性，〈青鳳〉中的耿去病就是這樣的一個典型。現實生活中的女性很少同時具備現實的能幹和浪漫的才思兩種品質的，於是《聊齋志異》往往妻賢妾美，讀書人左擁右抱。〈陳雲棲〉篇中的真毓生娶了漂亮但不能持家的陳雲棲，母親很不滿，說：「畫中人不能做家，亦復何為」。於是真毓生又娶了沉穩而能幹的盛雲眠。老太太高興地說：「兒但在膝下，率兩婦與老身共樂，不願汝求富貴也」[29]。──那其實也是蒲松齡在婚姻和家庭上企圖兼有雙美心態的流露。

不能說《聊齋志異》中這兩類女性形象都來自於蒲松齡感情生活的原形，因為美麗多才藝又能持家理中饋的女性向來是中國男性心目中的理想形象。但在中國的文言小說集中有著這樣明確的分野，把男性的理想表述得這樣明確，卻不能不說是蒲松齡的貢獻，抒寫了封建社會田園經濟下農村士人的白日夢。

如果比較《聊齋志異》和《聊齋俚曲》中的女性形象的話，《聊齋志異》中的女性形象多浪漫才藝型的女性，而蒲松齡晚年所作的《聊

齋俚曲》中的婦女大都是婚姻型的，現實型的，很少浪漫的女性形象
了，多是「又洗碗又唰鍋，趕著驢兒去推磨」[30]的農婦，甚或多是潑
辣的女性形象。假如說在現實感情生活中，顧青霞和劉孺人在蒲松齡
心目中的地位有消長的話，那麼，在蒲松齡的文藝作品中，代表顧青
霞和劉孺人的兩類婦女形象也有著消長。當然，這不僅與蒲松齡的感
情生活有關，也還與蒲松齡晚年思想上感情上審美觀念上的變化有
關，與《聊齋志異》與《聊齋俚曲》的創作娛樂對象的變化也有著密
切的關係。

　　在我們思考蒲松齡的感情生活和小說俚曲創作之間關係的時候，
另一個不能忽視的因素是蒲松齡孤寂的教師生活。蒲松齡當了四十餘
年的私塾先生，在這四十餘年的教學生涯中，除去逢年過節回家團聚，
蒲松齡有著相當長的禁慾生活經歷。五十歲之後蒲松齡的性生活的荒
涼寂寞姑且不論，正當壯年的蒲松齡性生活的壓抑，不可能不在小說
創作上表現出來，而這段時間正是《聊齋志異》創作的重要時期。按
照一種說法，性生活的貧乏和壓抑，可以通過性夢的方式來宣洩，而
性夢的宣洩在文學家的筆下又可以通過敘事的方式來轉換。根據這種
說法，我們有理由認為在《聊齋志異》中的一些篇章中，像〈房文淑〉、
〈愛奴〉、〈鳳仙〉、〈狐女〉、〈綠衣女〉、〈荷花三娘子〉、〈連
瑣〉等篇章中，未嘗沒有性幻想的成分在。這些篇章中男主人公的豔
遇共同點是都處於性的寂寞和焦慮中，是漂亮女性送上門來，自薦枕
席，並且不以婚姻為目的。對於這些篇章的評論，有人解釋為是蒲松
齡主張性自由，有人解釋為蒲松齡在描寫鬼狐花妖時拋撇開性的道
德不論，也有人解釋為蒲松齡在這裏是自寫性幻想，是在性的苦悶
和焦慮的心態下的創作，當然，各種因素兼而有之可能更符合創作
的實際些。

　　《聊齋志異》千姿百態的愛情故事是蒲松齡紛紜複雜創作動機的
綜合產物，不能把它們都歸結於受蒲松齡感情生活的影響，也不能把
感情生活對於創作的影響誇大到不適當的程度，認為小說中所有的情
愛觀念和意象都與蒲松齡的感情生活有關，甚至認為某一個形象就是

蒲松齡生活中某一個女性的化身。但是蒲松齡的感情生活與其文藝創
作上的聯繫不容忽視，卻是不容質疑的事實。

參考文獻：

〔1〕、〔2〕、〔3〕、〔5〕、〔23〕：蒲松齡〈述劉氏行實〉，《蒲
　　松齡全集》第二冊，上海學林出版社，1998 年出版。

〔4〕：蒲松齡〈家居〉，《蒲松齡全集》第二冊，上海學林出版社，
　　1989 年出版。

〔6〕、〔24〕：蒲松齡〈語內〉，《蒲松齡全集》第二冊，上海學林
　　出版社，1998 年出版。

〔7〕、〔9〕：蒲松齡〈悼內〉，《蒲松齡全集》，第二冊，上海學
　　林出版社，1998 年出版。

〔8〕：蒲松齡《蒲松齡全集》第一冊，上海學林出版社，1989 年
　　出版。

〔10〕：張歷友〈同邑八哀詩〉之一，轉引自盛偉《蒲松齡年譜》，
　　見《蒲松齡全集》第三冊，上海學林出版社，1998 年出版。

〔11〕：蒲松齡〈為青霞選唐詩絕句百首〉，《蒲松齡全集》第二冊，
　　上海學林出版社，1989 年出版。

〔12〕：蒲松齡〈聽青霞吟詩〉、〈又長句〉，《蒲松齡全集》第二
　　冊，上海學林出版社，1989 年出版。

〔13〕、〔15〕、〔17〕：蒲松齡〈孫給諫顧姬工詩，作此戲贈〉，
　　《蒲松齡全集》第二冊，上海學林出版社，1989 年出版。

〔14〕、〔16〕：蒲松齡〈西施三疊戲簡孫給諫〉，《蒲松齡全集》
　　第二冊，上海學林出版社，1989 年出版。

〔18〕：蒲松齡〈傷顧青霞〉，《蒲松齡全集》第二冊，上海學林出
　　版社，1989 年出版。

〔19〕、：蒲松齡〈姊妹易嫁〉，《蒲松齡全集》第一冊，上海學林出版社，1989 年出版。

〔20〕：蒲松齡〈早起〉，《蒲松齡全集》第二冊，上海學林出版社，1989 年出版。

〔21〕：蒲松齡〈封三娘〉，《蒲松齡全集》第一冊，上海學林出版社，1989 年出版。

〔22〕：蒲松齡〈青梅〉，《蒲松齡全集》第一冊，上海學林出版社，1989 年出版。

〔25〕：蒲松齡〈湘裙〉，《蒲松齡全集》第一冊，上海學林出版社，1989 年出版。

〔26〕：蒲松齡〈細柳〉，《蒲松齡全集》第一冊，上海學林出版社，1989 年出版。

〔27〕：蒲松齡〈細侯〉，《蒲松齡全集》第一冊，上海學林出版社，1989 年出版。

〔28〕：蒲松齡〈連瑣〉，《蒲松齡全集》第一冊，上海學林出版社，1989 年出版。

〔29〕：蒲松齡〈陳雲棲〉，《蒲松齡全集》第一冊，上海學林出版社，1989 年出版。

〔30〕：蒲松齡〈姑婦曲〉，《蒲松齡全集》第三冊，上海學林出版社，1989 年出版。

中　篇

思　想

第四章　蒲松齡的教育思想

一、教育家的蒲松齡

　　無庸置疑，在中國文化史上，蒲松齡是一個文學家；又無庸置疑，同時他又是一個教育家。我們說他是一個教育家，並非僅只指他從事教育活動近四十年，幹了大半輩子私塾先生，七十歲始「撤帳歸來」，而是指他具有教育家的精神和自覺意識，具有比較系統而豐富的教育思想，具有強烈的使命感，熱心鄉里的教育事業，並做了許多諸如包括編寫鄉土教材的實際工作。

　　蒲松齡非常重視教育活動在國民生活中的地位，「古人之所以為學。蓋如此哉……聖人有以知其必不能也，遂慨然操智慧劍，起而破混沌氏於茫蕩之野；不已而將之車服祠廟以導其前，不已而懸之刀鋸斧鉞以迫其後，又不已而加之烊銅熱鐵，湯鑊油鼎以愓其夢寐。豈好為是喋喋哉，聖人固有所大不得已也」（〈王如水（問心集）序〉）。「讀禮者知愛，讀律者知敬，其有裨於風化非淺矣」（〈懷刑錄序〉）。他從儒家的「仁政」學說出發，認為教育在安定社會秩序中有不可替代的作用：「安仁做宰，一縣桃李。蘇子為官，滿堤楊柳。自古文人，多為良吏。可以知弦歌之化，非文學者不能也」（〈古香書屋存草序〉）。

　　蒲松齡的教育思想受陸九淵、王陽明的影響極大，並以主觀唯心主義哲學為其基礎。他在〈會天意序〉中說：「天地在大化之中，不啻旦暮之在天地；大化在方寸之中，亦猶天地之在大化也」。「方寸中之神理，吾儒家之能事。」「昭昭乾象，不出方寸。彼行列次舍，常變吉凶，不過取證吾天耳」。所以，他認為人的素質修養的要義在於天理，滅人欲。「人慾去而彭咸逃名，天理存而閻羅動色。能於慾念熾時，愓然而問戒懼心，即可以為大羅仙人」。他強調人的一閃念及其把握的重要。「此心一動，德則其人也。不德則其鬼也。為人為

鬼，間不容髮」（〈王如水（問心集）序〉）。同時由於蒲松齡受有佛教輪回思想的影響，他特別強調因果報應在教育中的重要作用：「試於平心靜氣之中，冥然公念曰：『若某事宜得某報，某事宜得某報』，即此宜得之公心，返觀內視，而九幽十八獄，人人分明見之矣。酆都萬狀，何謂渺冥哉！故東嶽魍魎，固所以惕小人，而北門鎖鑰，乃所以防君子。」這是《聊齋志異》眾多因果報應篇章的教育理論基礎。

蒲松齡一方面強調「禮非降自天也，非出自地也，乃生於心者也」（〈袁愚山師服考〉），是人心所固有的；另一方面他從教育實踐出發，也看到了後天的教育和環境對於改變人的素質的重要作用，特別是在他的晚年，他在《聊齋俚曲·姑婦曲》中明確指出：「若著那爺娘從小教誨，那裏有天賢的呢！」他寫珊瑚勤勞能幹，知書達禮，是因為她是秀才的女兒；寫臧姑好吃懶作，脾氣暴戾，則因為她出生在一個生意人家，缺乏教養。《聊齋俚曲：牆頭記》更是用文學的形式寫出了人的性格品行都來自於後天教育。張大怪、張二怪不孝養父親，張老追溯原因說：「五十多抱娃娃，冬裏棄夏裏瓜，費了錢還怕他吃不下。惹惱了掘墳頂，還抱當街對人誇，說他巧嘴極會罵。慣搭得不通人性，到如今待說什麼！」結尾寫到張大怪的兒子小瓦鴰用父輩對待張老的態度返還對待他們時，意味深長地評論說：「望上看有雙親，往下看有兒孫。我不好，後代越發甚」。「小瓦鴰不過才十來多歲，已下手把樣子描下兩對。想是那小心眼諸般學會。」

蒲松齡認為學習必須專心致志全身心地投入，以致達到物我兩忘的階段才能有所掌握。他說：「性癡則其志凝。故書癡者文必工，藝癡者技必良。世之落拓而無成者，皆自謂不癡者也。」「以是知慧黠而過，乃是真癡」（《聊齋志異·阿寶》）。

在學習方法上，蒲松齡強調少而精，博觀約取，為我所用。他自己讀書，採用「刪去繁蕪，歸於簡奧」（〈蒲箬等祭父文〉）的方法。他素嗜莊列之文，便「獵狐而取其白，間或率憑管見，以為臆說，但求其理順而便於誦」（〈莊列選略小引〉）。他得到《帝京景物略》，

便編選成《帝京景物選略》,「其詩也贅,棄之。其記也繁,稍稍去取之。狐取其白,盡美則已。」(〈帝京景物選略小引〉)對於所編的通俗教材,他也貫徹刪繁就簡,便於實用的原則。他有鑒於《農訓》「中或言不盡道,行於彼不能行於此,因妄為增刪」,集為《農桑經》。他編《藥祟書》,便「不取長方,不錄貴藥,檢方後立遣村童可以攜取」(〈藥祟書序〉)。他編《小學節要》,刪去《小學》三分之二,「存三分之一,以便老蒙士之記誦」(〈小學節要跋〉)

儘管蒲松齡在青年時代熱衷於科舉,說過「當今以時藝試士,則詩之為物,亦魔道也,分以外者也」(〈郢中詩社序〉),視八股時藝以外者為魔道,但實際生活的磨煉,逐漸改變了他對於學問的認識。尤其是晚年的蒲松齡,極其注重百姓日用技能的學習和掌握,重視對農民的教育普及工作。他說:「貴介之子孫,不分菽麥。秀才之莊稼,貽笑耕夫。日用之事,習而不察者,寧少乎哉!?(〈家政外編序〉)「蠶政之重,所從來矣」(〈家政內編序〉)。「居家要務,外惟農而內惟蠶」(〈農桑經序〉)。「每需一物,苦不能書其名。舊有《莊農雜字》,村童多誦之,考其點畫,率皆杜撰。故立意詳查《字彙》,編為此書」。「雖俗字不能盡志,而家常應用,亦可以不窮矣」(《日用俗字‧自序》)。他在教私塾之餘,不僅親自從「足以補益身心而取資於日用」(〈蒲箬等祭父文〉)出發,編寫了《日用俗字》、《家政廣編》、《農桑經》、《藥祟書》、《婚嫁全書》、《省身語錄》等,而且對於周圍朋友們編撰的有利於國計民生的普及讀物也大力支持並參與其事。丘行素寫《懷刑錄》,他大為讚賞,並「因其本而錯綜之」。「又集日月所易犯者,增之為《懷刑錄》。庶吾人知所措手足乎,總言之曰:《措素書》」(〈懷刑錄序〉)。袁愚山作《師服考》,他為之作序,說:「此有關於人心風俗,則聲之鐘鼓,亦不可不隍聒之也」。

就蒲松齡對於鄉土教材和通俗讀物的熱情並大張旗鼓地進行創作、編輯、宣傳而言,不僅在明清的文學家中是卓立的,即使在明清之際的教育家行列中,也是特異而值得研究的。他給我們留下的這批

日用雜著提供了明清之際通俗鄉土教材的樣本，那是僅次於他的文學巨著的不可忽視的教育遺產。

　　尤其值得注意的是，蒲松齡又是個充滿使命感的教育活動家。由於他的功名很低，社會地位不高，再加上清初文化政策非常嚴厲，他在除當私塾先生之外很難在實際的較大的教育活動中有所作為。但是，蒲松齡在當時特定的文化教育環境中又確實擔負起了他應盡的使命。像他的父親一樣，蒲松齡晚年實際上是鄉里的精神領袖：「凡族中桑鵝鴨之事，皆願得一言以判曲直。而我父亦力為剖決，曉以大義，俾各帖然欽服以去。雖有村無賴剛愎不仁，亦不敢自執己見，以相悖謬。蓋義無偏徇，則坦白自足以服眾也」（蒲箬〈柳泉公行述〉）。從他所撰的〈族譜序〉中，不僅可以看到他在族中的地位、影響，也可以想見當日蒲松齡在家族教育中的活動、抱負。誠如他所感慨的：「譜既成，庶使凡我族人溯淵源而念宗支，審存亡而知忠厚」。「但維持風教，非韋布者所能。故云不尊不信，其言為已戚矣。」即使就具體的語文教育而言，蒲松齡的影響也是早已超出了他所設帳的畢氏等子弟範圍。正如蒲箬在〈柳泉公行述〉中所談到的：「至於引掖後進，則又不獨於受業門牆者，耳為提，面為命，循循善誘，無倦色無惰容也。即單寒之士，時以文藝來質，為曲指迷途，俾知進取。從不濫施丹黃，致墮狐窟也。」

　　而且，蒲松齡的教育活動不僅限於鄉里，限於族中，還擴大到縣裏。從蒲松齡的〈力辭學長呈〉中，我們可知他又是縣裏秀才的領袖。儘管由於資料的缺乏，我們很難斷定他的「學長」是否辭掉了，但我們從《聊齋志異‧張鴻漸》篇「大凡秀才作事，可以共勝，而不可以共敗」的感慨來看，沒有切膚的感受是很難有此體悟的。從〈為排邪言呈〉、〈請表一門三烈呈〉、〈公舉孝子呈〉、〈代三等前名求准應試呈〉、〈請祈速考呈〉、〈請懲無品生員呈〉上看，蒲松齡在縣學中的地位和影響自不待言。

　　在明清之際的教育史上，像顧炎武、黃宗羲、王夫之、顏元等人皆是卓有成就的大家。他們所取得的成就，都遠遠超過了私塾先生的

蒲松齡。但僅是簡單地類比似乎不妥，而且，際遇、地位、影響、和
是否夠得上教育家的評估並不是同一的概念。至少，從蒲松齡的一生
經歷來看，做為一個教育家，蒲松齡是當之無愧的。

二、勸懲教育是《聊齋志異》創作動機和內容的重要方面

　　長期以來，研究《聊齋志異》的思想內容和創作動機，學術界往
往強調它的揭露和批判精神，也即其「孤憤」精神。在文學史著作中，
如果用最簡單的一句話來概括《聊齋志異》的本質，往往說「《聊齋
志異》正是作者借鬼狐花妖故事寄託『孤憤』的作品」云云。

　　實際上，從《聊齋志異》的創作動機和主要內容看。它應該包括
三個方面：即孤憤、勸懲、遊戲（詳見拙作〈論蒲松齡的孤憤精神〉，
載 1989 年《北京師範大學學報》增刊）。「孤憤」只是其中的一個方
面，並不是全部。而勸懲教育的創作動機及內容，無論如何不應該被
漠視，──即使不放在首位的話。

　　假如我們對《聊齋志異》的篇章做一個模糊的量的統計的話，那
麼問題是顯而易見的。《聊齋志異》現存四百九十一篇，除去數行即
盡的短篇之外，有「異史氏曰」的可以看做是較為重要的作品。這些
作品共二百篇左右，把這些作品集中排列起來，那麼勸懲教育內容的
篇章實在是佔了《聊齋志異》的極大的比重。像〈孝子〉篇中所說「有
斯人而知孝子之真，猶在天壤。司風教者，重務良多，無暇彰表。則
闡幽明微，賴茲菑菣」的內容比比皆是。

　　也許有人說，「僅成孤憤之書」，見之於蒲松齡的〈聊齋志異自
序〉，豈能有誤！《聊齋志異》非孤憤之書而何？說這話的人忘記了
「浮白載筆，僅成孤憤之書」的上面，還有「積腋為裘，妄續幽冥之
錄」的話。此處的「幽冥之錄」，並非僅指劉義慶的《幽明錄》，而
是泛指鬼神志怪之書，正如下文「孤憤之書」，也不單指韓非的「說
難」、「孤憤」，而是泛指具有「憤孤直不容於時也」（《史記・韓

非列傳》索隱）那一類作品而言的。假如我們明瞭蒲松齡一直把鬼神
果報當做重要的教育勸懲手段的話，那麼，「幽冥之錄」也即勸懲之
書的同義語。聯繫上文「情類黃州，喜人談鬼」的文字，那麼，〈聊
齋志異自序〉恰恰自我表白了其創作動機是孤憤、勸懲、遊戲三者的
結合，而非單只是孤憤。

　　當《聊齋志異》創作完成後，閱讀他的人是從不同角度欣賞解讀
其內容及創作動機的：王漁洋稱「姑妄言之姑聽之，豆棚瓜架雨如絲。
料應厭作人間語，愛聽秋墳鬼唱時」。張篤慶說：「君自閒人堪說鬼，
季龍鷗鳥日相依」。這是從遊戲和文學的角度談的；余集則慨歎「按
縣誌，稱先生少負異才，以氣節自矜，落落不偶，卒困於經生以終。
平生奇氣，無所渲渫，悉寄之於書。故所載多涉誳詭荒忽不經之事。
至於驚世駭俗而卒不顧」。這是從孤憤的角度理解的；而唐夢賚說「其
論斷大義，皆本於賞善罰淫與安義命之旨，足以開物而成務」。馮鎮
巒評「聊齋非獨文筆之佳獨有千古。第一議論醇正，准理酌情，毫無
可駁。如名儒講學，如老僧談禪，如鄉曲長者讀誦勸世文。觀之實有
益於身心，警戒愚頑。至說到忠孝節義，令人雪涕，令人猛醒，更為
有關世教之書」。則是從教育勸懲的角度議論《聊齋志異》的創作動
機及內容。值得注意的是，蒲松齡逝世後，他的兒孫們在談到《聊齋
志異》時一再強調：《聊齋志異》「總以為學士大夫之針砭」（蒲箬
〈柳泉公行述〉），「藉以抒勸善懲惡之心」（蒲箬等〈祭父文〉）。

　　對一部作品的評價觀點各異，見仁見智，甚至同一觀點評價的立
場和出發點也不盡相同，這是文學史上的正常現象，關鍵是對待像《聊
齋志異》這樣一部內容和思想極其豐富複雜的作品，僅用「孤憤」精
神來概括作品是否全面，是否符合作品和作家的實際呢？如何看待和
評價《聊齋志異》中的勸懲教育的篇章是一回事，承認不承認勸懲內
容是《聊齋志異》的重要組成部分又是一回事。

　　在《聊齋志異》的研究中，過份強調其孤憤精神而忽視其教育勸
懲精神的存在，甚至直然以「孤憤之書」視《聊齋志異》，原因雖然
是多方面的，但我想，以下兩個原因，似乎很值得注意也帶有普遍性。

其一是，對作家愛作絕對的肯定或絕對的否定，願意用一種標籤式的評論方法去評論作家和作品。對於成就較高，人民喜愛的作家，願意從政治的積極方面加以肯定，從而忽視或代替了全面地分析作家和作品。「孤憤」既然指代了政治上的揭露和批評，那麼用這個標籤去評論人民喜愛的蒲松齡自然最順理成章不過了。而這麼做的結果，不僅不符合《聊齋志異》的創作實際和內容，也忘記了蒲松齡首先不是一個政治家。而是一個教育家、文學家的事實。其二是，對於某些重大的理論問題缺乏直視的勇氣。由於長期以來文化界道德的繼承問題頗為複雜，中國古代作家的有關道德方面的作品的研究討論往往被視為畏途。要麼被當做封建性的糟粕予以批判，要麼視而不見予以迴避。《聊齋志異》這方面的內容也自然難逃厄運。其實，《聊齋志異》具有那麼多勸懲教育的內容，蒲松齡在創作中具有那麼強烈的「救世婆心」，並不為怪。如果沒有。那倒是怪了。勸懲和教育，這是中國文人傳統的「文以載道」精神的體現，是宋明以來文學作品中勸善懲惡內容的繼承，也是蒲松齡做為一個教育家，其強烈的入世精神和使命感的必然反映。

三、《聊齋志異》中體現教育精神的題材內容

《聊齋志異》體現教育精神的題材有三大類：一類是直接表現教育生活，反映教育制度的篇章；一類是傳統的道德勸懲說教的篇章；再一類是日常生活的勸諷。

直接表現教育的篇章，大都有蒲松齡自己的生活和經歷的影子。從題材上講，又可以分為兩類。一類是表現教師教書生活的。或者感歎教師的清貧、孤寂，如〈房文淑〉篇中言「先生設帳，必無富有之期」，〈浙東生〉談房某「非狐則貧不能歸」，〈五通・又〉篇講設館生活「孤影徬徨，意緒良苦」；或者體現師生親密無間的關係，如〈褚生〉中的陳生、褚生與呂先生，〈嬌娜〉中孔雪笠與皇甫公子。

〈愛奴〉則展現了教師與雇主之間複雜的關係。蔣夫人對教師徐生極其仁厚體貼，但干預徐生對其子的教育，終於使徐生出於職業尊嚴，拂袖而去。從「異史氏曰」中蒲松齡極其動情地說：「夫人教子，無異人世。而所以待師者何厚也！不亦賢乎！」以及後面的兩則附錄，都可見蒲松齡對教師生涯冷暖甘苦的深切感受。在一些篇章中，蒲松齡還對老師的教學活動給了十分生動細膩地描寫。如〈愛奴〉及其附則寫雇主對教師教其子弟的干擾，〈小謝〉中陶生對小謝、秋容臨摹毛筆字的循循善誘，都給人留下極深的印象。這是以前的文言筆記小說所罕有的。

　　另一類是反映科舉制度的篇章。蒲松齡無疑是八股科舉制度的擁護者，這從《聊齋志異》第一篇〈考城隍〉的開宗明義即可得知。他擁護這一考試的方式，認為「無論烏吏鱉官，皆考之」（〈于去惡〉）。也擁護考試的內容。〈顏氏〉篇中順天某生善尺牘，而八股「裁能成幅」，蒲松齡稱其「見者不知其中之無有也」。他認為八股考試也是選拔人材的正確途徑。在〈折獄〉篇的「異史氏曰」中，蒲松齡就以具體例子堂而皇之地駁斥了對八股選拔人材持懷疑態度的人，聲稱「誰謂文章無經濟哉！」蒲松齡所痛心疾首的只是八股科舉中的不公正現象，使得「英雄失志而陋劣悻進」，使得像他這樣的人名落孫山。〈葉生〉篇就是這種心態的典型說明。指斥考試不公，是蒲松齡反映科舉教育制度的中心內容。這部分篇章的價值不在於批判科舉制度的深度，而在於它生動地勾勒出封建社會掙扎於科舉制度下的讀書人患得患失的心態，披露出他們被污辱、被扭曲的靈魂的失落和痛苦。就文言小說而言，這部分題材由於數量較多而集中，由於作家有切實感受而行文有激情，的確有特殊地位。

　　第二大類是勸善懲惡的題材。就題材內容而言，它們是傳統的教忠教孝的老生常談，沒有太大的開拓。但它們在《聊齋志異》中數量頗多，內容範圍也極其廣泛，不僅作品的價值判斷極為複雜，反映了蒲松齡道德觀念的複雜性，也真實體現了蒲松齡教育思想的本質。

　　無疑地，蒲松齡的道德觀念是屬於正統的儒家觀念，他在〈為人要則〉上提出的「正心、立身、勸善、徙義、急難、救過、重信、輕利、納益、遠損、釋怨、戒戲」，完全是儒家忠孝仁愛、禮義廉恥的銓釋，《聊齋志異》有關道德勸懲的篇章也正是其形象的說明。尤其是這些篇章還往往與因果報應、地獄酷刑結合在一起，名符其實地構成《聊齋志異》的糟粕部分。

　　但在勸善懲惡、道德說教的篇章中，也有不容忽視其價值的作品。它們主要表現在這麼幾個方面：①抨擊社會道德澆薄，追求人類美好心靈。如〈鳳仙〉、〈陳錫九〉、〈鏡聽〉之批評嫌貧愛富；〈張誠〉讚揚異母兄弟之友愛；〈官夢弼〉、〈王六郎〉寫朋友之間的真摯友誼；〈細柳〉篇歌頌繼母對前房子女的責任感等，都表現了古往今來人們對道德價值判斷的共同取向，謳歌了人類的美好情感，直至今日也沒有失去其社會價值。其二是，《聊齋志異》的某些道德勸懲篇章表現了一種平民色彩、民主色彩。它不是單方面地強調晚輩如何對待長輩，百姓如何對待官府，而是同時強調了長輩如何對待晚輩，官吏們應如何對待百姓，從而表現了一種雙向交互觀念。像〈青蛙神〉就寫老一輩應灑脫地對待小夫妻的吵架，不偏袒，不強求，甚至提出婚姻「父母只主其半」的意見。像〈珊瑚〉就同時抨擊了婆婆虐待兒媳與丈夫盲目孝順的現象。像〈鏡聽〉、〈陳錫九〉、〈鳳仙〉等篇直接批評了父母的嫌貧愛富。尤其是《聊齋志異》的公案篇用大量因果報應的事例警戒貪官污吏的胡作非為，並正面地示範正直而仁愛的官吏如何愛民斷案。這種明顯的勸懲教育對象的指向的民主色彩是以往同類小說中很罕見的。其三是，在一些篇章中蒲松齡流露出非正統的帶有新色彩閃光的道德觀念。比如〈鏡聽〉中有限度地讚揚了兒媳「儂也涼涼去」的反抗。〈黃英〉、〈農婦〉歌頌夫妻之間獨立平等的精神。有許多篇章還探討了男女之間性以外關係的存在，像〈嬌娜〉、〈喬女〉、〈香玉〉主人公的行為起碼與理學家的男女授受不親的原則大相逕庭。這些篇章雖然不多，雖然也談不上對封建禮教提出了挑

戰，但作者通過實際的人際關係的描寫，表達了他萌芽狀態的民主、平等意識，符合人的正常關係的倫常觀念。

　　第三大類是對於社會現象的善意的批評教育。如〈嘉平公子〉諷刺寫錯別字，〈嶗山道士〉諷刺學習目的不純，淺嘗輒止，〈畫皮〉諷貪色上當，〈夏雪〉諷諂媚，〈罵鴨〉諷罵人，〈八大王〉諷酒鬼，〈棋鬼〉諷棋迷。這些篇章大都篇幅短小，情節簡練，有很強的寓言性質。一方面充分體現了蒲松齡做為教育家對於生活的敏感和責任，一方面這種針對某一具體問題的針砭，由於少儒家正統忠孝觀念的束縛，輕鬆超脫，幽默風趣，文學趣味極濃，在教育勸懲類題材中文學成就最高。

四、《聊齋志異》的教育精神

　　《聊齋志異》不僅充滿著具有勸懲教育題材的內容，而且從總體上透射出一種教育精神，一種教育家的睿智，一種教育家與文學家結合的特有的氣息。

　　中國古典小說中很少有以兒童為描寫對象的作品，文言小說更是如此。《聊齋志異》則有不少以兒童為描寫對象的作品，而且寫得維妙維肖，活靈活現。像〈宮夢弼〉中埋石頭子的遊戲，〈菱角〉中小兒女的對話，〈張誠〉篇中張誠兄弟的友愛，〈珠兒〉篇中小孩童的行動坐臥，尤其是〈賈兒〉篇寫商人的小孩專注心智保護母親不受狐狸的蠱惑，其所思所想所為，都表現出兒童所獨有的智慧和行為特徵，給人留下深刻的印象。這些同蒲松齡長期從事教育活動，經常同孩子生活在一起，對他們有著深入的觀察瞭解分不開。

　　在蒲松齡以前的文言小說中也有不少描寫具有怪異性格的狂人、癡人形象的作品，但很少提供性格所賴以形成的環境和氛圍。《聊齋志異》不然，它不僅寫了一些具有怪癖性格的奇人，而且同時寫了生成這種性格的環境，強調了特異性格與特異環境的關係。比如〈嬰寧〉

中的嬰寧喜笑無拘，活潑開朗，幾乎達到不食人間煙火的地步，就同她從小與狐母生活在非人的環境中有關。〈書癡〉中的書呆子郎玉柱相信「書中自有千鍾粟」，「書中自有黃金屋」，「書中自有顏如玉」，那是脫離社會自我封閉的必然。〈阿寶〉中的名士孫子楚，「人誑之，輒信為真」，又不僅是缺乏社會實踐所造成的，也是他專注於某項事物的結果。正如蒲松齡在「異史氏曰」中所分析的：「性癡則其志凝。故書癡者文必工，藝癡者技必良」。「慧黠而過，乃是真癡。彼孫子何癡乎！」

在一些篇章中，還體現了蒲松齡敘述故事所特有的教育家的眼光和思考。比如在〈考城隍〉中，蒲松齡就提出「有心為善，雖善不賞。無心作惡，雖惡不罰」的命題。我們這裏不判斷這一命題的是非，這裏蒲松齡認為有心為善，是虛偽；無心作惡，是過失，既可以看做是他對人的行為動機的思考，也可以看做是他創作《聊齋志異》主人公行為出發點的依據。再比如，《聊齋志異》寫了一系列怕老婆的故事，像〈馬介甫〉、〈江城〉等，蒲松齡在描敘之餘，在「異史氏曰」中對這一社會現象進行了社會、教育、心理、生理諸多方面的探討，儘管其探索之成果我們不敢恭維，但確實體現了蒲松齡做為社會道德家和教育家的職業興趣。在〈邵臨淄〉篇，在寫臨淄縣官對於審問悍婦案件格外熱心，即使告訴者申請撤訴，依然執拗著要審理，直打得悍婦「臀肉盡脫」才肯甘休後，蒲松齡在「異史氏曰」中評論說；「公豈有傷心於閨闥耶？何怒之暴耶？」這頗有些變態心理分析的味道，不是精於心理研究的人是很難這麼提出問題的。

以往的文言小說中的勸善懲惡，往往重在事情的結局以警戒世人，《聊齋志異》的勸懲則往往重在人的自新上，表現了教育家的寬容，以及教育的本質在於人的自新自勵上。如〈瞳人語〉中的方士棟佻脫不持儀節，受懲眼瞎之後，懺悔持誦《光明經》，最後眼睛復明。蒲松齡在「異史氏曰」中說：「芙蓉城主，不知何神，豈菩薩現身耶？然小郎君生關門戶，鬼神雖惡，亦何嘗不許人自新哉！」這裏的菩薩，不僅指其美麗，而尤指其善良。由於相信教育可以使人棄惡從善，人

的品質性情是可以改變的，所以在《聊齋志異》表現家庭道德和社會
道德的篇章中有莳行的主人公大多改過自新。如〈江城〉中的江城，
〈珊瑚〉中的婆婆、〈呂無病〉中的孫天官女，〈邵女〉中之正妻均
如是。尤其難得的是，蒲松齡非常合情入理地寫出一些主人公自新的
過程以及心理的矛盾。如〈任秀〉篇中任秀的戒賭，〈王成〉篇的王
成改變惰懶，〈崔猛〉篇崔猛克服暴烈性情，而〈細柳〉篇高長福的
改過自新是這樣的：福年十歲，始學為文。父既歿，嬌惰不肯讀，輒
亡去從牧兒遨。譙訶不改，繼以夏楚，而頑冥如故。母無奈之，因呼
而諭之曰：「既不願讀，亦復何能相強？但貧家無冗人，可更若衣，
便與僮僕共操作，不然，鞭撻無悔！」於是衣以敗絮，使牧豕。歸則
自掇陶器，與諸僕啖饘粥。數日，苦之，泣跪庭下，願仍讀。母返身
向壁，置不聞。不得已，執鞭啜泣而出。殘秋向盡，桁無衣。足無履，
冷雨沾濡，縮頭如丐。里人見而憐之，納繼室者皆引細娘為戒，嘖有
煩言。女亦稍稍聞之，而漠不為意。福不堪其苦，棄豕逃去，女亦任
之，殊不追問。積數月，乞食無所，憔悴自歸。不敢遽入，哀求鄰媼
往白母。女曰：「若能受百杖，可來見。不然，早復去。」福聞之，
驟入，痛哭願受杖。母問：「今知改悔乎？」曰：「悔矣」。曰：「既
知悔，無須撻楚，可安分牧豕，再犯不宥！」福大哭曰：「願受百杖，
請復讀。」女不聽，鄰媼慫恿之，始納焉。濯發授衣，令與弟怙同師。
勤食銳慮，大異往昔，三年遊泮。

　　這裏，母親的嚴厲，孩子的痛悔，寫得真實細膩，沒有豐富的生
活閱歷和教育的經歷是很難寫出的。

　　蒲松齡是教育家，同時又是一個文學家。他深知文學的故事性和
形象性在勸懲中的重要作用。他在《聊齋俚曲・慈悲曲》的「西江月」
引子說：「良藥苦口吃著難，說來徒取人厭。唯有這本孝賢，唱著解
悶閒玩，情真辭切韻纏綿，惡煞煞的人也傷情動念」。這裏雖然講的
是俚曲，但也可以移到《聊齋志異》的創作上。在《聊齋志異》的某
些篇章中，勸懲的教育性與文學的娛樂性水乳交融在一起，蒲松齡按
照他文學的天性去結撰勸懲的故事，使讀者在「情真辭切韻纏綿」的

氛圍中不知不覺地受到教育。如在〈張誠〉篇，蒲松齡就追溯自己的創作過程說：「余聽此事至終，涕凡數墮：十餘歲童子，斧薪助兄，慨然曰：『王覽固再見乎！』於是一墮。至虎銜誠去，不禁狂呼曰：『天道憒憒如此！』於是一墮。及兄弟猝遇，則喜而亦墮。轉增一兄。又益一悲，則為別駕墮。一門團圓，驚出不意，無從之涕，則為翁墮也。不知後世亦有善涕如某者乎？」有時蒲松齡又憑藉著他教育家的功底，近取譬喻，深入淺出，將嚴肅的道理以詼諧幽默的淺近方式表達出來，像〈罵鴨〉、〈嘉平公子〉、〈嶗山道士〉等都使人在微笑中領悟其深邃的教育內容。從這個意義上，我們也可以說，在中國古代的文言小說中，《聊齋志異》是最具有教育意味的文言小說集，同時也是文學上最成功的具有教育精神的小說集。

第五章　蒲松齡的商人意識

一、《聊齋志異》所反映的商人生活

　　《聊齋志異》寫到商人或以商人為主人公的故事有七十多篇，約占現存篇目的六分之一，僅次於書中對於讀書仕人的描寫，這是很值得注意的。

　　《聊齋志異》所寫的商人不僅人數眾多，行業也很複雜：有布商、鹽商、糧商、氈裘商、藥商；有水果販子，陶瓷販子，筆販子；有酒店老闆，油坊老闆，面鋪老闆，旅店老闆，以及雜貨店老闆，等等。其中還有女商販，女典當鋪老闆。商人以外，還有從事手工作坊開琉璃廠的，從事礦業生產開煤井的，以及從事商業信貸活動的高利貸者和從事農業商品投機的地主。這些商人中雖然也有山西商人和徽州商人，但總的說來，是以山東本地的商人為主；活動的地域，東起山東，福建；西到山西、四川、雲南；北到京都，南至廣州，甚至還從事海外貿易，南來北往，熙熙攘攘，然而也仍以山東為主要活動地域。《聊齋志異》還特別記載了山東濟南的商人行會逢年過節舉行慶祝活動的情況（〈偷桃〉），描寫了著名商埠臨清「鹽航艤集，帆檣如林」（〈任秀〉），新興的貿易中心顏山鎮、周村「為商賈所集，趁墟者車馬輻輳」（〈鴝鵒〉）的盛況。

　　我們知道，自明以來，山東的工商業一直是很發達的。萊蕪的冶鐵業，從明洪武初年就占全國總產量的十分之一到六分之一。鑄鐵業占全國第四位。山東沿海的鹽業始終是全國重要產鹽區。登、青、萊諸州的柞蠶絲和瓷器，東昌、兗州的棉花，兗州的水果，東昌的氈，泗水的石硯，博山的瓷和琉璃行銷全國。章丘的鐵器，嶧山的煤礦，滕縣的釀酒業以及濟寧的煙草業，在明中葉以後也有很大發展。當時

全國著名的大商業都市共三十三個，分佈在北方九個，山東幾乎占了
一半。特別是靠近運河的臨清、濟寧，更是有名的商業城市。「唯臨
清為南北都會，萃四方貨物烯鬻其中」，「五方商賈鳴権轉穀，聚貨
物坐列販賣其中，號為冠帶衣履天下，人仰機利而食」[1]。濟寧則是「江
淮貨幣百賈會集，其民務為生殖，仰機利而食，不事耕桑」[2]。明末清
初的顧炎武在《天下郡國利病》卷三十五談到山東風俗時說：「濟南
省會之地，民物煩聚……兗東二郡，瀕河招商，舟車輳集，民習奢華……
其小民力於耕桑，不賤商賈」。至於蒲松齡的家鄉淄川，那雖然是一
個山區，卻也不乏經商的傳統。蒲松齡的朋友唐夢賚在所撰《濟南府
志》中這樣描敘淄川：「人勤稼穡，家鮮蓋藏。農儉嗇，三時既盡，
輒出將車以謀食，或緯蕭為業，商賈治絲帛，業香屑，工則梓匠圬墁，
並以巧聞」[3]。

　　《聊齋志異》中有商人的篇章正是在這樣深厚的現實基礎上產
生的。

　　《聊齋志異》的商人中，小販占了多數。這些人大多出身於破產
農民或者破落地主，資本不多，即使像〈劉夫人〉篇中號稱「重金」，
也不過「八百餘兩」而已。他們所經營的物品都是日常生活必需的糧、
油、布、鹽等。經營的規模也有限，店肆主人往往：既當掌櫃又當夥
計，頂多是家裏人參加經營。一般說來，他們的經商行為還沒有從傳
統的封建經濟中分離出來而獨立。這表現在主人公往往是哥哥讀書，
弟弟經商，並行不悖，最後一富一貴（〈仇大娘〉）。或者是這些
人農忙時務農，農閒時又出外經商，具有雙重身份（〈細柳〉）。
《聊齋志異》所反映的商業規模和經營特點同。《淄川縣誌》的記
載相吻合。

1　《古今圖書集成‧職方典‧東昌府部物產考》。
2　《古今圖書集成‧職方典‧兗州府部物產考》。
3　《山東通志‧濟南府志》。

《聊齋志異》中的商人又具有我國封建社會的商人所特有的「以末致財，以本守之；以武一切，以文持之」[4]的濃厚色彩。在他們沒有置買田地以前，即使手中有許多錢，也都一概聲稱「無恆產」。他們經商的目的，似乎不是為了當商人，而是為了當地主。他們發財後，不是把取得的商業利潤投放到工業上，或者擴大資本，繼續從事商業活動，而是大量購置土地，把商業利潤轉化為地租，無例外地一個個「衣錦回鄉」，以地主的「素封」相矜誇。〈王成〉篇中的王成鬥鶉投機成功後，立即「治裝歸，至家，歷述所為，出金相慶。嫗命置良田三百畝，起屋做器，居然世家。早起使成督耕，婦督織……過三年，家益富」。同樣，〈劉夫人〉中的廉生經商致富後，回到鄉里，也不再外出，「後登賢書，數世皆素封焉」。就是〈金和尚〉中那個驕奢跋扈的金和尚，雖然他是由「飲羊、登壟」，從事商業投機致富的，最後卻仍是以「地主和尚」而遐邇聞名。「以末致財，以本守之」，這是我國封建社會商業發展史中一個獨具的特點，正是這一點，反映了中國商業資本的軟弱，反映了它同封建生產方式千絲萬縷的依附關係。從某種意義上講，這種商業不僅沒有促進封建經濟的解體，反而阻滯了中國封建社會向資本主義生產方式的轉化。

在《聊齋志異》中，我們還可以看到，儘管所反映的商業狀況不甚發達，儘管有著濃厚的封建色彩，但是也出現了新的因素，微弱的資本主義萌芽也鮮明地展現在那個偏僻的丘陵地帶。比如，〈龍飛相公〉是反映煤礦工人悲慘生活的。雖然文中說故事的地點在安慶，但實際上是以山東濟南府，具體說即是以蒲松齡家鄉為背景的，這只要看看後面的異史氏曰就可以明瞭。這篇故事講到煤井工人工作環境的慘狀，「真與地獄無異」。井下被水，一下子就淹死了四十三個人。工人家屬「群興大訟，堂及大姓皆以此貧」。這裏說的「採煤人」應該就是我國煤礦工人的前身。他們和煤井主人的關係顯然不是主人和工奴的隸屬關係，而是帶有雇傭性質的。因為如果「採煤人」是賣身

---

[4] 《史記·貨殖列傳》。

的工奴，按照法律，他們的家屬無權要求礦主賠償損失，以至於使他破產。離蒲松齡時代稍後一點的馬國翰在談到濟南一帶礦井情況時說，「出炭之井，豪族駔儈數人廬其上，畚擁上下，率以百計。凡雇工，必書身券，戕其身，矢勿問，價值極豐，貧民競赴焉。」[5]這段話完全可以做為《聊齋志異》中〈龍飛相公〉篇的注腳。此外，〈小二〉篇寫小二夫婦「嘗開琉璃廠，每進工人而指點之」。這裏的「每進」，就是每次招募雇傭的意思。〈青梅〉篇中的青梅「以刺繡作業，售且速，買人候門以購，惟恐弗得」。這裏的買人，類似現在的商業掮客。〈酒友〉中的車生進行農業經濟作物的經營投機；〈阿纖〉中耗子精進行大規模糧食買賣活動，都是新的經濟現象在小說中的反映。

二、蒲松齡的商人意識

蒲松齡在《聊齋志異》中不僅描寫了商人及社會經濟生活，而且他對商業及社會經濟又有著一整套看法。這些看法，有的是通過敘事反映出來，有的是在「異史氏曰」中直接加以論述的。從經濟思想史的角度看，蒲松齡的這些思想顯然不夠系統，也不深刻，但在同一時期的戲劇小說作家中卻是獨樹一幟的。這主要表現在以下幾個方面：

　　一、對商業和商人的看法。蒲松齡是把商業同「仕」、「農」、
　　　　「工」平等看待的。他說：「四民各有本業」（〈細柳〉）。
　　　　他不僅沒有把商業看做是「四民之末」，而且在〈賭符〉的
　　　　異史氏曰中更是把「商」放在「農」之前，說「商農之人各
　　　　有本業」。他認為商人是「自食其力」的勞動者，經商是一
　　　　種艱苦的勞動。他批駁了一般人想像商人不「纖嗇筋力」只
　　　　是權子母而致富的錯誤觀點，寫出了商人，尤其是小負販們
　　　　艱苦操業的不易。〈王成〉篇中的主人公王成，本來是「性

---

[5]　《經世文編補》卷二十八〈馬國翰對鍾方伯濟南風土利弊問〉。

極懶」的，狐狸祖母讓他出外經商，告誡他「寧勤勿惰，寧快勿慢，遲之一日，悔之已晚」。篇中極力寫王成負販過程的艱辛。他販葛，販鵪鶉都遇上大雨，「踐淖沒脛」，備嘗艱苦。同樣，〈細柳〉篇中的高怙原來也是「遊閒憚於作苦」的子弟，他的繼母細柳為了改掉他的懶毛病，除了讓他「率奴輩耕作，一朝晏起，則詬罵從之」外，「農工既畢」又「出資使學負販」。通過經商的鍛煉，高怙變勤快了。經商可以治懶病，這是很奇特的，然而從中也透出蒲松齡對商業的認識。

　　針對看不起商人的錯誤觀點，蒲松齡寫了一系列美好的商人典型，而且在〈黃英〉篇中直接激昂地為商人辯護，說販菊謀生的陶生「自食其力不為貪，販花為業不為俗。人固不可苟求富，然亦不必務求貧」。善意地嘲諷了自鳴清高的馬子才是「陳仲子」，並且讓這一貫自謂「安貧素介」的馬子才最後「視息人間，徒依裙帶而食」。把看不起商人的人諷刺為「陳仲子」，在這裏含義是很豐富的，它不僅指出馬子才的假清高有如陳仲子的矯飾，也包含著認為凡是看不起商人的思想都是迂腐倒退、在現實生活中行不通的意思。《聊齋志異》寫了許多商人得到神仙青睞的故事。特別在〈惠芳〉的異史氏曰中提出：「馬生其名混，其業褻，蕙芳奚取哉？」，這同明末凌濛初在《二刻拍案驚奇》中〈疊居奇程客得助〉最後的評論，「但不知程宰無過是個經商俗人，有何緣分得此一段奇遇」不謀而合，都是代表市民思想的作家為提高商人的社會地位所做的呼籲。

　　對於商人的利益，蒲松齡表現了極大的關注和熱情。在中國古典小說中，商旅安全和商人妻子在家的貞節問題一直是常見題材。《聊齋志異》也不例外。在〈老龍舡戶〉中，蒲松齡大聲疾呼要重視商旅的安全，他說：「剖腹沉石，慘冤已甚，而木雕之有司，絕不少關痛癢，豈特粵東之暗無天

日哉！公至則鬼神效靈，覆盆俱照，何其異哉！然公非有四
目兩口，不過痌瘝之念，積於中者至耳。」體現了作者對商
旅遇難的強烈同情和保護商旅安全的迫切願望。對於商人妻
子在家不貞，蒲松齡異常憤慨，罵不貞的商人婦為「人面而
獸交」，是天地「獨一婦」（〈犬奸〉）。其詛咒的刻毒和
尖銳在《聊齋志異》中是很罕見的。

二、對貨幣的看法。蒲松齡尖銳嘲笑了鄉里土財主把貨幣窖藏的
辦法。他說：「鄉有富者，居積取盈，搜算入骨。窖鏹數百，
惟恐人知。故衣敗絮，啖糠秕以示貧……嗚呼，若窖金而以
為富，則大帑數千萬，何不指為我有哉？愚已！」（〈宮夢
弼〉）！在〈真生〉篇中，他又借賈生之口，認為錢「原非
欲窖藏之也」，凡窖藏貨幣的人都是「守錢虜」。

蒲松齡認為錢按照它的本性是流通的。

〈錢流〉篇寫了這麼一個雋永的小故事：「沂水劉宗玉
云：其僕杜和，偶在園中，見錢流如水，深廣二尺許。杜驚
喜，以兩手滿掬，復偃仰其上。既而起視，則錢已盡去，惟
握於手者尚存。」

這是對貨幣流通如水的本性多麼絕妙而形象的描述！

蒲松齡對貨幣是具有商人的自覺意識的。他主張把貨幣
投入流通領域，讓貨幣運動起來，成為資本，以便增殖。認
為只有這樣貨幣才能具有無窮的生命力。他在〈劉夫人〉篇
中借女鬼的話說，「薄藏數金，欲倩公子持泛江湖，分其贏
餘，亦勝案頭螢枯死也。」〈酒友〉篇中車生在狐友的指點
下得到一筆窖藏的錢很高興，說「囊中已自有，莫漫愁沽矣」。
狐友卻告誡他說：「不然，轍中水胡可久掬？合更謀之。」
而這「更謀之」，則是從事農業商品投機——販賣蕎麥種
子——後來車生果然「由此益富」。

蒲松齡不僅主張把貨幣轉化為資本，而且支持商業信貸
活動，甚至並不反對高利貸。在《聊齋志異》中借錢的行為

主要表現為商業信貸。〈富翁〉篇寫「富翁某，商賈多貸其
資」，當他發現一個少年來借錢而暴露出他「善博」的弱點
後，富翁就認為少年「非端人」，不再肯借錢給他。這個故
事實際上是歌頌商業信貸本身的聖潔的。在〈王大〉篇，蒲
松齡又直接論述了信貸資本的合理性，要求加以法律保護：
「世事之不平，皆由為官者矯枉之過正也。昔日富豪以倍稱
之息折奪良家子女，人無敢言者，不然，函刺一投，則官以
三尺法左袒之。……迨後，賢者鑒其弊，又悉舉而大反之。
有舉人重貲作鉅賈者，衣錦厭粱肉，家中起樓閣，買良沃，
而竟忘所自來。一取償，則怒目相向。質諸官，官則曰：『我
不為人役也』。是何異懶殘和尚，無工夫為俗人拭淚哉！余
嘗謂昔之官諂，今之官謬，諂者固可誅，謬者亦可恨也。放
貸而薄其息，何嘗專有益於富人乎！」《聊齋志異》有許多
篇章攻擊借錢不還的行為，並且用因果報應的形式來加以恐
嚇。既然其中借錢的行為多數表現為商業信貸，在這裏，蒲
松齡所表現的就不是一個鄉村地主的慳吝，而是從信貸商人
立場出發對信貸資本的維護。

三、對商業利潤的看法。蒲松齡也同傳統的觀點一樣，把商業利
　　潤看做是純粹由流通中產生，是貨幣子母相權，貨物居積取
　　盈獲得的。這當然不能科學地解釋商人賺錢的秘密。然而蒲
　　松齡在《聊齋志異》中通過具體而形象的描敘，提出了一些
　　中肯的看法：

　　　　比如〈王成〉篇寫王成去京城販葛。開始，由於某貝勒
　　府急需大量的葛，引起葛的價格突然上漲，「較常可三倍」，
　　但由於王成被雨阻隔去晚了，失去了好機會，「越日，葛至
　　愈多，價益下」。

　　　　〈酒友〉篇中狐狸告訴車生，「市上蕎價廉，此奇貨可
　　居」，車生買了四十石蕎麥。不久，「大旱，禾豆盡枯，惟

蕎可種」，「售種，息十倍」。這種用供求關係的矛盾來解釋物價的起落，符合近代的經濟學觀點。

「又比如蒲松齡認為小商販是「自食其力」的勞動者，他們長途跋涉，冒寒暑，犯霜露，雖然是「揭十母而求一子」卻又是「背負易食者」，從而肯定了在商品流通中他們所付出的勞動，這種觀點也是難能可貴的。然而，這只是蒲松齡思想的一面，而且蒲松齡也沒有把這些認識貫徹到底。蒲松齡在商業利潤、商人如何致富等問題上大量氾濫著神秘主義和宿命論觀點。小市民那種「倉箱討得千鍾菽，從空墜萬鋌朱提」（聊齋詞集‧金菊對芙蓉）的僥幸心理和庸俗思想是很強烈的。

凡《聊齋志異》中經商致富的人背後都有一神秘的靠山：或者是狐，或者是鬼，或者是仙。〈酒友〉中的車生一切經營「但問狐，……皆取決於狐」」「由此益富」。〈王成〉中的狐狸祖母指示王成販葛，「刻日赴都，可得微息」，後來結果一如所說。〈白秋練〉中魚精告訴慕生說：「妾知物價，為我告翁：居某物利三之，某物十之」。其父慕小寰果然以此得厚息。這還只是商業情報靈通而已。而在有些篇章中宿命的色彩就更加濃厚：〈齊天大聖〉中的許盛有幸結識了齊天大聖孫悟空，孫悟空引他會見了「財星」，「財星」賜利十二分」。自此，「輦貨而歸，其利倍蓰」，〈劉夫人〉中的劉夫人對廉生說商賈之利，「所憑者在福命」；〈錢卜巫〉對於命運又分為「先人運」，「本身運」。夏商由於在五十八歲前交的是「先人運」，經商「輒虧其母」，而在五十八歲後就「巨金自來！不須力求」了。

四、對於封建勢力對商人的盤剝，蒲松齡表現了極大的憤慨和抗議。《聊齋詩集》中有〈悲喜十三謠‧肆賈悲〉，揭露了官吏對商人的敲榨：「白望無聞估肆安，群商送別語言酸，商

量共釀錢千百，準備來年答應官。」[6]《聊齋志異》更是通過鮮明的文學形象表現蒲松齡對這一切的憤懣。在〈鴞鳥〉篇中，蒲松齡痛斥了在市集上明目張膽搶掠商人的貪官，並且追究責任，直指皇帝：「市馬之役，諸大令健畜盈庭者十之七，而千百為群，作騾馬賈者，長山外不數數見也。聖明天子愛惜民力，取一物必償其值，焉知奉行者流毒若此哉！」蒲松齡大聲疾呼，認為對這些貪官要「手執三尺劍，道是貪官剝皮」！

〈王十〉篇可以說是為小鹽販請命的呼籲書。在異史氏曰中蒲松齡對封建社會的鹽政給予了猛烈地抨擊：「鹽之一道，朝廷之所謂私，乃不從乎公者也，官與商之所謂私，乃不從其私者也。」對於清代鹽政的弊病，蒲松齡尖銳地指出；「漏巨萬之稅非私，而負升斗之鹽則私；本境售諸他境非私，而本境買諸本境則私之，冤哉！律中『鹽法』最嚴，而獨於貧難軍民，背負易食者不之禁，今則一切不之禁，而專殺此貧難軍民」！然而，〈王十〉篇的重點不在反對鹽的官府專賣政策，而在於為小鹽販鳴不平。按照篇中閻王的觀點（實際即蒲松齡的看法），真正應該懲治的「私鹽」不是那些小鹽販，而是那些與官府相勾結的大鹽商，他們才是真正「上漏國稅，下蠹生民」的蛀蟲。在這篇完全是蒲松齡所杜撰的小故事中，蒲松齡以自己所特有的方式表達了對封建社會所謂「私販子」的同情和對官商的仇視，表現了他的愛憎感情。必須指出的是，清初對於鹽的專賣政策，基本上承襲了明代的辦法，但更嚴苛，對所謂私鹽的鎮壓和捕獲也更殘酷。蒲松齡在篇中不僅公然為私鹽辯護，說他們都是「天下之良民」，而且把矛頭對準最高統治者：「嗚呼，上無慈惠之師而聽奸商之法，日變日詭，奈何不頑民日生，而良民日死哉！」

---

[6] 《經世文編補》卷二十八〈馬國翰對鍾方伯濟南風土利弊問〉。

這不能不說是非常大膽的舉動。這種為小鹽販請命的舉動不是最好地說明了蒲松齡是代表了中小商人，小負販們的利益，是他們出色的代言人嗎？

三、文學士出身的商人形象與蒲松齡的家世

《聊齋志異》所描寫的商人大致可以分為三類，即小負販，文學士出身的商人和一般商人。其中最引人注意的是文學士出身的商人，蒲松齡把他們寫得很美：

〈羅剎海市〉中的馬驥「美丰姿，少倜儻」，「十四歲入郡庠，即知名」。當了商人後依然文質彬彬，繼續從事文學創作。有一次，由於偶然機會入龍宮，創作「海市賦」，受到龍王的極力稱讚，並把龍女嫁給了他，他很快「顯榮富貴」。

〈白秋練〉中的慕蟾宮也是商人子弟，從小「聰惠喜讀」。雖然跟著父親經商，卻總「乘父出，執卷哦詩，音節鏗鏘」，使得同樣愛好文學的少女白秋練愛上了他，倆人每天吟詩酬唱，風流儒雅，無與倫比。由於白秋練能預先知道物價，慕蟾宮一家經商「富至巨萬」。

〈劉夫人〉中的廉生，「少篤學」，受到劉夫人委託「往客淮上，進身為鹽賈」，但依然「嗜讀，操籌不忘書卷。所與遊皆文學士」。而「所獲既盈，隱思止之」。後來回到鄉里，「登賢書，數世皆素封焉」。

這些商人一個個沒有絲毫貪婪卑吝之氣，而都是風度翩翩的儒雅君子。他們經商都如願以償，賺了大錢，闊綽起來，卻又始終保持著書香而不俗氣。

值得注意的是，這些文學士出身的商人儘管渾身書卷氣，卻又對舉業，對讀書懷著複雜微妙的感情。〈羅剎海市〉中的馬驥是「十四歲入郡庠即知名」的，卻被父親「數卷書，饑不可煮，寒不可衣」的幾句話說服，繼承父業經商了。〈白秋練〉中的慕蟾宮也同樣由於父

親認為「文業迂」而棄儒學賈。〈劉夫人〉中儘管有所謂「讀書之計，先於謀生」的話，然而廉生由於貧窮，還是暫時放棄了讀書，「進身為鹽賈」。而〈雷曹〉中的樂雲鶴對於讀書和經商的關係談得就非常坦白，他說：「文如平子，尚碌碌以沒，而況於我！人生富貴須及時，戚戚終歲，恐先狗馬填溝壑，負此生矣，不如早自圖也」。

描寫文學士「去讀而賈」的過程，並且反映這些人經商與讀書水乳交融的生活，可以說是《聊齋志異》在描寫商人時的一大特點。而這點，我們在其他中國古典小說中是很難看到的。比如，在同樣以描寫商人著稱的「三言」二拍」中，雖然並不乏讚美和歌頌商人的篇章，如〈賣油郎獨佔花魁〉寫小商人的忠厚篤實，尊重婦女的人格並獲得了愛情；〈施潤澤灘闕遇友〉寫小手工業者之間的純潔友誼和高尚品質，〈烏將軍一飯必酬〉入話中把經商當做不可墮落的「家傳行業」，要年輕人百折不回地繼承，都表現了濃重的市民意識。但一般說來，那裏的商人就是商人，他們只是一心一意經商致富，而很少出現所謂讀書與經商的矛盾，或者主人公把經商與讀書集二任於一身的現象。

怎樣解釋《聊齋志異》這一現象呢？

我們知道蒲松齡的父親就是一個被迫棄儒經商，儒商結合的人物。他的經歷和思想不能不對蒲松齡有很大影響。

蒲松齡的一生又是潦倒坎坷的，儘管在少年時代他曾「文名藉藉諸生間」，「初應童子試，即以縣、府、道三第一補博士弟子員[7]，然而後來文場卻一直不得意。迫於生活，他除三十一歲時（康熙九年）曾應孫蕙之邀去寶應縣做幕賓外，後來一直在家鄉附近做私塾先生，「奔波勞瘁」，直到七十歲才「撤帳歸來」[8]。對於蒲松齡來說，棄儒經商是擺脫貧困的一個極富於誘惑力的選擇。這不僅在於淄川縣的風俗「不賤商賈」，有著經商的傳統，他的父親又有著棄儒經商的經歷，而且蒲松齡對私塾先生的窮愁生活異常憤慨：「四民士農工商，獨學

---

[7]　張元〈柳泉蒲先生墓表〉。
[8]　蒲箬等〈祭父文〉。

究堪歎」[9]。《聊齋志異》多次提到「文業迂」,「數卷書,饑不可煮,寒不可衣」的話。在〈房文淑〉中蒲松齡直接把教書生活和經商做了對比,說:「先生設帳必無富有之期,今學負販,庶有歸時」。當〈雷曹〉中的樂雲鶴棄儒經商後,蒲松齡更是在異史氏曰中評論說:「樂子文章名一世,忽覺蒼蒼之位置我者不在是,遂起毛錐如脫屣,此與燕頷投筆者,何以少異?」應該說,這是蒲松齡真實感情的宣洩,是借他人之酒杯澆自己之塊壘。我們現在很難推測蒲松齡在生活潦倒時是否動過棄儒經商的念頭,但從他把樂雲鶴的棄儒經商抬高到「燕頷投筆」的高度,其感慨之深,嚮往之切,卻是溢於言表了。明瞭了蒲松齡父親的經歷,明瞭了蒲松齡自己的經歷,我們就不難理解為什麼蒲松齡在〈黃英〉篇中那麼激昂地為經商辯護,把經商寫得那麼風雅絕俗,嚴格同市井的貪鄙劃清界限,因為在那裏為陶生的辯護,實在地又表現為替自己家聲的辯護,為被迫棄儒經商的讀書仕人的辯護。

蒲松齡在這批文學士出身的商人身上是寄託著自己的美學理想的,然而,他又是用封建士大夫的道德規範和精神面貌來塑造這批心愛的主人公。在《聊齋志異》中,〈雷曹〉中樂雲鶴的知己之感,朋友之義;〈黃英〉中陶生的放浪形骸,風流倜儻;〈齊天大聖〉中許盛的豁達樂觀,名士風度;〈羅剎海市〉中馬驥的才華橫溢;〈白秋練〉中慕蟾宮的翩翩儒雅,以及〈劉夫人〉中廉生的樸誠篤實,謙讓厚道,顯露出來的都不是商人的特性而是士大夫氣質。這些人實際上是披著商人外衣的文人騷客。從現實的角度看,這一類文學士出身的商人是不真實的,是虛構的,因為我們不能設想這群書呆子整天吟詩做賦,「操籌不忘書卷,所與遊皆文學士」,經商會成功。當然,蒲松齡很明智,他在這些主人公身邊都安排了鬼、狐、仙等超人,讓他們替這些人籌畫賺錢。正是因為這樣,在這些商人的故事中都充滿著理想和浪漫的色彩。

---

[9]　《蒲松齡集·附錄·究自嘲》。

　　比較起來，《聊齋志異》中的小販的形象就真實得多了。蒲松齡的家鄉淄川小販很多，蒲松齡對他們的生活非常熟悉，非常同情，在作品中常常凝聚著非常深沉的情感。無論是〈任秀〉篇風餐露宿的商旅生活，還是〈薛慰娘〉篇客死他鄉的怨苦，或是〈王成〉篇寫小負販在雨中「踐淖沒脛」的掙扎，作者都寫得真實、飽滿，使人不禁灑下同情的眼淚。如〈王成〉篇中的王成在旅店發現賣葛的錢被盜後，別人勸他告官，他不肯連累無辜的店主人，並同店主人結下友誼。在王成進行鬥鵪鶉的投機賣買中，店主人又始終真誠地幫助他成功。〈蕙芳〉中的馬二混，是一個開面鋪的小老闆，蒲松齡讚美他「樸訥誠篤」，並且說：「余謂友人云若我與爾，鬼狐且棄之矣，所差不愧於仙人者唯混耳。」

　　〈農婦〉是《聊齋志異》中比較奇特的一篇，主人公是一個正直、善良、純樸、熱愛勞動的婦女形象！她自食其力，沒有一點依賴性；她有勞動的習慣，勇健豪爽得使人驚歎不止。這個女負販的形象同封建社會要求婦女的「德容言工」真是有著天壤之別。這是封建社會末期出現的新人，也是古典文學史上在人物形象塑造中所出現的奇葩！

　　蒲松齡在《聊齋志異》中也寫了一般的商人。他對於商人追逐金錢的心理觀察是很細微深刻的。〈紉針〉篇中黃姓商人起初利用高利貸脅迫紉針的父親將紉針賣給自己做妾，後來又用金錢利誘紉針的父親把紉針嫁給自己的兒子。紉針的父親——同樣也是商人——竟然幾次為了金錢動搖徬徨，以至於終於決定出賣女兒；〈大男〉篇則寫外出經商的商賈們完全置封建倫理觀念於不顧，公然把妻妾當做商品來出賣交換。這種對封建道德和倫理的褻瀆，赤裸裸地「撕下了罩在家庭關係上的溫情脈脈的面紗」。而刻畫商人心理狀態最深刻、最生動、最富於典型性的要數〈白秋練〉了。在〈白秋練〉中，商人慕小寰並不是主要人物，但作者通過高超的藝術手段，把那個商人的形象像浮雕一樣顯現在讀者面前，給人的印象極其深刻。作者成功地抓住了慕蟾宮和白秋練的婚姻衝突和愛情糾葛，並在這一衝突的解決過程中展現了慕蟾宮的父親商人慕小寰的性格：開始，他聽到兒子和白秋練

相愛,「笑置之」,根本不當回事。這時他想的只是如何使「舟中物當百倍於原直」。當他從家鄉重返駐地,再次聽到慕蟾宮和白秋練的愛情消息後,他「疑其招妓,怒加詬厲」,唯恐由此使自己船中財物受到損失,直至「細審舟中財物,並無虧損,譙呵乃已」。後來,由於得相思病的兒子生命受到威脅。他被迫考慮兒子同白秋練的婚姻了,他專程來到楚地尋找白秋練母女,然而,當他得知白秋練家只是「浮家泛宅而已」後,就公然反對並干預這一婚姻。他污蔑白秋練,說「女子良佳,然自總角時把柁櫂歌,無論微賤,抑亦不貞」。他又從商人自私和佔便宜的心理出發,儘管不打算同白家結為婚姻,卻「冀女登舟,姑以解其沉痼」。然而,當他第三次來到楚地湖邊時,他卻興沖沖地主動尋找白家要求結為婚姻了。這轉變的秘密全在於通過實踐,他感到這個婚姻和他的發財要求完全一致。通篇慕小寰沒有一句談到錢,然而作者通過慕小寰對待兒子同白秋練婚姻態度上的微妙變化簡潔鮮明地揭示了他「商賈之志在於利耳」的典型性格。對於慕小寰的愛財如命,作者的描寫是貫穿到底的。即使在慕蟾宮同白秋練美滿結合後,在白秋練為白家「謀金不下巨萬」的情況下,慕蟾宮為了弄到放生白驥(即白秋練的母親)的錢,依然不敢告父,盜金贖放之」。這側面的細節描寫,把慕小寰一貫的刻薄,一貫的對金錢的絲毫不放鬆,兒子在父親淫威面前一貫的怯懦性格都刻畫得入木三分。

〈白秋練〉這篇小說還有一個很精彩的地方,是它打破了歷來古典小說在婚姻問題上的一個傳統套子,即當戀愛雙方由於門戶相差懸殊(一般總是女方門第高)時,總是由男方——貧窮的秀才趕考得中來改變這一差距——而是由女方白秋練「預知物價」,以可以使對方發財來解決兩家門戶上的差別。白秋練在估計婚姻形勢時對慕蟾宮說:「凡商賈之志,在於利耳。妾有術知物價……歸家,妾言驗,則妾為佳婦矣。」這一透闢的分析,非常犀利地揭示了慕小寰在婚姻上的心理,鮮明地顯現了那個時代對待婚姻,對待人與人之間關係上的金錢標準。這,是那個時代出現的新的社會現象,也是蒲松齡對於商人階層心理的深刻體察。

四、蒲松齡與司馬遷

蒲松齡在《聊齋志異》中如此大量的描寫商人的生活，並鮮明的提出維護中小商人和小商販們利益的思想和意見，決不是偶然的。這當然首先是明代中葉以來我國社會商品經濟高度發展，商人地位迅速嘛提高，出現了資本主義萌芽在意識形態上的反映。

我們已經說過，蒲松齡的父親是一個商儒結合的人物。据《蒲氏世系表》，蒲松齡的叔父蒲枳 也是一個與商業聯係切密切的人。「為人豪爽好施，族中貧子弟或戚黨之乏者，輒相其人而授之資，使學負販，賴以成家者甚眾。」頗像一個信貸地主。可以推測，蒲松齡關於高利貸資本的看法同其叔父是不無相關的。到了蒲松齡這一代，雖然蒲松齡本人沒有經商，但他同商人的關係沒有中斷。《聊齋志異》中商人生活的故事和記載很多就是商人提供的。如《老龍船戶》、《豬婆龍》、《美人首》、《布商》等。而在《木雕美人》一文的開首，蒲松齡明確寫出「商人白有功言」。可見，蒲松齡的家庭環境和交往對於蒲松齡商人意識的形成是有很大影響的。

蒲松齡的商人意識又受司馬遷很深影響，或者說從學術淵源上是直接來源於司馬遷的。

請看事實：

關於如何看待商人和商業，司馬遷在《貨殖列傳》中說經商是正當的社會分工，「故待農而食之，虞而出之，工而成之，商而通之。……」「此四者民所衣食之原也。」正確地肯定了商業在社會中的作用。蒲松齡在《聊齋志異》中則說：「夫商農之人，俱有本業」，「四民各有本業」；關於商人，司馬遷說：「布衣匹夫之人，不害於政，不妨百姓，取與以時而息財富。」為商人的合法地位進行辯護。而蒲松齡在為小鹽販辯護時，也完全沿著這一邏輯路線：「且夫貧難軍民，妻子嗷嗷，上守法而不盜，下知恥而不倡；不得已，而揭十母而求一子。」

對於貨幣的看法，司馬遷認為「財幣欲其行如流水」，「無息幣」。蒲松齡則通過《錢流》的小故事，形象的闡明了「錢流如水」的道理；

司馬遷在《貨殖列傳》中將子錢家列為經濟事業之一，肯定高利貸為合理行為。蒲松齡則聲稱「放資而薄其息，何嘗專有益於富人乎。」同樣認為高利貸為合理的經濟現象，並且在《聊齋志異》中寫了大量因果報應的故事來維護信貸資本。

司馬遷反對封建統治者的鹽鐵專賣政策，反對對工商業者的干涉和剝削，認為：「最下者與之爭」。《在貨殖列傳》中借卜式之口痛罵專賣政策的制作者，詛咒說「烹弘羊，天乃雨」。蒲松齡也反對鹽的專利官賣。「鹽之一道，朝廷之所謂私，乃不從乎公者也；官與商之所謂私，乃不從其私者也。」憤激地主張讓官商「淘奈河」，「滌獄廁。」

司馬遷在《貨殖列傳》中認為「富者人之情性」，「天下熙熙，皆為利來，天下穰穰，皆為利往。夫千乘之王，萬家之侯，百室之君，尚猶患貧而況匹夫編戶之民乎。」認為「無岩處奇士之行而長貧賤，好語仁義，亦足羞也。」蒲松齡在順治十五年以縣、府、道三第一補博士弟子員的試卷中說：「嘗觀富貴之中皆勞人也。君子逐逐于朝，小人逐逐於野，為富貴也。至於身不富貴，則又汲汲焉伺候于富貴之門，而猶恐其相見之晚。」在《聊齋志異》中蒲松齡更是說：「人固不可以苟求富，然亦不必務求貧。」「我何貪，間萌奢想者，徒以貧耳。」

至於司馬遷在《貨殖列傳》中提出，而後來被整個社會接受的「以末致財，以本守之，以武一切，以文持之」的思想，更是被蒲松齡全盤接受，《聊齋志異》裏所有經商致富的主人公不是一個個都「衣錦回鄉」，「以本守之」了嗎？

《聊齋文集》卷四有一篇《題吳木欣〈班馬論〉》：

「餘少時，最愛《遊俠傳》，五夜挑燈，恒以一斗酒佐讀；至《貨殖》一則，一涉獵輒棄去，即至戒得之年，未之有改也。男兒不得志，歌聲出金石耳，仰取俯拾，爵而勿刁，我則陋矣。夫作者之憤作者之遇也，司馬、孟堅，易地皆然耳。人生不得行胸懷，不屑貨殖，即不遊俠，亦何能不曰太阿、龍泉，汝知我哉？木欣以此言為河漢否？」

在這篇文章中，蒲松齡明確地說自己不喜歡《貨殖列傳》。但他又承認從小就「涉獵」《貨殖列傳》，並且認為當「人生不得行胸懷」時貨殖與遊俠都是可供選擇的人生道路。事實上，蒲松齡喜歡《遊俠列傳》確是心裏話，《聊齋志異》裏的好多篇章都有司馬遷《遊俠列傳》的投影。然而蒲松齡就那麼討厭《貨殖列傳》卻有些言不由衷，有點封建士大夫羞于言利的慣常作態。因為我們把蒲松齡的經濟思想同司馬遷相比較，不僅可以看到兩人明顯地承襲關係，而且蒲松齡的話同《貨殖列傳》的語言也何其相似乃爾！

當然，如果說蒲松齡的經濟思想同司馬遷完全一致，那也不確。因為時代總是前進的，總要給作家和思想家打上時代傳遞的印記；而他們的經濟思想也總是同世界觀相聯繫而具有各自的特點。比如司馬遷在《貨殖列傳》中把商人看做「四民之末」稱為「末富次之」，認為他們的致富和「纖嗇筋力」格格不入。而蒲松齡在《聊齋志異》中是把「仕農工商」同等對待的，而且特別強調商人是「自食其力」的勞動者，應該得到社會的普遍尊重。再比如，在關於商人如何致富的解釋上，固然司馬遷和蒲松齡都沒有，也不可能做出科學的解釋。然而，司馬遷認為商人致富是有規律可循的，他在分析白圭、范蠡經商致富時完全像分析政治家辦外交，將軍率兵打仗一樣，條分理析，把他們的成功歸之於「擇人任時」，「人棄我取，人取我與，能薄飲食，忍嗜欲，節衣服，與用事僮僕共苦樂，趨時，若猛獸鷙鳥之發。」表現了一個冷靜的唯物主義思想家的犀利眼光。而蒲松齡在談到商人如何致富時，卻基本上陷入神秘主義和宿命論。他不僅相信什麼「點金術」，「財神賜利」之類的無聊玩意，而且把這一切都歸之於命運、氣數，而帶有濃厚的迷信色彩和小市民僥倖心理。

蒲松齡的經濟思想是很複雜的。比如他為商人辯護，呼籲提高商人的地位，主要的還是針對文學士出身的商人，而對於一般商人，他並沒有完全拋棄封建偏見。在婚姻問題上，一旦書香門第和所謂「齷齪商」發生矛盾，他就毫不猶豫地站到書香門第一邊，如《紉針》、《宮夢弼》、《連城》、《細侯》所表現的。他相信輪回學說，認為

藥材商人捕捉蠍子是殺生，應該得到惡報；開煤井挖煤會振動古墓，破壞風水，應該廢止。《聊齋志異》又有這樣一條記載：

　　紅毛國，舊許與中國相貿易。邊帥見其眾，不許登岸。紅毛人固請：賜一氈地足矣。」帥思一氈所容無幾，許之。

　　其人置氈岸上，僅容二人，拉之，容四五人；且拉且登，頃刻氈大畝許，已數百人矣。短刃併發，出於不意，被掠數里而去。

　　這顯然是荒謬的傳聞，迎合了清政府當時禁止海外貿易的閉關政策。然而蒲松齡卻是深信的。

　　蒲松齡是一個封建社會的文人，他所代表的主要是漢族中小地主及其知識份子的利益，這點在學術界幾乎是公認的。但正如本文所分析的，蒲松齡在《聊齋志異》中也表達了代表中小商人，特別是小負販們利益的一些觀點和意見，成為他們的代言人。這點，在全面評價蒲松齡的世界觀時是絕對不能忽視的。因為忽視這點，就很難解釋《聊齋志異》為什麼寫了那麼多商人，並寄予深切同情甚至加以美化；為什麼作者在婚姻、愛情、金錢等問題上含有那麼強烈的市民意識；又為什麼當商人和小負販的利益受到損害時蒲松齡會不顧一切地大聲疾呼，就會在分析《聊齋志異》所反映的市民意識時流於一般化。

第六章　蒲松齡的民俗思想

一、民俗與《聊齋志異》

　　民俗學是一門社會科學，也是一門人文科學。它的研究對象，是一個國家或民族中廣大人民所創造、享用和傳承的生活文化，它體現了潛流於國民日常生活之中的民族特徵。

　　自古以來，各國就有一些對百姓日常生活感興趣的好事家們對此做過若干記述和研究，但作為一種專門學問和科學，民俗學卻是在十九世紀中葉才興起的。它的興起，正像方紀生先生在他的《民俗學概論》中所指出的：「民俗學」一詞，係襲自日譯，英文原文為 Folkote，是一種最新的學問，創始這個名詞者為英人湯姆斯氏（W‧JThoms）其時代為 1841 年。原意本是「民眾智識」（Thelearning of the people），用以代替舊名「民間舊俗」（popularantiqu‐ities）的。湯姆斯氏創造這個名詞時，正是帝國主義的殖民政策改換的時候。以前的舊殖民地政策，其目的只在掠奪當地的人民，用直接搶劫及奴役種種方式去獲得財富，然後拿到歐洲去變為資本。而這時期的政策卻另取方式，即是把殖民地變為銷貨市場及原料的源泉與移植資本的地方。職是之故，必需明瞭殖民地的習慣，以利侵略的進行，因此民俗學便應時勢所需而產生了。

　　令人感興趣的是，中國古代傑出的文言短篇小說集《聊齋志異》正是在這個時候被國外研究中國民俗的人所注意，被大量地介紹到國外。從目前掌握的資料來看，《聊齋志異》最早的英譯，是〈種梨〉和〈罵鴨〉，由美國傳道士，，後任美駐華使館秘書的衛三畏（Samuel Wells Wmiams）翻譯，1848 年收在他著的《中國總論》中。《聊齋志異》迄今最完備的英譯本是由英國的翟理斯（Herdert A Giles）翻譯的，

共收有〈考城隍〉、〈瞳人語〉、〈嶗山道士〉等 164 篇，書名為《聊齋志異選》（Strange Stories Froma Chinese Studio）。翟理斯在清光緒年間曾任英國駐中國領事。這兩個人熱心地翻譯《聊齋志異》的主要出發點，並不在於向西方介紹中國的古典小說，而是企圖通過介紹《聊齋志異》，向西方介紹當時中華民族的風俗習慣。像翟理斯就在《聊齋志異選》中說，「《聊齋志異》增加人們瞭解中國民間傳說的知識，同時它對於瞭解遼闊的中華帝國的社會生活，風俗習慣，是一種指南。」《聊齋志異》在中國近代史上被帝國主義當做研究中國社會生活、風俗習慣的指南，這是幾百年前蒲松齡創作《聊齋志異》所始料不及的，但由此我們可以看到《聊齋志異》在反映我國民俗生活中的價值和地位。

假如我們把《聊齋志異》稱作是明清時代民俗的百科全書，那是不錯的，它記載的民俗資料真是豐富極了。

它有著一整套關於幽冥世界的說明：幽冥同人世一樣有城郭土地，有居民，不過活人一般很難直接觀察（〈伍秋月〉）。那裏也有一大套官僚司法系統，上至冥王、郡司，下至城隍、吏役，一應俱全（〈席方平〉）。幽冥中的司法系統主要是檢察人在陽世的善惡是非。為善的受到獎勵，免除輪迴，飄升天國，或者再世為人，享福貴又壽延。做惡的便受到酷刑和懲戒，有的被罰在陰山地獄永世不得作人，有的被罰作牛馬牲畜以贖抵罪過。（〈李伯言〉、〈三生〉）

幽冥中的居民主要是鬼魂，他們在飲食上與人混雜，穿著生前的衣服。他們的居室是墳。假如沒有墳，他們就會成為漂泊無依者。「鬼不見地，猶魚不見水」（〈梅女〉）。他們用的貨幣是人燒的紙錢，騎的馬，就是紙紮（〈章阿端〉）。吃的是冷飯。有時他們也被放在新帛做的「鬼囊」中隨人而行（〈梅女〉）。鬼像人一樣也有家鄉觀念，客死異鄉，便千方百計回歸故土，但回去卻要憑藉生人為他們遷葬（〈公孫九娘〉）。鬼魂也有生老病死，生病時，有專治鬼病的鬼巫。鬼死之後成為聻。「鬼之畏聻，猶人之畏鬼也。」（〈章阿端〉）但是他們缺乏性愛，他們愛情的歡樂需要從人間汲取，「兩鬼相逢，

並無樂處，如樂也，泉下少年郎豈少哉！（〈蓮香〉）這是《聊齋志異》寫人與鬼戀愛的民俗基礎。

做為鬼魂，他們最大的願望是再次託生人世，因此，屬於非正常性死亡的吊死鬼，溺死鬼，誤食水莽而死的鬼往往非常痛苦，只有抓到替死的人，才能進入輪迴。

《聊齋志異》還有一整套有關各種精怪木魅的傳聞和記載。它寫了蛇、蟹、蛤蟆、鱉、獐、蜂、蠹魚、狼、鳥、龍、魚的奇異的故事，寫牡丹，菊花，冬青，桔樹，荷花的各種怪異。其中記載最多的當然是有關狐狸的故事，可以稱做是我國關於狐狸傳說的集大成者。比如它們往往自稱胡姓或複姓皇甫，自稱家鄉在陝西。他們同人一樣有家庭，有生老病死，有賢愚不肖的區別。他們可以幻化成人，同人來往，可以長生，那都是修煉的結果。由於經常遇到雷劫，所以需要人間有福的人加以庇護。他們往往也有些法術，卻不過是些左道小技，只能祟惑意志薄弱和心術不正的人，等等。

《聊齋志異》也有關於自然界某些災異現象的民俗記載。比如像雷曹、雷公。雷公的樣子是「持錘，振翼而入」，「嗷聲如牛」。下雹子的神是李左車，即楚漢相爭時期的廣武君。鬧蝗災是由於蝗神做怪，她「跨碩腹牝驢子」；下大雨是由龍掌管，它先在江河中「以尾攪江水，波浪湧起，隨龍身而上」，然後再把水傾瀉到地面；河湖海中起風浪，則是由水神掌管，他殿下有「毛、南二尉」，人稱毛將軍、南將軍，他倆出現，湖中就要起風浪淹死人等等。

當然，《聊齋志異》更多地的是反映農村中現實生活中生老病死，婚喪嫁娶的民俗。有時，它反映的民俗是那麼有趣而耐人尋味。

比如，讀《聊齋志異》中描寫愛情的篇章，人們會發現這樣一個奇怪的現象：凡人與狐鬼的戀愛，狐鬼大凡是女性，假如她們和人間的男性正式結合，雖然也往往引起男方父母的憂慮，但反應不激烈。父母擔心的主要是子嗣的問題（〈聶小倩〉、〈晚霞〉、〈嬰寧〉、〈青蛙神〉），而男青年當然是更不以狐鬼為嫌，非常高興的。但假如在人與狐鬼的愛情糾葛中，狐鬼是男性，問題就大了。不僅他們追

求的女方的父母引以為奇恥大辱，百般驅遣，就是姑娘們也沒有一個表示歡迎，最顯著的例子是〈胡氏〉。〈胡氏〉寫一個狐狸幻化的讀書人到某家去做家庭教師，他愛上了主人家的女兒，派人求婚。主人因為知道他是狐狸精，沒有答應。為此兩人鬧翻了臉，大動干戈。後來，兩人講和，主人告訴他：「先生達人，當相見諒。以我情好，寧不樂附婚姻？但先生車馬、宮室，多不與人同，弱女相從，即先生當知其不可。」但接著又表示，自己有個兒子，假如狐女中有合適的倒可以嫁過來。後來，兩人「酬酢甚歡，前嫌俱忘。」主人家高高興興迎來了狐兒媳。

在人同異類的聯姻中，可以娶狐女、女鬼，但絕不能把女兒嫁給雄狐，這是什麼邏輯呢？這是漢民族長期以來，所形成的婚姻心理的折射。在歷史上，漢族的女兒遠嫁少數民族稱為「和番」，視為民族恥辱，而娶異族的女性為妾，則視為當然，甚至有一種大民族主義「天威」的自豪感。這種心理直到現在也還在綿延著。有人講民俗現象往往可以顯示出一個民族最隱秘的心理，《聊齋志異》在描寫人與狐鬼的聯姻中也正是出色的透露出這一資訊。有時《聊齋志異》還特別向我們揭示了某些民俗的社會心理，揭示了在一些民俗背後所隱藏著的物質原因。

妻妾糾紛是中國古典文學作品經常接觸到的題材之一。《聊齋志異》也不例外，而且蒲松齡在這個問題上有許多陳腐落後的觀念，比如，他認為丈夫納妾，妻子應該支持，否則就是「妒」。「妾之於嫡，亦猶妻之於夫」，妾應該絕對順從正妻的意志。但有時《聊齋志異》所反映納妾現象，卻不能簡單地歸咎於落後的婦女觀念在作怪。

〈段氏〉篇寫一個姓連的婦女從反對丈夫納妾到狂熱鼓吹為丈夫納妾的變化過程。連氏原來最反對納妾，有一次，她發現丈夫和婢女私通，便「撻婢數百」，把婢賣掉。後來夫妻年老無子，受盡了族中子姪的閒氣，特別是丈夫病死後，連氏的處境更慘了。「諸姪集柩前，議析遺產，連雖痛切，然不能禁止之。」但有一天。，一個男子自外來，自稱是段氏的兒子。原來，他是段氏和那個婢女的後代，連氏至

此覺得有了仗恃，諸侄也不敢再放肆了。當連氏彌留之時，她把女兒和孫媳婦招到跟前，對她們說：「汝等誌之，如三十不育，便當典質釵珥，為婿納妾，無子情狀實難堪也。」

　　子嗣問題，是中國封建社會生活中的大事。「不孝有三，無後為大」，大在哪裡？說穿了就是一個財產繼承的問題。〈段氏〉一方面反映了我國封建社會中婦女的悲慘社會地位，她們依附於男子，「在家從父，出嫁從夫，夫死從子」，一旦沒有兒子，連遺產也保不住。同時也揭示了某些婦女在無子嗣時，明知納妾對夫妻愛情不利，仍然主動，或起碼不反對丈夫納妾的秘密。因為這同封建宗法制度關於財產分配緊密聯繫在一起。

　　尤其值得我們注意的是，《聊齋志異》還記載了許多有關農村市鎮商業上的一些寶貴的民俗資料。比如，它記載了普通百姓對商業的看法，認為「自食其力不為貪」（〈黃英〉）。寫了從事商業的口頭禪，「宜勤勿惰，宜急勿緩，遲之一日，悔之已晚」（〈王成〉）。寫了對物價和利潤的認識，認為物價是可以預知的，物價被一種神秘的力量所左右。利潤的獲得是天意的安排，有專管利潤的財星，商人出門要卜吉，以便「財星臨照，宜可遠行」（〈白秋練〉，〈齊天大聖〉、〈劉夫人〉）。《聊齋志異》也記載了農村對開礦井的恐懼心理，認為開礦破壞風水，地下神靈不安生，因此開礦人要受到懲罰（〈龍相公〉）。記載了當時農村人對海外貿易的認識，認為「海中市，四海鮫人，集貨珠寶；四方十二國，均來貿易。中多神人遊戲」（〈羅剎海市〉），等等。《聊齋志異》的這些記載雖然零星片斷，散見於各篇故事的敘述當中，卻反映了明末清初人們對商業的看法和認識，是研究商業民俗史的寶貴資料。

　　總的來說，《聊齋志異》所反映的民俗是廣泛而深入的，而且，它有許多特點。首先，它對民俗的反映不是歷史學、考據學的，而是美學的，文學的。它們是《聊齋志異》故事的有機組成部分。其次，它所反映的民俗是以現實生活為主要對象，就是說，是作者生活時代民俗的反映。它表現的是明末清初人民的傳承文化。最後，《聊齋志

異》所反映的民俗雖然包括了南方一些地區的資料，甚至還有關於外國民俗的一些猜測，但主要是我國北方農村，尤其是蒲松齡家鄉淄川一帶的真實反映。這點，假如對照《淄川縣誌》以及作者的《日用俗字》、《藥祟書》等著作，是很容易看出來的。

二、蒲松齡的民俗思想

　　蒲松齡是一個對民俗有著非常濃厚興趣的人。他說：「才非干寶，雅愛搜神。情類黃州，喜人談鬼。」他從事採集民俗的工作時間也很長，如果我們把他在三十歲南遊期間，「途中寂寞姑言鬼，舟上招搖意欲仙」（《途中》），既看做是創作《聊齋志異》所做的準備，又看做是他採集民俗的開始，那麼這工作是從壯年一直持續到他的晚年的。因為《聊齋志異‧夏雪》篇就標出：「丁亥年七月六日，蘇州大雪」云云。丁亥年，是康熙四十六年，即 1707 年，這時蒲松齡已經是六十八歲高齡了。

　　蒲松齡採集民俗的對象非常廣泛。從《聊齋志異》的取材對象來看，有文人學士，達官貴人，也有商人負販，農夫僕役，甚至和尚道士，三姑六婆，無所不包。他同時也有著搜集的技巧，《聊齋志異‧狐夢》篇記載：「康熙二十六年臘月十九日，畢子與余抵足綽然堂，細述其異。」那氣氛是多麼和諧！〈蓮香〉篇則說：「余庚戌南遊至沂，阻雨，休於旅舍。有劉生子敬，其中表親，出同社王子章所撰桑生傳，約萬餘言，得卒讀。」這又見出蒲松齡是如何抓緊旅途上的時機採集資料的。

　　關於蒲松齡採集民俗的傳聞故事很多，最有名的要屬鄒弢在《三借廬筆談》中的一段記載：

　　相傳先生居鄉里……每臨晨，攜一大磁甕，中貯苦茗，具淡巴菰一包，置行人大道旁，下陳蘆襯，坐於上，煙茗置身畔。見行道者過，

必強執與語，搜奇論異，隨人所知，渴則飲以茗或奉煙，必令暢談乃
已。偶聞一事，歸而粉飾之。

　　這條記載，魯迅先生斥之為「最為無稽」，我卻認為很有可能，
因為這符合《聊齋志異》創作的民間精神。蒲松齡自己不是也說：「才
非干寶，雅愛搜神，情類黃州，喜人談鬼，久之，四方同人，又以郵
筒相寄，因而物以好聚，所積益夥」嘛？假如這裏把「行人大道旁」
改為「柳泉」，或者改為「豆棚瓜架」，豈不是一幅真實的蒲松齡采
風圖！

　　蒲松齡對民俗的研究很有些科學的眼光。比如，他已經初步掌握
了比較研究的方法。他說：「南方之有五通，猶北之有狐也。」他認
為北方做菜放糖是受南方風俗的影響，他說：「北地而今興纏果，無
物不可用糖粘。」在《日用俗字》中，他處處把事物的俗名與學名時
名和通稱相比較：「蚓名蛐蟮蝗名蚱，蛹化蝴蝶蛆化蠅」，「猴叫猢
猻能唱諾，貁名狐狸走山崗」」「肝膽肺腸有正字，皮毛手足無鄉音」。
他對民俗也有著初步的分類，《日用俗字》雖然是按照字書的原則分
類的，但那同時也可以看做是當時民俗調查的非常完備的提綱。

　　蒲松齡對民俗尤其有著豐富而精湛的瞭解，這不僅見之於《聊齋
志異》也見之於《聊齋俚曲》，以及《日用俗字》、《婚嫁全書》、
《曆字文》、《藥祟書》等著作。同時，蒲松齡又不單只是一個民俗
的採集者，一個學究式的學問家，他對於各種民俗有著鮮明的愛憎。

　　他熱愛自己家鄉的山川風物，他懷著那麼深摯的情愛去描繪〈山
市〉，歌詠「豹山」、「夾谷」，「奐山」，他也懷著童年甜蜜的追
憶記述了可驚可駭的民間奇技——〈偷桃〉。但同時他對家鄉的一些
不好的習俗則表示了反對，並予以嘲諷和抨擊。

　　山東農村中丟失了東西，照例失主要大罵一通，詛咒一番。那原
因一方面在於發洩痛苦，另一方面也是相信那詛咒會使偷兒倒楣。蒲
松齡對此不以為然，他寫了〈罵鴨〉進行勸戒，認為在小事情上要寬
大為懷，「甚矣，罵者之宜戒也，一罵而盜罪減！」

　　一般來說，蒲齡松對於存在於百姓中的習俗有著深刻的理解並採取了相當寬容的態度。《蒲松齡集》載有許多寺廟碑記，他對於這些神靈不甚相信，採取的是一種應酬態度。他在〈創修五聖祠碑記〉中就說：「祠雖近俚，而固無害於義，鄉人之樸誠亦從可知也。初冬落成，使余記之，余亦從俗而為之記」。

　　有時他明明對這種風俗不以為然，卻還是採取了儒家的折衷態度。他認為婚嫁中繁瑣禮儀和禁忌極為荒唐不可解，但為了從俗，也為了避免「姻家公母」設酒封金，轉求術士」，他「廣集諸書，彙其大成」，編成了《婚嫁全書》。他甚至很幽默地說：「閨閣信巫，故為存厭禳之法，事亦無害於義且祭餘又可以致囏公也。」

　　但是，一旦這種惡劣的風俗涉及到國計民生，傷及農民的根本利益，蒲松齡就採取了一種積極的不妥協的鬥爭態度。

　　他明確指出堪輿的騙人：「風水術傳自古興，說來玄妙亦堪聽」，「止見公卿看看地，上墳何曾見公卿？善人偶得兒孫貴，術士盡誇地脈靈。」古人三月乘凶葬，莫信術家骨久停。」（《日用俗字》）

　　他反對紙紮：「紙紮只待一聲哭，費盡千金一火焚，不能如此便羞恥，停柩坐待雨黃金。奉勸世人量家當，不必典賣做虛文。」（《日用俗字》）。

　　他尤其攻擊僧道的「撮猴挑影唱淫戲，傀儡傷擠熱騰熏。」他說：「行香召亡猶有說，分燈破獄總胡云。」（《日用俗字》）為此，他寫有〈請禁巫風呈〉，說：「淄邑民風，舊號淳良，二十年來，習俗披靡，村村巫戲，商農廢業，竭貲而為會場，丁戶欠糧，典衣而作戲價。」他要求「嚴行禁止，庶幾澆風頓革，蕩子可以歸農。惡少離群，公堂因而少訟。」

　　尤其值得注意的是，在淄川發生自然災害時，蒲松齡用他所掌握的科學知識教育農民不要迷信，不要從事無謂的求神拜佛的活動，同這些惡劣的民間風俗進行了堅決鬥爭。

　　1686年，淄川發生了蝗災，蒲松齡向鄉親們提出「順風熏瓶」的滅蝗措施，說「莫惜方丈地，拔禾為巨坑，同井齊捍禦，驅逐如群蠅」。

他慨歎當時的農民「聽巫造訛言，蠕蠕皆神靈」，「登壟惟虔祝，冀蟲鑒丹誠。」他說這是「譬猶大敵至，臨河讀孝經，白刃已在頭，猶望不我刑。」（〈捕蟲歌〉）

戊子年，淄川發生了旱災，蒲松齡沉痛地寫了〈擊魃行〉，揭露了當時迷信的習俗給百姓帶來的傷害：「旱民憂旱訛言起，造言魃鬼殃群農。墳中死者瘞三載，云此枯骼能為凶」。「鄒梁仿此尤奇特，發柩禾鼠竄禾叢。逐鼠不獲逢野叟，群疑魃鬼化老翁。目瞠口吃翁不合，一梃踣地群戈椿。」蒲松齡憤怒地指出：「齊魯被災八十處，豈有百鬼盈山東？旱魃尚能格雨露，帝天高居亦瞶聾。莫挽天行陷殊死，哀哉濫聽真愚蒙！」

針對這種情況，蒲松齡在《農桑經》特列「禦災」一門，對淄川經常發生的蝗災、旱災提出了一系列切實可行的防禦措施，並且堅決地說：「天災流行，所時有也。力田而不逢年，豈曰無之。然旱澇之逢，天定可以勝人；而捍禦之法，人定可以勝天。」

在這裏我們準備簡單探討一下蒲齡松對於鬼神和果報的態度。

無疑的，蒲松齡是相信鬼神和果報的，他說：「愚者不悟，以為人道邇而天道遠，與言果報，不怒且笑之矣。」「九幽十八獄，人人分明見之矣。豐都萬狀，何謂渺冥哉？」（《王如水問集・序》）但是，這種相信，在很大程度上不是從宗教哲學出發，而是從民俗的角度出發的。為什麼呢？因為階級社會中的宗教，它應該是一神的，但《聊齋志異》表現出的乃是一種民間神話的多神觀念。它有各種各樣的神，也有各種各樣的鬼，它有佛菩薩，閻王鬼卒，東嶽大帝，同時又有花神、河神，有狐狸精，五通神，歷史上的黃帝、聶政、張飛等人物也摻雜其間。它在反映自然現象上尤其表現出濃厚的原始神話色彩，表現出他的家鄉淄川，那個偏遠山區的農民對自然力的崇拜和認識。

假如蒲松齡的鬼神觀念是從宗教哲學出發的，那麼它應該是同一和嚴密的。但表現在《聊齋志異》中並不是這樣。他有時信，說「一飲一啄，莫非前定」（〈嫦娥〉）。「欲知後日因，當前作者是，報

更速於來生矣。」（〈金生色〉）有時又不信，說「聞雷霆之擊，必於凶人，奈何以循良之吏，罹此慘毒，天公之憒憒，不已多乎！」（〈龍戲珠〉）

在蒲松齡的筆下，那同人世對立的虛幻世界也並不總是光明的，那裏同樣充滿了狡詐，陰險，貪賄，枉法。「金光蓋地，因使閻摩殿上，儘是陰霾；銅臭熏天，遂教枉死城中，全無日月。」「陰曹之暗昧，尤甚於陽間。」（〈席方平〉）

從宗教哲學出發，必然得出人生是痛苦的結論，認為天國和另一個世界是幸福的。《聊齋志異》不然，在大多數篇章中，他寫的不是人們嚮往虛幻的世界，而是世界上萬物嚮往人生。他說：「天下所難得者，非人身哉！」（〈蓮香〉）「人之慧固有靈於神者。」（〈神女〉）在其筆下，鬼，狐，仙，花妖，紛紛來到人世尋找歡樂，而且這歡樂是那麼不可抗拒，以致〈績女〉中那個仙女只有迅速跑掉，才避免「陷身情窟」。蒲松齡的這種人本思想在後來的俚曲〈蓬萊宴〉中表現尤其突出，他寫仙女對人生幸福充滿了嚮往，「早知人間這樣歡，要做神仙真是錯，要作神仙真是錯！」寫仙女彩鸞對度脫後的文簫埋怨說，「我為你神仙都不做，怎麼捨我去求仙？」他通過仙女吳彩鸞之口尖銳地嘲笑了熱心度脫世人的呂洞賓：「不虧你殷勤省著，天上神仙全無！」熱烈地謳歌人和世俗的人生世界，總是從現實出發，肯定人的正常的欲望，這是蒲松齡在表現人與鬼神，人世與虛幻的另一世界關係的基本出發點。

值得我們注意的是，做為階級社會中的宗教，無一不對現世的王公大人表現出一種謙卑的奴才氣，因為天上神靈權威正好是、地上官位等級的影子——「宗教世界只是現實世界的反射」（馬克思《資本論》卷一）。但《聊齋志異》不然，《聊齋志異》對許多王公大人在另一個世界的形象是竭盡嘲弄諷刺之能事的。〈三生〉寫劉孝廉「一世為縉紳，行多玷」，於是被罰作馬，作犬，托生為蛇。蒲松齡在「異史氏曰」中說：「毛角之儔，乃有王公大人在其中，所以然者，王公大人之內，原未必無毛角者在其中也。」《聊齋志異》有大量的篇章

用因果報應來恐嚇王公大人，官吏差役。他說：「官卑者愈貪，其常情乎？三百誣奸，夜氣之牿亡盡矣。奪嘉耦，入青樓，卒用暴死。吁，可懼哉」（〈梅女〉）。他說：「竊歎天下之官虎而吏狼者，比比也。——即官不為虎而吏且將為狼，況有猛於虎者耶！夫人患不能自顧其後耳。蘇而使之自顧，鬼神之教微矣哉！」（〈夢狼〉）用鬼神之說和因果報應向王公大人攻擊，這可以說是宗教的一種異化，是勞動人民利用宗教為自己服務的表現。

蒲松齡信仰佛教，自認是「病瘠瞿曇」的化身。從蒲松齡墳墓被盜掘所出土的念珠來看，他的這種信仰是一直持續到晚年的。而且，就佛理來說，他受有禪宗思想的明顯影響，他主張頓悟，教外別傳，見性成佛。他在〈樂仲〉篇說：「斷葷戒酒，佛之似也，爛漫天真，佛之真也。」在這些方面，他同明代的徐渭、李贄、湯顯祖頗有共同之處。但蒲松齡同他們也有著不同，那就是，這些人對佛教的信仰是從哲學出發的，帶有濃厚的思辨色彩，而蒲松齡對佛教教義研究得並不深，他是從宗教民俗的立場來認識佛教，理解佛教的。假如我們比較《聊齋志異》中的民俗知識和佛理，那麼就會發現，在民俗知識上，蒲松齡不愧為一個學識淵博，無與倫比的學者，但在佛理上，蒲松齡卻還停留在一種啟蒙狀態中。這種狀況，使得蒲松齡描寫宗教題材的作品缺乏淨化的天國，缺乏深邃的哲理，有時顯得庸俗淺薄，但另一方面，又使得這部分作品始終是具體的、形象的，充滿著世俗的活力。

三、利用和展現民俗是《聊齋志異》創作上的一大特點

《聊齋志異》在反映民俗時有兩大形式。一類是對民俗的直接記載，像〈沅俗〉、〈澂俗〉，類似於速記的素材；另一類是對民俗加以利用和改造，創造成小說。後一類在《聊齋志異》中最常見，也最富於光彩。

蒲松齡在利用民俗創作時是很細心的。對於北方的民俗，尤其是家鄉流行的民俗，他往往直接拿來採用，他覺得這對於《聊齋志異》的北方讀者來說是熟悉的，比如〈王六郎〉、〈梅女〉，分別寫溺死鬼和吊死鬼，〈紅玉〉、〈青鳳〉、〈連瑣〉、〈公孫九娘〉，分別寫狐鬼和人的戀愛，作者都直接展開故事情節，沒有介紹故事所賴以存在的民俗的由來和現狀。但對於南方民俗的採用，蒲蒲齡則總是在開篇首先介紹某種習俗的由來。比如：

「水莽，毒草也。蔓生似葛，花紫類扁豆。誤食之，立死，即為水莽鬼。俗傳此鬼不得輪迴，必再有毒死者，始代之。以故楚中桃花江一帶此鬼尤多云。」《水莽草》·

「江漢之間，俗事蛙神最虔。祠中蛙不知幾百千萬，有大如籠者。或犯神怒，家中輒有異兆：蛙遊幾榻，甚或攀緣滑壁不得墮，其狀不一，此家當凶。人則大恐，多斬牲禳禱之，神喜則已。」（〈青蛙神〉）

「五月五日，吳越間有鬥龍舟之戲：刳木為龍，繪鱗甲，飾以金碧，且為雕甍朱檻，帆旌皆以錦繡。舟末為龍尾，高丈餘，以布索引木板下垂，有童坐板上，顛倒滾跌，作諸巧劇。下臨江水，險危欲墮。故其購是童也，先以金啗其父母，予調馴之。墮水而死，勿悔也。吳門則載美妓，較不同耳。」（〈晚霞〉）

這些民俗的說明，不僅表明蒲松齡對南方的民俗非常熟悉瞭解，而且表明蒲松齡在利用民俗進行創作上是很有意識的。他懂得怎樣利用民俗進行創作，也懂得如何利用豐富多彩的民俗為自己的短篇小說增添迷人的光彩。可以說，利用民俗進行創作，是蒲擺齡《聊齋志異》創作上的一大特色！

《聊齋志異》成書後，風行海內，受到廣大讀者的歡迎，「幾於家置一集」。尤其令人注目的是，它在我國北方的農村，在許多不識字或文化不高的農民當中，影響極大。豆棚瓜架，麥垛場院，到處都有講說《聊齋志異》的場所。《聊齋志異》雖然是用文言文寫成的，卻並沒有過分妨礙它在農村中擁有廣大群眾。憑著口耳相傳，《聊齋志異》的鬼狐故事不脛而走，傳播久遠。農村中不識字的老太太，

老大爺們可以不知道《紅樓夢》，但很少有不知道那些稀奇古怪鬼狐故事的。

一般來說，一部書受到讀者的喜愛，一定是它出色地反映了他們的生活理想。深植於農村民俗中的聊齋故事，正是由於反映了農村中傳承的生活文化，而且反映得那麼細緻入微，所以受到了廣大農民們的歡迎。假如我們考慮到中國古典小說的產生和發展的基礎是市民社會和市民階層，主要反映的是市民的生活和趣味，那麼，做為主要以反映農村生活為主的《聊齋志異》就彌足珍視，而它之所以特別受到農民們的歡迎也就可以理解了。

創作上的浪漫主義，其特徵是「對現實的極端不滿，而顯然寧肯棄現實而取幻想與夢現（高爾基《俄國文學史》）。《聊齋志異》的浪漫主義有著自己的特色，它通過鬼狐花妖，山精木魅表達在現實中難以企及的溫馨和人情，通過夢幻幽冥來表達作者的生活理想。

他有感於現實司法的黑暗，便寫了〈李伯言〉，說：「陰司之刑，慘於陽世，責亦苛於陽世。然關說不行，則受殘酷者不怨也。」有感於現實中老百姓有冤無處申訴，便寫下〈紅玉〉、〈向杲〉、〈聶政〉、〈博興女〉，說：「天下事足髮指者多矣。使怨者常為人，恨不令暫作虎。」他攻擊不公平的八股科舉制度使「陋劣倖進，英雄失志」，便寫一個美男子來到美醜顛倒的羅剎國，被人看做怪物，受盡屈辱。而到了龍宮，立即得到應得的榮耀。他感歎地說：「嗚呼，顯榮富貴，當於海市蜃樓中求之。」尤其是當他有感於人世的冷漠和虛偽時，他便寫了許多可親可敬的狐鬼形象，使他們具有理想的光彩。他寫〈小翠〉便說：「一狐也，以無心之德而猶思所報，而身受再造之福者顧失聲於破甑，何其鄙哉！始知仙人之情，亦更深於流俗也。」他寫〈蓮香〉則說：「嗟呼！死者而求其生，生又求其死，天下所難得者，非人身哉？奈何具此身者，往往而置之，遂至腆然而生不如狐，泯然而死不如鬼。」蒲松齡的美學思想無疑是受到了明代浪漫主義運動思潮的影響（參見本書論蒲松齡的審美理想），他崇尚真率的性格，他說：「天付人以有生之真，閱數十年而爛漫如故，當亦天心所甚愛也。」

（〈壽常戢谷先生序〉）他用爛漫的童心來塑造《聊齋志異》中的主人公，像他寫嬰寧，便說：「嬰寧殆隱於笑者。竊聞山中有草，名笑矣乎，嗅之，則笑不可止。房中植此一株，則合歡、忘憂並無顏色矣。若解語花，正嫌其作態也。」他非常崇尚情感的力量，說：「情之專一，鬼神可通」。《聊齋志異》中的主人公為了情可以生，可以死，確實達到了「情不知所起，一往而深」的程度。

這點，早已為同時代的作家所指出，像〈連城〉篇，王漁洋和馮鎮巒在評論中就都指出了它與湯顯祖《牡丹亭》之間的聯繫。

但蒲松齡較之明代浪漫主義文學的同道們又有很大的創造性和發展，那就是，他把這種真摯的情感的力量普及到世界萬物的身上，移到了他所能想到的一切生物身上。他寫人與鬼的戀愛，寫人與狐狸精的戀愛，寫人與烏鴉，人與牡丹，人與蜂，甚至人與老鼠，人與青蛙都可以發生愛情，締結婚姻。在他的筆下，這些鬼狐花妖，山精木魅都具有深摯的情感，富於理想性。同明末浪漫主義文學相比，蒲松齡給我們展現了一個更奇瑰，更浪漫，更豐富多彩的精神世界。

鬼狐花妖，山精木魅，以我們現代人的眼光來看，當然是荒誕的，但在蒲松齡那個時代，它又有著傳統的心理依據和堅實的民俗基礎。

拿〈王六郎〉來說，它寫一個叫王六郎的溺死鬼，由於許姓漁夫經常拿酒酹奠他，於是兩人交了朋友。有一天，王六郎告訴漁夫要分手了，因為他找到了替死的人。第二天，漁夫到河邊，果然看見一個懷抱著嬰兒的婦女落水。但不知為什麼，婦人又濕漉漉地爬上了岸。原來王六郎在抓替死鬼的過程中不忍心「代弟一人，遂殘二命」，動了惻隱之心。後來，王六郎當上了另一個地方的土地神，許姓漁夫去看望老朋友，受到王六郎的熱情款待。

這個故事從描寫對象看，儘管是無稽之談，卻建立在廣泛的民間傳說之上。比如，溺死鬼抓替死鬼的故事在我國的民譚中早就廣泛流傳。土地神是我國傳統的神祇。許姓漁夫「每夜攜酒河上，飲則酹地廣祝云：『河中溺鬼得飲』。」於是王六郎便真的喝到了酒，那是出

自於我國傳統的酹奠死人的儀式。當許姓漁夫跑去探訪已經作了土地神的王六郎時，王六郎在夜間以託夢的形式同招遠鄉民和許姓漁夫說話，在白天以旋風的形式顯靈，這也都是我國傳統的民俗中鬼魂和人的溝通交往形式。

民俗，是一種深深紮根於民間的傳承文化，它有著久遠的歷史和深厚的民眾基礎，它對於人們的心理，習慣，思維方式的影響是至深至巨的。當蒲松齡運用這些民俗來構想自己的故事，塑造自己作品中的人物時，他就使得「事或奇於斷髮之鄉，怪有過於飛頭之國」的浪漫情節同現實生活融為一體，具有了一定的歷史和心理的依據。為什麼後世模仿《聊齋志異》的文言小說「侈談鬼狐，」而成績甚微，引不起人們的興趣呢？那原因當然是多方面的，但不善於運用民俗知識豐富和深化作品中的鬼狐形象，只是靠關在書齋中浮想聯翩去談狐說鬼，不能不說是一個很重要的原因。

當然，大量地採用民俗進行創作，對《聊齋志異》的影響來說並非都是積極的。它也有消極的一面，它造成了《聊齋志異》某些作品先進的思想內容和落後的迷信民俗形式之間的矛盾。比如〈王十〉篇，這是抨擊官府對鹽的壟斷，為小鹽販鳴不平的作品，觀點當然是進步的，積極的，但作品卻採取了陰冥果報的形式表現。作者採取這種形式可能有逃避文字獄的原因，但更主要的，是蒲松齡對陰冥果報的形式太熟悉了，他是太習慣於通過這種民俗形式來表達自己的觀點了。由於蒲松齡對於鬼神是相信的，他對於一些迷信落後的習俗又抱著寧肯信其有，不可信其無的中庸態度，這就使得《聊齋志異》籠罩著濃重的迷信色彩，這種迷信色彩同蒲松齡思想中封建倫理等觀念結合，便構成了《聊齋志異》中消極落後的糟粕。

第七章　蒲松齡的法律思想

　　《聊齋志異》直接描寫公案訴訟或涉及公案訴訟的小說大約有四十餘篇①，占現存《聊齋志異》篇目的近十分之一，牽涉到的法律方面的問題有刑法、刑事訴訟法、經濟法、婚姻法、民法、民事訴訟法等，無論是從篇幅數量上，還是涉及法律範圍之廣上，都頗引人注目。

一、《聊齋志異》中的公案訴訟篇

　　如果我們翻閱《聊齋志異》的公案訴訟小說，慘怛抑鬱而憤懑慷慨之情立即溢於紙面：

　　「強梁世界，原無皂白，況今日官宰半強寇不操矛弧者耶？」（〈成仙〉）

　　「竊歎天下之官虎而吏狼者，比比也。」（〈夢狼〉）

　　「剖腹沉石，慘冤已甚，而木雕之有司，絕不少關痛癢，豈特粵東之暗無天日哉！」（〈老龍船戶〉）

　　「借人之殺以為生，仙人之術亦神哉。然天下事足髮指者多矣。使怨者常為人，恨不令暫作虎。」（〈向杲〉）

　　「官宰悠悠，豎人毛髮。刀震震入木，何惜不略移床上半尺許哉！」（〈紅玉〉）

　　「世道茫茫，恨七郎之少也。」（〈田七郎〉）

　　「陰司之刑，慘於陽世，責亦苛於陽世。然關說不行，則受殘酷者不怨也。誰謂夜台無天日哉，第恨無火燒臨民之堂廨耳。」（〈李伯言〉）

　　這些公案訴訟篇所表現的暗無天日，絕不是個別官吏的舛誤貪鄙，而是帶有相當的普遍性，反映出時代的腐敗和黑暗。蒲松齡在〈席方平〉篇，讓他的受害人在陰間自城隍而郡司，自郡司而冥王，上上下下告了一個遍，沒有任何結果，只是後來偶然碰上了灌口二郎神，冤枉才得以昭雪。「閻摩殿上盡是陰霾」，「枉死城中全無日月」，是蒲松齡借陰間之景，抒現實之情，是人間社會官場吏治活生生的反映。在中國古代文言小說反映公案訴訟的篇章中，從未有過像《聊齋志異》這樣對封建社會的吏治訴訟表現得如此失望和不信任，如此集中而強烈地給於抨擊和鞭撻。

　　蒲松齡特別注意到了金錢和關係網在司法訴訟中所起的特殊作用。〈梅女〉中的典史只因得了小偷的三百文錢便誣良為奸；〈向杲〉中的向杲庶兄向晟聘妓為妻，被莊公子仗勢橫刀奪愛，向晟憤而說理，反被莊公子「嗾從人折棰笞之」而死。向杲「具造赴郡」，「莊廣行賄賂」，便「莫可控訴」。〈席方平〉篇的羊姓富戶更是靠著錢「賄囑冥使」，「內外賄通」，使席方平任有天大本領也「忿氣無所復伸」。不過，《聊齋志異》中不公正的判決更多的是源自於關係網，在有勢力者和小老百姓的訴訟中，官府往往自然而然地偏袒有勢力的或有來頭的。〈商三官〉中的商士禹「以醉謔忤邑豪」，便被打死。商家兄弟「出訟，經歲不得結。」〈田七郎〉中武承休的僕人作惡多端，只因投靠某御史家受到庇護，主人便無可奈何。〈紅玉〉篇中下了野的御史宋某，看中了馮相如的妻子，竟然光天化日之下去劫奪。馮相如「抱子興詞，上至督撫，訟幾遍」，仍沒有結果。乃至〈成仙〉中的周生感慨邑令為「勢家官」，非「朝廷官」，「如狗之隨嗾者」。而好友成生「自經訟繫，世情盡灰」，披髮入山了。

　　《聊齋志異》中的公案訴訟篇被偏袒的一方更多的憑藉的是勢力，是關係網，而不是金錢，也可以說是中國古典公案訴訟類題材作品的共同傾向，而這與西方同類題材作品是有所區別的。它同中國封建社會中諸法合體，行政機關兼理司法，司法行為很難獨立行使職權有關。因為在中國的封建社會中，地方上的法官。即是地方上的行政

長官，其上一級行政長官的意志不僅決定審案，而且決定審案者的命運，不少官們在審案中首先考慮的不是秉公執法，而是自己的烏紗帽如何保住。正如〈夢狼〉中的某甲所說。「黜陟之權，在上臺不在百姓。上臺喜，便是好官；愛百姓，何術能令上臺喜也。」這也就是後來《紅樓夢》那個著名的「葫蘆僧判斷葫蘆案」中，賈雨村為什麼在判案中並不需薛蟠拿出錢來賄賂，只聽到「打死人之薛就是豐年大雪之薛」，便「徇情枉法」的緣故。

對於窮苦百姓在訴訟中求告無門。任憑官吏敲剝宰殺的遭遇，蒲松齡不僅寄予了極大的同情，而且將其做為一個社會現象揭示出來。《聊齋志異》的〈黑獸〉篇用寓言的形式抒發了蒲松齡心中的悲歎：凡物各有所制，理不可解。如獮最畏狨：遙見之，則百十成群，羅而跪，無敢遁者。凝睛定息，聽狨至，以抓遍揣其肥瘠；肥者則以片石志顛頂。獮戴石而伏，悚若木雞，惟恐墮落。狨揣志已，乃次第按石取食，餘始哄散。余嘗謂貪吏似狨，亦且揣民之肥瘠而志之，而裂食之；而民之戢耳聽食，莫敢喘息，蚩蚩之情，亦猶是也。可哀也夫。

蒲松齡後來在雜文〈公門修行錄贅言〉中重敘此寓言，說：「此何足異？人類中固不乏也。君不見城邑廨舍中，一狨在上而群狨隨之乎？每一徭出，一訟興，即有無數眈眈者，涎垂噪叫，則志其頂，則揣其骨，則姑噆其肉。其懦耶，恐喝之。強耶，械挫之。慷慨耶，甘誘之。慳吝耶，逼苦之。且大罪可使漏網，而小禍可使彌天；重刑可以無傷，而薄懲可以畢命。蚩蚩者氓，遂不敢不賣兒貼婦，以充無當之卮，冤矣！」

在《聊齋志異》的公案訴訟篇中，固然有少量的獵奇炫異的志怪之作，如〈犬奸〉、〈新郎〉；有歌頌清官智慧斷案的作品，如〈胭脂〉、〈新鄭訟〉、〈詩讞〉，但更多地是對封建社會吏治的無情的揭露和控訴，表現出一種前人不曾有過的批判精神和人道主義精神。

二、《聊齋志異》公案篇具有法律專業的深度

由於蒲松齡一直打算通過科舉走仕途經濟的道路，並為了「吏道純熟」，對法律進行過深入研習，特別是在幫辦孫蕙幕府期間又有過實際的鍛煉，因此，他對於封建社會司法吏治的觀察和思考早已超越文學家的視野，超越了對個案不公正的呼籲，因而作品中具有法律專業的深度。

蒲松齡對於當時司法中帶有普遍性的傾向問題提出了自己的意見：

比如，中國封建社會實行連坐的保甲制度，清初訴訟往往牽涉許多人，「因一人而累數人，甚至親之親，鄰之鄰，又親之鄰，鄰之親，蔓延不已」，以致「凡一事出」，「一村盡空而捐囷皆滿」。蒲松齡認為審案者應該「於濡筆時，略一電炯，非必不可已者，悉勾消。悉斥去之，即此便是仁愛，便是神明」（《循良政要》）。他在〈折獄〉篇就寫他崇拜的恩師費褘祉任淄川縣令審理賈某被殺案時，「事結，並未妄刑一人」的政績，而在〈冤獄〉中，他則寫朱生的鄰居被殺，邑令根據相讒之詞，便拘押了左鄰右舍，屈打成招。蒲松齡在「異史氏曰」中反覆強調說：「一人興訟，則數農違時；一案即成，則十家蕩產，豈故之細哉！余嘗謂為官者，不濫受詞訟，即是盛德。且非重大之情，不必羈候，若無疑難之事，何用徘徊？即或鄰里愚民，山村豪氣。偶因鵝鴨之爭，致起雀角之忿，此不過借官宰之一言，以為平定而已。無用全人，只需兩造。笞杖立加，葛藤悉斷，所謂神明之宰非耶？」

再比如，針對清初審案中矯枉過正的風氣，蒲松齡也提出了批評，他說：「世事之不平，皆由為官者矯枉之過正也。昔日富豪以倍稱之息折奪良家子女，人無敢言者；不然，函刺一投，則官以三尺法左袒之。故昔之民社官，皆為勢家役耳。迨後賢者鑒其弊，又悉舉而大反之。有舉人重貲作鉅賈者，衣錦厭粱肉，家中起樓閣，買良沃，而竟忘所自來。一取償，則怒目相向。質諸官，官則曰：『我不為人役也。』

是何異懶殘和尚，無工夫為俗人拭涕哉！餘嘗謂昔之官諂，今之官謬；諂者固可誅，謬者亦可恨也。放貲而薄其息，何嘗專益於富人乎。」（〈王大〉）

蒲松齡的這些意見集中見於他所寫的《循良政要》。關於吏治和訴訟應注意的問題，他在《循良政要》中一口氣提出了十六條建議。這些建議都是根據家鄉的吏治實際，再加上他的潛心研究提出來的，許多建議在《聊齋志異》的公案訴訟篇中都有反映。除去上面提到的〈折獄〉、〈冤獄〉篇之於「禁牽連」的建議外，像〈促織〉之於「報里長」，〈劉姓〉之於「剪土豪」，〈王大〉、〈盜戶〉之於「正矯枉之弊」，〈嫦娥〉之於「禁奴死訟主」，〈王大〉之於「禁賭博」等等都是。從某種角度說，《聊齋志異》中的公案訴訟篇是蒲松齡法律思想形象的詮釋，寄託了蒲松齡的吏治理想，帶有相當強烈的示範性和現實針對性，這是以往某些作家的公案訴訟小說所不具備的。

值得注意的是，《聊齋志異》的公案訴訟篇中，有關商人的篇章占了相當大的比重，這一方面是當時社會狀況的必然反映，另一方面也是蒲松齡特別予以關注的結果。在這部分篇章中，除了一些傳統的題材，如〈老龍船戶〉呼籲重視商旅的安全，〈犬奸〉關注守候在家的商人妻子的貞節問題，〈鴉鳥〉反對貪官對商人的劫掠，〈王大〉反映債務問題，蒲松齡還著重反映了經濟法中的鹽法問題，並提出自己的主張。

蒲松齡尖銳地抨擊了當時的鹽法，指出：「按鹽法最嚴，惟貧難軍民，負販易食者勿論。今日則反是。」（〈鹽法論〉）「鹽之一道，朝廷之所謂私，乃不從乎公者也，官與商之所謂私，乃不從乎其私者也。」蒲松齡認為整治私鹽，首先要確定何者為私鹽。他認為「私鹽者，上漏國稅，下蠹民生者也。若世之暴官奸商所指為私鹽者，皆天下之良民。貧人揭錙銖之本，以求升斗之息，何為私哉！」他認為應該懲罰的是那批居肆的奸商而不是貧難軍民，負販易食者。為此，他在〈王十〉篇讓誤被鬼卒當做私鹽抓去的小負販王十奉閻王之命以蒺藜骨朵去督河工，而河工正是官府認可的鹽商。同時，閻王還罰鬼卒

「市鹽四斗，並十所負，代運至家」，賠償王十。在這篇小說中，法律認定的私鹽罪犯，被當作良民；法律認可的官商被判定為罪犯，受到懲罰。如果說〈王十〉篇還只是借幽冥陰間這種形式表達的話，那麼後面所附張石年的故事則通過實際案例進一步明確表達了蒲松齡鮮明的愛憎：

　　各邑肆商，舊例以若干石鹽貲，歲奉本縣，名曰食鹽。又逢節序，具厚儀。商以事謁官，官則禮貌之，坐與語，或茶焉。送鹽販至，重懲不貸。張公石年令淄川，肆商來見，循舊規，但揖不拜。公怒曰：「前令受汝賄，故不得不隆汝禮；我市鹽而食，何物商人，敢公堂抗禮乎！」捽褲將笞，商叩頭謝過，乃釋之。後肆中獲二負販者，其一逃去，其一被執到官。公問：「販者二人，其一焉往？」販者曰：「逃去矣。」公曰：「汝腿病不能奔耶？」曰：「能奔。」公曰：「既被捉，必不能奔；果能，可起試奔，驗汝能否。」其人奔數步欲止。公曰。「奔勿止！」其人疾奔，竟出公門而去。見者皆笑。公愛民之事不一，此其閒情，邑人猶樂誦之。

　　以往的中國文言公案類小說，說奇案也好，訴冤獄也好，從某種角度說都在於落實法律，貫徹法律。主要是體現如何執法，維護法律的尊嚴。而《聊齋志異·王十》篇則通過正文、「異史氏曰」、附則，對現行法律提出了疑議，得出相反的結論·甚至把批判的矛頭直指法律的制定者皇帝，認為「上無慈惠之師，而聽奸商之法，日變日詭，奈何不頑民日生，而良民日死」，要求從立法上根本解決現實中的不合理。這就使得《聊齋志異》的公案訴訟篇不僅在執法方面具有相當的示範性和現實針對性，而且也提出了立法方面的問題，較之前代的文言公案小說更具有法律的思辯色彩。

三、蒲松齡的法律思想

蒲松齡的法律思想一般來說屬於儒家的思想體系，追求著仁政的理想。他一則說「仁風善政」（〈上邑侯張石年書〉），再則說：「安仁作宰，一縣桃李；蘇子為官，滿堤楊柳。自古文人，多為良吏，可以知弦歌之化，非文學者不能致也」（〈《古香書屋存草》序〉）。費諱祉是蒲松齡崇拜的縣令，蒲松齡在〈折獄〉篇中推崇他說：「我夫子有仁愛名，即此一事，亦以見仁人之用心苦矣。」「嗚呼，民情何由得哉！余每曰：『智者不必仁，而仁者則必智。蓋用心苦則機關出也。』『隨在留心』之言，可以教天下之宰民社者矣。」張石年也是蒲松齡很欣賞的淄邑縣令，蒲松齡評價張石年說：「頻年大令往往以峻法催科，而木索郎當之下，猶有一二頑民，逋賦至於隔歲。今數月不撲一人，而人無不歡忻樂輸者，非仁聲之入人者深乎。」（〈《古香書屋存草》序〉）

但蒲松齡並不反對用刑，他認為刑與禮是相輔相成的，用刑「可使人知畏法」（《循良政要》）。他說：「聖人制禮以範世，而世多悖禮，則刑生焉。刑也者，所以驅天下之人而歸於禮者也」（〈《懷刑錄》序〉）。甚至他認為「非剛斷不足以行其仁」，對於盜賊，對於治安差的地區必須用嚴法。他說：「青城邵公，遠近稱神，而其治盜也。即小偷亦必四十大板、一夾棍，重枷枷出，因而盜賊斂蹤，良民安堵」（《循良政要》）。淄川縣西李家疃，人多習為桀驁。「禮義之教，目不得見，耳亦罕所得聞」。「或言南面者能桎梏人，若以為老翁之欺我也者」。張石年臨任後，由於用嚴法治理，「頑民始見雷霆」，把小鄉村治理得「奸人改行，而良懦安其生。」蒲松齡極其讚賞，特意寫了〈頌張邑侯德政序〉，敘其經過，予以表彰。

蒲松齡由於當了一輩子教師，所以深知法律宣傳和普及的重要性。他主張禮與法應並行宣傳：「使讀禮者知愛，讀律者知敬，其有裨於風化非淺矣。」認為社會治安不良，往往由於法盲造成的：「顧鄉里之愚夫，目不睹聖明之法，猶往往而犯之。」（〈《懷刑錄》序〉）

他認為不僅老百姓有懂法守法之責，官吏更應該懂法執法，講讀律令：「以例為目而律為綱，所責誦其詞而討其義」，否則「內掌三司，『難以對蘭台而稱執法」，「外膺百里，安能向臬憲而奏科條。」蒲松齡雖然沒有做過官，但他為了參加科舉考試進入仕途，對法律曾進行過深入的研習，《蒲松齡集》所載六十六則「擬判」，包括了「吏律」、「戶律」、「工律」、「兵律」、「刑律」、「禮律」，並涵蓋了它們的主要條款即是明證。蒲松齡還認為，要保證社會的安定公正，僅僅有禮法的一般教育還不夠，還要加上因果報應的恐嚇：「聖人有以知其必不能也，遂慨然操智慧劍，起而破混沌氏於茫蕩之野；不已，而將之車服祠廟以導其前，不已，而懸之刀鋸斧鉞以迫其後，又不已，而加之煉銅熱鐵、湯鑊油鼎以惕其夢寐」（〈王如水《問心集》序〉）。這是《聊齋志異》公案訴訟小說有很多因果報應情節的原因。

　　中國封建社會是以家族為本位的，宗法倫理精神和原則滲透並影響著整個法律體系。蒲松齡的法律思想也不例外，也貫穿著倫理精神。蒲訟齡的朋友丘行素「集五服之禮，並稽五服之律」與之討論，蒲松齡非常感興趣，並「因即其本而錯綜之，隨親屬別作部，使尊卑之分、親疏之義，愚夫婦一見可了；而又集日月所易犯者，增之為《懷刑錄》」（〈《懷刑錄》序〉）。《聊齋志異》的篇章中不僅寫了公案訴訟案件的發生審理，也同時寫了如何把訴訟案件消滅在萌芽狀態。像〈曾友于〉篇，就寫了一個叫曾友于的人在父母雙亡之後如何通過倫理教化感動他的異母兄弟，解決家庭姻親之間的矛盾，避免了一場場官司糾紛，挽救了家族。〈曾友于〉就藝術表現和思想內容來講成就並不很高，卻集中反映了封建社會中家齊而後社會安定的法律思想。反映了蒲松齡法律思想中的倫常因素。蒲松齡不僅主張在家族內部用「尊卑之分，親疏之義」來規範人的行為，而且推而廣之，認為整個社會也應尊卑有序，按照等級觀念運轉。他在《循良政要》中就堅決擁護「禁奴死訟主」的法律，認為「凡婢僕即被主人刑杖，邂逅致死，按律當勿論；況因病身死，或有過懼罪自盡，更與主人無干。往往其父兄親族居為奇貨，刁訟詐索，甚有登門毆辱，抄毀財物。若不嚴加禁

止，則惡風日長，名分掃地矣。」《聊齋志異‧嫦娥》篇則用故事的
形式寫仙女嫦娥靠裝神弄鬼的欺騙手段使宗子美避免了「奴死訟主」
的災難，都反映了蒲松齡的名分思想。

　　前文談到蒲松齡在《聊齋志異》的公案訴訟篇中充滿著對現實司
法吏治的批判精神，然而這種批判並非無邊無涯，而是嚴格限定在封
建法律容忍的限度內的。比如，蒲松齡是主張按法律程式解決訴訟冤
案的，倘若受案者不能通過法律程式昭雪冤案，取得公正，蒲松齡就
充分肯定並讚揚血族復仇的合理性，像〈向杲〉、〈商三官〉等，並
且有時也求助於俠義之士的「路見不平」，手刃惡人；幻想鬼神果報，
懲戒惡人。但蒲松齡絕對不贊成造反，認為那是犯上作亂，是「滅九
族」的勾當。對於司法者的批判，雖然蒲松齡說「官虎而吏狼者比比
也」，「上無慈惠之師而聽奸商之法」，但實際上對皇帝，蒲松齡又
曲為維護，從不忘說明其不知情；「聖明天子愛惜民力，取一物必償
其值，焉知奉行者流毒若此哉」（〈鴞鳥〉）。對於官，蒲松齡也能
一分為二，認為有清官、貪官、昏官之別。但對於吏、衙役。蒲松齡
則一概無好感，甚至偏激地說：「吾欲上言定律：『凡殺公役者，罪
減平人三等，蓋此輩無有不可殺者也」（〈伍秋月〉）。蒲松齡的這
些看法，固然有著複雜的社會原因，但也同儒家名份等級思想，皇帝
至上的思想有著密切關係。

四、《聊齋志異》與中國古代的公案小說

　　中國的文言公案小說從體制上看，大致有兩類，一類受案牘文書
的影響，比較簡短，偏重於案情的敘述，如張鷟《朝野僉載》所載之
公案；一類受史傳文學中列傳體的影響，敘事較詳，也較宛曲，偏重
於人物命運的揭示，如李公佐《謝小娥傳》。《聊齋志異》的公案訴
訟類小說從體制上看，大致也是這麼二類。其中比較簡短的案例性質
的一類，如〈犬奸〉、〈折獄〉、〈老龍船戶〉雖然敘述簡潔，描寫

生動，但較之前代同類文言公案小說進化不大，而且由於蒲松齡往往利用此類案例說明自己的法律觀點，帶有圖解性質，文學成就不是很高。另一類近似於紀傳體的公案小說則篇幅較長，細膩曲折，較之前代文言公案小說有長足的進步，如〈席方平〉、〈胭脂〉、〈商三官〉，具有很高的文學價值。

同前代文言公案小說相比，《聊齋志異》這類公案小說最突出的特點是有較大的虛構性。在中國的文言小說中，公案題材性質的小說受史傳文學和案牘文學影響最深。由於拘泥於事實，作家的想像力貧乏乾涸，或照錄傳聞，或直敘其事，因此較其他題材的小說發展最為遲緩。從《朝野僉載》始，到牛肅的《紀聞》、康駢的《劇談錄》、高彥休的《闕史》所載公案類小說大都僅為案例的記載。唐傳奇中寫得較好的是李公佐的《謝小娥傳》，也不過直書其事，後來被宋祁撰《新唐書‧列女傳》採錄。宋元明時代的文言公案小說則仍是近時新聞，文筆上也仍繼承了唐代公案小說樸實簡括的特點，既沒有倒退，也沒有較大突破，嚴格地講，並談不上小說。《聊齋志異》的公案訴訟類小說就不同了，它由於有較大的虛構，這就為公案小說的創作注入了活力。它不再是死板板的訴訟事實的記載，而具有了文學創作的性質；案件的主人公也不再僅是當事人的符號，而具有了血肉和性格。當你讀〈胭脂〉，深為「縱能知李代為冤，誰復思桃僵亦屈」的曲折情節所感時，那得力於虛構；當你讀〈席方平〉，主人公從城隍而郡司，從郡司而冥王，冤案仍不得昭雪，你為「閻摩殿上盡是陰霾」，「枉死城中全無日月」而痛心疾首時，那也得力於虛構；當席方平在冥王的威脅利誘下，大義凜然，靜靜地喊出：「大冤未伸，寸心不死，若言不訟，是欺王也，必訟！」一個頂天立地的不屈不撓的漢子栩栩如生地站在你面前時，那仍然是虛構的魅力。虛構，使得《聊齋志異》的公案訴訟小說神采飛揚，跨入了與前代實錄型公案訴訟小說不同的新領域。

《聊齋志異》的文言公案小說也不像前代文言公案小說那樣情節單純，人物簡單，僅只圍繞一個訴訟案件的始末敘述故事，是一種單

線結構，而是把訴訟案件放在一個豐富複雜的生活背景下，具有了一種網狀的多線結構。像〈胭脂〉就交織著胭脂與鄂秋隼的愛情，宿介與王氏的私情，毛大對王氏的性騷擾與入胭脂家情急殺人的多種線索。有時訴訟案件又並非故事的中心和重心，只是生活萬花筒的一部分，訴訟案件推動了生活中其他諸種矛盾的發展，像〈紅玉〉、〈小謝〉、〈梅女〉、〈辛十四娘〉、〈曾友于〉，一一已經模糊了公案類小說與其他題材小說的界限。無論是蒲松齡使文言公案小說擺脫單線結構而代以多線結構，還是使公案訴訟題材不再單純獨立而融彙於其他題材當中，其作用都使他創作的小說更具血肉更豐滿，更貼近生活的真實，都是文言公案小說中的一種有價值的探索和嘗試。

　　由於蒲松齡把文言公案小說的描寫真正納入了文學創作的軌道，因此《聊齋志異》的公案訴訟類小說就具有了強烈的作家個人風格特徵和性格色彩。不過這風格特徵和性格色彩不是簡單地指篇章結構，謀篇佈局，情節安排，人物塑造，語言描寫。因為既然這類小說是《聊齋志異》的有機組成部分，它當然具有《聊齋志異》的異於他人的總體風格，在這點上並不必費辭。這裏所說的作家個人的風格特徵和性格色彩，主要指的是當我們把《聊齋志異》的公案訴訟小說集中在一起之後，立刻發現其中貫穿著一種鬥爭、復仇和不妥協精神。其中受害主人公男也好，女也好，老也好，少也好，沒有弱者，沒有俯首貼耳、任人擺佈的懦夫。而都是抗爭到底的硬漢。像席方平打官司。從城隍告到郡司，從郡司告到冥王，最後直告到玉皇大帝九王殿下和二郎神那裏。向杲、商三官在正常的訴訟途徑失敗後，毅然採取個人復仇手段。梅女則化成鬼魂也念念不忘向仇人索命。這種鬥爭、復仇、不妥協精神，勁健硬朗的美學風格與以往文言公案小說零散地記奇案。敘狡犯，贊清官，訴酷吏大異其趣而與蒲松齡的思想性格密切相關。

　　蒲松齡雖為一介窮塾師，但少年時便崇尚遊俠豪傑，「最愛《遊俠傳》，五夜挑燈，恒以一斗酒佐讀」（〈題吳木欣《班馬論》〉）。他對現實生活中老百姓忍耐貪官酷吏之苦，經常哀其不幸，怒其不爭。在〈黑獸〉中他就把老百姓的懦弱馴順比喻作怕獄的獝，說：「民之

戢耳聽食，莫敢喘息，蚩蚩之情，亦猶是也，可哀也夫。」他欣賞剛烈不屈，敢於抗暴的性格。在〈潞令〉篇，他寫貪官宋國英任潞城令貪暴不仁，被潞城老百姓的冤魂索命而死，他為這種抗暴精神拍手稱快，讚歎道：「潞子故區，其人魂魄毅，故其為鬼雄。」而對其他地方的老百姓聽任宰割則三致辭焉：「赫赫者一日未去，則蚩蚩者不敢不從。積習相傳，沿為成規，其亦取笑於潞城之鬼也已。」而現實生活中的蒲松齡正是一個倡言敢行，剛毅果敢的人。他不滿意於朋友王鹿瞻畏懼妻子，棄父於旅邸的行為，便去信劃切相勸；給諫孫蕙的族人借孫蕙之勢橫行鄉里，他抗言批評：「居官而有赫赫名甚可喜，居鄉而有赫赫名甚可懼。」康熙四十八年，淄川縣漕糧經承康利貞「妄造雜費名目，欺官虐民」，蒲松齡同他進行堅決的說理鬥爭。並不顧七十歲高齡奔波至郡城上訴藩台，將康利貞革職。轉年，下臺的康利貞厚賂新城已罷刑部尚書王士禎，同邑進士譚再生為之關說，企圖死灰復燃。蒲松齡毅然致書王士禎，並同張益公致書譚再生，據理力爭。終於再次板倒了這個蠹役。對蠹役康利貞的鬥爭，集中而淋漓盡致地將蒲松齡勇於鬥爭，善於鬥爭，一旦鬥爭開始便不勝不止的性格反映出來。正因為生活中的蒲松齡剛直不阿，不屈不撓。所以他筆下受害主人公也就具有鬥爭的錚錚靈魂和性格，這可以說文如其人啊。

　　總之，《聊齋志異》的公案訴訟類小說有著鮮明的特色，不僅在研究蒲松齡的法律思想方面有獨特的價值。而且在全面研究《聊齋志異》的思想藝術、評價其在中國文言小說發展史上的地位、作用，乃至探討中國文言公案訴訟小說的發展，都有著不可替代的價值。

① 它們是〈犬奸〉、〈商三官〉、〈田七郎〉、〈潞令〉、〈向杲〉、〈轟政〉、〈羅祖〉、〈梅女〉、〈商婦〉、〈喬女〉、〈新鄭訟〉、〈狂生〉、〈義犬〉、〈辛十四娘〉、〈曾友於〉、〈冤獄〉、〈盜戶〉、〈崔猛〉、〈紅玉〉、〈放蝶〉、〈邵臨淄〉、〈於中丞〉、〈折獄〉、〈鴞鳥〉、〈詩讞〉、〈劉姓〉、〈李伯言〉、〈趙城虎〉、〈夢狼〉、〈席方平〉、〈胭脂〉、〈王大〉、〈王十〉、〈博興女〉、〈老龍船戶〉、〈青城婦〉、〈太原獄〉、〈一員官〉、〈成仙〉、〈李司鑑〉、〈石清虛〉、〈伍秋月〉、〈新郎〉、〈王者〉。

第八章　蒲松齡美學思想述評

引　子

　　研究蒲松齡的美學思想是一個困難的課題，這不僅由於美學在中國還是新的學科，研究中國美學史的著作和從美學的角度評價中國古典作家的著作更是寥寥，缺乏必要的借鑒，而且在於蒲松齡並沒有在這方面給我們留下什麼專著。我們只能從他的浩瀚著作中去篩選檢尋，甚至有的只能通過他所刻劃的形象去推測揣想。而一般來講，作家筆下的人物形象所表達的美學意義遠比作家本人的論述豐富而不明確得多，蒲松齡又是一個思想頗為複雜的作家，他既深受儒家思想教育，又受佛教禪宗思想影響，某些方面又摻有道家思想的因素。他在幾十年創作生涯中，思想也不斷發展變化。前期、中期、後期思想並不完全一致，即使在同一時期，同一問題上，他在這裏這樣講，在那裏又那樣講，並沒有系統嚴密的體系，這都給我們把握他的美學思想帶來一定的困難。但是，研究蒲松齡的美學思想又很重要，因為美學思想不僅是這一偉大作家世界觀的重要組成部分，對於全面和正確地評價蒲松齡的思想有重大意義，而且對於研究他的作品，特別是對於研究和評價《聊齋志異》也有直接的意義。因此，這一工作總是要做的，本文就是在這方面的初步嘗試。

一、美學思想的哲學基礎

　　任何一種美學理論都是以一定的哲學體系為基礎的，正像俄國著名美學家車爾尼雪夫斯基所講的那樣：「美學觀念上的不同，是整個

思想方式的哲學基礎不同的結果」（《果戈里時期俄國文概觀》）。因此，在研究蒲松齡的美學思想以前，有必要先對蒲松齡的哲學思想進行一番探討。

蒲松齡一生沒有寫過什麼哲學專著，但《聊齋志異》中的〈《會天意》序〉、〈王如水《問心集》序〉、〈《問心集》跋〉等文章卻比較系統而集中地反映了他的哲學思想。

蒲松齡在〈《會天意》序〉中對宇宙和思維的關係這一哲學基本問題闡述了自己的看法。他說：「天地在大化中，不啻旦暮之在天地，大化在方寸之中，亦猶天地之在大化也。」認為天地存在於宇宙當中，就象太陽和月亮在天地之中，而宇宙存在於人的心中，又像天和地存在於宇宙當中一樣。他認為宇宙的千變萬化不過都是人心的反映和驗證：「昭昭乾象，不出方寸，彼行列次舍，常變吉凶，不過取以證合吾天耳。」因此，他認為對於宇宙的認識，也並不需要參加認識宇宙的實踐，只需要在人心中探索就可以了。他說：「欲知天地之始終，不於天地求之，得之方寸中耳。」這樣，就像所有主觀唯心主義者一樣，得出了荒謬的結論：宇宙不是客觀存在的實體，而是人心的產物；探索宇宙的規律，並不需要參加對客體的實踐，只在心中自求就可以了。蒲松齡自負地說，這種認識方法，即「方寸中之神理」是「吾儒家之能事」，然而，我們知道，這其實不過是陸象山所謂「宇宙便是吾心，吾心即是宇宙」的翻版。

蒲松齡在這篇文章中還闡述了他對宇宙起源的認識。他說：「天地未生之前，無理無氣，非暗非明，渾渾淪淪，包大道之原而理斯寓焉。由是隱隱耀耀，若有所欲動者，太乙之精，孕而為氣。一氣薰蒸，溫良初判，二氣交旋，結而成形。形結為山海大地，氣耀為日月星辰。七曜飛輪，錯轉於空虛無際之內；大地浮沉，時懸於星羅氣運之中。」在這裏，蒲松齡認為世界未生之前，沒有具體的精神現象，也沒有具體的物質存在，而是由太乙之精包大道而理斯寓焉」。從他認為宇宙之理先於宇宙的存在來看，他的宇宙發生論似乎比較接近於朱熹的觀點。因為朱熹認為理是先天而超越存在的。朱熹說：「未有天地之先，

畢竟也只是理。有此理便有此天地，若無此理，便亦無天地，無人、無物」（《朱子語類》）。然而，蒲松齡在這裏講的「理」，並不簡單地等同於朱熹所講的那個獨立存在於心外之理，由於蒲松齡所講的「理」本身是心「凝神默會」的產物，是「方寸中的神理」，因此，他的宇宙發生論仍是陸王學派的觀點。

從主觀唯心主義的宇宙觀出發，蒲松齡也否認人們用感覺器官認識世界的必要。他說：「方寸之中吾何以觀大化哉？方寸中之天地，不可以見見，不可以聞聞。」他主張用佛家禪定的方式去認識。他說「苟凝神默會，則盈虛消息，了無遺矚。」所謂「凝神默會」的方法就是：「不見不聞，空空靜靜，冥而守之，與元始合其真，渾寂永久，元神充溢，油油然覺靈機之發動，漸昭漸融，朗徹無垠。」很明顯，這是徹頭徹尾的參悟式認識論。

蒲松齡是篤信人天感應的。他說：「一念善，即應景星慶雲；一念惡，即應飛流孛慧；一念喜，即應和風甘雨；一念怒，即應疾雷嚴霜。德之汙隆，政之成敗，應如桴鼓，捷如發機。」他很推崇邵雍的《元會數》和袁天綱的所謂《推背圖》，認為這些書可以使人「前定而知。」

他也相信天運循環論，相信所謂定數。他說：「世事兒若循環」（〈增補幸運曲〉）。「天地之始終，猶一人一物之始終」，「順逆遲速，各有定數，生尅喜怒，皆有常情」（《〈會天意〉序》）。「天運循環之數，理固宜然」（《聊齋志異‧嫦娥》）。所以，他認為無論做什麼事情，都不能違背天數，而且「陽極陰生，樂極生悲。」主張對待世上的一切事物都要使之不超過一定的限度，以防止向相反方向轉化。雲蘿公主與安大業兩人結婚要蓋房子，一算卦，根據天意，「此月犯天刑，不宜營造」但安大業等不及，建成了，於是遭遇到大禍。後來禍解，雲蘿公主說：「君不信數，遂使土木為災；又以苦塊之戚，遲我三年琴瑟。是急之而反以緩，天下事大抵然也。」後來，雲蘿公主預見到兩人緣分有限，便故意多次回娘家，以使兩人聚合的次數增加，並說這是貫徹「樽節之則長，恣縱之則短」的原則（〈雲

蘿公主〉）。蒲松齡主張，無論是錢財，無論是機緣，都要注意節儉使用，細水長流，不要一下子用光用淨，這種看法在一定程度上反映了農民的心理和思想。

　　蒲松齡很相信天命，他認為「人生福禍，俱是老天做主，在不的人作弄」（《聊齋俚曲・翻魘殃》），說「天道最分明」（《聊齋俚曲・寒森曲》）。但是，他又是一個很清醒的人，「高才而無貴仕，饕餮而居大位」的現實不能不使他對於天命發生懷疑，發出「近來天道常常錯」（《聊齋俚曲・寒森曲》），「天公之憒憒，不亦多乎」（《聊齋志異・龍戲珠》）的正義抗爭。然而，對於社會方面「天公之憒憒」，蒲松齡的思想也就僅止於怒憤，因為對於他來說，那只是天本來應該如此，而現在卻如彼的問題。對於天有意志，可以賞善罰惡，蒲松齡是堅信不移的，這只要看看《聊齋志異》中的主人公的遭遇一旦和福善禍淫的宗旨合拍，蒲松齡就津津樂道，而對於不甚符合的又廣為辯解，就可以看出來。

　　但是，在人與天的關係上，在人與自然的關係上，蒲松齡的思想則相當複雜。他在〈《會天意》〉序中說「遊天之內，忘天之表，上矣；執天之樞，合天之符，次也；觀天之經，得天之記，以調合吾天者，又其次也。俯仰乎天之下，食息乎天之中，即天覓天，竟妄鑿其天者，吾不知所謂天矣。」主張聽天由命，順乎自然，很有些道家「自然無為」的意味。他在功名前途受到挫折時，甚至憤激地表示「人生在世，祇需合眼放步，以聽造物之低昂而已」《聊齋志異・葉生》）。然而蒲松齡的性格是剛強的，生性又是進取的。他又有同天積極鬥爭，不服從命運捉弄的一面。他始終堅持「天命雖難違，人事貴自勵」（《聊齋詩集・試後示篪・笏・筠》）。

　　《聊齋志異》中的正面主人公很少不是同命運和天意作頑強鬥爭的。蒲松齡在目睹家鄉連年的風旱蟲災，並親自參加抗災鬥爭實踐後，在人與天的關係上，思想更是明顯地向唯物主義方向靠攏。康熙甲申歲，淄川發生了嚴重的蟲災，蚄、蠓、螟一時並出，傷農害稼，「禾未完葉」。面對自然災害，有的農民「率妻孥及弱兒女，以箕、以蘿

及斷梗，揮汗炙膚高擊之。……蹴杵異刑，焚坑異法，率非刑而置之，無姑息哀憐者」。但「亦有巫祝者流，香祭致釐上，諂拜而僂祝，求神之吐之。有時奔望，禾漸破碎，乃悉焚擊。然堆蟲道旁，必曼聲連誦阿彌陀佛乃糜爛之。」甚至有的「惰農即造訛言：『此不可擊，擊之加盛，』則或餒焉，或間焉，或置焉……而勤者苦戰不休。」蒲松齡總結這次抗災的經驗時說：「至春成所獲，善戰者十之，苦戰者八之，戰矣不力五之，不戰者空焉耳」（《聊齋文集·秋災紀略後篇》）。他在〈捕蝻歌〉中誠懇地勸告農民不要「聽訛造訛言，蠕蠕皆神靈」。他把「賤者宣佛號，貴者或斬牲。登壟惟虔祝，冀蝻鑒丹誠」的愚昧行為，稱為「譬猶敵大至，臨河讀《孝經》。白刃已在頭，猶望不我刑。」「苗盡方太息，委為命不亨。」他後來在《農桑經》中更是明確地指出：「天災流行，所時有也。力田而不逢年，豈曰無之。然旱澇之逢，天定可以勝人；而捍禦之法，人定可以勝天，」表現了一個戰鬥的唯物主義者的態度。

認識論和道德修養的方法總是緊密相連的。蒲松齡終身從事教育事業，非常重視道德的修養。他說：「人人喙長三寸，咸知以禮自豪，此亦何足深辯」（《聊齋文集·袁愚山師服考序》）。他認為人的天性是善良的，道德觀念也是人心所固有的。他引用古人的話說：「禮非降自天也，非出自地也，乃生於心者也。」（《聊齋全集·袁愚山師服考》）。因此，要想達到完善的道德境界，並不假外求，只需要捫心自問，「返觀內視，」行其心之所不能者」就可以了。他很推崇朱熹從禪宗那裏販運來的頓悟說，他說：「故朱子以誠意為人鬼關，蓋人所不知而己所獨知之地，此心一動，德則其人也，不德則其鬼也。為人為鬼，間不容髮，是可不為之寒心乎哉」（《聊齋文集·王如水問心集序》）。在《聊齋志異·西僧》篇，蒲松齡化用〈壇經〉中的說法，嘲笑東西方僧人兩相跋涉求佛取經的故事，說明道德修養並不在人心之外。他的摯友王如水寫了《問心集》後，蒲松齡非常看重這本書，在序言和跋中反覆強調「凡有心者，寧獨一人，而凡當問者，寧獨一心乎哉！，吾願天下有心人，思之重複思之也。」蒲松齡不僅

誇大自我反省的作用，而且片面誇大教育警戒的作用，甚至認為地獄、因果報應的宣傳是最好、最有效的教育手段，可以懲人心，正風俗。不管是多麼貪婪兇暴的人，只要「試於平心靜氣之中，冥然公念曰，某事宜得某報」（《聊齋文集‧王如水問心集序》），就可以「於大燥熱之中忽澆冰雪，則豁然悟」（《聊齋文集‧為人要則》）。《聊齋志異》中那麼多的因果報應說教，就是蒲松齡相信這種荒唐的修養方法的產物。

蒲松齡這種把對本心的認識，看做真理的發現；把本心的覺悟看作是道德的自我完成，當然也不是新發明，同樣也是從陸王學派那裏繼承來的。王守仁在《傳習錄》中就明確地說過：「各人盡著自己力量精神，只在此心純天理上用功，即人人自有，個個圓成，便能大以成大，小以成小，不假外慕，無不具足。」

列寧說：「哲學上的唯心主義是通向僧侶主義的道路」（《談辯證法問題》）。陸王心學本來就同佛教禪宗有著千絲萬縷的聯繫，蒲松齡的父親是一個虔誠的佛教居士，很早就給蒲松齡以影響，再加上蒲松齡由於多年在科場上失意，「艱難深歷壯心灰」（《聊齋詩集‧中秋微雨宿希梅齋》），渴望在佛教教義中求得安慰和解說，因此，中年時蒲松齡就接受了佛教禪宗思想的影響。

蒲松齡的佛教思想主要表現在他把肉體和精神看作是二元的，他認為精神（即所謂靈魂）可以脫離肉體而存在。他說：「魂從知己，竟忘死耶？聞者疑之，予深信焉」（《聊齋志異‧葉生》）。「人死則魂散，其千里不散者，性定故耳」（《聊齋志異‧長清僧》）。他相信因果報應說（雖然不是那麼拘執）。他認為自己是病瘠瞿曇轉生，「少羸多病，長命不猶，門庭之淒寂，則冷淡如僧；筆墨之耕耘，則蕭條似鉢。」「蓋有漏根因，未結人天之果，而隨風蕩墮，竟成青霈之花。茫茫六道，何可謂其無理哉（《聊齋自志》）他說，「人生業果，飲啄必報」（《聊齋志異‧金生色》）。他企圖把世界上發生的一切都納入果報來解釋。功名富貴是這樣，娶妻生子是這樣，乃至生老病死，惡疾的發生，無不是「天道之不爽。」蒲松齡有時又接受了

佛家「幻由人生」的觀點，把一切都說成是虛幻不真實的：「人有淫
心，是生褻境；人有褻心，是生怖境，」「千幻並作，皆人心所自動
耳」（《聊齋志異・畫壁》），從而把唯心主義認識論引向唯我論的
頂峰。這正是蒲松齡科場上失意後尋求精神安慰和解脫的反映。這點，
〈續黃梁〉、〈王子安〉篇表現得尤為明顯。〈王子安〉篇寫一個秀
才盼望中舉時的幻覺（實際上也曾是蒲松齡的幻覺），揭露得極其深
刻生動，蒲松齡最後卻把這一切都歸之於空無。他在「異史氏曰」中
不無解嘲地說：「顧得志況味，不過須臾，詞林諸公，不過經兩三須
臾耳。」

　　然而，在蒲松齡的世界觀中，儒家思想始終是處於主導地位的。
在我國封建社會後期，儒、釋、道本來就有合流的趨勢，蒲松齡更是
竭力把佛教的觀點納入儒家思想範疇，加以折衷融化。他認為儒家的
忠孝思想同佛老一致，而且居於正統的領導地位。他說：「佛曰虛無，
老曰清靜，儒曰克復。至於教忠教孝，則殊途而同歸」（《聊齋文集・
問心集跋》）。長期以來，恪守儒家教義的人攻擊佛老「背理蔑倫」，
不要君臣父子夫婦，而在《聊齋志異》中，出家的僧侶，入山的道士，
都統一在儒家忠孝的旗幟上。這表現在眾多所謂看破紅塵者在出家後
都念念不忘宗嗣香煙。樂仲、白如玉、賈奉雉、羅祖、成仙以及霍恒
夫婦都是這樣。〈成仙〉篇中周生嘴喊「忍事最樂」，入山得道後卻
又給兒子寄來可以點金的指爪。馮鎮巒評點此處時，認為寄點金指爪
的情節是畫蛇添足，是「多事」，他沒有看到，這正是蒲松齡儒家思
想的頑強表現。在〈蔣太史〉中，蒲松齡又把出世思想和忠君思想相
統一：「功名傀儡場中物，妻子骷髏隊裏人，只有君恩未報答，生生
常自祝能仁。」可以說，在《聊齋志異》裏，佛祖和仙人也都浸潤著
儒家的忠孝精神。從這點出發，蒲松齡把佛教因果報應說的發明權也
記在儒家的名下，認為因果報應說同樣是為了忠孝目的而進行的道德
教育手段：「聖人有以知其必不能也，遂慨然操智慧劍，起而破混沌
氏於茫蕩之野；不得已而將之車服祠廟以導其前，不得已而懸之刀鋸
斧鉞以迫其後，又不已而加之烊銅熱鐵，湯鑊油鼎以惕其夢寐（〈王

如水《問心集》序〉）。所以，《聊齋志異》諸多因果報應所維護的主要並非是佛家戒律，而是儒家的道德，並在此完成了三教合一。

　　值得指出的是，在蒲松齡的宗教迷信宣傳中，佛道思想的存在又表現出的一種強烈的人本精神，這突出地表現在蒲松齡認為人與仙、鬼相比，人是最可寶貴的；人世與仙境、幽冥相比，人世是最歡樂的。《聊齋志異‧蓮香》篇中的女鬼說：「兩鬼相逢，並無樂趣。如樂也，泉下少年郎豈少哉！」《聊齋俚曲‧蓬萊宴》中的仙女吳彩鸞說，「天上雖好，終沒有夫妻之樂。」文簫被呂洞賓度脫後，作者在收場詩中批評文簫：「佳人才子兩相歡，何必拋家去求仙。明被道人蒙汗藥，迷將人去入深山。」並挖苦諷刺呂洞賓：「不虧你殷勤省看，天上神仙全無。」在《聊齋志異‧蓮香》和〈楊大洪〉篇中的「異史氏曰」中，蒲松齡更是直接表達了自己的看法：「嗟夫，死者而求其生，生者又求其死，天下所難得者，非人身哉。」或以不能免俗，不作天仙而為公悼惜，余謂天上多一仙人，不如世上多一聖賢。」蒲松齡不僅認為人生最可貴，而且認為人的智慧和能力遠遠超過了神。他在〈神女〉篇中說：「女則神矣，博士而能知之，是邁何術歟？乃知人之慧固有靈於神者矣。」他在《聊齋俚曲‧寒森曲》中借閻羅鬼卒之口稱讚大鬧陰曹地府的商二相公說：「不必愁，像相公這條漢子，地獄裏也弄不殺你。」〈寒森曲〉同〈席方平〉應該說不僅是正義和鬥爭的頌歌，也是人的智慧和毅力的頌歌，是人同鬼神鬥爭並取得勝利的頌歌。

　　總的來說，蒲松齡的哲學思想很複雜，充滿了矛盾。一方面，陸王心學構成了他的哲學思想的主體，一方面，他又深受佛教禪宗思想的影響。他相信天命，相信循環論，有時還流露出道家「自然無為」的觀點。但在實際生活中，他又總是主張同命運進行積極頑強的鬥爭，不逃避，不屈服，不妥協。他相信因果報應，輪迴轉劫，同時又有著強烈的人本思想，熱烈地謳歌人，謳歌人生的歡樂。可以說《聊齋志異》中人同狐鬼的動人故事就是在這一基調和背景下構成的。

二、審美、美感與《聊齋志異》中的知己之情

蒲松齡對於美的論述很少，而且多限於具體的對象，比如女性之美，文章之美和風景之美等等。他認為美純粹是「心之所好」，是主觀意識的產物。他在《聊齋志異‧呂無病》篇中說：「毛嬙、西施，爲知非自愛之者美之乎。」他在〈毛狐〉中又借狐女之口說：「子思國色即是國色」。從「幻由人生」出發，他甚至認為「一曲歌來，文武衣冠皆入夢；三通鼓罷，窮通妍醜盡成空。」（《聊齋文集》卷十）乾脆把美和醜都看做是虛幻的空無。

蒲松齡這些關於美的看法，自然是屬於主觀唯心主義美學體系的，同他在哲學上的主觀唯心主義一致。因為他一則說：「天地在大化中，不啻旦暮之在天地；大化在方寸之中，亦猶天地之在大化」；再則說：「昭昭乾象，不出方寸，彼行列次舍，常變吉凶，不過取證吾天耳」，「欲知天地始終，不於天地求之，得之方寸中耳。」（《會天意序》）既然在蒲松齡看來，包括宇宙在內的一切都是心的產物，那麼，他認為美也是心的產物，是人主觀意識的表現，也就是順理成章的了。

但是，蒲松齡關於美的觀點還是比較複雜的，比如在《聊齋志異》的〈白如玉〉、〈嬌娜〉、〈寄生〉、〈嬰寧〉、〈胡四姐〉等篇章中，他反覆強調美的判斷必須建立在經多見廣上，建立在比較的基礎上，否則就會「少所見多所怪」，就會流於「目賤」。他引用元稹的詩句說：「曾經滄海難為水，除卻巫山不是雲。」

他也並不完全相信什麼「子思國色即是國色」之類的話，他在〈毛狐〉篇的「異史氏曰」中就說：「隨人現化，或狐女之自我解嘲」，並在實際的描寫中寫狐女的相貌不過是「貌赤色，致亦風流」，而馬天榮最後娶的夫人竟是「胸背皆駝，項縮如龜」的醜女，從而否定了審美上的唯意志論。

　　尤其是，他在〈清韻居記〉中更是說：「高山流水之音，自在人間，何必伯牙，何必鍾子期乎」，認為美是一種客觀存在，並非必須等人發現才成為實體，更是具有樸素的唯物主義色彩了。

　　蒲松齡也注意到人們審美感的差異，並對於引起差異的原因進行了分析。他認為有時代變遷所帶來的審美趣味的變化：「衣服妍媸隨時眼，我欲學長世已短」（〈拙叟行〉）；有地域風俗造成的差別：「隨地裝束自覺工，青州十里有殊風，城中猶自興高髻，繞出城門便不同」（〈青州雜詠〉）；有欣賞習慣的轉換問題：「人久在洞中，乍出則天地異色，無正明也」（〈何仙〉）；同時，還有人情冷暖、心理因素、社會諸原因的干擾：「頻居康了之中，則鬚髮之條條可醜；一落孫山之外，則文章之處處皆疵」；也有文化教養、審美層次高低的問題：「村人並不知佳勝，辜負山岩野菊香（〈仝九日〉），「村人不解登，登亦不解賞；天下事此類固多哉！」（〈逸老園記〉）。

　　值得我們注意的是，蒲松齡在《聊齋志異・恒娘》篇還探討了審美的心理規律。〈恒娘〉篇寫一個朱姓女子對於丈夫寵愛一個相貌上遠不如自己的妾非常憤慨和不解，整天與丈夫吵架。後來，她結識了一個叫恒娘的鄰居，鄰居的家庭結構同她的家一樣，也是一夫一妻一妾，但不同的是，雖然恒娘「姿僅中人」，而「妾二十以來，甚媚好」，恒娘的丈夫卻同恒娘非常恩愛，「副室則虛員」而已。朱氏很奇怪，希望得到恒娘的秘密經驗，以便挽回丈夫對自己的愛，她對恒娘說：「余向謂良人之愛妾，為其為妾也，每欲易妻之名呼作妾，今乃知不然。夫人何術？如可授，願北面為弟子。」於是恒娘告訴她：

　　「嘻！子則自疏，而尤男子乎？朝夕而絮聒之，是為叢驅雀，其離滋甚耳。其歸益縱之，即男子自來，勿納也。一月後，當再為子謀之。」朱從其謀，益飾寶帶，使從丈夫寢。洪一飲食，亦使寶帶共之。洪時一周旋朱，朱拒之益力，於是共稱朱氏賢。如是月餘，朱往見恒娘，恒娘喜曰：「得之矣！子歸。毀若妝，勿華服，勿脂澤，垢面敝履，雜家人操作。一月後。可復來。」朱從之：衣敝補衣，故為不潔清，而紡績外無他問。洪憐之，使寶帶分其勞，朱不受，輒叱去之。

如是者一月，又往見恒娘。恒娘曰：「孺子真可教也！後日為上巳節，欲招子踏春園。子當盡去敝衣，袍褲襪履，嶄然一新，早過我。」朱曰：「諾」。至日，攬鏡細勻鉛黃，一如恒娘教。妝竟，過恒娘，恒娘喜曰「可矣！」又代挽鳳髻，光可鑒影；袍袖不合時制，拆其線，更作之；謂其履樣拙，更於笥中出業履，共成之。訖，即令易著，臨別，飲以酒，囑曰：「歸去一見男子，即早閉戶寢，渠來叩關，勿聽也。三度呼，可一度納。口索舌，手索足，皆吝之。半月後，當復來。」朱歸，炫妝見洪。洪上下凝睇之，歡笑異於平時，朱少話遊覽，便支頤作惰態；日未昏，即起入房，闔扉眠矣。未幾，洪果來款關，朱堅臥不起，洪始去。次夕復然。明日，洪讓之，朱曰：「獨眠習慣，不堪復擾。」日既西，洪入閨坐守之，滅燭登床，如調新婦，綢繆甚歡。更為次夜之約，朱不可長，與洪約，以三日為率。半月許，復詣恒娘。恒娘闔門與語曰：「從此可以擅專房矣。然子雖美，不媚也。子之姿，一媚可奪西施之寵，況下者乎！」於是試使睨，曰：「非也，病在外眥」，試使笑，又曰：「非也，病在左頤。」乃以秋波送嬌，又輙然瓠犀微露，使朱效之，凡數十作，始略得其彷彿。恒娘曰：『子歸矣！攬鏡而嫻習之，術無餘矣。至於床第之間，隨機而動之，因所好而投之，此非可以言傳者也。「朱歸，一如恒娘教。洪大悅，形神俱惑，唯恐見拒。日將暮，則相對調笑，步不離閨闥，日以為常，竟不能推之使去。朱益善遇寶帶……恒娘一日謂朱曰：『我術如何矣？』朱曰：『道則至妙；然弟子能由之，而終不能知之。縱之，何也？』曰：『子不聞乎：人情厭故而喜新，重難而輕易？丈夫之愛妾，非必其美也，甘其所乍獲，而幸其所難覯也。縱而飽之，則珍錯亦厭，況藜羹乎！』『毀之而復炫之，何也？』曰：『置不留目，則似久別；忽睹豔妝，則如新至。譬貧人驟得粱肉，則視脫粟非味矣。而又不易與之，則彼故而我新，彼易而我難，此即子易妻為妾之法也。』朱大悅，遂為閨中密友。

〈恒娘〉篇寫婦女自甘玩物，以媚術爭寵，格調是低下的。但故事所反映的審美心理上的規律卻是深刻的。車爾尼雪夫斯基在《藝術

與現實的美學關係》一書中這樣談到人們的審美心理，他說：「在正常的滿足的情況下，美的享受力是有限度的。萬一偶爾超過了限度，那通常並不是內在的自然的發展結果，而是多少帶有偶然性和反常性的特殊情況的結果（比方，當我們知道我們很快就要和一件美的東西分開不會像我們所希望的那樣有充裕的時間來欣賞它的時候，我們總是用特別的熱忱來欣賞它，諸如此類）。總之，這個事實似乎是毫無疑義的，我們的美感，正如一切其他感覺一樣，在延續性和緊張的程度上，我們不能說美感是不能滿足和無限的。」我們看到，對於美感心理因素的探討，車爾尼雪夫斯基和蒲松齡得到的答案是一致的：美感可以滿足，可以變異，它「厭故而喜新」，「重難而輕易」。不同的是，後者採用了小說的形式，有生動的故事情節附麗著，顯得更加活潑有力。當然，在這篇小說中，蒲松齡過分誇大了審美感受的相對性；過分強調了審美上異的一面，過分強調了審美上的不穩定因素，並使之絕對化。他在〈恒娘〉篇的「異史氏曰」中說：「買珠者不貴珠而貴櫝，新舊難易之情，千古不能破其惑，而變憎為愛之術，遂得以行乎其間矣。」這就把審美上的「偶然性和反常性的特殊情況的結果」看做是萬能的，永恆的，這顯然同人們的生活常識相違背。因為生活中美是一種客觀存在，美之為美也是有規律可循的。毛嫱、西施，天天與人們在一起，人們可以「司空見慣渾常事」，不再覺得新奇，甚至有些膩；但她們是美的，而癩蛤蟆穿上美麗的外套，任憑如何炫機弄巧，也依然是醜的。「買櫝還珠」，「新舊難易」，只能是相對的，暫時的，不可能「千古不能破其惑」。

　　明清兩代以八股文取士，八股文寫得好，就可以做官發財。因此，對於一般讀書人來說，寫好八股文並取得考官們的承認，是取得某種社會地位的唯一出路。

　　蒲松齡才華橫溢，學習又非常刻苦，十九歲時即以「縣、府、道三第一補博士弟子員，文名藉藉諸生間」（張元〈蒲柳泉先生墓表〉）。然而，命運好像是捉弄他，他考舉人屢試不第，潦倒場屋，由於貧困，不得不在家鄉任私塾教師，直到七十一歲，才撤帳歸家，第二年，才

當上歲貢生。這一年他和青年時代郢中詩社的老友李希梅、張歷友，垂老相逢，蒲松齡沉痛地寫了一首詩：「憶昔狂歌共夕晨，相期矯首躍龍津。誰知一事無成就，共作白頭會上人」，對追求科舉的一生進行了總結。

由於參加科舉的需要，蒲松齡不能不揣摩研究他的試卷如何迎合考官們的心理和社會風氣，這便引起了他對於社會審美趣味的變化，什麼是美以及美同審美主體的關係，心理在審美活動中的地位等一系列問題的探討，這是小說家的蒲松齡何以在《聊齋志異》中對美醜問題如此關注，並在作品中予以大量表現的重要背景。

參加科舉失敗的經歷，使蒲松齡對社會上美醜顛倒，賢愚不分的現實有著深刻的感受，對試場上昏庸懵懂的考官義憤填膺，說：「仕途黑暗，公道不彰，非袖金輸壁，不能自達於聖明，真使人憤氣填胸，欲望望然哭向南山而去。」（〈與韓刺使樾依書〉）這使得他拿起筆用小說的形式對社會上美醜顛倒的現實進行了尖銳的批判，對美醜顛倒的社會原因進行了有益的分析。

《聊齋志異》中的〈羅剎海市〉是辛辣嘲諷當時美醜觀念顛倒的代表作。一個叫馬驥的商人之子，「美丰姿，少倜儻」，「有俊人之號」。有一次，他飄洋過海來到「大羅剎國」，這個國度所重「不在文章，而在形貌。其美之極者為上卿；次任民社；下焉者，亦邀貴人寵，故得鼎烹以養妻子。」但是，這國度中的美醜卻是顛倒的：最美的相國「雙耳皆背生，鼻三孔，睫毛覆目如簾」；大夫則「率猙獰怪異」，「位漸卑，醜亦漸殺」。而馬驥這個俊人，卻被認為奇醜無比，「街衢人望見之，噪奔跌蹶，如逢怪物」，為此受盡了屈辱。這個故事顯然寄寓了作者對現實的批判，蒲松齡在「異史氏曰」中說，：「花面逢迎，世情如鬼，嗜痂之癖，舉世一轍。小慚小好，大慚大好，若公然帶鬚眉以遊都市，其不駭而走者幾希矣。彼陵陽癡子，將抱連城玉向何處哭也！」

在《聊齋志異》中，這種批判更多的是直接與科舉制度的不公平聯繫在一起。

「才名冠世」的賈奉雉「試輒不售」。他將歷來「戲於落卷中集其闉冗氾濫不可告人之句連綴成文」，「竟中經魁」。他「復閱舊稿，汗透重衣，自言曰：『此文一出，何以見天下士乎？』」於是披髮入山學道去了（〈賈奉雉〉）。

〈司文郎〉則寫一個盲和尚可以用鼻子嗅灰來評判文章的好壞。秀才王平子「初法大家，雖未逼真，亦近似矣」的文章被考官黜落，而余杭生使得盲和尚「咳逆數聲」，認為狗屁不通的壞文章卻「領鄉薦」。

「陋劣倖進，英雄失志」，這是《聊齋志異》反映科舉制度的重要方面。在《聊齋志異》中，有的人面對這種美醜顛倒的現實「望望然哭向南山而去」了，而大多數則「初失志，心灰意敗，大罵司衡無目」，「無何，日漸遠，氣漸平，技又漸癢，」（〈王子安〉），一直被折磨至死。

對於造成科舉中美醜顛倒的原因，蒲松齡也進行了探索，他認為這主要是考官的問題。原因又主要有二：一是考官貪財受賄昧良心，二是考官眼睛瞎缺乏鑒賞力。前者有「今日學使署非白手可以出入者」「如今學使之門如市」（〈神女〉），「唯袖中出青蚨，則作鸜鵒笑，不則睫毛一寸長，棱棱不相識」（〈司訓〉）。「如今世道愛錢也麼神，無錢難得跳龍門。這頭巾，掂掂約值二百銀」，「怨不的宗師大稱也麼稱，他下的本錢也不輕。好營生，至少也弄個本利平，既然做生意，只望交易成，下上本誰不望利錢重？」（《聊齋俚曲·禳妒咒》）蒲松齡稱這類考官為「司庫和嶠」。後者，則有「得志諸公，目不睹墳典，不過少年持敲門磚，獵取功名，門既開，則棄去，再司簿書十數年，即文學士，胸中尚有字耶？」（〈于去惡〉）「數十年遊神耗鬼，雜入衡文，吾輩寧有望耶？」（〈于去惡〉）「前生全無根氣，大半餓鬼道中遊魂，乞食於四方者也。曾在黑暗獄中八百年，損其目之精氣，如人久在洞中，乍出則天地異色，無正明也」（〈何仙〉）。對於這些人，蒲松齡稱他們是「樂正師曠」。

那麼，採用什麼方法可以解決考場上這種美醜顛倒的現象呢？在〈于去惡〉篇，蒲松齡談了對這一問題的看法。他認為一要加強考場紀律，嚴禁舞弊。他想靠張飛這樣的人物不斷巡視檢查，懲處受賄考官：「桓侯翼德，三十年一巡陰曹，三十五年一巡陽世，兩間不平，待此老而一消也。」「世以將軍好武，遂置與絳、灌伍。寧知文昌事繁，須侯固多哉，嗚呼，三十五年，來何暮也。」

其次，他認為要提高考官的欣賞素質和水平，要對考官進行業務上的考查和篩選。「無論烏吏鱉官皆考之。能文者納簾用，不通者不得與焉」。在〈司文郎〉中，他也談了同樣的看法，認為考官的水平對於鑒賞和選拔人才是極關重要的：「梓潼府中缺一司文郎，暫令聾僮署篆，文運所以顛倒，萬一幸得此秩，當使聖教昌明。」

蒲松齡對科場上黑白顛倒所採取的糾正措施，從政治的角度來看，當然是幼稚和天真的。因為科舉制度是我國封建社會後期統治者籠絡人材，摧殘人材的一種制度，它的不公正，主要是制度本身所決定的。不徹底摧毀這一吃人的考試制度，僅歸咎或解決個別考官的舛誤受賄並不能徹底解決問題。而且，這也不僅是考試制度的問題，封建的社會中美醜的被顛倒，牽涉到階級社會中許多社會因素的存在，這些問題不解決，蒲松齡補救措施不過是杯水車薪，只是一種不切實際的幻想而已。

但是，假如從審美的角度來觀察，蒲松齡的補救措施又有一定可取之處。為什麼呢？因為蒲松齡所企圖解決的考試選拔人材的問題，同時又是一個鑒賞的問題、審美的問題。康德在《判斷力批判》中有句名言：「鑒賞是憑藉完全無利害觀念的快感和不快感對某一對象或其表現方法的一種批判。」鑒賞的兩個重要雜件，一是要無利害，二是判斷力要高。所謂無利害，指鑒賞者無私心雜念，完全以「某一對象或其表現方法」為判斷的依據和準繩，這一原則至今也沒有失去其意義。即以考試而言，像加強考場紀律，密封卷，回避措施，都是此項原則的具體實施。所謂判斷力高，當然就有一個鑒賞者首先要被鑒賞的問題。鑒賞者要具有真才實學，要真能識別人材，總不能讓瞎子

去鑒別書畫，讓聾子去欣賞音樂吧！所以，不能簡單地認為蒲松齡對解決科舉制度中不公平現象所建議的補救措施是淺薄的，不切實際的。實際上，蒲松齡也只是從鑒賞的角度對科舉制度中的不公平現象提出了自己的看法。

知己之情是一個與審美緊密相聯繫的社會現象。

我們知道，人對大自然美的欣賞，完全是單方面的。大自然對於自己的美被發現，被欣賞，不會有任何反應，也不會有所謂知己之情。它對於懂得美的人和不懂得美的人的態度是一樣的，因為它沒有生命，沒有情感。

然而，人類對於自身的審美卻是具有社會性。當一個人發現自己長期蘊蓄的美和價值被別人所瞭解、所肯定、所看重時，他會進而產生出由衷的報答之情。而且，這種情感同被欣賞、被發現的難易遲速成正比例。被欣賞者埋沒的時間越久，越少人注意，他對於發現自己美和價值的人的感激之情也就越濃烈。這，就是人們經常談到的知己之情。

「高山流水通我曹性命，繭絲蠅跡嘔學士心肝」，知己之情是封建社會知識份子很容易燃起的情感，那是天才和藝術被壓抑、受摧殘，得不到公正待遇的必然產物。由於階級的對立，由於歷史和社會的其他原因，對於美的認識，尤其對於人的美和價值的認識太不容易了。所以劉勰在《文心雕龍・知音》中說：「知音其難哉！音實難知，知實難逢。逢其知音千載其一乎！」兩千多年來，知己之情一直是封建社會知識份子所不斷歌詠的主題，而且隨著封建社會的日趨腐朽沒落，人材危機日益尖銳化，對知己之情的謳歌也更加趨於強烈。

藝術家對於自己的才華是沒有不自覺的，正像美麗的婦女不需要照鏡子也會知道自己的價值一樣。蒲松齡由於自身在科舉上的遭遇，更是由審美之難而深感「知希」之貴。他說：「千古重歎知希」（《聊齋詩集・離別》），「世上何人解憐才，投珠猶使世人猜」（《聊齋詩集・訪逸濟宇不遇》）。「茫茫海內，遂使錦繡才人，僅傾心於蛾眉之一笑也，悲夫。」（《聊齋志異・連城》）他對於知己是那麼渴

望：「顛倒逸群之物，伯樂伊誰；抱刺於懷，三年滅字」（《聊齋志異·葉生》）他對於能夠理解和認識自己的人懷著那麼濃烈的情感：「偃蹇自棄人不伍，忽逢青眼涕沾巾。」（《聊齋詩集·答汪令見招》）「潦倒年年愧不才，春風披拂凍雲開。窮途已盡行焉往，青眼忽逢涕欲來。一字褒疑華袞賜，千秋業付後人猜。此生所恨無知己，縱不成名未足哀。」（《聊齋詩集·偶感》）然而，蒲松齡終其一生，卻始終陷入在失望和寂寞之中，使他發生「驚霜寒雀，抱樹無溫，吊月秋蟲，偎闌自熱，知我者，其在青林黑塞間乎」（《聊齋志異·自誌》）的感歎。

正是由於這種經歷和感受，蒲松齡在《聊齋志異》中寫下了大量像葉生、雷曹、司文郎、諸生、于去惡，王平子等「魂從知己，竟忘死耶」的知識份子典型，並以高超的藝術手法和強烈的情感給人以深刻的印象。

〈葉生〉篇寫一個叫葉生的秀才，「文章詞賦，冠絕當時，而所遇不偶，困於名場。」後來，他受到新任縣令丁乘鶴的賞識，丁在生活上幫助他，又替他在學使面前遊揚，但葉生參加鄉試，「依然鎩羽」。葉生感到愧負知己，一病不起，當丁乘鶴離任赴京，葉生的魂魄隨丁乘鶴而去。他教導丁乘鶴的兒子考上進士，以報答知己，而自己應順天鄉試，終於考中舉人。可是當他衣錦還鄉時，才發覺自己早巳死去。對於這個悲慘的故事，蒲松齡在「異史氏曰」中說：「魂從知己，竟忘死耶？聞者疑之，余深信焉。同心倩女，至離枕上之魂，千里良朋，猶識夢中之路，而況繭絲蠅跡，吐學士之心肝，流水高山，通我曹之性命者哉！」天下昂藏淪落如葉生者，亦復不少，顧安得令威復來，而生死從之也哉！」假如我們熟悉蒲松齡的經歷，就會看到，這裏的丁令威就是影射他考中秀才時的淄川縣令費禕祉，而葉生則是蒲松齡含著血和淚塑造的自我藝術形象。清代聊齋評論家馮鎮巒說：「余謂此篇聊齋自作小傳，故言之痛心」，那的確是有眼光的。

不僅如此，蒲松齡在《聊齋志異》描寫愛情的篇章中也注入了知己之情。像〈連城〉、〈香玉〉、〈阿寶〉、〈嬌娜〉、〈瑞雲〉、

〈喬女〉等都在一定程度上突破了以往文學作品中才子佳人的舊套，賦予了這些愛情篇章以新意。作者在〈喬女〉篇的「異史氏曰」中說：「知己之感，許之以身，此烈男子之所為也。彼女何知，而奇偉如是？客遇九方皋，直牝牡視之矣。」在〈連城〉篇的「異史氏曰」中，作者則說「一笑之知，許之以身，世人或議其癡，彼田橫五百人豈盡愚哉！此知希之貴，賢豪所以感結而不能自己也。」可以說，假如我們不理解作者在科舉上的遭遇，不理解他對知己之情的追求，就很難理解這些愛情篇章的真正寄託。這正像假如我們不理解屈原的身世、思想、性格，很難理解《離騷》中「善鳥香草，以配忠貞，惡禽臭物，以比讒佞，靈修美人，以媲於君，宓妃佚女，以譬賢臣，虯龍鸞鳳，以託君子，飄風雲霓，以為小人」（王逸《楚辭注》）是一樣的。

有時蒲松齡甚至還把這種火熱的知己之感，普及到非人類的身上，不僅狐狸、鴿子、八哥、蛇等動物有知己之感，而且無知的花木石頭也有知己之感，「桔其有夙緣於歟！其實也似感恩，其不華也似傷離」（〈桔樹〉）。古語云「『士為知己者死，』非過也！石猶如此，況人乎！」（〈石清虛〉）。

總而言之，對知己之情的歌頌，是《聊齋志異》的一個重要內容，它曲折地反映了封建社會人才受壓抑，美醜被顛倒的現實，抒發了受摧殘、受排擠、受冷遇的知識份子的憤懣，也表達了蒲松齡追求美、熱愛美、珍惜美的純潔的心靈。

三、蒲松齡的審美理想

作家的審美理想往往最集中地體現了他對客觀現實和藝術美的追求。研究作家的審美理想，對於分析作家的世界觀乃至進一步評價他的作品都有很重要的意義。蒲松齡的審美理想是什麼呢？他沒有專題論述，不過，我們不妨先看看與此有關的他的幾個觀點。

首先，在文學批評方面。蒲松齡在〈《宋七律詩選》跋〉中說：宋人之什，率近於俚；而擇其佳句，則秀麗中自饒天真，唐賢所不能道也……吾於宋集中選唐人，則唐人遜我真也，敢云以門戶自立戰！」在這裏，真，是他門戶自立的批評標準。屈原和李賀是蒲松齡非常崇敬和喜愛的作家，他對於他們的最高評價就是「自鳴天籟，不擇好音，」認為他們的作品之所以偉大，是因為「披蘿帶荔，三閭氏感而為騷；牛鬼蛇神，長爪郎吟而成癖」（〈聊齋自志〉見《聊齋文集》卷三），是有所感而發，表現了人類的真情實感。對於同時代人的文章，他也是以真作為最高標準：「痛想當年慧業人，俚歌亦足破微塵。文無易稿從容就，口不擇言表裏真」（〈輓高年東先生〉見《聊齋詩集》卷三）。蒲松齡對於自己的《聊齋志異》非常喜愛，自豪地稱其創作是「春鳥秋蟲，時自鳴其天籟；巴人下里，實不本於宗傳」（《聊齋文集》卷五〈上昆圃黃大宗師啟〉）。「遄飛逸興，狂固難辭；永託曠懷，癡且不諱」（〈聊齋自志〉）。然而，對於《聊齋文集》中的應酬文字，他卻非常不滿和痛心，他不承認那是文學作品，認為只配「置諸案頭」，「做應付之粉本」（《聊齋文集》自序）。原因在哪裡？在於這是些「無端而代人歌哭，胡然而自為笑啼」的東西，是「無謂矣哉」（〈戒應酬文〉見《聊齋文集》卷十）的應酬之作。可見，蒲松齡對文學作品的評價是以「真」為標準的。

那麼，蒲松齡在評騭人物上的標準是什麼呢？蒲松齡最喜歡的歷史人物是灌仲孺。他評論灌仲孺說：「灌仲孺真聖賢也，真佛菩薩也」。他認為灌仲孺「其胸與海同其闊，其心與天同其空，其天真與赤子同其爛熳」（《聊齋文集》卷四）。蒲松齡最痛恨的歷史人物是曹操，不僅在《聊齋志異》中多次寫曹操在陰間受酷刑，在陽世變狗，累劫不復，而且在《聊齋俚曲》裏唯一寫歷史題材的〈快曲〉中，違背歷史事實，讓張飛殺了曹操，「一矛快千古」。在《聊齋詩集》中蒲松齡更是直接表達了對曹操的憎惡：「漢後習篡竊，遂如出一手。九錫求速加，讓表成已久。自加還自讓，情態一何醜。僭號或三世，族誅累百口。當時不自哀，千載令人嘔！」這又是為什麼？蒲松齡明確地

指出：曹操太奸詐了，「以譎為其咎」。蒲松齡認為人最寶貴的品質是始終保持人的天真，他在〈壽常戩轂先生序〉中說：「天付人以有生之真，閱數十年而爛熳如故，當亦天心所甚愛也。」而真的表現就是「守拙」，他說：「夫拙者巧之反也」，「老於世情乃得巧，昧於世情乃得拙，是非巧近偽而拙近誠乎？」蒲松齡是講究名士風度和士大夫清韻的，但他說：「清不必離塵絕俗也，一無染著即為清；韻不必操縵安弦也，饒有餘致則為韻」，強調清和韻是指不受塵世污染的真心和從容不迫的態度。他唾棄那些「近世之啜茗善弈科竹栽花者，目之為清客；於甄別古玩，談諧詩騷者，目之曰韻士」（〈清韻居序〉見《聊齋文集》卷二）之類的假人。蒲松齡反覆稱自己是「狂人」，「癡人」，「拙人」，他說，「生無逢世才，一拙心所安」（〈拙叟行〉見《聊齋詩集》卷四）。「固守非關拙，狂歌不厭癡」（《聊齋詩集》卷一）。「松，載筆以耕，賣文為活，遍遊滄海，知己還無，屢問蒼天，回書未有。惟是安貧守拙，遂成林壑之癡。偶因納稅來城，竟忘公門之路。漫兢兢以自好，致落落而難容」（〈上健川汪邑侯啟〉見《聊齋文集》卷五）。在他眼裏，甚至「小山摺笏如人拙，瘦竹無心類我癡」（〈逃暑石隱園〉見《聊齋詩集》卷二），：連自然界也像他一樣拙和癡。晚年，他仍宣稱「目昏幸不礙披覽，舌在猶足宣狂癡」（《聊齋詩集》卷四）。「老態從今，癡情似昔。」生平寡親和，至老同嬰孩」。拙，狂，癡，就詞義說並非褒義，然而，蒲松齡是懷著何等自豪而驕傲的心情講這些的呵，因為在那個時代，這意味著蒲松齡保有赤子的爛漫天真，保有人類最可珍視的純潔情感。而這，正是他所傾慕和極力追求的。

　　蒲松齡對自然美的評價也是以真為標準的。一直生活在家鄉，「埋頭澗谷」，「愛壑成癖」的蒲松齡寫下了許多歌頌山東和淄川風景的美麗詩篇，在這些詩篇裏，蒲松齡傾注著對家鄉自然純樸美的深厚情感，他熱愛家鄉，更熱愛那不假雕飾的田園風光。1670 年到 1671 年，蒲松齡由於做孫樹百的幕僚，有機會去南方遊歷了一下，他見到寶應、揚州、蘇州、杭州一帶的旖旎風景，給他留下了深刻的印象。但是，

他對於南方的山水卻並不怎麼欣賞。他在〈與孫樹百論南州山水〉一詩中這樣評論:「揚州有紅橋,廊榭亦蕭敞,餘杭有西湖,瀦流亦瀚決。雕甍鬥華麗,名流過題賞。乃知北方士,自不善標榜。江南之水北方山,兩物流峙皆冥頑。大江無底金焦出,培塿直與江聲傳。何如嶗山高崔嵬,上接浮雲插滄海。」蒲松齡的觀點不能說沒有偏頗的地方,但這種偏頗不能簡單地認為是狹隘的家鄉觀念在作怪,也不能就說蒲松齡偏愛壯美。在這裏,蒲松齡更多地表達出他對於自然界沒有粉飾加工過的純樸美的嚮往和熱愛!

以上是蒲松齡在其詩文中對文學、人物、自然美的評論所表達的一些觀點。可以看出,蒲松齡是用「真」來衡量古今的文學作品,評騭古今的人物,欣賞大自然的風光,評判他周圍一切的。他崇尚真、在他看來,凡是真的就是美的,凡是不真的就是不美的,真就是美。

一個文學藝術家的審美理想是必然要反映到他的作品中去的。因為他「無論在什麼地方,總是希望把美帶到他的生活中去」(高爾基《文學論文選》)。車爾尼雪夫斯基說:「人既然對生活現象發生興趣,就不能不有意識或無意識地對他們做出自己的判決。詩人和藝術家不能不是一般的人,因此,對於他所描寫的現象他不能(即使他希望這樣做)不作出自己的判決,這判決在他的作品中表現出來」(《藝術與現實的美學關係》)。下面,我們再看看蒲松齡在《聊齋志異》中所實踐和構成的審美理想又是什麼。

一般來說,作品中的審美理想主要是通過正面主人公的形象體現的。《聊齋志異》中正面主人公形象大致可以分為三類:一類是「天真與赤子同其爛熳」的少男少女,以嬰寧、花姑子、霍桓為代表。他們童心猶存,像花姑子「髮蓬蓬許,裁如嬰兒」,還喜歡玩「蜀心插紫姑」,可是她對於安幼輿一往情深,捨生忘死地保護他。「始而寄慧於憨,終而寄情於恝。」蒲松齡在「異史氏曰」中情不自禁地讚歎說:「仙乎!仙乎!」霍桓愛上了青娥,用仙人給的小鑱鑿通牆壁來到青娥的臥室,和青娥同睡一床,卻懷有兒童的心,被別人喚醒後,「目灼灼如流星,似亦不大畏懼。」為了與青娥結合,他歷盡艱辛,

一往無前。蒲松齡以他特有的方式稱讚霍桓:「其意則癡」,「其行則狂」(〈青娥〉)。對於嬰寧,蒲松齡更是懷著極深的情感,歌頌她的赤子之心和純樸開朗的性格。他在「異史氏曰」中說:「觀其孜孜憨笑,似全無心肝者,而牆下惡作劇,其黠熟甚焉!至淒戀鬼母,反笑為哭,我嬰寧殆隱於笑者。竊聞山中有草,名笑矣乎。嗅之,則笑不可止。房中植此一種,則合歡、忘憂並無顏色矣。若解語花,正嫌其作態耳」(〈嬰寧〉)蒲松齡在「異史氏曰」中直呼作品中的主人公為「我嬰寧」,這是唯一的,可見蒲松齡對這一人物的喜愛。而蒲松齡塑造這個形象又顯然有著明確的美學目的,那就是為了同矯揉造作的「解語花」針鋒相對,表現純真質樸的人性美。第二類人物比較複雜,有愛情的堅貞者如連城、喬生、劉子固、魯公女、青鳳、鴉頭、白秋練、瑞雲、青梅;有重友誼講交情的宮夢弼、王六郎、孔雪笠、嬌娜、喬女、褚生;有手足之情同氣連枝的張誠兄弟、晏仲兄弟、奚山兄弟;有不避艱險,百折不回的復仇者商三官、向杲、席方平、庚娘;有路見不平,拔刀相助的俠義之士聶政、紅玉、田七郎等等。這些男女主人公的共同特點是沒有利害之念,沒有貴賤之分,置生死於度外,忘異類之嫌猜。他們待人接物,不是按照權勢,按照金錢,按照世俗的觀念和封建的禮義,而是單憑真摯的情感,「行其心所不能已者」。特別給人印象強烈的是爭愛情自由的男女青年,他們毫無避忌,置禮法於不顧,為了情,可以毫不猶豫地剁掉手指頭,剜卻心頭肉;在婚姻不能自由時斬釘截鐵地宣佈:「不濟,則以死濟之。」其追求愛情的大膽堅決,使得「父母之命,媒妁之言」,「男女授受不親」等所有封建教義的神聖光暈黯然失色。第三類是一批有怪癖的名士,如愛書如命的郎如玉,酷愛石頭的邢雲飛,愛養鴿子的張幼量。對於他們,蒲松齡並非沒有微詞,然而,他力辟俗見,把這些人的癡、癖、狂同酗酒、賭博,嗜棋做了嚴格劃分加以維護,他說「慧黠而過,乃是真癡」,「世之落拓而無成者,皆自謂不癡者也」(〈阿寶〉)。

這三類人構成了《聊齋志異》正面人物的主幹。他們在年齡、性格、經歷、為人處世上都各不相同,甚至千奇百怪,有的則是鬼狐花

妖，但都有一顆沒有被世俗污染的純樸的心，一個純真的靈魂。在他們身上，蒲松齡寄託著對於「真人」的追求。

這些形象所表現出來的美學理想遠較蒲松齡在詩文中的論述要豐富得多。比如，在許多優秀的篇章中，蒲松齡所創造的正面主人公的形象已經注意到真、善、美的統一。男主人公大凡是「人濯濯以臨風，似王家之揚柳；才娟娟而映日，等謝客之芙蓉」（《聊齋詩集》卷三）。「品高、志高，文字高」（〈細柳〉）；女主人公更是不僅美貌，而且有才華，具有持家的本領。蒲松齡筆下的女性，如果徒有其貌而不會過日子常常是被當做遺憾的事。蒲松齡在〈陳雲棲〉篇中借真毓生母親之口批評陳雲棲說，「畫中人不能作家，亦復何為：」這不僅是真毓生母親的不滿，也申明了作者對於理想女性的要求。蒲松齡在〈細柳〉、〈白秋練〉、〈細侯〉、〈湘裙〉、〈陳雲棲〉等篇極力寫這樣的女性：

「妾歸君後，當長相守……四十畝聊足自給，十畝可以種黍。織五匹絹，納太平之稅有餘矣。閉戶相對，君讀妾織，暇則詩酒可遣，千金侯何足貴！」「家中事請置勿顧，待妾自為之，不知可當家否」，「晨興夜寐，經紀彌勤。每先一年，即儲來歲之賦，以故終歲未嘗見催租者一至其門。又以此法計衣食，由此用度益紓」。

這是蒲松齡那個時代讀書士人（包括中小地主）所理想的女性。應該說，這種真、善、美的女性形象在我國文人的作品中是並不多見的。

蒲松齡還注意到外形美和內心性格上的優美崇高在現實生活中並不一定統一的現象。他寫了不少外形上的美醜同內心世界妍媸分裂的人物。比如徒有其貌的嘉平公子、順天某生、孫天官女、江城，以及「媸皮裏妍骨」的陸判、呂無病、喬女等等。在〈呂無病〉中作者又有意識地把外貌美麗、有錢有勢而蛇蠍其心的孫天官女和面孔「微黑而多麻」、貧窮無依，但心地善良的呂無病加以對照，指出，「心之所好，原不在妍媸。」認為內心美遠比外形的醜俊重要得多。在兩者不可得兼的情況下，應該堅決地捨棄徒有其表的外形美而追求內在的

心靈美。在〈瑞雲〉篇中作者更是歌頌了「人生所重在知己」，不以女方的美醜而改變初衷的青年賀生。在那個視女子為玩物，專以外貌美醜論婦女的社會中，蒲松齡的這種美學見解無疑是深刻的，具有進步意義的。

《聊齋志異》的反面人物形象從另一個角度反映了作者對於審美理想的評價。他們當中有貪官、豪紳、蠹役、地痞、惡棍，市儈、無恥文人，都是一群泯滅了人性的傢伙，不勝例舉。在這裏有必要著重談一下作者所不遺餘力地攻擊和鞭撻的道學先生的形象，因為在他們身上最集中最典型地體現了蒲松齡所最痛恨的虛偽和詭詐。《聊齋志異》除去附帶提及加以攻擊的篇章不算，有四篇是專門揭露教官醜惡嘴臉的，它們是〈考弊司〉、〈鬼哭〉、〈司訓〉、〈餓鬼〉。除〈考弊司〉外，其他三篇都很短，都採用漫畫寫意式筆法，彷彿作者唯恐玷污了筆，然而攻擊的語言卻尖刻辛辣，非常激烈。罵教官是貪財的「餓鬼」，說他們只配「呈進房中偽器」，嘲諷他們裝模作樣，警告他們不要「出鬼面以嚇人」。尤其在〈考弊司〉中，作者有意寫考弊司衙門前立著碣，掛著匾，兩邊楹柱上寫著「孝悌忠信」，「禮義廉恥」，「曰校曰庠曰序，兩字德行陰教化」，「上士中士下士，一堂禮樂鬼門生」，而教官虛肚鬼王卻按照成例，割取髀肉，索取賄賂，決不少貸。作者在揭露了他們的貪酷虛偽後，借閻羅之口，憤怒地指斥說：「憐爾夙世攻苦，暫委此任，侯生貴家。今乃敢爾，其去若善筋，增若惡骨，罰令生生世世不得發跡也。」可見蒲松齡對這幫偽道學先生多麼恨之入骨了。

以上我們看到，《聊齋志異》所表現出來的審美理想和蒲松齡在詩文中對人物的評騭是完全一致的，所追求的同樣是「真人」，是童心，他所鄙棄和抨擊的依然是虛偽和詭詐。可以毫不懷疑地斷定：蒲松齡的審美理想就是純樸天真的人性，就是真。

蒲松齡把天真爛熳的童心當做審美理想，在我們今天看來，也許覺得可笑，不易理解。難道表現了真情實感，只是不虛偽就值得肯定和歌頌嗎？難道讚揚「天真與赤子同其爛熳」的性格，甚至越幼稚越

美，不是有些偏頗嗎？稱讚所謂癡、癖、狂的行為，不是又有些獎譽過當嗎？車爾尼雪夫斯基說：「所有不屬於我們這時代並且不屬於我們的文化的藝術作品，都一定需要我們置身到創造那些作品的時代和文化中去，否則，那些作品在我們看來就將是不可理解的，奇怪的，但卻是一點也不美的」（《藝術與現實的美學關係》）。對於蒲松齡的審美理想也必須放到那個時代去評價和考察。

　　我國明中葉以後，封建統治階級面臨著嚴重的政治經濟危機，整個社會像是呼喇喇將傾的大廈，官吏貪污腐化，土地高度集中，大批農民破產，流民問題隨時都可能成為爆發起義的火山，外患也日益威脅到明王朝的生存。這一切破敗凋敝的現象不再只意味著一朝一姓的覆滅，而是標誌著整個封建制度的衰老和死亡。因為在這個時候，新的生產關係的萌芽，即資本主義生產方式出現了，這在我國東南沿海一帶，在紡織、陶瓷、礦冶等行業中表現得尤為突出。在蒲松齡的家鄉山東，這種新的因素也有所反映，比如稍早於蒲松齡的顧炎武在《天下郡國利病書》中說：「濟南省會之地，民物煩聚……兗東二郡，瀕河招商，舟車輳集，民習奢華，其小民力於耕桑，不賤商賈。」稍後一點的馬國翰在談到濟南一帶礦井情況時說：「出炭之井，豪族齪儈數人廬其上，奮踴上下，率以百計，凡傭工必書身券，戕其身，矢勿問，價值極豐，貧民競赴焉」（《經世文編補》卷二十八）。這種情況反映到思想領域裏，一方面表現為統治階級為了延緩封建制度和意識形態的崩潰，拼命加強思想控制，大肆鼓吹程朱理學，造成社會上一大批道學家侈談性命，口倡仁義，虛偽狡詐之風彌漫毒化了整個社會，另一方面，作為資本主義萌芽在意識形態上的反映的王學左派即泰州學派，從陸王心學中分化出來，表現出極大的離經叛道傾向，他們用「人欲」來反對天理、反對程朱的假道學。李贄就是突出的代表，他攻擊倡言程朱理學的道學家都是「名為山人而心同商賈，口談道德而志在穿窬」的虛偽之徒。他首倡童心說，認為「夫童心者，真心也」，「若失卻童心，便失卻真心，失卻真心，便失卻真人，人而非真，全不復有初矣」（〈童心說〉）。在李贄童心說的影響下，明末形成了

浪漫主義的文學運動，著名戲劇家湯顯祖不僅從理論上支持童心說，而且在《牡丹亭》中塑造了「我常一生兒愛好是天然」的叛逆少女杜麗娘的形象，用浪漫主義的手法，「夢而死，死而生」，表達了理想和現象的矛盾，歌頌了對光明和理想的追求，用文學的典型第一個實踐了童心說。這以後，袁宏道在文學理論上，馮夢龍、凌濛初等在民間通俗文學的創作和編輯上，繼承了這一傳統，「借男女之真情，發名教之偽藥」（馮夢龍〈序山歌〉），繼續用「真情」來反對虛偽，用「真人」來反對「假人」。我們看到，蒲松齡所提倡的審美理想，正是李贄所揭櫫的戰鬥傳統的繼續。而且，不僅他的美學理想同李贄、湯顯祖等人的主張一致，就是在藝術表現上也有著明顯的淵源關係。王漁洋在《聊齋志異・連城》篇評論連城死而復生時說：「雅是情種（指連城、喬生），不意《牡丹亭》後，復有此人！」馮鎮巒也評論說：「《牡丹亭》麗娘復生，柳生未死也，此固勝之。」兩人不約而同地看到了這種繼承和發展關係，絕不是偶然的。從審美理想的一致上，可以說蒲松齡及其《聊齋志異》是明末文學浪漫主義啟蒙運動的餘波，不同的只是蒲松齡在《聊齋志異》中採用了「用傳奇法而以志怪」的古典形式，而湯顯祖、馮夢龍、凌濛初等人則採用的是戲劇，白話小說等近代市民文學的形式。

　　蒲松齡把真當做審美理想，不僅在政治思想領域內有反封建的意義，在美學思想領域中也具有戰鬥意義。這可以從兩個方面來看，首先，蒲松齡把是否抒寫了真情當做衡量詩文的標準，具有反對復古主義的意義。納蘭性德在談到清初詩派時說：「十年之前之詩人，皆唐之詩人也，必囁嚅夫宋。近年來之詩人皆宋之詩人也，必囁嚅夫唐……矮子觀場，隨人喜怒，而不知自有之面目，寧不悲哉！」（《原詩》）這裏談到了清初詩派摹擬的風氣問題。顯然，蒲松齡在詩文中提倡抒寫真情，「自鳴天籟」，「不本於宗傳」，是針對這些宗唐、宗宋的摹仿者的。應該指出的是，蒲松齡所要抒寫的真情，並非像王漁洋標舉的「神韻」，納蘭性德鼓吹的「性靈」那樣平和而脫離實際，而是要抒發不平的「孤憤」之情，要反映人民生活的疾苦，具有鮮明的戰

鬥的現實主義精神。用蒲松齡的話說就是:「世無知己,則頓足欲罵,感於民情,則惻惻欲泣,利與害非所計及也」(《聊齋文集》卷五)。他所抒發的真情,在一定程度上反映著被壓迫被剝削人民的共同心聲。其次,蒲松齡強調以真情來衡量文藝作品,又具有肯定和提倡通俗文學的意義。明中葉以後,隨著商業的繁榮,資本主義萌芽的孳生,市民階層日漸擴大,反映他們生活的新的文學藝術形式如戲劇、小說、彈詞、說唱、民歌時調也廣泛流行起來。正統的士大夫詆毀這些文藝,認為「鄙俚淫俗」,不登大雅之堂。而具有進步文藝觀點的文人則高度評價這些通俗的市民文藝,把它們同傳統的經典作品等列齊觀,他們所依據的理論就是通俗文藝抒寫了真情,而真又是文藝作品的最高標準。馮夢龍在《序山歌》中說:「桑間、濮上、國風刺之,尼父錄焉。以是為情真而不可廢也。山歌雖俚甚矣,獨非鄭衛之遺歟!且今雖季世,而但有假詩文,無假山歌,則以山歌不與詩文爭名,故不屑假。苟其不屑假,而吾藉以存真不亦可乎?」蒲松齡並沒有給我們留下對通俗文學的正面論述和批評,但他在《聊齋俚曲‧慈悲曲》的前言裏,強調俚曲「情真詞切意纏綿」,同樣也指出了通俗文學的價值在於「情真」。蒲松齡的創作實踐更是最有力地表明他對通俗文學的進步見解。蒲松齡堪稱是我國文學史上通俗文學的創作大師。據日本慶應義塾大學保存的蒲松齡資料表明,他創作的小令和鼓詞有二十四種,一百二十六首,通俗俚曲四十二種(見日本《藝文研究》1955年第六期載《日本慶應義塾大學所藏蒲松齡資料目錄》。當然,這裏面的資料不完全可靠,有的並非蒲的作品),這確是很驚人的數字。蒲松齡這麼身體力行進行通俗文學的創作活動,當然同他對通俗文學的重視和熱愛是分不開的。

必須指出的是,以真為美的審美理想也有他的局限性。首先,這一口號是同當時陸王心學密切聯繫著的。這不僅凡是持此意見的文學藝術家如李贄、湯顯祖、徐渭、袁宏道、馮夢龍,以及畫家石濤無例外的都是陸王學派的信徒,而且這個命題也是從陸王心學直接派生出來的。陸王心學認為「吾心即是宇宙,宇宙即是吾心」,把心當做判

斷一切的標準。而以真為美的美學主張，在審美的社會範疇中，同樣是把審美主體的主觀情感當做主宰，把心和情感作為判斷美醜的標準。他們所說的真，並不同於真實的真，而是審美主體主觀情感的外露和擴張，是所謂童心，「最初一念之本」，也就是陸王學派所謂的「本心」，「靈明」，「良知」。

　　其次，王陽明哲學的產生對於打破封建偶像，動搖長期以來程朱理學對人們的束縛是有解放意義的，特別是王學左派強調人的欲望具有天然合理性，對於封建意識形態具有一定叛逆性和危險色彩。但是，陸王心學畢竟是適應鞏固封建大廈搖搖欲墮而出現的哲學，它所宣揚的歸根結底還是封建的忠孝仁愛。即使是王學左派及受王學左派影響的文學藝術家，雖然他們在作品中強調人的真情實感，反對道學，特別是在描寫愛情的作品中對封建教條有較大的衝擊，但他們同道學對抗的武器不過是所謂童心，即所謂「絕假存真」，「最初一念之本」。他們沒有也不可能提出足以和封建道德體系相對抗的新思想、新道德，因此到頭來，依舊落入忠孝節義的窠臼，只剩下反對虛偽的空殼。這就造成凡是持以真為美的觀點的文學藝術家在創作中不能不既具有反封建意識形態戰鬥的一面，又有立在陸王心學的根基上維護封建道德、宣傳封建道德的一面，形成極其駁雜和矛盾的現象。在創作手法上，又表現為他們可以在浪漫主義的國度裏馳騁幻想，把人類的情感的力量發揮誇張到極致，而一旦雙腳回落到現實世界的土地上時，卻又顯得那麼軟弱和貧乏。典型的例子就是《牡丹亭》中的杜麗娘可以生而死，死而復生，做鬼的時候可以那麼大膽地同柳夢梅戀愛，然而還魂後，卻鼓勵丈夫求取功名，以「父母之命，媒妁之言」來最後完成他們的婚姻。

　　蒲松齡在《聊齋志異》中所表現出來的矛盾和局限性也是這樣。蒲松齡在《聊齋志異》中追求人的真實情感，歌頌所謂美好純潔的人性美。但是，他並沒有完全把這一美的原則——真的就是美的——貫徹到底。比如，對於女子的「妒」，蒲松齡一方面認為那是女子的天性。他在〈邵女〉中說：「女子狡妒，天性然也。」一方面又認為那

並不是婦女維護愛情專一的正當情感，而竭力加以醜化攻擊；蒲松齡是主張復仇，主張反抗的，他在〈席方平〉中歌頌席方平的復仇行為時說：「忠孝志定，萬劫不移，異哉席生，何其偉哉！」〈商三官〉、〈庚娘〉、〈向杲〉、〈潞令〉表明了同一思想。然而，蒲松齡絕不贊成農民的起義造反，他在〈九山王〉篇中就攻擊農民起義的原因是「方寸中已有盜根」。同樣，蒲松齡一方面認為「海闊其胸，天空其心，爛熳其天真」的人應該歌頌，一方面卻又認為忠孝節義友悌等封建道德也是人的天性，躬行其事的人也應該歌頌。〈曾友于〉篇寫明末地主家庭內部道德的崩潰和宗法制度的解體，寫得生動真實，但同時作者又對道學家曾友于進行了吹捧和頌揚。〈邵女〉篇宣揚夫為妻綱，妻為妾綱，歌頌的又是採用老子陰柔手段處世的邵女。〈樂仲〉篇讚揚樂仲「斷葷戒酒，佛之似也；爛熳天真，佛之真也。樂仲對麗人，直視為香潔道伴，不做溫柔鄉觀也。寢處三十年，若有情，若無情，此為菩薩真面目，世中人烏得而測之哉！」其實歌頌的是一個虛偽而不近人情的傢伙。這就出現了這樣的現象：本來《聊齋志異》的美學原則是以真為美的，但在某些篇章中，真情卻不被認為美，虛偽矯飾反而得到了歌頌和讚揚。這不是個別的偶然的乖舛，而是蒲松齡以真為美的審美理想本身的矛盾所帶來的必然結果。在蒲松齡心目中，真，並不是超階級的抽象的，而是一個有著很實在階級道德內容的範疇。生活在封建時代的蒲松齡不可能超越時代和階級給他帶來的局限性。

　　以真為美的美學原則對《聊齋志異》的創作方法也產生了一定的消極影響。《聊齋志異》中追求愛情自由的女性或夜闖書齋，或逾牆相從，是頗大膽的，但幾乎又只限於狐女或女鬼。「春風一度，即別東西，何勞審究，豈將留名字作貞坊耶」（〈荷花三娘子〉）的嘲笑，只能出自狐女之口。〈青梅〉中的青梅夜裏去張生書齋中自媒，但明倫評論說：「雖是愛賢，然夜往自託，青梅則可，他人則不可」（〈青梅〉），原因並不只青梅是婢女，而且也因為青梅是狐狸所生，可以不太在乎禮教的「緊箍咒」。蒲松齡在人與人之間愛情的結合上還是

很重視「父母之命，媒妁之言」的，例外也不是沒有，但必須在夢中，必須在幽冥。請看〈連城〉中的一段：

連城曰：「重生之後，懼有反覆，請索妾骸骨來，妾以君家生，當無悔也。」生然之，偕歸生家，女惕惕若不能步。生佇待之。女曰：「妾至此，四肢搖搖，似無所主，志恐不遂，尚宜審謀。不然，生後何能自由！」相將入側廂中。嘿定少時，連城笑曰：「君憎妾耶？」生驚問其故，赧然曰：「恐事不諧，重負君矣。請先以鬼報也」。生喜，極盡歡戀。因徘徊不敢生，寄廂中者三日。

這裏連城和喬生只有變成鬼才能自由結合，不僅曲折地反映了壓在青年男女頭上的封建勢力是何等沉重，具有鮮明的反封建意義，而且也代表了蒲松齡在《聊齋志異》中對男女結合採用的慣常手法和態度。因為在蒲松齡看來，只有這樣才可以使他筆下的正面人物維護人世間的禮法而不至於蒙上苟合的罪名。蒲松齡在男女結合上對於人和狐鬼的不同處理方式，對於現實和夢境、人間和幽冥所採取的不同道德尺度，反映了他思想上的軟弱和保守。

這也影響到蒲松齡所塑造的人物形象上。比如《聊齋志異》有時不適當地把一些「癡」、「癖」、「狂」等名士當做「真人」來歌頌，有時作者所塑造的人物思想上貧乏，缺乏明確而切實的人生理想，只見性情，不見思想，甚至越兒童化就越真越美。以嬰寧為例，嬰寧是蒲松齡理想的人物，也為讀者所喜愛。但是，如果我們進一步對她的思想和性格進行分析，這一形象就顯得貧弱和蒼白了。因為她除了不斷地天真爛熳地笑之外，並沒有給我們提供人生中的其他什麼，這正是以真為美的美學理論本身的空乏造成的。當然，這種缺陷，不僅在蒲松齡創造的人物形象上存在，在徐渭、湯顯祖、馮夢龍等人所創造的文學形象上也不同程度地存在著。

四、創作動機論及其孤憤精神

人為什麼要進行文藝創作，這是每一個作家都要遇到的問題，也是美學理論必須回答的一個基本問題。對此，蒲松齡結合自己的創作實踐進行了解釋。歸納起來，有三種說法：

一、有關於教化。從儒家的正統觀念出發，蒲松齡認為文學由於富於形象性，因此，在進行社會教育和道德教育方面，遠遠超過了其他宣傳說教形式。他說：「別書勸人孝悌，俱是義正辭嚴，良藥苦口吃著難，說來取徒人厭」。而文藝作品卻能夠「唱著解悶閒玩，情真詞切韻纏綿，惡煞煞的人也傷情動念」（《聊齋俚曲·慈悲曲》）。他在〈古香書屋存草序〉中又說：「安仁作宰，一縣桃李，蘇子為官，滿堤楊柳。自古文人多為良吏」，「弦歌之化，非文學者不能致也」。蒲松齡非常自覺地運用文學的形式進行儒家思想的說教，比如，他在《聊齋志異·孝子》篇中的「異史氏曰」裏就明確申明自己創作此篇的目的是：「有斯人而知孝子之真，猶在天壤，司風教者，重務良多，無暇彰表，則闡幽明微，賴茲芻蕘。」在《聊齋俚曲·姑婦曲》中，他開宗明義地宣佈：「唯編姑婦一般曲，借爾弦歌勸內賓」，簡直以風教自負了。他的孫子蒲箬在〈清故顯考歲進士侯選儒學訓導柳泉公行述〉中曾這樣評述蒲松齡的創作，「……猶恨不如晨鐘暮鼓，可參破村庸之迷而大醒市媼之夢也，又演為通俗雜曲，使街衢里巷之中，見者歌而聞者亦泣。其救世婆心，直將使男之雅者、俗者，女之悍者，妒者，盡舉而匃於一編之中。嗚呼，意良苦矣。」這一方面真實地反映了蒲松齡晚年創作俚曲的目的，同時另一方面也說明了宣傳教化在蒲松齡的創作動機中佔有相當重要的地位。

二、為了消愁解悶和遊戲娛樂。蒲松齡在〈郢中詩社序〉中說：「嘉賓宴會，把盞吟思，勝地忽逢，拈髭相對」，「約以宴

集之餘暑，作寄興之生涯。」認為文學創作可以消遣，可以遊戲，也可以寄興。他並不否認《聊齋志異》中有遊戲的成分：「學坡仙撥悶，妄談故鬼，清公上座，杜撰新禪。薄抹清風，細批明月，猶恨古人占我先」（《聊齋詞集·沁園春》）。「途中寂寞姑言鬼，舟上招搖意欲仙」（〈途中〉見《聊齋詩集》卷一）。他在〈聊齋自志〉中說：「才非干寶，雅愛搜神，情類黃州，喜人談鬼」。有時他甚至說出這樣的話：「無聊賴，著書能免」（《聊齋詞集·賀新涼》），乾脆把著書看作是消愁解悶的工具。

三、表達孤憤之情。他在〈題吳木欣《班馬論》〉中說：「男兒不得志，歌聲出金石耳」。他在〈感憤〉詩中說：「新聞總入夷堅志，斗酒難消磊塊愁！」又說：「人生大半不如意，放言豈必皆遊戲」（《聊齋詩集·同畢怡庵綽然堂談狐》）」他在〈聊齋自志〉中更是明確地宣佈《聊齋志異》是發憤之作，他說：「遄飛逸興，狂固難辭；永託曠懷，癡且不諱」，「集腋為裘，妄續幽冥之錄；浮白載筆，僅成孤憤之書。寄託如此，亦足悲矣。」孤憤之情的內容是什麼呢？蒲松齡在〈與韓刺史樾依書〉中進行了言簡意賅的說明：「世無知己，則頓足欲罵；感於民情，則惻側欲泣，利與害非所計及也。」──既包含著個人的憤激和不平，又在一定程度上反映著被壓迫人民的共同心聲。

　以上是蒲松齡關於自己創作動機的三種說法；這三種說法交織結合在一起，共同影響了他整個的創作實踐。任何片面地、孤立地強調其中一種說法而忽視另外的創作動機，都會妨礙我們全面而正確地評價蒲松齡的文藝思想及其創作。

　比如，假如我們單純說《聊齋志異》是一部孤憤之書，那麼就很難說明為什麼其中又存在大量像〈考城隍〉，〈耿十八〉、〈孝子〉、〈曾孝廉〉、〈邵女〉、〈畫壁〉這樣宣傳儒家倫理和佛教教義的作

品；也很難說明其中為什麼有像〈山市〉、〈絳妃〉、〈屍變〉這樣的絕妙好辭和像〈瓜異〉、〈蛇癖〉、〈赤字〉、〈噴石〉等「緣事極簡短」，「數行即盡，與六朝志怪近矣」的篇章存在。因為蒲松齡在創作《聊齋志異》時，並不是僅孤憤精神在起著作用，其中宣傳風化，遊戲娛樂等創作動機也在發揮著影響。而且，不僅從《聊齋志異》創作的整體來看是如此，就是在每篇小說中的創作中也是如此，不過側重點不同罷了。像〈金和尚〉無疑是一篇憤世嫉俗之作，充溢著蒲松齡對現實的批判精神，但並不妨礙發揮蒲松齡那飛揚的文采和冷雋的幽默感。〈張誠〉是作家宣傳儒家倫理道德觀念的代表作，表達了作者對異母兄弟應該親密相處的人倫理想，但作者是那樣精心地結撰他的作品，以至於對作品中的故事曲折動人充滿著自負，說：「余聽此事至終，涕凡數墮：十餘歲童子，斧薪助兄，慨然曰：『王覽固再見乎！』於是一墮。至虎卸誠去，不禁狂呼曰：『天道憒憒如此！』於是一墮。及兄弟猝遇，則喜而亦墮，轉增一兄，又益一悲，則為別駕墮。一門團圓，驚出不意，喜出不意，無從之涕，則為翁墮也。不知後世亦有善涕如某者乎？」〈罵鴨〉是一篇幽默的遊戲文字，卻又透露出蒲松齡對世俗的善意的嘲諷。

蒲松齡創作思想上的駁雜，造成了《聊齋志異》體例和內容上的駁雜，也造成了《聊齋志異》思想傾向和藝術水平參差不齊，極其複雜的現象。

從現存蒲松齡可考年代的有關創作動機的論述來看，這三種對於創作動機的說明並不是蒲松齡同時全面系統地提出來的，而是在不同時期分別闡述，各有側重的。總的來說，蒲松齡青年時代涉世較淺，對功名充滿信心，精力萃於八股舉業，而把文學創作當做「分以外」的末事看待，這時他對文學創作目的解釋偏重於遊戲寄興說。上引〈郢中詩社序〉就是他二十歲時的作品。〈途中〉一詩又為其三十歲時赴寶應縣任孫蕙幕府時所做。而在這一時期，有關孤憤和教化的論述我們卻沒有或很少發現。蒲松齡晚年又比較偏重於風俗教化的創作，這是因為隨著年齡漸高，他鬱憤不平的心境漸漸消磨，時間終於使得蒲

松齡躋身於功名利祿行列的幻想徹底破滅，他的眼光逐漸轉向自己周圍的農民，他為他們寫了《日用俗字》、《農桑經》，並以鄉里宗族的精神領袖自居，要「力挽頹風，復歸淳古」（〈族譜序〉）。上引〈古香書屋存草序〉是蒲松齡五十歲左右時的作品[1]，而充滿勸懲教化精神的《聊齋俚曲》更是代表了蒲松齡晚年的思想。但是，從編年的《聊齋詩集》和其他資料看，孤憤說卻幾乎貫徹了蒲松齡的一生，又比較集中地表現在他中年和壯年時期。這時期，是蒲松齡年富力強，創作力最旺盛的時期，也是他精神最苦悶、最富於批判精神的時期。蒲松齡大多數作品正是在這一時期創作出來的。蒲松齡一生作品極其豐富，但成就最高、影響最大的作品首推《聊齋志異》。正是它，使得蒲松齡的名字赫然彪炳於中國文學史，而《聊齋志異》恰恰主要是在孤憤精神指導下創作的，是他在四十歲前後基本完成的。因此，無論從對蒲松齡一生中創作的影響看，無論是從其創作實踐上看，孤憤說都理所當然地成為我們研究蒲松齡創作動機論的主要對象。

在蒲松齡的孤憤創作精神形成過程中，有兩位古典作家對他的影響是絕對不容忽視的，那就是屈原和司馬遷。

翻開《聊齋詩集》，我們可以看到，在蒲松齡精神最寂寞，最苦悶，也是他創作《聊齋志異》最重要的時期裏，是屈原及其作品給了他最大的支持和安慰。比如，從康熙庚戌年（1670）蒲松齡三十歲到癸丑年（1673）三十四歲，僅僅四年時間裏，蒲松齡在詩歌裏不斷提到屈原及其作品。如：「於今世事難回首，龜策何須更卜居」（〈呈孫樹百〉）。「鬚髮難留真面目，芰荷無改舊衣裳」（〈寄家〉其二）。「懷人中夜悲天問，又復高歌續楚辭」（〈寄孫樹百〉其二）。「頻年遁跡臥煙波，竦放惟宜紉薜蘿」（〈寄劉孔第〉）。「離恨無窮愁更劇，欲吟楚些奈愁何」（〈寄劉孔集〉）。「離騷若讀稱名士，山水之間見醉翁」（〈九日再貽定甫，兼呈如水〉）。「九辯臨江懷屈

父，一尊擊築弔荊卿」（〈呈樹百〉）。「狂吟楚些唯灑酒，龜策何須問卜居」（〈呈樹百〉其二）。這些詩是懷古，也是借詠屈原及其作品傾瀉自己的懷才不遇的幽怨。蒲松齡在《聊齋詞集》中還寫有一首〈又寄露華一調〉，詞中說，「黃須嗚咽，看古今歷落欽崎尤絕。面目猶存著羞紅，雷同剿說。既然鼓瑟王門，何快鵙鳴芳歇。笑白帢青鞋，漫欲搴芙蓉木末」。很明顯，在這裏蒲松齡把自己科場的偃蹇潦倒和屈原的「信而見疑」，「忠而被謗」，「憂愁幽思而作離騷」的遭遇聯繫在一起。他用屈原的精神激勵鞭策自己，並從中汲取抗爭的勇氣和力量。蒲松齡在〈聊齋自志〉中更是明確地說：「薜荔帶荔，三閭氏感而為騷，牛鬼蛇神，長爪郎吟而成癖。自鳴天籟，不擇好音，有由然矣。」宣佈《聊齋志異》的創作精神是上承屈原及其作品的。事實上我們也可以看到，屈原及其作品中那種把個人不幸和「哀民生之多艱」結合起來的積極思想傾向正是蒲松齡「世無知己，則頓足欲罵，感於民情，則悽愴欲泣，利與害非所計及也」精神的先導，而屈原用香草美人以寄託理想的浪漫主義手法，也正是蒲松齡用鬼狐花妖反映觀實的真正濫觴。

　　司馬遷的孤憤說及其作品《史記》對蒲松齡的影響也極大。蒲松齡在〈題吳木欣《班馬論》〉中說·「余少時，最愛《遊俠傳》。五夜挑燈，恒以一斗酒佐讀。」可見蒲松齡少年時即對《史記》有著特殊的熱愛。由於自身的懷才不遇，蒲松齡對於司馬遷的孤憤精神尤其懷有特殊感受和體會。他在同一篇文章中，認為司馬遷的孤憤精神完全是由社會環境和本人遭遇造成的，他說，「夫作者之憤，作者之遇也，司馬、孟堅，易地皆然耳」。特別應該指出的是，蒲松齡全然是以一個小說家的眼光來看待〈史記〉的。他認為司馬遷在《史記》中設置《遊俠列傳》、《貨殖列傳》的本身就反映了作者的孤憤。他說：「人生不得行胸懷，不屑貨殖，即不遊俠，亦何能不曰太阿、龍泉！」他在〈灌仲孺論〉中認為灌仲孺向田蚡追魂索命的情節是司馬遷向壁虛構的。他說，「噫，其真有英魂為厲，尚能追命於九泉耶？抑天網恢恢而田氏漏，故子長借此以寄其牢騷耶？」本來，明以後小說評論

家多有拿《史記》和小說相比的風氣，但對於《史記》的歷史性很少有人懷疑。金聖嘆在《讀第五才子書》中把《史記》與《水滸》相比，也仍然強調說：「《史記》是以文運事，《水滸》是因文生事」（貫華堂本《水滸傳》）。在金聖嘆看來，小說和史書的界限是很分明的。蒲松齡把《史記》中灌仲孺性格和有關情節直視為司馬遷「寄其牢騷」的向壁虛造，觀點非常精闢。究其原因，則因為蒲松齡是小說家，他深知小說創作中的三昧，他自己就是按照孤憤精神「出入幻域，頓入人間」結撰情節的。

如果說蒲松齡對屈原的創作精神的繼承主要表現在以香草美人寄託理想的浪漫主義表現手法的話，那麼，蒲松齡對司馬遷的繼承則主要是思想上的。《聊齋志異》中所表現出來的政治理想、社會觀點乃至對知己的渴慕，為商人辯解，歌頌遊俠，鞭撻酷吏，幾乎都可以在司馬遷的《史記》中找到密切的淵源關係。當然，《史記》的表現手法和形式對《聊齋志異》也同樣有著重大影響，比如《聊齋志異》大部分篇章是用紀傳體寫的，而篇末的「異史氏曰」更是模仿《史記》「太史公曰」的，等等。

蒲松齡的孤憤精神在中國文學史上表現出兩個顯著的特點：一、他的孤憤精神主要是通過文言小說表現的。二、他的孤憤之情又附麗於幽冥幻域之中，談狐說鬼之事，具有一種強烈的浪漫主義色彩。蒲松齡的孤憤精神在表現上的特點有著社會的、文學的以及個人氣質、性格、遭遇的深刻背景。

在文學中表現孤憤之情，一直是我國進步文學家抒寫人生和社會不平的戰鬥傳統。屈原說：「道思作誦，聊以自救」（〈抽思〉）「介眇志之所惑兮，竊賦詩之所明」（〈悲回風〉）。司馬遷說：「意有所鬱結，不得通其道也，故述往事，思來者」（〈史記太史公自序〉）。韓愈說：「有不得己者而後言，其歌也有思，其哭也有懷，凡出乎口而為聲者，其皆有弗平者乎！」（〈送孟東野序〉）。然而，長期以來，孤憤的表達卻只限於正統的詩文而無涉於小說。因為「在中國，小說是向來不算文學的」（魯迅《且介亭雜文·〈草腳鞋〉小引》）。

唐朝大文學家韓愈倡言孤憤，主張「物不平則鳴」，文學界沒有異議，卻因為寫小說《毛穎傳》而引起輿論界的軒然大波，張籍批評他「以駁雜無實之說為戲」，柳宗元為他辯解說「前聖不必罪俳也」。韓愈自己也頗覺有愧。輕視小說的觀念，直到明中葉之後才有所改觀。明中葉之後，隨著資本主義萌芽的產生，市民階層的擴大，通俗文學，特別是小說、戲劇的社會地位日趨提高，開始躋身於正統文學的行列。李贄在〈忠義水滸志傳序〉中第一次把《水滸》稱為「發憤之所做」，把小說提高到抒發孤憤之作的正統詩文的高度。這是市民意識在小說理論中的反映，是小說社會地位提高後在理論上的表現。儘管明中葉之後，白話小說得到了蓬勃發展，而文言小說尚未出現復興的局面，但明末清初一些文學家已經開始用志怪的形式談狐說鬼，描摹佚聞，藉以抒情寫志，譏刺世事。魯迅先生說：「蓋傳奇風韻，明末實彌漫天下，至易代不改也。」（《中國小說史略》）比如著名的散文家王猷定（1599-16617）就寫有〈李一足傳〉、〈湯琵琶傳〉、〈義虎記〉。對於這幾篇傳奇小說，黃宗羲評價很高，說它們是「近日之錚錚者」。李良年在〈論文口號〉中更是說：「於一文章在人口，暮年蕭瑟轉歔歟。『琵琶』「一足』荒唐甚，留補《齊諧》志怪書」（《秋錦山房集》）。王漁洋在評跋《聊齋志異‧趙城虎》後談到：「人云，王於一所記孝義之虎，予所記贛州良富裏郭氏義虎，及此而三。何於菟之多賢哉！」可見，蒲松齡採用文言小說形式抒發孤憤不是偶然的，那是社會風尚發生變遷，小說地位日益提高的結果，同時也是明末清初傳奇風韻「彌漫天下」的產物。

那麼蒲松齡的孤憤精神為什麼採取談狐說鬼的形式呢？

首先，這有著美學心理一般因素的原因。車爾尼雪夫斯基在《藝術與現實的美學關係》中這樣分析幻想的產生，他說：「幻想只有在我們的現實生活太貧乏的時候才能支配我們。……當情感無所歸宿的時候，想像便被激發起來，現實生活的貧困是幻想中的生活的根源」。佛洛伊德在《詩人與白日夢》中進一步闡述說，「幸福的人從來不去幻想，幻想是從那些願望未得到滿足的人心中生出來的。換言之，未

滿足的願望是造成幻想的推動力。每一個獨立的幻想，都意味著某個願望的實現，或意味著對某種令人不滿意的現實的改進」，「神話這類東西，很可能是由整個民族的願望（一個年輕民族的那古老的夢）所生成的幻想或幻想的變種（或它的經過變形之後的痕跡）。」假如我們把西方這些理論家關於幻想產生的美學心理因素同蒲松齡的經歷相聯繫就會發現，《聊齋志異》中的談狐說鬼的浪漫形式是蒲松齡現實世界孤憤精神的折光和載體。

蒲松齡有著很高的經世熱情和功名心，但是，他奮鬥掙扎了幾十年，卻只考中了秀才，於是他寫葉生最後變成鬼也去赴鄉軾，終於考中孝廉（〈葉生〉）。馬驥這個商人的兒子，「美如好女」，才華橫溢，儘管在羅剎國被認為奇醜無比，受盡摧殘，但後來終於在龍宮得到公正待遇，成為乘龍快婿。最後蒲松齡在「異史氏曰」中慨歎說「嗚呼，顯榮富貴，當於蜃樓海市中求之耳」！

蒲松齡在現實的落魄中感到孤獨，渴望知己，他說：「千古重歎知己希」，「世上何人解憐才」。他說：「驚霜寒雀，抱樹無溫，吊月秋蟲，偎闌自熱」。於是大量的鬼狐花妖變成美麗多情的少女去安慰書齋中困苦孤寂的讀書人，使他們得到了慰藉和溫暖，而蒲松齡則發出「顧茫茫海內，遂使錦繡才人，僅傾心於蛾眉之一笑也，悲夫」（〈連城〉）的感慨。

現實社會無比黑暗，平民百姓受欺壓而求告無門，蒲松齡「感於民情，則淒惻欲泣」，於是向杲化成老虎吃掉仇人（〈向杲〉）；梅女變成厲鬼向貪官索魂（〈梅女〉）；聶政這個戰國時代的俠客千百年後依然生氣勃勃，為民除害（〈聶政〉）；而席方平這個農民的兒子竟然在陰間從城隍告到郡司，從郡司告到冥王，最後終於在二郎神的干預下昭雪了冤案（〈席方平〉）。蒲松齡感慨地說：「忠孝志定，萬劫不移，異哉席生，何其偉也！」

從美學心理的角度看，鬼狐花妖、幽冥異域，使得蒲松齡在現實世界的孤憤精神得到了渲泄和平衡。正是在這個幻想的世界裏，蒲松齡實現了他的自我和追求。正像余集在青柯亭本《聊齋志異》序裏所

談到的：「先生⋯⋯平生奇氣，無所宣洩，悉寄之於書。⋯⋯嗟夫，世固有服聲被色，儼然人類，叩其所藏，有鬼域之不足比，而豺虎之難與方者。下堂見蠆，出門觸蜂，紛紛逐逐，莫可窮詰。惜無禹鼎鑄其情狀，鐲鏤決其陰霾。不得已，而涉想於杳冥荒怪之域，以為異類有情，或者尚堪晤對，鬼謀雖遠，庶其警彼貪淫。」

　　其次，同蒲松齡生長的環境有關。從文化歷史背景上來看，蒲松齡的家鄉淄川是我國齊文化的發祥地，具有著北方巫文化的濃厚傳統。鬼，在中國廣大地區都相信它的存在，而狐，卻基本上只在北方區域才廣泛流傳著它的神異故事，而大多集中在山東一帶。明代郎瑛在《七修類稿》中記載：「山東多狐狸，嘗聞狐狸成精，能變男女以惑人，予嘉靖八年以事到山東，以其事詢土人」。淄川是一個丘陵起伏，草木豐茂，富於神秘色彩和浪漫精神的地方，據蒲松齡在〈創修五聖祠碑記〉中說：淄川、章邱一帶「凡村皆有神祠以寄歌哭」。有一個叫長申地的小村落由於「村以小故獨無，居人猶憾之，比歲少豐，共發愚忱，捐金庀材，創為五聖祠」。由於迷信風俗很盛行，蒲松齡還特意寫過〈請禁巫風呈〉，說淄邑民風「習俗披靡，村村巫戲」。而從家庭環境來說，蒲松齡的父親信仰佛教，很迷信，他為了求子，捐錢修寺廟，辦善事。蒲松齡出生時，他「夢一病瘠瞿曇，偏袒入室，藥膏如錢，圓黏乳際，寤而松生」。可以想像，浸潤在這樣一個浪漫的環境下，蒲松齡怎麼可能不耳濡目染，並享有著豐富的鬼狐花妖故事的素材！

　　再其次，這同蒲松齡的浪漫性格有關。蒲松齡有著濃烈的情感，同時又幽默、超脫。他可以在窮得叮噹響時寫詞祭祀灶王爺說，「倘上方見帝，幸代陳詞，倉箱討得千鍾粟，從空墮萬鋌朱提：爾年此日，犧牲豐潔，兩有光輝。」（〈金菊對芙蓉，甲寅辭灶作〉）他可以在科場屢遇挫折，早生華髮時，寫下〈責白髭文〉，說：「嗟汝白髭兮胡不情？汝宜依宰相，汝宜附公卿，勳名已立，尚不汝驚。我方抱苦業，對寒燈，望北闕，志南溟，爾乃今年一本，明歲一莖，其來滾滾，其出營營，如能襯之客，別去復來；似荒蕪之草，劃盡猶生，抑何顏

之厚而不一報也！」他也相當迷信，深信鬼魂輪迴學說，認為自己是病瘠瞿曇的今生肉身。他尤其喜愛鬼狐故事，說自己「才非干寶，雅愛搜神，情類黃州，喜人談鬼」。這種愛好，甚至在旅途中也表現得非常強烈，《聊齋志異》中的〈蓮香〉篇就是他「庚戌南遊至沂，阻雨，休於旅舍」時看到〈桑生傳〉故事後創作的。好奇，愛幻想，深信鬼神的存在，具有浪漫的性格，是《聊齋志異》出現鬼狐花妖形象的性格因素。

　　最後，蒲松齡的孤憤精神採用鬼狐花妖的表達形式可能還同文字獄有關。蒲松齡的時代正是清朝文字獄越來越嚴厲的時候。蒲松齡十九歲的時候，發生了莊廷瓏私刻《明史》案，不僅莊本人被剖棺戮屍，而且莊氏家族、門生、刻書者、售書者、藏書者都受到了牽連。在他壯年的時候，顧炎武在山東被捕，賈鳧西也因文字原因被牽涉入獄。在蒲松齡的晚年，又發生了戴名世案件。對此，蒲松齡很清楚，有些事件還被他寫入《聊齋志異》中，比如〈大力將軍〉就有這樣的記敘：「後查以修史一案，株連被收……」蒲松齡對於文字獄是十分警惕的，他時時告誡自己：「一言之微，幾至殺身，……可懼戰！」（〈辛十四娘〉）蒲松齡既然要在《聊齋志異》中抒其孤憤，他就不能不考慮到文字獄的危險，而談狐說鬼，涉想於杳冥荒怪之域無疑成了既可以較為自由地表達思想，鞭撻現實，又能夠全身遠害的比較穩妥的安全形式。

　　孤憤的創作精神給予《聊齋志異》的影響是巨大的。

　　它使得《聊齋志異》以荒誕的形式表現了極現實的內容。儘管《聊齋志異》中的主人多為花妖狐魅，環境又多為幽冥幻域，但卻極廣泛地反映了社會生活，提出了許多重大的社會問題。《聊齋志異》從內容上看，大致有反映科舉制度的，有表現婚姻愛情的，有揭示封建社會階級壓迫的，有展示社會道德和民俗的，內容異常豐富。這些內容既為作者所深感，表達了他的孤憤，同時也深刻顯現了那個時代的困惑。以一部文言短篇小說集而言，這樣廣泛地反映現實生活，自唐宋傳奇小說以來，《聊齋志異》是首屈一指的。而且，作者在表達這一

切的時候，充滿了強烈的愛憎，筆端飽含著感情，特別是抨擊科舉制度的篇章，表達科舉制度給讀書人所帶來的精神和肉體上的痛苦方面，作者「借他人之酒杯，澆自己之磊塊」，閃現著生動的自我藝術形象，有著極大的感染力。

由於蒲松齡是一個商人子弟，又由於山東淄川一帶商業的發達和資本主義生產方式萌芽的滋生，更由於蒲松齡不幸的經歷，他在《聊齋志異》中所表現出來的思想有許多是站在時代前列的，比如，他公開為商人辯護，說：「自食其力不為貪，販花為業不為俗」，「人不可苟求富，然亦不必務求貧也」（〈黃英〉），並寫了許多可親可愛的商人形象。他繼承了明末浪漫主義文學運動的觀點，抨擊虛偽，歌頌真率，以真為美，強調情感超現實的力量。在他的筆下，不僅人可以生而死，死而復生，而且一切動植物，甚至沒有生命的石頭也都具有了情感。他說「情之至者，鬼神可通」！這使得《聊齋志異》雖然是古典的文言傳奇小說，卻同明末出現的「三言」「二拍」的市民小說有著意識上和表現上相通之處。

蒲松齡雖然一輩子只考中了個秀才，晚年也不過是個歲貢生，但他對從政表現了極大的熱情。他渴望建功立業，渴望為老百姓幹一些實事。他僻居山村，卻對地方政務處處留心。《聊齋志異》的公案篇不僅揭示了貪官污吏的劣跡，更重要的是表明了清正明察的官吏應該如何做；蒲松齡對地方的財政賦稅也有著妥當的見解，像〈王十〉篇就對當時的鹽政進行了尖銳犀利的批評。本來，在小說的末尾發表議論，這並不始於蒲松齡，但《聊齋志異》中的「異史氏曰」表現了極大的創造性，有很多篇章具有政論性質，和正文一起，洋溢著蒲松齡熾熱的政治熱情，而這又不僅只是孤憤而已了。

孤憤的創作精神尤其賦予《聊齋志異》中的鬼狐花妖以極高的審美價值。車爾尼雪夫斯基說：「美是生活，首先是使我們想起人以及人類生活的那種生活……構成自然界的美的是使我們想起人來（或者予示人格）的東西。自然界的美的事物，只有作為人的一種暗示才有美的意義，……那些領域內的美只是因為當做人和人的生活中的美的

一種暗示，這才在人看來是美的」（《藝術與現實的美學關係》）。鬼狐花妖原本只是「蒙昧時代蒙昧人由於生產力低下」的虛幻，是無所謂審美價值可言的。但是隨著「自然力的人格化」，它們也被人格化，成為「人化自然」的一部分，成為人的思想感情的特殊附著物和載體，也具有了審美價值，而且人化的程度越高，審美價值也就越大。

我們喜愛古代神話中的女媧、伏羲、蚩尤、夸父、精衛，刑天，那是因為在它們身上體現了人類對自然鬥爭的無比偉大的力量和氣魄，我們喜愛屈原作品中的山鬼、湘夫人、少司命、東君、國殤，也是由於它們具有人的品格。它們是神、妖、鬼，卻又表現了人的美，特別是表現了楚地人民的審美理想。

中國的文言小說幾乎一誕生就與鬼狐花妖結下了不解之緣。在魏晉六朝的志怪小說中，已經大量出現了鬼狐形象。但是除個別作品外，它們的審美價值卻比較低。原因正像魯迅先生在〈中國小說史略〉中所分析的：「其書有出於文人者，有出於教徒者。文人之作雖非如釋道兩家，意在自神其教，然亦非有意為小說「只是「張惶鬼神，稱道靈異」。從創作精神上講，六朝志怪是屈原精神的大倒退。唐代傳奇小說中鬼狐花妖的形象有了很大的提高，像〈柳毅傳〉中錢塘君和龍女，〈任氏傳〉中的女妖，〈補江總白猿傳〉中的白猿精，〈東陽夜怪錄〉中的幾個精魅，都給人留下了深刻印象。它們妖的成份減弱，人的成份增加，有些還具有了豐富而深層次的人的性格。但總的看，唐代傳奇中的精怪形象「作意好奇」的成份濃，而作為人的形象成份仍比較淡，尤其是缺乏作家個人的創作色彩和情感，作家在自己的文言小說集中用鬼狐花妖的總體形象去體現創作意圖的追求還並不突出。

《聊齋志異》不同，蒲松齡由於把孤憤之情，把人生的理想注入到鬼狐花妖身上，這些鬼狐花妖就具有了濃厚的人情味。它們像現實中的人一樣有喜怒哀樂，按照現實中的行為邏輯行動，有時甚至在他們身上體現了蒲松齡的人格追求，閃現出當時世俗社會難得的人格美來。魯迅先生在評價《聊齋志異》中的鬼狐花妖時說：「多具人情，

和易可親，忘為異類，而偶見鶻突，知復非人」（《中國小說史略》）。「忘為異類」，這是《聊齋志異》中花妖狐魅的特點，也是《聊齋志異》中花妖狐魅美學價值的所在。幾百年來，《聊齋志異》中的鬼狐形象之所以流傳不衰，受到廣大人民的喜愛，這不能不說是一個非常重要的原因。

　　當然，我們必須看到，孤憤精神對《聊齋志異》也產生了一些消極的影響。儘管孤憤精神使得蒲松齡能夠大膽而深刻地揭露當時社會的弊端，也在一定程度上反映了人民生活的疾苦，但他的孤憤畢竟是從中小地主階級立場，從不得志的文人立場出發的，他對於社會問題的看法不能不深深地打上他那個階層的烙印。比如，他深惡痛絕當時司法的黑暗，說，「天下之官虎而吏狼者比比也。——即官不為虎，吏且將為狼，況有猛於虎者耶」。他寫了無數酷烈慘澹的覆盆的冤案，痛斥貪官污吏的昏庸枉法，歌頌受害者的反抗，甚至以讚歎的筆調寫血族復仇。但蒲松齡不同意造反，他認為那是「方寸中已有盜根」，是滅九族的勾當，他的怨怒懣憤並沒有超出封建社會司法程式和道德規範允許的範圍。同樣，蒲松齡對科舉制度的抨擊，有不少篇章鞭辟入裏，頗為深刻。但蒲松齡並非要從根本上徹底否定這一摧殘人才的制度，他的抨擊帶有很大程度狐狸吃不著葡萄嫌葡萄酸的意味，這大大限制了蒲松齡對科舉制度批判的深度。像〈王子安〉篇寫一個叫王子安的讀書人由於盼望考中的心理太急切，以致精神錯亂，受到狐狸的戲弄。蒲松齡在「異史氏曰」中最後卻強調說「顧得志之況味，不過須臾；詞林諸公，不過經兩三須臾耳，子安一朝而盡嘗之，則狐之恩與薦師等」，他所強調的是人生如夢，認為考中的是虛幻，沒考中的也是虛幻，一切都是虛幻不實的，這頗有點阿 Q 的味道。

　　由於蒲松齡把孤憤精神帶進《聊齋志異》，也使得《聊齋志異》的某些篇章感情過分濃烈，化不開。作者缺乏清醒而超脫的態度，有時忘記了文學創作與辱罵恐嚇的界限。比如，由於科舉上的坎坷經歷，蒲松齡對試官，教官非常仇恨，他不僅在詩文中「狂罵糊眼冬烘鬼」（〈秋闈報罷，寄王如水〉），而且在《聊齋志異》描寫科舉的篇

章中，有時也無法控制情感，尖酸地罵教官、試官為「餓鬼」，是只配「呈進房中偽器」的冥頑不靈的朽物，這當然大大降低了作品的藝術性。

蒲松齡把孤憤精神引入小說的創作，不僅在文學上具有極大的創造性，使他的《聊齋志異》大放異彩，而且在政治上也具有相當的勇氣，使他的當時的文學同道們相顧失色。

值得注意的是這樣一個事實，儘管蒲松齡自己公開宣佈《聊齋志異》是一部「孤憤之書」，但他同時代的人對此卻都諱莫如深。

1679 年，當《聊齋志異》粗具規模時，蒲松齡的朋友高珩首先為之作序。接著，1681 年，唐夢賚又為之作序。然而，倆人都在序中大談書中「怪力亂神」不悖於聖人之道，強調《聊齋志異》「馳想天然，幻跡人區」，「為齊諧濫觴」。而對於作者的孤憤精神不置一詞。一六八九年，王漁洋在為《聊齋志異》題詞時更是說：「姑妄言之姑聽之，豆棚瓜架雨如絲。料應厭作人間語，愛聽秋墳鬼唱時」（〈蠶尾集〉）乾脆把《聊齋志異》憤世嫉俗的精神抹得乾乾淨淨。

假如說高珩、唐夢賚在為《聊齋志異》作序時年紀已高，或者未窺全豹，只是看到部分篇目，因此誤解或漠視《聊齋志異》的孤憤精神，情有可原的話，那麼王漁洋對《聊齋志異》的孤憤精神加以漠視則是有意地曲解了。因為他不僅瞭解《聊齋志異》創作的全過程，而且還看到了《聊齋志異》的絕大部分文稿。王培荀在《鄉園憶舊錄》中說：「《志異》未盡脫稿時，王漁洋先生士禎按篇索閱，每閱一篇寄還，按名再索。來往書札，余俱見之。亦點正一二字，頓覺改觀。」王漁洋在評點《聊齋志異》的部分篇目中也表現出一個批評家的敏銳目光，比如他在〈連城〉篇就準確地指出是篇與湯顯祖《牡丹亭》的聯繫，說：「雅是情種，不意《牡丹亭》後復有此人。」那麼，為什麼王漁洋等人不承認《聊齋志異》的孤憤精神，不承認它是一部孤憤之書呢？原因除了審美觀念上的差異，還有，就是由於當時文字獄的酷烈使他們不敢講真話。因為儘管蒲松齡在《聊齋志異》中並沒有流露出自覺的民族意識，但其中顯著的對清統治者的不滿，對勞動人民

的深切同情，也足以招致統治階級的猜忌而帶來殺身大禍並株連作序題詞的人！

認為《聊齋志異》是一部談狐說鬼之書，是「齊諧志怪，虞初記異之編」的觀點一直持續了近百年。直到 1765 年，余集在為青柯亭本撰寫序言時才大聲疾呼說：「是書之恍惚幻妄，光怪陸離皆其微旨所存。殆以三閭詫傺之思，寓化人解脫之意歟？使第以媲美《齊諧》，希蹤《述異》相詫媁，此井蟊之見，固大詿於作者。」他力辯《聊齋志異》同六朝志怪小說不可同日而語，指出《聊齋志異》是一部「驚世駭俗」的孤憤之作，是蒲松齡的一大創造。余集的觀點在《聊齋志異》研究史上具有重要的意義，他掃清了長期以來籠罩在《聊齋志異》上的迷霧，還《聊齋志異》精神以本來面目。然而，這距蒲松齡逝世已經五十年了，距蒲松齡寫〈聊齋自志〉的 1679 年則過了 86 年。

我國古代著名批評家劉勰在《文心雕龍‧知音》篇中說：「知音其難哉！音實難知，知實難逢，逢其知音，千載其一乎！」假如把蒲松齡的〈聊齋自志〉和余集、高珩、唐夢賚的序言及王漁洋的題辭放在一起加以對照比較，我們在讚歎蒲松齡敢於宣稱《聊齋志異》是一部「孤憤之書」的勇氣之餘，一定會對於他同時發出的「驚霜寒雀，抱樹無溫，吊月秋蟲，偎闌自熱，知我者，其在青林黑塞間乎」的慨歎有了深深的理解。那是一種多麼淒涼痛苦的孤獨和寂寞，然而又是何等偉大而傑出的孤獨和寂寞！

五、蒲松齡美學思想的矛盾及其它

上面，我們扼要評述了蒲松齡在幾個問題上的美學思想，那是影響和支配了蒲松齡創作，並使蒲松齡的作品在中國文學史上大放異彩的重要原因。

但是，正如蒲松齡的政治思想和社會思想存在著深刻的矛盾，極其複雜一樣，蒲松齡的美學思想也存在著深刻的矛盾，也異常複雜。

　　由於蒲松齡出身於科甲相繼而中道衰敗的望族，他十九歲時又曾以縣、府、道三第一補博士弟子員，因此，蒲松齡通過八股考試以追求功名的心異常強烈。「生涯聊復讀書老，事業無勞看鏡頻」（《聊齋詩集・撥悶》）。後來蒲松齡雖然在科舉上始終不得志，而「清興可憐因病減，壯心端不受貧降。」（《聊齋詩集・遣懷》）「五十余尚希進取」（〈清故顯考歲進士，侯選儒學訓導柳泉公行述〉），直到七十歲衰暮之年，他還鼓勵兒孫們繼續努力「無似乃祖空白頭，一經終老良足羞」（《聊齋詩集・喜立德采芹》）。

　　蒲松齡對科舉和功名的熱衷，不能不深刻地影響到他的美學思想。他把八股文奉為文學的正宗，他說：「顧當今以時藝取士，則詩之為物，亦魔道也，分以外者也」（《聊齋文集・郢中詩社序》）。在《聊齋志異・顏氏》篇，他寫順天某生「豐儀秀美，能雅謔，善尺牘」，然而由於他不會做八股文，蒲松齡譏諷說：「見者不知其中之無有也」。在《聊齋志異・新鄭訟》中，蒲松齡更是為八股文辯護，認為八股文不僅與文學作品一樣具有審美價值，而且也是選拔人才的試金石。他說：「石公為諸生時，每一藝出，得者秘以為寶。觀其人恂恂雅飭，翰苑則優，似非簿書才者，乃一行作吏，神君之名噪於河朔。誰謂文章僅華國之具哉，故志之以風有位者。」

　　然而，蒲松齡對於八股文的讚美和肯定，又是從社會正統觀念和仕人正當出路的立場出發的，因為那陳腐的程式化的八股文，歸根結底不能不同他作為藝術家愛美好奇的本能相抵牾，不能不使蒲松齡厭惡，而且這厭惡隨著時間的推移和蒲松齡在功名上的落魄不偶，越來越強烈。

　　二十歲時的蒲松齡在〈郢中詩社序〉中聲明建立詩社的目的是「由此學問可以相長，躁志可以潛消，於文業亦非無補。」——顯露出不安分於八股文的端倪。

　　到「醒軒日課」時，蒲松齡二十五歲，對詩歌是「朝夕吟詠，雋語堪驚，半載之餘，大被雅稱」，而「日月逝矣」，「藝之構成者蓋寥寥焉」——簡直不務正業了。在功名心的驅使和朋友們的責難督促

下，他「訂一籍，日誦一文焉書之，閱一經焉書之，作一藝，仿一帖焉書之。每晨興而為之標目焉」（《聊齋文集・醒軒日課序》）。——只能靠消極的措施來維繫八股文的創作了。

蒲松齡中年之後，八股文顯然受到他更大的冷遇，全身心地投入到《聊齋志異》的創作中。儘管蒲松齡的好友孫蕙曾去信告誡他：「兄台絕頂聰明，稍一斂才攻苦，自是第一流人物，不知肯以鄙言作瑱否耶？」（轉引自路大荒《蒲松齡先生年譜》繫年康熙十一年壬子）。張歷友寄詩勸他「聊齋切莫競談空」，「談空誤入夷堅志，說鬼時參猛虎行。咫尺聊齋人不見，蹉跎老大負平生」（《昆侖山房詩稿》）。然而，他回答他們說，「耽情詩賦亦成魔」，——已經無法改變了。

如果蒲松齡從此與八股文絕緣，那當然是另外一回事，但是，蒲松齡既然熱衷於功名，他就必然勉為其難地在八股文上下功夫。而蒲松齡的悲劇則正是在於他天真地希望進取功名與追求藝術能夠在八股文上統一起來，自己藝術家的氣質和八股文的程式能夠協調起來。這一矛盾深深地反映到他關於八股文的創作論及其實踐上。

他想改造八股文，使它變得「靈快」起來。〈郢中詩社序〉反映他企圖用詩來影響八股文，而〈莊列選略小引〉又反映他希冀用莊子和列子的「奇文」使八股文改觀。他說：「千古奇文，至列止矣」。「要其文汪洋恣肆，誠是沾溉後學，時文家竊其唾餘，便覺改觀。」蒲松齡聲言他與弟子們正是這樣做的，只是「不敢出以示人而已」。蒲松齡的這一舉動的意義如果對照王漁洋在《池北偶談》中的記載就明確了。《池北偶談》中記述了這樣一件事：「予嘗見一布衣盛有詩名，其詩多有格格不達。以問汪鈍翁。編修云：『此君坐未嘗解為時文故耳。時文雖無與詩古文，然不解八股，即理路終不分明。」蒲松齡要用詩文的「汪洋恣肆」改造八股文，汪鈍翁卻要用八股文的「理路」來影響改造詩文，兩者的見解真是何啻天壤！蒲松齡想在八股文這具僵屍中注入活力，固然是徒勞無功，然而比起鈍翁企圖用八股文的臭氣來污染詩文，不是高明百倍而顯露出他藝術家的氣質和眼光嗎？

更為奇特的是，蒲松齡認為寫八股文之前必須排除一切雜念，不能存有狹隘的功利觀念。如果「有冀幸得之心，」八股文就會「落人下乘」（〈司文郎〉）。他在〈賈奉雉〉篇中用形象的故事揭示了功名之念與藝術追求的矛盾。他認為寫八股文不能單純迎合考官，追求考中，因為那樣，必然「闒冗氾濫」，以至於事後再讀，「一讀一汗，讀完重衣盡濕。」他在「異史氏曰」中更是舉陳大士的例子說：「世傳陳大士在闈中，書藝既成，吟誦數回，歎曰：『亦復誰人識得』。遂棄去更作。以故闈墨不及諸稿。」他不僅認為寫八股文要排除雜念，而且還認為要有癡的精神，要專注，要「懷之專一」。他說：「性癡則其志凝，故書癡者文必工，藝癡者技必良」（〈阿寶〉）。如果蒲松齡把這一切用來要求文藝創作，那當然是不錯的，正如他在〈《帝京景物選略》小引〉中揣測劉侗創作過程中的忘我境界時所正確指出的那樣：「昔子昂畫馬，身栩栩然馬，疑先生寫樹，身則梗葉；寫花則便須蕊，寫山若水，則又丘壑影細浪紋也」。但蒲松齡要求寫八股文的人也排除世俗之念，放棄追逐功名之心，卻顯得極天真，極不切實際，那不是像讓打獵的人在打獵瞄準時腦子裏不想著野獸一樣可笑嗎？

比較全面反映蒲松齡八股文創作論的是〈與諸弟侄書〉：

「蓋意乘間則巧，筆翻空則奇，局逆振則險，詞旁搜曲引則暢。雖古今名作如林，亦斷無攻堅摭實，硬鋪直寫而其文得佳者。故一題到手，必靜相其神理所止，由實勘到虛字，更由有字句處斟到無字句處。既入其中，復周索之上下四旁焉，而題無餘蘊矣。及其取於心而注於手也，務於他人所數十百言未盡者，予以數言了之，乃其幅窮墨止，反覺有數百言在其筆下。又於他人所數言可了者，予更以數十百言，排蕩曳而出之，及其幅窮墨止，反覺紙上不多一字。如是，又何慮文之不理明辭達，神氣完足哉！此則所謂避實擊虛之法也。」

這篇八股文講論如何從題目出發，「靜相神理」，「避實就虛」，「理明辭達」，「神氣完足」，從創作方法上講顯然拋棄了蒲松齡所一貫主張的詩文必須表達真情實感的正確原則。但是，蒲松齡在這裏

所講的是命題作文，他所談的「巧」、「奇」、「險」、「暢」，又從立意，構思，佈局，語言上比較全面地闡述了其美學趣味和主張，又同他在小說、詩歌、俚曲、散文中所追求的基本一致。

為什麼這麼說呢？我們以《聊齋志異》為例，也從立意，構思，佈局，語言上來說明。

先講立意。蒲松齡在這篇〈與諸弟侄書〉中主張「避實就虛」，即對所要說明的問題不要「攻堅摭實，硬鋪直寫」，而要善於抓住問題的本質，選取別人意想不到的角度，確切而巧妙地說明問題。

《聊齋志異》正是在這方面表現了嫻熟的技巧。從全書來講，蒲松齡是通過鬼狐花妖，幽冥幻域來表現孤憤的。作者攻擊封建統治的黑暗，往往用隱晦曲折的筆法表現，比如寫陰冥中司法官吏的貪贓枉法：「金光蓋地，因使閻羅殿上盡是陰霾；銅臭熏天，遂教枉死城中全無日月」，（〈席方平〉），完全是影射現實人間的不公正。諷刺官老爺喜歡別人奉迎的醜態，蒲松齡並不直接給他們勾勒臉譜，而是借夏天下雪這一自然現象借題發揮，用天神的話：「如今稱老爺者，皆增一大字，其以我神為小，消不得一大字」（〈夏雪〉）來旁敲側擊；作者攻擊科舉制度的腐敗，考中者文章質量的低劣，也並不直接去說那些試卷如何如何不好，而是通過盲和尚用鼻子嗅後，「向壁大嘔，下氣如雷」（〈司文郎〉）的揶揄來表達，通過藝術良心尚沒有泯滅的讀書人閱讀自己考中的試卷「羞愧」難當來表現，通過蟹、蛇、蝦蟆的文章竟然「擺解」讓讀者自己去判斷。即使說明生活中的抽象道理，蒲松齡也往往用輕鬆的寓言故事來闡明，比如他講美感「厭故而喜新」，「重難而輕易」，就是通過妻妾爭寵的故事來表現的（〈恆娘〉）；他論述知過必改，「亡羊補牢」的道理，就是讓一個人由於輕薄招來神譴，使眼睛失明，又由於深深自責得到神的寬恕，通過眼裏的小瞳人玩弄小把戲從而復明而表達的（〈瞳人語〉）；他警戒世人不要為外表的美所迷惑，又是通過書生被披著畫皮的妖怪吃掉來諄諄告誡的（〈畫皮〉），等等。這豈不是「意乘間則巧」的最好注腳嗎？

　　再說「筆翻空則奇」。這表現在《聊齋志異》中就是充滿奇瑰而新奇的想像。「人非化外，事或奇於斷髮之鄉；睫在眼前，怪有過於飛頭之國」（〈聊齋自志〉）。蒲松齡的想像力是太豐富了：寺院裏端妙莊嚴的壁畫，由於看的人想入非非，衍化出有趣的愛情故事（〈畫壁〉）；仙女剪的紙會變成活蹦亂跳的魚、熱氣騰騰的飯菜和溫暖舒適的棉衣（〈翩翩〉）；道士的衣袖會「中有天地，有日月，可以娶妻生子，而無摧科之苦，人事之煩」（〈鞏仙〉），簡單的外科手術可以使醜的人換頭變美麗，笨的人換心變聰明（〈陸判〉）；繫上鳥的翅膀，坐著彩色的飛船，人們可以遨遊空間，自由往還（〈竹青〉〈雷曹〉）。蒲松齡對於自己不襲窠臼的新穎構思非常得意，《聊齋志異》中有十幾處「異史氏曰」自贊自歎想像的奇特：「斷鶴續鳧，矯作者妄；移花接木，創始者奇」（〈陸判〉）；「翩翩、花城，殆仙者耶？餐葉衣雲，何其怪也」（〈翩翩〉）；「袖裏乾坤，古人之寓言耳，豈有之耶，抑何其奇也」（〈鞏仙〉）等等。

　　講到結構佈局，《聊齋志異》中的優秀篇章更是非常講究情節，講究故事的發展，有矛盾，有衝突，又曲折，有波瀾，引人入勝。比如〈葛巾〉中寫常大用和牡丹花仙幽會，波瀾迭出，曲折動人，正象但明倫讚揚的那樣：「純用迷離閃爍，夭矯變幻之筆」（《聊齋志異・葛巾》會校會注會評本）；〈西湖主〉寫陳弼教和龍女的結合也極盡騰挪跌宕之能事。陳弼教拾到公主的紅巾題詩後，他的命運一直令人擔憂，作者欲擒故縱，有意先與「汝死無所矣，此公主所常禦，塗鴉若此，何能為地！」造成懸念。後來一波未平，一波又起，讀者隨著故事的發展駭目驚心，等到「數人持繫，洶洶入戶」，似乎已經山窮水盡，卻又柳暗花明，一個婢女認出陳弼教是公主母親的大恩人。於是陳弼教因禍得福，同公主結為夫婦。但明倫評論此篇結構時說：「妙處尤在層層佈設疑陣，極力反振，至於再，至於三，然後落入正面。不肯使一直筆，時而逆流撐舟，愈推愈遠，時而蜻蜓點水，若即若離。處處為驚魂駭魄之文，卻筆筆作流風回雲之勢」（會校會評《聊齋志

異・西湖主》）這又豈不是「局逆振則險」的創作主張在小說中的表現嗎！

　　《聊齋志異》的語言是具有獨特風格的，它有古香古色、雕金繪碧的一面，又有灑脫活潑、詼諧風趣的一面。在《聊齋志異》裏，文雅的書面語和跳脫的口頭語言非常奇妙地融為一體。其中，我們不僅可以看到作者古文的功夫是多麼深厚，也可以看到宋、元、明以來，戲劇、小說、說唱文學對作者的深刻影響，更可以看到由於作者長期生活在勞動大眾中，熟悉農村，熟悉農民，熟悉他們的語言，並虛心向他們學習後語言上的富贍生動。〈仙人島〉篇寫一個所謂才子在仙人島上的尷尬遭遇，其中的對話和引語，有八股文、有詩詞、有古文、有燈謎，無論莊語、諧語，蒲松齡隨手拈來，毫不費力，而妙語橫生，詼諧奇詭。請看芳雲姊妹諷刺王勉的一段：

　　王即慨然誦近體一作，顧盼自雄。中兩句云：「一身剩有鬚眉在，小飲能令塊磊消。」鄰叟再三誦之，芳雲低告曰：「上句是孫行者離火雲洞，下句是豬八戒過子母河也。」一座撫掌。桓請其他。王述水鳥詩云：「潲頭鳴格磔，」忽忘下句，再一沉吟，芳雲向妹咕咕耳語，遂掩口而笑。綠雲告父曰：「渠為妹夫續下句矣，云『狗腚響硼巴』。」合席粲然。

　　這樣解頤的妙語，平日如果作者不是雜學旁收的，既認真地向正統的古文學習，又從非正統的戲劇小說中汲取營養，更虛心地向民間有生命力的新語言學習，怎麼可能寫出！應該說「旁搜曲引」，構成了蒲松齡語言風格的基本特徵之一，這無論在《聊齋志異》，還是在俚曲、詩詞、散文上都非常明顯地表現著。

　　對於蒲松齡作品的美學風格特徵，前人有過許多精闢的論述。王漁洋說：「聊齋文不斤斤宗法震川，而古折奧峭，又非擬王、李而得之，卓乎成家。」（〈題聊齋文集後〉），張元在〈柳泉蒲先生墓表〉中說：「其文章穎發苕豎，詭恢魁壘，用能絕去町畦，自成一家，而蘊結未盡，則又搜抉奇怪，著有志異一書」。余集認為蒲松齡「平生奇氣，無所渲洩，悉寄之於書」，《聊齋志異》「恍惚幻妄，光怪陸

離」（會校會注會評《聊齋志異》附各本序跋題辭）。馮鎮巒在評點《聊齋志異》時指出：「是書當以讀《左傳》之法讀之，《左傳》闊大，《聊齋》工細，其敘事變化，無法不備，其刻劃盡致，無妙不臻，工細亦闊大也」「是書當以讀《莊子》之法讀之。《莊子》惝恍，《聊齋》綿密，雖說鬼說狐，如華嚴樓閣，彈指即現。如未央宮闕，實地造成，綿密實惝恍也」。「是書當以讀《史記》之法讀之。《史記》氣盛，《聊齋》氣幽，從夜火篝燈入，從白日青天出，排山倒海，一筆數行，福地洞天，別開世界，亦幽亦盛。」（會校會注會評《聊齋志異》附各本序跋題辭）。俞樾在《春在堂隨筆》中更是明確地指出蒲松齡文章的風格，「其用意，其造句，均以纖巧取勝，猶之乎《志異》也」，《聊齋志異》文字「不失古豔，而後之仿《聊齋志異》者俗豔而已。」

可以看出，蒲松齡在〈諸弟侄書〉中所追求的巧、奇、險、暢同《聊齋志異》所表現出的美學風格，同前人對蒲松齡作品所進行的美學上的分析是完全一致的。

蒲松齡除了〈聊齋自志〉外，幾乎沒有給我們留下關於小說、詩歌、散文創作方面的具體論述。相對來說，有關八股文的創作，蒲松齡卻談了不少，這真是時代的悲劇。然而，因為蒲松齡是真正的文學藝術家，他對於八股文也懷有藝術家的熱情，也竭力想把藝術的生命注入其中，因此，蒲松齡關於八股文的創作論，就不同於愚腐秀才們的高頭講章，而具有頗高的美學理論上的價值。一般說來，他的八股文的創作論也反映了他有關文藝創作論的部分觀點。

但是，蒲松齡在八股文論中所表現出來的美學傾向對正統的八股文創作來說，卻具有很大的叛逆色彩，他所追求的巧、奇、險、暢的美學風格和趣味同八股文的僵化程式顯得格格不入。以「旁搜曲引則暢」為例，八股文是要代聖賢立言的，不僅內容上要遵守「四書」五經」，遵循朱注，而且語言上也要模仿古人語氣，不能參雜詩詞俚曲，否則就是「野狐禪」，就是「邪魔外道」。蒲松齡鼓吹語言要「旁搜曲引」，實際上就是主張不拘一格，從各種文體，各類文章，甚至包

括通俗文藝中廣泛吸取營養，豐富自己的表達力。〈郢中詩社序〉和〈莊列選略小引〉可以證明這一點。在〈莊列選略小引〉中，蒲松齡明明知道莊子和列子的文章「祖述揚老，仲尼之徒所不敢信。」但他還是執拗地要從莊列那裏吸取語言的寶藏，要「借揚老之糟粕，闡孔孟之神理。」這顯然是對八股文語言貧乏乾枯的不滿，是對八股文語言拘拘於「四書」五經」的一種曲折的抗議。中國有句古語：「皮之不存，毛將焉附」。思想內容和語言形式是密切相關的，語言形式反轉過來又會影響思想內容。蒲松齡在這裏固然只是對八股文語言的僵化死板提出了挑戰，然而，如果八股文真的「旁搜曲引」起來，那麼正統的獨尊的儒家僵化思想不是被釜底抽薪而無所依附了嗎？這種離經叛道的露骨主張，蒲松齡當然深明其危險性，他只能「與弟子輩閉門歡賞，而又不敢出以示人」（〈莊列選略小引〉）。

　　蒲松齡的八股文是什麼樣子呢？現在保存下來一些他的八股制藝，其中有他十九歲縣、府、道三第一補博士弟子員的首藝。試卷題目是〈蚤起〉，起講如下：

　　嘗觀富之中皆勞人也。君子逐逐於朝，小人逐逐於野，為富貴也。至於身不富貴，則又汲汲焉伺侯於富貴之門，而猶恐其相見之晚，若乃優遊晏起而漠無所事者，非放達之商人，則深閨之女子耳。

　　這篇八股文的思想並不是正統的儒家思想，而完全是司馬遷在《貨殖列傳》中所表達的思想，是被班固稱為「崇勢力而羞貧賤」，「是非頗繆於聖人」的思想。從語言風格上，這篇八股文與其說是時文，不如說更像古文，是用古文筆調寫的時文。應該指出的是，蒲松齡這篇八股文被列入前茅，選為第一，與主考施閏章大有關係。然而，正是由於施閏章的賞識，正是由於這次僥倖的成功，使得蒲松齡剛踏上科舉之途，就走在背離世俗和傳統的道路上。而這條道路從科舉的角度上看，卻正是註定要被黜之路，是悲劇的路。

　　《聊齋詞集》上載有蒲松齡描寫兩次科場被黜的詞，一首是〈大聖樂〉，序言明講「闈中越幅被黜」，詞中寫道：「得意疾書，回頭大錯，此況何如！」另一首是庚午年寫的〈醉太平〉詞。庚午年是康

熙二十九年，蒲松齡五十一歲。這應該是蒲松齡最後一次參加科舉的時間，因而帶有總結性質的。這次蒲松齡是為什麼被黜的呢？王敬鑄在《手抄聊齋志異》附注中認為，蒲松齡這次考試不中，是因為「二場抱病不獲終試」（轉引自路大荒《蒲柳泉先生年譜》）。路大荒先生在《蒲柳泉先生年譜》中沿用此說，不過講得比較謹慎，說：「時主司已擬元，二場因故被黜，主司惜之」。被黜原因，蒲松齡在〈醉太平〉詞及序文中寫得明明白白，他被黜不是因為生病，而是『回頭自笑檬騰，將孩兒倒繃』——還是由於違背了八股文的有關規則。

蒲松齡幾次三番地在考場上因違反八股文程式被黜，實在是極富諷刺性和引人注目的事情。蒲松齡孜孜吃吃寫八股文寫了大半輩子，卻連個舉人也沒考取，原因當然是複雜的，其中有考場黑暗，試官眼瞎，主考貪財等許多原因，但蒲松齡視八股文為文藝創作，堅持自己的美學理想和趣味也不能說不是造成這一悲劇的另一不可忽視的重要原因。

對此，蒲松齡並非沒有察覺，但他堅持自己的美學觀點，他決不為獵取功名，迎合時俗而出賣自己的藝術。他說：「生無逢世才，一拙心所安。我自有故步，無須羨邯鄲。世好新奇矜聚鵔，我惟古鈍仍峨冠。古道不應遂泯滅，自有知己與我同鹹酸。何況世態原無定，安能俯仰隨人為悲歡。」（〈拙叟行〉）又說：「西施顰眉黛，翩翩若驚鴻，寧不知其美，新態殊難工」（〈雜詩〉）。

他在《聊齋志異·賈奉雉》中塑造了一個保有藝術家良心的讀書人的形象。蒲松齡慨歎說「羞而遁去，此蓋有仙骨焉。」如果說〈葉生〉篇是蒲松齡半生淪落，渴望知己的自我寫照，那麼，〈賈奉雉〉篇就是蒲松齡在藝術與功名之間何去何從的痛苦的自我剖析。八股文無疑地是中國文化史上的污點，但它又是明清兩代的正統文學。它雖然是一朵不結果實的花，卻又生長在中國古典文學的土壤中，同中國古典文學的其他藝術形式有著血緣關係。因此，它是不能不反轉過來影響於明清兩代的詩歌、散文，乃至戲劇、小說，對於熱衷於功名，奉八股文為正統文學的蒲松齡的作品來說更是這樣。

　　盛偉編輯的《蒲松齡全集》收錄有蒲松齡的八股文，如果加上收錄的所謂「擬表」、「擬判」等，再加上其應酬之作，幾乎占了整個《蒲松齡全集》中詩文部分的五分之四。寫這些無聊文字占去蒲松齡多少寶貴時間是無法估量的，它們反映了蒲松齡思想中極其庸俗腐朽的一面，與我們在《聊齋志異》和《聊齋俚曲》乃至詩文中所看到的文學藝術家的蒲松齡幾乎判若二人，彷彿寫作它們時蒲松齡戴著令人作嘔的假面具。比如在《聊齋志異》篇，蒲松齡為被官府鹽商侮蔑迫害的小鹽販鳴不平，他大聲疾呼：「私鹽者，上漏國稅，下蠹生民者也。若世之暴官奸商所指為私鹽者，皆天下之良民。貧人揭錙銖之本，求升斗之息，何為私哉！」表現了同情人民，為民請命的進步思想。然而，他在寫《鹽法・擬判》中，卻完全是封建統治階級遵命應制文字的氣息：「今等敢為下而抗上，竟背公以營私，守禦有官，暗吸滄州之水，舟車無引，偷飛綠海之霜，使憂國之子贍，聞韶徒詠；將立榷之劉晏，仰屋而空憂。既害國而蠹民，合擬徒而議杖！」（《聊齋文集・擬判》）儼然又是封建法律的代言人和執行者。

　　從藝術表現上看，八股文的格調和氣息也浸潤滲透於《聊齋志異》中，拿「異史氏曰」來說，其中有不少是用八股文的筆法寫的，只不過不成篇幅而已。像著名的〈葉生〉篇「異史氏曰」就頗具代表性。即便在《聊齋志異》正文中，在那些說理性的對話裏，蒲松齡有時候也自覺不自覺地使出八股文的家數。比如〈長亭〉中石太璞因為長亭又要回娘家省親，鑑於以往的教訓，對她說：「兒生而無母，未便殤折；我日日鰥居，習已成慣。今不似趙公子而反德報之，所以為卿者盡矣。如其不還，在卿為負義，道里雖近，當亦不復過問，何不信之與有！」說得曲折委婉，透闢綿密，馮鎮巒評論此段時說：「著議處筆鋒最犀利，銳而善入，後生解此以從一事於八股間，『四書』無難題矣。」這是八股文在說理周密細緻上對《聊齋志異》影響好的一面。用八股文筆法來寫對話也有不倫不類，極愚腐可笑的例子。〈珊瑚〉篇中于媼和沈婆的對話裏因有生動活潑的口語，活畫出老太婆的聲口，曾被人當作《聊齋志異》使用口語的典範來舉例。然而對話中也

冒出過「媼曰：『當怨者不怨，則德焉者可去；當去者不去，則撫焉者可知。向之所饋遺奉事者，固非予婦也，爾婦也』的八股腔調。馮鎮巒評此話時說：「都用句法。」句法確實奇特，但出自於老太婆的口中，卻與人物身分不大相合。這又是八股文筆法對《聊齋志異》消極影響的一例。至於蒲松齡在〈與諸弟侄書〉中以題目為中心，講求奇、巧、險、暢，所顯示出形式主義和唯美主義，給他的散文乃至《聊齋志異》帶來的消極影響就更大了。比如《聊齋志異》中的〈黃九郎〉、〈犬奸〉、〈伏狐〉，一味追求故事的新穎奇趣而流於魔道；〈珠兒〉、〈巧娘〉、〈金生色〉、〈蕭七〉、〈荷花三娘子〉」單純講究情節的曲折怪異，格調不高，都與這影響有關。

　　王國維在《人間詞話》中說：「社會上之習慣，殺許多之善人；文學上之習慣，殺許多之天才。」在那個八股文毒化彌漫的社會裏，即使象蒲松齡那樣的天才，即便像《聊齋志異》那樣偉大的作品，想徹底擺脫八股文氣息的侵蝕都是多麼不容易啊！

　　蒲松齡美學思想上的矛盾遠不止此，而且這些矛盾同他的政抬思想、社會思想、哲學思想上的矛盾交織糾纏在一起。比如，我們曾經談到蒲松齡的審美理想是真，他欣慕追求的是爛漫天真的童心，然而與蒲松齡對科舉和功名的追求相聯繫，他又有渴慕富貴的極世俗的思想。他羨慕歷史上的郭子儀，認為那是富祿壽考的樣板。這不僅在早年回答孫蕙「可仿古時何人」的詩中提到，在《聊齋志異》中提到，在他晚年所做的俚曲〈富貴神仙〉中更是幾次三番地提到郭汾陽「朝朝歌舞朝朝樂，夜夜元宵夜夜年。三杯酒吃得醺醺醉，美人扶到牙床邊」的生活。蒲松齡做夢也都嚮往著富貴，他有一首詠風箏的〈鼓笛慢〉詞把這種熱望刻畫得極其逼真：「我從人寰憑空翹首，將心情質問：『不識青雲路，去塵寰幾多尋丈？得何時化作風鳶去呵，看天邊怎樣。」在這種思想指導下，《聊齋志異》中的主人公一般在故事的結尾都中高官發大財，子孫滿堂，壽星高照，有時與作品的基調顯得極不調合，而這，顯然同它的審美理想庸俗的一面有著密切關係。

　　再比如，蒲松齡是主張文學要抒發孤憤的，《聊齋志異》嘻笑怒罵的大膽和諷刺力量的鋒芒逼人確實也給人留下了深刻印象。但蒲松齡又有謹守封建思想，循規蹈矩於正統觀念的一面。他在〈擬士習表〉中說：「恐學術未規於正，則名教堪憂，苟士習弗底於醇，則世風可慮。」完全是一幅唯恭唯謹的道學先生的面孔。他甚至在文學理論上堅決反對諷刺，他聲言：「市井之詞，固涉惡道；尖巧之語，亦屬輕薄」（《聊齋文集》卷十〈為人要則〉）。「輕薄減其祿藉，理固宜然。」（《聊齋志異·仙人島》。「輕薄之詞，多出於士類，此君子所悼惜也。余嘗冒不韙之名，言冤則已迂；然未嘗不刻苦自勵，以勉附君子之林，而福禍之說不與焉」《聊齋志異·辛十四娘》）。《聊齋志異》實際上本身就是一部在理論上反對諷刺，而實踐上又實行著大膽諷刺的矛盾之作。

　　蒲松齡的一生充滿了矛盾，他的思想和作品也充滿了矛盾。一方面，他是一個才華橫溢，充滿浪漫氣息的文學藝術家；一方面，他又是古板陳腐的八股文的擁戴者。一方面，他在自己的生活和作品中，追求不被世俗污染的童心，表現了封建社會正直的知識份子的清高和狷介。一方面，他又汲汲於功名利祿而難以免俗。蒲松齡的美學思想中既有衝擊封建意識形態，嚮往光明，憧憬理想的戰鬥的一面，從而有著強烈的民主性和人民性，又有恭順並習染著封建社會最腐朽沒落的美學見解的一面，從而具有很多落後甚至反動的殘渣糟粕。可以說，深刻的矛盾性，正是蒲松齡及其作品的一大特點。

　　恩格斯在評論德國作家歌德時說，歌德在自己的詩歌領域中不愧為奧林帕斯山上的宙斯，然而，他又像當時的黑格爾一樣，沒有完全脫去庸人的氣味，「拖著一根庸人的辮子」（《路德維希，費爾巴哈與德國古典哲學的終結》）。列寧在評論俄國作家列夫·托爾斯泰時更是尖銳地指出：「托爾斯泰的作品、觀點、學說、學派中的矛盾的確是顯著的。一方面，是一個天才的藝術家，不僅創作了無與倫比的俄國生活的圖畫，而且創作了世界文學中第一流的作品；另一方面，是一個發狂地篤信基督的地主。一方面，他對社會上的撒謊和虛偽作

了非常有力的，真率的，真誠的抗議；另一方面，是一個『托爾斯泰主義者』，即是一個頹唐的，歇斯底里的可憐蟲……」（《列夫‧托爾斯泰是俄國革命的鏡子》）。但是，恩格斯和列寧也同時指出，這些作家觀點上的矛盾，不僅是他個人思想的矛盾，而且是一些極其複雜的矛盾條件、社會影響和歷史傳統的反映（列寧《列夫‧托爾斯泰》）。也就是說，這些作家思想和作品中的矛盾是由社會的，歷史的，階級的諸因素造成的。恩格斯和列寧對於舊時代作家思想和作品中矛盾的分析是具有指導意義的。我們對於蒲松齡思想和作品中出現的深刻矛盾，也應該這麼看。蒲松齡美學思想上的矛盾，也是明清之際一些極其複雜的矛盾條件、社會影響和歷史的傳統的反映，也是不應該單獨苛求於他的。

　　1678 年，蒲松齡同安邱李文貽泛大明湖時寫了二首七律。後一首有兩句是「鬼狐事業屬他輩，屈宋文章自我曹」（〈同安邱李文貽泛大明湖〉）。這兩句詩表達了作者當時的孤憤心情，但誰料到竟又像詩讖一樣預言並概括了蒲松齡的一生！蒲松齡對於科舉和八股文曾「焚膏油以繼晷，恒兀兀以窮年」，但直到七十一歲才得到了彷彿體育競賽中的安慰獎一樣，當上了歲貢生。這對於天才的蒲松齡來講真是大不幸，是一場大悲劇。然而從另一方面來講，這又是何等的幸事！正是由於封建統治階級擯斥了蒲松齡，使他在窮愁潦倒中接近了人民，深入了生活，進步的人民的思想因素逐漸壓倒了腐朽沒落的因素，並處於主導地位，才使他不僅在中國文學史上給我們留下了光彩奪目的浪漫主義的偉大作品《聊齋志異》，而且在中國美學思想史上也給我們留下了豐富而寶貴的遺產。

下　篇

《聊齋志異》的
內容與藝術

第九章 《聊齋志異》的思想內容

　　說到《聊齋志異》的內容，那真是豐富極了，複雜極了。這不僅是由於作者的多種創作動機，也不僅由於他的題材來源方面廣，範圍大，民間性強，而且跟蒲松齡的世界觀的複雜性也有著密切的關係。

　　由於蒲松齡自身的遭遇，由於他接受了明末浪漫主義文學的影響，他在抨擊科舉制度的不公正方面，在抨擊封建吏治的黑暗和社會道德的淪喪方面，在塑造熱烈追求光明和愛情的青年男女形象方面，可以說，不愧為是一個偉大的小說家。但另一方面，蒲松齡又是一個封建時代的文人，從小接受的是濃厚的儒家思想教育。他的哲學思想基本上是陸王一派的主觀唯心主義並雜以佛道迷信觀念。他的社會道德觀也沒有完全跳出程朱理學的陳腐爛套。更由於蒲松齡長期作私塾先生，囿於偏僻閉塞的山區環境，使他缺乏更廣闊地鳥瞰社會的機會，也缺乏接觸新思想的條件。因此，他在作品中攻擊舊的腐敗的社會現象，謳歌新的理想人物時，更多地是從自身的直觀的感性的立場和形象邏輯出發，有時新的思想火花同舊的道德說教奇怪地摻合在一起，更有少數作品或者立場陳舊，或者描寫庸俗，散發出一種保守愚腐的氣息。

　　恩格斯評論歌德時，說他「有時非常偉大，有時極為渺小；有時是叛逆的，愛嘲笑的，鄙視世界的天才，有時則是謹小慎微，事事知足，胸襟狹隘的庸人」（恩格斯《詩歌和散文中的德國社會主義》）。列寧評論托爾斯泰時說，「托爾斯泰作品的矛盾是顯著的。一方面是一個天才的藝術家」，「創作了世界文學中第一流的作品」，「另一方面，鼓吹世界上最討厭的東西之一，即宗教」（列寧《列夫・托爾斯泰是俄國革命的鏡子》）。假如我們把這些話轉引來批評蒲松齡及其《聊齋志異》也是十分合適的。

　　《聊齋志異》現存作品四百九十一篇，為了介紹的方便，我們分四大部分加以說明。

一、對科舉制度的血淚控訴

　　從篇目上看，這部分作品只有十幾篇左右，數量並不很多。但這些篇章大都凝聚著作者濃厚的情感，並與作者的經歷有著密切的聯繫，熔鑄著作者的自我形象，甚至是自我抒情。因此，這些篇章在《聊齋志異》中佔有特殊地位。

　　自隋唐以來建立的科舉制度，在歷史上曾經是中小地主侵奪世家貴族世襲權力的武器，曾經是生氣勃勃的東西，為鞏固封建制度起過一定作用。但隨著封建社會的沒落，科舉制度也日益腐朽，日益成為阻礙思想文化進步，毒害知識份子，腐蝕社會風氣的癰疽。明清時代不少有識之士對它提出了嚴厲批評，這種批評在明末清初達到了系統的、帶有總結性質的批判。比如顧炎武在《日知錄》中就指出：

　　「若今之所謂時文，既非經傳，複非子史，輾轉相承，皆杜撰無根之語。以是，科名所得十人之中，其八九皆白徒。而一舉於鄉，即以營求關說為治生之計，於是在州里則無人非勢豪，適四方則無地非遊客。」

　　蒲松齡從自己切身的體會和經歷中，在一定程度上認識到科舉制度的弊端，並對此進行了批判。這一批判主要集中在科舉制度的不公正，即「陋劣倖進，英雄失志」的現象上。

　　有時，作者攻擊的筆法是極幽默冷雋的：

　　〈三仙〉篇寫一個讀書人去應考，夜間在山裏碰上三個自稱秀才的人，他們向讀書人提議：「今場期伊近，不可虛此良夜」。於是出了四個八股題來抓闥作文。「二更未盡，皆已脫稿，迭相傳視。」第二天，當讀書人進場考試，題目恰恰與這些人所擬的一樣。於是讀書

人把他們做過的文章照抄一篇，竟然考中了舉人。這三個出題目寫文章的是什麼人呢？後來才發現，原來是癩蛤蟆、螃蟹、蛇！

〈賈奉雉〉篇的賈奉雉本來「才名冠一時」，但總也考不取。有一次，他碰上一個仙人。仙人告訴他考不取的原因是因為他寫的文章太好了。假如想考取的話，必須向「賈所鄙棄而不屑道」的文章學習。賈奉雉不信，也不屑於那麼做，於是這年考試又落了榜。在下一次考試臨近的時候，賈奉雉想起仙人的話，於是開了個玩笑，把自己平生最糟糕的文章中最惡劣的段落「連綴成文」拿給仙人看。不料，那個仙人看後告訴他，假如這樣寫，準可以考中。賈奉雉實話告訴仙人，剛才那是窮開心，這樣狗屁不通的文章就是拿鞭子打自己也記不住。仙人說不妨，給了他一道符貼在背上。到了考場，賈奉雉心不由己，別的什麼想不起來，只能把這「大非本懷」的文章寫在紙上。但「榜發，竟中經魁」，應了仙人的預言。而當賈奉雉重讀自己考中的文章時，「一讀一汗，重衣盡濕」，覺得「此文一出，何以見天下士乎！」立即披髮入山學道去了。

最典型的是〈司文郎〉，寫一個叫王平子的讀書人，對八股文「沉深於此道」。有一次，他與傲氣十足的余杭生同去參加考試，發榜前他們把試文交給一個瞎眼和尚預先評判，因為這個瞎眼和尚「奇人也，最能知文」：

僧笑曰：「是誰多口？無目何以論文？」王請以耳代目。僧曰：「三作兩千餘言，誰耐久聽！不如焚之，我視以鼻可也。」王從之。每焚一作，僧嗅而頷之曰：「君初法大家，雖未逼真，亦近似矣。我適受之以脾。」問：「可中否？」曰：「亦中得」。余杭生未深信，先以古大家文燒試之。僧再嗅曰：「妙哉！此文我心受之矣。非歸、胡何解辨此！」生大駭，始焚己作。僧曰：「適領一藝，未窺全豹，何忽另易一人來耶？」生託言朋友之作，止彼一首，此乃小生作也。僧嗅其餘灰，咳逆數聲，曰：「勿再投矣，格格而不能下，強受之以鬲，再焚，則作惡矣。」

這個瞎眼和尚就這樣用鼻子品評了王平子和余杭生文章的優劣。但發榜的結果，與瞎眼和尚的評判正相反：「王下第」，余杭生「竟領薦」。

在另外的一些篇章中，作者則飽含熱淚，揭示了科舉制度給讀書人帶來的悲劇：〈王子安〉篇中的王子安由於盼望中式而神經錯亂，受到狐狸的戲弄；〈楊大洪〉寫一個讀書人在吃飯時聽到榜上無名，於是「嗒然自喪，咽食入鬲，遂成病塊，噎阻甚苦」；〈素秋〉篇中的俞士忱「一擊不中，冥然遂死」。最慘痛的要數〈葉生〉中的葉生了。他「文章詞賦，冠絕當時，而所遇不偶，困於名場」。後來，他受到了縣令丁乘鶴的欣賞和獎掖。但在鄉試中，「依然鎩羽」，終於病倒死去。可葉生不知自己已死，為了感謝丁乘鶴的知遇之恩，他的魂魄追隨丁乘鶴而去。他教育並幫助丁乘鶴的兒子連中三元，考上了進士。當丁乘鶴勸葉生參加考試時，他沉痛地說：「是殆有命，借福澤為文章吐氣，使天下人知半生淪落非戰之罪，願亦足矣。」後來，葉生終於在丁乘鶴父子的幫助下考中了舉人。然而，當他衣錦還鄉，回到家裏，妻子卻嚇得要命，因為他是已經死去很久的人。

對於科場上這種極不公正，令人極其悲憤的現象產生的原因，蒲松齡也做過思考。他指出，那是因為考官一半是瞎眼的師曠，一半是受錢的和嶠造成的。

關於考官「眼瞎」，蒲松齡分析說：「得志諸公，目不睹墳典，不過少年持敲門磚，獵取功名。門既開，則棄去；再司簿數十餘年，即文學士，胸中尚有字耶？」而且，這種「眼瞎」還惡性循環。考官「眼瞎」，錄取的考生自然也陋劣，於是一代一代相傳。〈司文郎〉中的余杭生由於文章受到瞎眼和尚的奚落，考中後來找和尚算賬：

僧曰：「我所論者文耳，不謀與君論命。君試尋諸試官之文，各取一首焚之，我便知孰為爾師。」生與王並搜之，止得八九人。生曰：「如有所錯，以何為罰？」僧憤曰：「剜我盲瞳去！」生焚之，每一首，都言非是，至第六篇，忽向壁大嘔，下氣如雷。眾皆粲然。僧拭目向生曰：「此真汝師也！初不知而驟嗅之，刺於鼻，棘於腹，膀胱

所不能容，直自下部出矣！」生大怒，去，曰：「明日自見，勿悔，勿悔！」越二日，竟不至，視之，已移去矣，乃知即某門生也。

那麼，為什麼考官都成了有錢癖的和嶠呢？蒲松齡說：「怨不得大宗大稱也麼稱，他下的本錢也不輕。好營生，至少也弄個本利平。既然做生意，只望交易成，下上本，誰不望利錢重！」（〈禳妒咒〉）。《聊齋志異》有許多篇章揭露考官和學師貪污納賄。象〈素秋〉篇寫一個壞蛋想買素秋為妾，就「託媒風示公子，請為買鄉場關節」。〈阿寶〉中的少年們糊弄孫子楚，就「共擬隱僻之題七，引生僻處與語，言：『此某家關節，敬秘相授』」。〈神女〉篇則說：「今日學使署中，非白手而可出入者」，「今日學使之門如市」。〈辛十四娘〉篇中的楚銀台公子，靠著父親的勢力在考試中得了第一名，生日宴上得意忘形地炫耀，馮生當場給他下不來台：「君到於今，尚以為文章至是耶？」

現在的讀者也許覺得奇怪，既然在科舉中，考試並沒有憑准，並不靠真本領，而是靠運氣，靠錢和勢，那麼對於廣大窮苦的知識份子來說，科舉考試就是一場無希望的殘酷遊戲，這道理並不需要什麼深奧的理解力便能領會。那麼為什麼當時的讀書人還前赴後繼，死不改悔呢？

原因說起來也很簡單，因為在那個時代，只有通過科舉，知識份子才能出人頭地。儘管「朝為田舍郎，暮登天子堂」的只是幾個幸運兒，但那畢竟很富於吸引力。正像彩票樣，雖然萬無一中，但人們還是抱著僥倖的心理趨之若鶩，更何況在當時條件下，這是統治階級給知識份子規定的唯一出路呢！蒲松齡高明的地方就在於他真實地，毫不誇張矯飾地通過自己的切身體會和細緻觀察，把當時讀書人在科舉制度下喪失了人格，欲進不能，欲罷不忍的痛苦心理揭示出來。請看〈王子安〉篇的異史氏曰：

秀才入闈有七似焉：初入時，白足提籃，似丐。唱名時，官呵隸罵似囚。其歸號舍也，孔孔伸頭，房房露腳，似秋末之冷蜂。其出場也，神情恍恍，天地異色，似出籠之病鳥。迨望報也，草木皆驚，夢

想亦幻。時作一得志想，則頃刻而樓閣俱成。作一失志想，則瞬息而
骸骨已朽。此際行坐難安，則似被絷之猱。忽然而飛騎傳入，報條無
我，此時神色猝變，嗒然若死，則似餌毒之蠅，弄之亦不覺也。初失
志，心灰意冷，大罵司衡無目，筆墨無靈，勢必舉案頭物而盡炬之。
炬之不已，而碎踏之。踏之不已，而投之濁流。從此披髮入山，面向
石壁，再有以且夫，嘗謂之文進我者，定當操戈逐之。無何，日漸遠，
氣漸平，技又漸癢，遂似破卵之鳩，只得銜木營巢，從新另抱矣。如
此情況，當局者痛苦欲死，而自旁觀者視之，其可笑孰甚焉。

　　恩格斯在談到巴爾扎克的《人間喜劇》時說，巴爾扎克的《人間
喜劇》給他提供的法國社會的經濟細節比當時所有的歷史學家、統計
學家更多、更具體。我們也可以這樣說，蒲松齡的《聊齋志異》給我
們提供的科舉方面的材料，同樣比那個時代所有的歷史學家所提供的
要真實、細緻得多！《聊齋志異》反映科舉方面的篇章其價值和意義，
主要也正是表觀在這裏。

　　那麼蒲松齡是否反對科舉制度呢？從目前掌握的有關資料來看，
他一直到去世，也並沒有從慘痛的教訓中向前跨進一步——做出否定
科舉制度的結論。統觀蒲松齡一生，他既是一個科舉制度的受害者，
也是一個科舉迷。他象一個吸食鴉片的患者，並非不深明其毒，然而
上了癮便難於戒掉。他在〈王子安〉篇的「異史氏曰」中講秀才的七
似，講「當局者痛苦欲死」，難以擺脫科舉的牢籠和誘惑，實在是他
自己痛苦心理的自白。蒲松齡不僅不反對科舉制度，相反，他還是科
舉制度的擁護者。比如《聊齋志異》的第一篇就是〈考城隍〉，作者
認為科舉不僅適用於人間，也適用於一切可以想像的世界。他在〈新
鄭訟〉中公然為八股文辯護，他舉進士石宗玉判案精明為例：「石公
為諸生時，恂恂雅飭，意其人翰苑則優，簿書則詘。乃一行作吏，神
君之名，噪於河朔。誰謂文章無經濟哉！」說到底，蒲松齡反對的僅
是當時科舉的不公正，使他這樣有才華的知識份子難以躋身青雲罷了。

　　蒲松齡對於如何解決科舉中的弊端有時想得很天真。他認為問題
的關鍵是把握住考官和考場。對考官，他認為需要不斷地進行考核，

「能文者以納簾內，不通者不得與焉，」以免「文運所以顛倒」（〈司文郎〉）。對考場，他認為要經常嚴肅考場紀律，防止營私舞弊，要定期派遣象張飛那樣鐵面無私的督查大員去巡迴檢查。

由於蒲松齡信仰佛教，他也經常用宿命的觀點來解釋讀書人在考場中的不幸。他認為〈司文郎〉中的王平子考不中是因為前生「誤殺一婢，削去祿籍」。〈于去惡〉中的陶生雖然以後會考中，但註定的艱難必須經受——因為這是上天的規定。如果我們把蒲松齡的這些觀點與和他同時代的顧炎武對科舉制度的看法相比較，便可看出蒲松齡的認識實在是很淺薄的。

當然，小說同政治論文畢竟是兩回事，作家所描敘的人物和事件其客觀形象和意義之豐富深刻，往往遠遠超過作家的本意。就《聊齋志異》真實地揭露了科舉制度之虛偽和弊端而言，就其真實地描繪了科舉制度下讀書人的悲慘命運而言，成就是相當可觀的。在這方面，它是《儒林外史》的先驅，從此之後，集中反映科舉制度下讀書人的生活才成為小說中的一個專門題材。

二、真摯愛情的熱烈頌歌

描寫愛情的篇章，是《聊齋志異》中篇幅最多，寫得最精彩的部分。這一部分題材豐富，想像奇瑰，除了人與人的愛情婚姻故事，還有人與神、人與鬼、人與動植物的戀愛故事。在這個美麗的幻想世界裏，蒲松齡表達了他對愛情婚姻乃至人生的理念。

他認為婚姻的結合應該是以愛情為基礎的。《聊齋志異》寫了許多青年男女由自由相愛而結合的故事。〈菱角〉寫胡大成在觀音閣碰見畫家的女兒菱角發生了愛情。他直接問菱角：「有婿家無」，「我為若婿好否」？於是菱角「眉目澄澄，上下睨成，意似欣屬焉。」胡大成離開觀音閣，菱角遠遠地呼喊說：「崔爾誠，吾父所善，用為媒，無不諧。」

　　〈阿繡〉篇中的劉子固愛上了賣雜貨的少女阿繡，「蹈隙輒往，於是日熟。」發生愛情後，起初劉子固的母親不同意這門親事，在劉子固的不懈努力下終於應允了。

　　假如用現代的眼光來觀照這些愛情的發生，那簡直是太平凡，太司空見慣了。但是任何事情都要放在發生它的那個時代去衡量。在那個男女授受不親的年代，蒲松齡用這樣熱情的讚賞的態度來描寫少男少女的愛情發生，是極其難能可貴的。

　　《聊齋志異》中的男女相愛又往往是基於共同的愛好：〈晚霞〉中的阿端和晚霞都是龍宮中的舞蹈演員，他們由於跳舞而相互認識，又由於各自的舞技高超而互生愛慕。〈宦娘〉中的溫如春和良工都是音樂愛好者，他們在同樣喜愛音樂的女鬼宦娘的幫助下結成了夫婦。〈白秋練〉中的慕蟾宮和白秋練都是詩歌朗誦的愛好者，〈小謝〉篇更是寫出了男女雙方經過自由接觸後逐步產生了愛情的故事。

　　尤其可貴的是，蒲松齡認為愛情應該建立在情感、性格、愛好一致的基礎上，不能以貌取人，更不能把婚姻建立在錢財、權勢和其他世俗的考慮上。

　　在〈嘉平公子〉中，蒲松齡寫了這麼一個笑話：一個美麗多情而又有才華的女鬼，遇見「風儀秀美」的嘉平某公子，便愛上了他。誰知道這個公子外表長得漂亮而肚裏空空。這使女鬼很失望。一次，嘉平公子給僕人寫了一張紙條，錯字連篇，把「椒」字寫成「菽」，把「姜」字寫成「江」，把「可恨」寫成「可浪」。女鬼一看，氣憤地說：「有婿如此，不如為娼」。「妾初以公子世家文人，故蒙羞自薦。不圖虛有其表！以貌取人，毋乃為天下笑乎！」本來嘉平公子的家裏因為公子被女鬼糾纏，曾多次請來道士念咒驅趕，不見效果。這次卻不用趕，女鬼自己走了。蒲松齡幽默地說，寫錯別字驅鬼比符咒還靈。

　　〈呂無病〉寫一個叫呂無病的女鬼，孤苦貧窮，相貌又「微黑而多麻」，但性格溫柔善良，勤快能幹。男主人公孫麒惑於世俗的見解，認為不般配，始終沒有娶她為正妻。後來，他貪圖孫天官的女兒長得漂亮又有錢財和勢力，便娶了孫天官女為妻。不料這個孫天官女雖然

美貌，卻驕橫悍妒，心如蛇蠍。她不僅虐待迫害呂無病，還迫害虐待孫麟前妻的孩子，逼走了孫麟。蒲松齡在這個故事中告訴人們，相貌是並不可靠的，「心之所好，原不在妍媸」。內心的美好遠比外形的醜俊重要得多，在兩者不可兼得的情況下，應該堅決地捨棄徒有其貌的外在美而追求內在的心靈美。蒲松齡熱烈謳歌了在愛情中不以醜俊改變初衷的戀人，歌頌了這種超乎形骸的愛情，這些篇章有〈瑞雲〉、〈辛十四娘〉、〈喬女〉等。〈瑞雲〉中的余杭賀生和杭州名妓瑞雲一見傾心，互相愛慕。但由於賀生沒有錢，倆人無法結合。後來瑞雲被仙人施了法術，由美若天仙的女子變成一個醜陋無比的黑婦人。當賀生和她再次見面，她已是「蓬首廚下，醜狀類鬼」的婢女了。但賀生依然癡情地愛著她，立即「貨田傾裝，買之而歸」。瑞雲因為自己醜陋不堪，不敢以夫妻的名分自居。賀生對她說：「人生所重者知己，卿盛時猶能知我，我豈能以衰故忘卿哉！」

作者高度讚揚了賀生這種忠於愛情的高貴品質，他借仙人和生之口說：「天下惟真才人為能多情，不以妍媸易念也。」

以「妍媸易念」，這在人類的愛情生活中造成的悲劇真是千千萬萬。在蒲松齡生活的那個封建時代，更是把女子「以色事人」，男子以色擇偶，色衰則愛弛，視為當然。在這裏，蒲松齡提出了在愛情上不能以醜俊擇人，不能「以妍媸易念」，就包含有對女子人格的尊重，並體現出在愛情關係上新思想的萌芽。

在封建社會裏，有情人不能成為眷屬，在很大程度上是由於貧富懸殊，門戶不當，乃至由於父母不同意造成的。《聊齋志異》中的青年男女也遇到了這個問題，但他（她）們總是同這一偏見進行了殊死的鬥爭。

〈連城〉中的連城愛上了喬生，儘管父親嫌棄喬生貧困，然而她卻「逢人輒稱道」，毫不掩飾自己的情感。又「遣媼矯父命，贈金以助燈火」。當父親強迫她嫁給鹽商之子，她進行了堅決抵制，最後以死殉情。死後她的鬼魂向喬生表示：「不能許君今生，願矢來世。」後來，當她有了再生的機會，她考慮到婚姻仍有可能不如願，便大膽

地「先以鬼報」。主動地與喬生結合。還魂後的連城對父親堅決地表示：「如有變動，但仍一死。」

同樣，〈連城〉中的喬生，也癡情地愛著連城。他聽說連城的病需要男子胸口上的肉來當藥引子，立即「聞而往，自出白刃，割膺授僧，血濡袍褲。」連城病死，他「往臨吊，一痛而絕」。來到陰間，他的朋友放他還魂，重返人世，他堅決地回絕，說：「有事君自去，僕樂死不願生矣。但煩稽連城託生何里，行與俱去耳。」——愛情達到了生死不渝的地步。後來，兩人經過磨難，終於成為眷屬。

〈阿寶〉中的窮書生孫子楚愛上了阿寶，聽別人說阿寶不喜歡他有六個手指頭，便毅然決然拿起斧子砍掉多餘的手指，雖然「大痛徹心，血益注，濱死」，卻覺得為愛人做了一件事而感到高興。後來，他見到了日夜思念的阿寶，便目注神馳，魂靈真地追隨阿寶而去。他返魂後繼續日夜懸想，終於第二次離魂，變成一隻鸚鵡飛去，依偎在情人身旁。他並不因為變成了鳥而難過，說：「得近芳澤，於願足矣。」阿寶這個富家的少女為孫子楚真摯的情感所感動，堅決地對父母說：「兒既諾之，處蓬茆而甘，藜藿不怨也。」

在這些故事中，男女主人公為爭取愛情和婚姻的勝利，可以死，可以生，可以死而復生，可以生而復死，甚至變成異類，而一片深情，終不動搖。一切艱難險阻，世俗的偏見，在他們堅貞不渝的鬥爭下，終於宣告失敗，只是變成必經的磨難而已。

明代浪漫主義文學的代表，戲劇家湯顯祖在《牡丹亭‧題記》中說：「情不知所起，一往而深。生者可以死，死可以生。生而不可與死，死而不可復生者，皆非情之至也。」又說：「第云理之所必無，安知情之所必有耶！」就蒲松齡在《聊齋志異》中所歌頌的男女情感的超人力量來說，就他描寫的主人公為情而死，又為情而生的奇異情節來說，《聊齋志異》實在是繼承了明末浪漫主義運動所鼓吹的「唯情主義」的餘緒，是深受他們影響的。

與蒲松齡同時的王漁洋在〈連城〉篇後的題記中說：「雅是情種，不意牡丹亭後，復有此人。」嘉慶年間的馮鎮巒甚至認為「牡丹亭麗

娘復生，柳生未死也，此固勝之。」他們都不約而同地看到了《聊齋志異》同明末浪漫主義運動的聯繫。

但是，蒲松齡的《聊齋志異》在這方面又有著自己的創造性。那就是他把這種真摯的情感力量普及到世界萬物的身上，移到了他所能想到的一切生物的身上。

在《聊齋志異》中不僅人具有深摯的情感，鬼、神、狐狸、花妖、精魅也都具有這種深摯的情感，而且在他們身上表現得更具有理想性。蒲松齡同明末的浪漫主義作家相比，給我們展現了一個更奇瑰，更浪漫，更豐富多彩的精神世界。

他寫人與鬼的戀愛，像〈聶小倩〉、〈巧娘〉、〈林四娘〉、〈魯公女〉、〈連瑣〉、〈公孫九娘〉、〈梅女〉、〈章阿端〉、〈湘裙〉、〈伍秋月〉、〈小謝〉；寫人與狐狸精的戀愛，像〈嬌娜〉、〈青鳳〉、〈辛十四娘〉、〈蓮香〉、〈紅玉〉；人與烏鴉的愛情（〈竹青〉），人與牡丹的愛情（〈香玉〉、〈葛巾〉），人與魚精的愛情（〈白秋練〉）；人與蜂的愛情（〈蓮花公主〉、〈綠衣女〉），甚至人與老鼠，人與青蛙的愛情與婚姻。他說：「情之至者，鬼神可通。」而且，他認為一旦相愛，就不應該因為是「異類」而猜疑。〈葛巾〉篇的常大用與葛巾結為夫婦後，常大用懷疑葛巾是牡丹花妖，於是四處調查對證，葛巾知道後便擲兒離去。蒲松齡很婉惜地說：「少府寂寞，以花當夫人。況真解語，何必力窮其源哉！惜常生之未達也。」

如果說，《聊齋志異》在人與人之間的戀愛婚姻上，男女主人公還不得不肩負著沉重的封建壓力，為著他們的結合付出生與死的代價話，那麼，在蒲松齡所描繪的幻想世界中，在這些花妖狐魅身上，則充滿著浪漫的自由的氣息。

他們置禮法於不顧，或者「夜扣書齋」與心愛的書生相會，或者「花梯度牆，遂共寢處。」〈荷花三娘子〉中的宗湘若與狐女認識後，詢問狐女的姓氏，狐女說：「春風一度，即別西東，何勞審究，豈將留名字作貞坊耶！」狐女的態度頗有些性解放的味道，在性關係上很不嚴肅，當然不足取。但從另一方面看，狐女的態度對封建社會

片面強調婦女的貞操，卻不能說不是一個很大的衝擊，具有辛辣的
諷刺意味。

　　蒲松齡筆下的這些鬼狐花妖不僅帶有濃厚的浪漫氣息，也體現了
蒲松齡的愛情婚姻理想。比如，這些鬼狐花妖是絕沒有嫌貧愛富觀念
的。相反，她們鍾情的往往是窮書生，是揭不開鍋的小市民。〈封三
娘〉中的封三娘，是一個狐女，她給少女十一娘介紹了一個對象叫孟
安仁，是十一娘同里的窮秀才。十一娘嫌孟安仁窮。封三娘批評她說：
「娘子何以墮世情哉！」十一娘怕父母不同意，封三娘鼓勵她說：「志
若堅，生死何可奪也。」這些鬼狐花妖對愛情的堅貞，達到了海枯石
爛心不變的地步！〈香玉〉中的白牡丹愛上了膠州黃生，當她被別人
遷往別的地方與黃生分離，立即「日就萎悴」而死。當黃生日夜憑弔
她，在黃生的感召下，她又復活了。後來當黃生魂寄的牡丹花被小道
士所死，白牡丹就也憔悴而死，她的好朋友絳雪同時殉情。蒲松齡感
歎地說：「花以鬼從而人以魂寄，非其結於情者深耶！一去而兩殉之，
即非堅貞，亦為情死矣。」

　　這些鬼狐花妖與人結合後，生活是那麼美滿和諧。像〈翩翩〉中
的仙女與羅子浮結合，生了兒子，又為兒子娶親，在婚宴上她唱道：
「我有佳兒，不羨高官，我有佳婦，不羨綺紈。」表現了人生高尚的
情趣。而這情趣在《聊齋志異》中的人世間婦女身上是沒有的。

　　同時，這些鬼狐花妖又是自己愛情生活的主宰者。她們一旦發現
共同的愛情生活基礎被破壞，立即毫不猶豫地離去，決不作無益的哀
求或悲劇命運的承擔者。在許多種情況下，她們往往是離異的主動者，
這同封建社會中婦女低下的、被支配的地位大相徑庭。所以，在這些
鬼狐花妖身上，不僅體現了蒲松齡對於理想愛情婚姻生活的追求，同
時也較之其他內容的篇章閃耀著更多的新思想萌芽的光彩。

　　就蒲松齡描寫愛情的作品看，歌頌愛情，以浪漫的手法表現其理
想的占大多數。但也不乏鞭韃現實，揭露男女關係上醜惡行為的極冷
靜、極富於現實主義精神的作品。

　　蒲松齡最痛恨喜新厭舊，玩弄婦女的行為。他在〈阿霞〉中寫書生景星為了和新歡阿霞結合，休棄了前妻，最後反而被阿霞拋棄。蒲松齡說：「人之無良，舍其舊而新是謀，卒之卵覆而鳥亦飛，天之所報亦慘矣。」他認為即使是對於異類，那種喜新厭舊，遺棄妻子的行為也應該受到譴責。〈武孝廉〉中的石某在病危中得到一個狐狸幻化的婦人的照顧，後來他與這個婦人結為夫妻，並靠著她的資助當了官。但當他一旦闊起來，便嫌這個婦人年紀大了，長得不好看，拋棄了她。更為惡劣的是，有一次這個婦人喝醉了酒，現出狐狸的原形，石某竟然毫不念及她對自己的恩情，兇狠地要殺死她。但被婦人發現，受了到懲罰。蒲松齡指出：「負狐一事，則與李十郎何以少異。」

　　寫得最深刻，最能表達蒲松齡對這個問題看法的是〈竇氏〉。〈竇氏〉寫地主南三復引誘農家少女竇氏，但根本不想和她結婚。後來南三復殘酷地拋棄了她，以至使這個可憐的農村姑娘懷抱著孩子絕望地死去。作者用極嚴峻憤怒的筆調寫出了這個「始亂之而終棄之」的欺騙過程：

　　一日，值竇不在。坐良久，女出應客。南捉臂狎之。女慚急，峻拒曰：「奴雖貧，要嫁，何貴倨凌人也？」時南失偶，便揖之曰：「倘獲憐眷，定不他娶。」女要誓，南指矢天日，以堅永約。女乃允之。自此為始，瞰竇他出，即過繾綣。女促之曰：「桑中之約，不可長也。日在耕耰之下，倘肯賜以姻好，父母必以為榮，當不之諱。宜速為計。」南諾之，轉念農家，豈堪匹偶，姑假其詞以因循之。會媒來為議姻於大家。初尚躊躇，即聞其貌美財豐，志遂決。女以體孕，催詗益急，南遂絕跡不往。無何，女臨蓐。產一男，父怒榜女。女以情告，且言南要我矣。竇乃釋女，使人問南。南立卻不承。竇乃棄兒，益撲女。女暗哀鄰婦，告南以苦，南亦置之。女夜亡，視棄兒猶活，遂抱以奔南。款關而告閽者曰：「但得汝主人一言，我可不死。彼即不念我，寧不念兒耶？」閽人具以達南，南戒勿納。女倚戶悲啼，五更始不復聞。質明視之，女抱兒坐僵矣。

〈竇氏〉的悲劇，深刻地揭露和批判了封建社會中地主階級玩弄農家女的無恥行徑，鮮明地表現出「愛情上的階級關係的客觀邏輯。」（列寧〈致印涅薩，阿爾曼〉）在這個故事中，已經不是簡單的門戶不當，貧富懸殊所造成的愛情和婚姻糾紛了，而是血淋淋的階級壓迫和欺侮。竇氏的結局，凝聚著階級社會中被壓迫階級中善良而輕信的少女慘痛的教訓！

蒲松齡在描寫愛情的篇章中也存在著一些時代和階級的局限，表現了他思想上的矛盾。拿〈青蛙神〉中三娘的父親在婚姻問題上的觀點來說，那是夠開通的了。他說：「百年事，父母止主其半！」這在當時是很難能可貴的，但畢竟不徹底，表現了在婚姻決定權上的折衷態度。這個折衷態度，當然也是蒲松齡的觀點。從這個觀點出發，蒲松齡在《聊齋志異》中一方面熱烈謳歌了為婚姻自由而鬥爭的青年男女，另一方面，也贊成「父母之命，媒妁之言」，對於恪守這一教義的青年男女也給予了充分肯定。像〈姐妹易嫁〉中的妹妹就對其姐姐慷慨激昂地議論道：「阿爺原不曾以妹子屬毛郎；若以妹子屬毛郎，何煩姊姊勸駕耶！」「父母之命，即乞丐不敢辭。」

特別值得注意的是，《聊齋志異》中大膽向封建禮教提出挑戰的女性，幾乎全是鬼狐花妖，很少有人間女子。即或有，這個女子必須變成鬼，必須把戀愛環境變成夢境或陰間才能進行，〈阿寶〉、〈連城〉等篇就都是這種類型。這顯現了蒲松齡思想上的軟弱和不徹底，說明他對於人和鬼狐花妖，對於人間和幻域世界採取了雙重的道德尺度和標準。在他看來，人與鬼狐花妖不同，鬼狐花妖可以隨便點，夢中和幽冥可以姑妄言之，而人間世中現實的人們就仍要在規定的道德範圍中活動。

《聊齋志異》還屢屢出現一夫多妻的現象，像〈蓮香〉中的桑生同時與蓮香、李氏要好，像〈小謝〉中的陶生同時娶了秋容和小謝為妻；〈陳雲棲〉中的真毓生娶了陳雲棲後又娶了盛雲眠等。這些情況並不是一種簡單的客觀的反映，而是出於作者有意的安排，並視為美談。像〈小謝〉中的「異史氏曰」就談到：「絕世佳人，求一而難之，

何遽得兩哉！」同時，在夫妻關係上，蒲松齡認為妻子不應該反對丈夫納妾，否則就是嫉妒。《聊齋志異》寫了許多潑婦，這些潑悍的婦女各有各的潑悍表現，然而又有一個共同的地方，就是不讓丈夫納妾，或是不讓丈夫在外面有花心。而悍婦改過自新後的第一個實際行動就是主動讓丈夫納妾。著名的寫悍婦的篇章〈江城〉就是以江城改過後，把丈夫曾經中意的妓女替丈夫娶回家做妾而結束全篇。

相反，蒲松齡卻主張婦女要守貞節。他堅決反對寡婦再嫁，認為再嫁這是極不道德的事情。他在〈金生色〉、〈牛成章〉、〈耿十八〉中都嚴厲地譴責了寡婦再嫁。像〈耿十八〉寫耿十八「病危篤，謂妻曰：『永訣之後，嫁守由汝，請言所志。』妻慘然曰：『家無儋石，君在猶不給，何以能守。』耿聞之，遽捉妻臂，作恨聲曰：忍哉！』言已而沒」。後來，他死而復生，但「由此厭薄其妻，不復共枕席。」這簡直是「餓死事小，失節事大」的說教了。

所以，在愛情和婚姻問題上，蒲松齡的觀點始終存在著新與舊，進步與保守的思想矛盾。

三、對貪官污吏的嚴厲批判

揭露、批判封建吏治給人民帶來的苦難，是《聊齋志異》很重要的思想內容之一。

由於蒲松齡早年在寶應縣曾有過一段當師爺的經歷，晚年又參加過反對淄川蠹役康利貞的鬥爭，更由於他曾飽受過被逼租逼稅的屈辱，目睹了家鄉人民所遭受的蹂躪，因此，他對於官場的腐敗黑暗，對於貪官污吏的鬼域行徑，有著透徹的瞭解，能夠給於相當深刻地揭露。

《聊齋志異》一接觸到封建國家機器的題材，無論是寫官還是寫吏，從公堂到監獄，立即罩上陰慘刻毒的陰影。那裏沒有正義，沒有法律，沒有良心，沒有公理，有的只是錢和勢在起著的作用。〈紅玉〉

中的馮相如，妻子被一個退休的禦史搶走，父親又被打得一命嗚呼，他抱著兒子，從縣告到省，「訟幾遍」，但是毫無結果，以至於「冤塞胸吭，無路可伸」；〈向杲〉中的向杲，哥哥被莊公子打死，他「不勝哀憤，具造赴郡」，但對方「廣行賄賂」，向杲同樣也「隱忿中結，莫可控訴」，最後只有變成老虎才報了仇。

對於封建社會的吏治，蒲松齡有著明確的判斷：「強梁世界，原無皂白，況今日半強寇不操矛弧者」（〈成仙〉）。「天下之官虎而吏狼者，比比也。」（〈夢狼〉）

蒲松齡在一定程度上觀察到了封建國家機器同人民利益的根本對立。〈夢狼〉中的白翁目睹大兒子當官後殘害人民的罪惡，讓小兒子勸說他改惡從善。哥哥說：「弟日居衡茅，故不知仕途之關竅耳。黜陟之權，在上臺不在百姓。上臺喜，便是好官，愛百姓，何術能令上臺喜也！」這話說得非常明白：要做官，就不能愛民，要愛民，就不能做官，二者如水火不相容，只能選擇其一。這就把封建國家機器同人民相對立的階級實質揭露得相當深刻。

在封建社會中，老百姓含冤負屈，求告無門的一個重要原因，是封建國家機器上的關係網──官官相護。《聊齋志異》深刻揭示了官、吏、鄉紳三位一體欺壓老百姓的嚴酷現實。〈崔猛〉中的王監生，「家豪富，四方無賴不仁之輩，出入其門。邑中殷實者，多被劫掠。或迕之，輒遣盜殺諸途。子亦淫暴。王有寡嬸，父子俱烝之。妻仇氏，屢沮王，王縊殺之。仇兄弟質諸官，王賕囑，以告者坐誣。」〈石清虛〉中的勢豪某，發現邢雲飛有一塊奇石，「踵門求觀，既見，舉付健僕，策馬徑去。」〈成仙〉中的黃吏部家「放牛蹊周田」，周告官，反而被官府抓起來。周對家人說：「邑令朝廷官，非勢家官，縱有互爭，亦須兩造。何至如狗之隨嗾者。」「如狗隨嗾」，這就是封建國家機器同勢豪地主間的關係。封建社會中老百姓受欺壓，在官司中始終是失敗者的另一個重要的原因則是因為他們手中無錢。《聊齋志異》極其尖銳地揭示了金錢在官司中的作用，抨擊了官吏的貪贓枉法。〈梅女〉篇中的典史，只因為收了小偷五百文錢的賄賂，便誣衊告發小偷

的梅女與小偷有姦情，致使梅女羞憤自盡。作者借老嫗之口譴責說：「汝居官有何黑白，袖有三百錢，便爾翁也。」〈席方平〉中的羊姓鄉紳，靠著錢不僅在陽世飛揚跋扈，在陰間也大肆威虐。他可以「賄囑冥使」榜掠席方平的父親至死，可以「內外賄通」，使席方平即使告到城隍、郡司乃至冥王那裏都無濟於事。這一切，正像二郎神在判詞中所說的：「金光蓋地，因使閻摩殿上盡是陰霾；銅臭熏天，遂教枉死城中全無日月。餘腥猶能役鬼，大力直可通神。」

在人民善良天真的想像中，幽冥陰間是個公正無私，賞善罰惡的地方，所謂「不做虧心事，不怕鬼叫門」，對於這個幻想的世界寄予了很大希望。但在〈席方平〉等篇章中，陰間同人世一樣齷齪可怕，一樣是「衙門口向南開，有理無錢莫進來」。《聊齋志異》向人民表明，在那個社會是找不到一片為老百姓伸冤撐腰的地方的，即使在幻想虛無的世界也沒有這種可能性。

由於下級官吏，特別是差役同老百姓直接接觸，所以老百姓對他們為虎作倀的兇殘嘴臉最熟悉，最痛恨，仇恨幾乎都聚集在他們身上。《聊齋志異》在批判吏治的篇章中，只要有可能，總是隨筆揭露鞭韃他們的醜行，把他們寫得不堪入目。〈伍秋月〉篇在王鼎殺死虐待哥哥、調戲情人的差役後，蒲松齡在「異史氏曰」中有這樣一段活：「余欲上言定律：『凡殺公役者，罪減平人三等』，蓋此輩無有不可殺者也。故能誅鋤蠹役者，即為循良，即稍苛之，不可謂虐。」這種憤激之言，表達了受壓迫、受凌虐的老百姓正義的情緒。

在這官貪、吏狠，鄉紳地主肆虐所構成的羅網中，一般老百姓的日子就可想而知了，正如蒲松齡在〈公門修行錄贅言〉中所沉痛指出的：「君不見城邑廨舍中，一狨在上而群狨隨之乎？每一徭出，或一訟興，即有無數眈眈者，涎垂噪叫，則志其頂，則揣其骨，則姑撮其肉。其懦耶恐喝之；強耶械挫之；慷慨耶甘誘之；慳吝耶遍苦之。且大罪可使漏網，而小禍可使彌天。重刑可以無傷，而薄懲可以斃命。蚩蚩者氓，遂不敢不賣兒貼婦，以充無當之卮。」《聊齋志異》飽含深切同情地揭示了老百姓所遭受的苦難。寫得最沉痛的是〈促織〉了。

〈促織〉寫明朝正德年間，由於皇帝好鬥蟋蟀，於是官吏們四處搜索勒派，而「里胥猾黠，假此科斂丁口，每責一頭，輒傾數家之產。」有一個叫成名的人，因為上繳不了蟋蟀，被「嚴限追比」，不僅「薄產累盡」，而且被打得「兩股間膿血流離」。後來，他求神問卜，終於按照巫婆的指示，捉得一隻滿意的蟋蟀準備交差。不料這代表著全家生存希望的蟋蟀卻被兒子無意間弄死：

兒懼，啼告母。母聞之，面如灰色，大罵曰：「業根，死期至矣。爾翁歸，自與汝覆算耳！」兒涕而出。未幾，成歸。聞妻言，如被冰雪，怒索兒，兒渺然不知所往；既，得之於井。因而化怒為悲，搶呼欲絕。夫妻向隅，茅舍無煙，相對默然，不復聊賴。

皇帝愛鬥蟋蟀不過是為了尋開心，卻給人民帶來這樣巨大的災難。後來，成名的兒子為了搭救全家，魂魄化為一隻善鬥的蟋蟀。成名把它獻給縣宰，縣宰獻給撫軍，撫軍又獻給皇帝。由於這隻蟋蟀所向無敵，博得皇帝的歡心，於是皇帝賜給撫臣「名馬衣緞」，撫宰「不忘所自」，於是縣宰也「以卓異聞」。而「宰悅，免成役，又囑學使，俾入邑庠。」

一隻小小的蟋蟀，就這樣，不僅維繫著一家人的性命，居然還使得一群官僚們官運亨通！這就揭示了封建社會官吏升遷的秘密。——他們壓榨老百姓愈厲害，愈有功，就愈可以得到上司的歡心，飛黃騰達，而在他們眼裏，老百姓還不如一隻蟋蟀，成名的兒子就是靠變成了一隻小蟲子，供統治者嬉戲玩耍，才免去了一家的災難。成名一家的悲劇可以說是封建社會中勞動人民被壓迫命運的真實寫照。

《聊齋志異》不僅寫了官吏鄉紳們對人民的欺凌壓榨，也寫了勞動人民的反抗。誠然，在現實中，人民同官府、鄉紳、差役的鬥爭中總是失敗者，一個個含冤負屈，成為被欺侮凌虐的對象。但是，他們不是可以隨意被踐踏的弱者。開始，他們往往在封建法律的程式內進行鬥爭，層層上告申訴，一直告到皇帝那裏（〈成名〉、〈辛十四娘〉）。當正常的訴訟途徑失敗，他們就採用另一種鬥爭手段，或變成老虎吃掉仇人；或化為厲鬼，繼續復仇。總之，這些主人公的冤枉一天不昭

雪，就一天不停止鬥爭。他們是命運的強者，是靠自己的力量報仇雪恨的英雄。這是《聊齋志異》反映吏治黑暗的篇章中精華之所在，也是與所寫受委屈的主人公只是靠青天大老爺出現才改變悲劇命運的同類題材小說迥然不同之處。

在一系列富於反抗性格的人物形象中，〈席方平〉中的主人公席方平居於突出的地位。席方平的父親被羊姓富人賄囑幽冥使者榜掠致死，席方平立即決定「赴冥，代伸冤氣」。他先向城隍告狀，城隍被買通，打了他一頓；他又向郡司告狀，郡司也被賄賂，席方平「備受械梏，慘冤不能自舒。」但他不屈，又「遁赴冥府」，向冥王告狀，當冥王也接受了賄賂，殘酷迫害他時，他進行了堅決鬥爭：

升堂，見冥王有怒色。不容置詞，命笞二十。席厲聲問：「小人何罪？」冥王漠然不聞。席受笞，喊曰：「受笞允當，誰教我無錢也；」冥王益怒，命置火床。兩鬼捽席下，見東墀有鐵床，熾火其下，床面通赤。鬼脫席衣，掬置其上，反覆揉捺之。痛極，骨肉焦黑，苦不得死。約一時許，鬼曰：「可矣。」遂扶起，促使下床著衣，猶幸跛而能行。復至堂上。冥王問：「敢再訟乎？」席曰：「大冤未伸，寸心不死，若言不訟，是欺王也，必訟；」王曰：「訟何詞？」席曰：「身所受者，皆言之耳。」冥王又怒，命以鋸解其體。二鬼拉去，見立木高八九尺許，有木板二，仰置其上，上下凝血模糊。方將就縛，忽堂上大呼「席某」，二鬼即復押回。冥王又問：「尚敢訟否？」答曰：「必訟！」冥王命提去速解。既下，鬼乃以二板夾席，縛木上。鋸方下，覺頂腦漸辟，痛不可忍，顧亦忍而不號。聞鬼曰：「壯哉此漢！」鋸隆隆然尋至胸口。又聞一鬼云：「此人大孝無辜，鋸令稍偏，勿損其心。」遂覺鋸鋒曲折而下，其痛倍苦。俄頃，半身辟矣。板解，兩身俱仆。鬼上堂大聲以報。堂上傳呼，令合身來見。二鬼即推令復合，曳使行。席覺鋸縫一道，痛欲復裂，半步而踣。一鬼於腰間出絲帶一條授之。曰：「贈此以報汝孝。」受而束之，一身頓健，殊無少苦。遂升堂而伏。冥王復問如前，席恐再罹酷毒，便答，「不訟矣。」冥王立命送還陽界。隸卒出北門，指示歸途，反身遂去。席念陰曹之暗

昧尤甚於陽間，奈無路可達帝聽。世傳灌口二郎神為帝勳戚，其神聰
明正直，訴之當有異。竊喜二隸已去，遂轉身南向，奔馳間，有二人
追至，曰：「王疑汝不歸，今果然矣。」捽回復見冥王。竊疑冥王益
怒，禍必更慘；而王殊無慍容，謂席曰：汝志誠孝，但汝父冤，我已
為若雪之矣。今已往生富貴家，何用汝嗚呼為。今送汝歸，予以千金
之產，期頤之壽，於願足乎？」乃注籍中，嵌以巨印，使親視之。席
謝而下。鬼與俱出，至途，驅而罵曰：「奸猾賊，頻頻反覆，使人奔
波欲死，再犯，當捉入大磨中，細細研之！」席張目叱曰：「鬼子胡
為者，我性耐刀鋸，不耐鞭楚。請反見王，王如令我自歸，亦復何勞
相送。」乃返奔。二鬼懼，溫語勸回。席故蹇緩，行數步，輒憩路側。
鬼含怒不敢復言。約半日，至一村，一門半開，鬼引與共坐，席便據
門閾，二鬼乘其不備，推入門中。驚定自視，身已生為嬰兒，憤啼不
乳，三日遂殤。魂搖搖不忘灌口。約奔數十里，忽見羽葆來，幡戟橫
路。……

　　席方平的鬥爭終於贏得了勝利，在上帝殿下九王的關照下，二郎
神嚴懲了城隍、郡司和冥王。

　　在這篇故事中，席方平勇往直前，頑強剛毅，和黑暗勢力鬥爭到
底。在鬥爭中，他經受了鍛煉，提高了鬥爭藝術。後來，他對冥王的
欺騙，對押送他的兩個鬼卒的反擊，都反映了他的成熟。在席方平的
身上，體現了我國勞動人民在邪惡勢力面前，不屈不撓，敢於鬥爭的
大無畏精神，體現了中華民族剛毅果決的高貴品質。

　　蒲松齡讚揚鬥爭，歌頌復仇，在他看來，人是不應該忍受屈辱的，
應該奮起同邪惡鬥爭。他讚揚商三官的復仇精神，他說：「三官之為
人，即蕭蕭易水，亦將羞而不流，況碌碌與世浮沉者耶！」

　　他讚揚席方平的堅持鬥爭精神，他說：「忠孝志定，萬劫不移，
異哉席生，何其偉哉！」

　　由於現實生活中黑暗勢力太強大，地主豪紳把持官府，擁有國家
機器，因此老百姓伸冤復仇在實際生活中寥寥無幾。在《聊齋志異》

中蒲松齡往往讓他的主人公化為老虎報仇，變為厲鬼雪恨，這使得《聊齋志異》揭露吏治黑暗的篇章閃耀著積極的浪漫主義色彩。

蒲松齡總是懷著悲憫的態度來描寫貪官污吏淫威下惴惴的老百姓。在〈黑獸〉篇末的「異史氏曰」中，他寫了獼與猱的寓言，很沉痛地說：「民之戢耳聽食，莫敢喘息，蚩蚩之情，亦猶是也，可哀也夫。」他看不起忍氣吞聲的懦弱者，在〈潞令〉篇中，他寫潞城令由於貪酷被潞城人民的冤鬼捉入冥間，他評論說：「潞子故區，其人魄毅，故其為鬼雄。今有一官握篆於上，必有一二鄙流，風承而痔舐之……，赫赫者一日未去，則蚩蚩者不敢不從。積習相傳，沿為成規，其亦取笑於潞城之鬼也已。」

基於以上這些觀點，蒲松齡對於當時所謂的強盜流寇，以及農民起義表現了很複雜的看法。在〈九山王〉中，蒲松齡認為農民起義是「方寸中已有盜根」，是「族滅之為」。在〈小二〉中他讚揚小二脫離農民起義隊伍，說：「非一言之悟，駢死已久」。但另一方面，蒲松齡在〈續黃梁〉中又把盜看做是「被害冤民」，在〈夢狼〉中更是把寇當做替天行道的「金甲猛士」，是「為一邑之民泄冤憤」的正義的化身。他在〈公孫九娘〉、〈野狗〉等篇又對被鎮壓了的于六、于七起義懷著深切的人道主義同情。這種複雜的思想體現了封建社會中正直而善良的讀書人通常所具有的那種矛盾。

那麼，在如何改變封建吏治黑暗的問題上，蒲松齡又是怎樣認識的呢？他相信所謂「公門修行」的說法，認為通過因果報應的說教，就可以使貪官污吏收斂惡行，社會狀況就可以得到改善。他在〈梅女〉篇中說：「奪嘉偶，入青樓，卒用暴死。吁，可畏哉！」在〈夢狼〉中說：「夫人患不能自顧其後耳，蘇而使之自顧，鬼神之教微矣哉！」其實，「鬼神之教」是蒲松齡自己編出來的，《聊齋志異》許多反映吏治的篇章之所以帶有因果報應的色彩，出發點就在這裏，它反映了《聊齋志異》封建迷信形式背後複雜的社會意義，體現了一定程度的人民性，但從政治觀點來看，蒲松齡的這種想法就顯得幼稚可笑了，

正如他在〈公門修行錄贅言〉中所說的，是「欲強狨學鹿」，非常不切合實際。

四、對世俗民風的勸戒諷刺

　　對世俗民風的勸戒諷刺，是在《聊齋志異》中題材最廣泛，反映的思想傾向最為複雜的一部分。當時的家庭問題、婦女問題、社會道德問題，以及鄉里民俗人情，《聊齋志異》都涉及到了。而就思想傾向來說，其中既有作者對新道德的憧憬和追求，反映了明清以來資本主義萌芽在意識形態上的折光；也有極陳腐的儒家道德的說教，表現出作者保守落後的倫理觀念。

　　在家庭道德問題上，蒲松齡基本上是站在儒家傳統觀念上來看待周圍事物的。他主張父慈、子孝、兄友、弟恭。在〈孝子〉篇，他寫了一個叫周順亭的人，母親生病，他夢見神指示他要「割股療親」，他照著做了，於是母親病好了。〈斫蟒〉寫的是：哥哥之所以被蟒吞掉而不死，是因為被弟弟的「德義所感」。〈珊瑚〉篇塑造了一個逆來順受的兒媳婦珊瑚的形象，為的是通過這個「靖獻之忠」的典型，宣傳「孝友之報」。在〈曾友于〉篇，蒲松齡更是精心刻畫了封建社會中道德的「補天」式人物曾友于，寫他忍辱負重，恭行孝友之道，終於使得同父異母而悍頑桀驁的兄弟受到感化。為什麼要寫這些故事？蒲松齡說：「司風教者，重務良多，無暇彰表，則闡幽明微，賴茲芻蕘。」可見，在宣傳儒家倫理觀念上，蒲松齡是自覺自願，充滿著使命感的。

　　但蒲松齡反映家庭道德的一些篇章也揭露和反映了封建末世儒家倫理的虛偽和破產。就拿〈珊瑚〉和〈曾友于〉來說，假如撇開作者主觀塑造的觀念式補天人物不論，那麼我們確實可以看到在封建社會末期，婆媳姑娌之間，兄弟嫡庶之間，由於財產，由於名分等原因所帶來的不可克服的磨擦和矛盾，看到儒家的傳統教義早已失去了約束

作用。在〈鏡聽〉、〈胡四娘〉、〈鳳仙〉、〈陳錫九〉等篇章中，我們還可以看到封建家庭溫情脈脈的和諧背後所隱藏著的嚴苛的等級和利害關係。

〈鏡聽〉是寫兄弟兩人由於文章聲望不同，考中的可能性不同，父母的態度也冷暖相形，而且還波及到兒媳身上。這種冷暖的不均，到了發榜的日子便集中爆發了：

「闈後，兄弟皆歸。時暑氣猶盛，兩婦在廚下炊飯餉耕，其熱正苦。忽有報騎登門，報大鄭捷。母入廚喚大婦曰：「大男中式矣！汝可涼涼去。」次婦忿惻，泣且炊。俄又有報二鄭捷者。次婦力擲餅杖而起，曰：「儂也涼涼去！」

蒲松齡在「異史氏曰」中評論說：「貧窮則父母不子，有以也哉」。這是集中了許多嚴酷的事實道出的話。這裏雖然說的是父子之間的情況，但顯而易見，蒲松齡也認為適用於一切人與人的關係，這對我們瞭解和認識封建社會中家庭內部的結構有很大意義。有些描寫家庭道德的篇章，也反映了勞動人民對倫理道德理想的追求，歌頌了勞動人民傳統的家庭美德。像〈湘裙〉篇就寫晏仲兄弟生死不渝的同氣連枝關係；像〈張誠〉篇就寫異母兄弟之間的親密無間，〈細柳〉篇寫繼母細柳不理會外界的誤解和流言蜚語，嚴格要求前房子女，終於使他成材；〈仇大娘〉寫前房的女兒在父親逃亡在外，家庭敗落，繼母和異母兄弟無力支撐家庭時，毅然從婆家回來，照顧繼母，撫養兄弟，迎回父親，重振家業。這些都令人「聽此事至終，涕凡數墜」。特別是〈賈兒〉篇，寫一個十歲的小男孩，發現母親被狐狸精糾纏，立即奮不顧身保護母親。晚上，他的母親迷失，別人不敢去找，他拿著火把到處尋覓。為了防止母親被狐狸精劫奪，他「日效圬者，以磚石疊窗上」，「終日營營不憚其勞。」最後，他終於憑著機智和勇敢，消滅了狐狸精，使母親脫離了危難。作品沒有絲毫令人可厭的孝道說教，只是很自然地把孩子對母親深摯的愛細細寫了出來，讀起來非常感人。像這樣的作品是不能簡單地一概斥之為封建道德說教的。

　　婦女問題向來是同家庭問題聯繫在一起的。蒲松齡在這個問題上所表現出來的思想尤為複雜。他認為婦女應該格守「婦德」，比如，當媳婦的應該無條件地服從婆婆（〈珊瑚〉），當妻子的應該無條件服從丈夫，要主動為丈夫納妾，不能嫉妒（〈段氏〉、〈陳雲棲〉、〈江城〉），當妾的應該安分守己（〈邵九娘〉、〈妾擊賊〉），因為「妻之於夫，猶子之於父，庶之於嫡。」他還認為婦女是家庭不和的禍水，女人的話聽不得。他在〈二商〉中寫商姓兄弟本來很和睦，由於妻子從中挑唆，「遂失手足之義」。所以，蒲松齡認為家庭要想團結，就不能「遵閨教」，「一行不同，而人品遂異」。這些都反映了蒲松齡對婦女的偏見，表現了傳統的儒家婦女觀念。

　　但另一方面，對於婦女問題，蒲松齡又有一些很進步的見解。這除了表現在愛情婚姻等看法上，還表現在他認為婦女是很有才華的。《聊齋志異》筆下的女性大都智慧多才，她們中間有喜愛吟詠的詩人（香玉、阿英、連瑣、許姓女），有擅長唱歌或器樂的音樂家（四娘，綠衣女，宦娘，良工）；有醫術高明的國手（嬌娜），有口若懸河的辯士（〈狐諧〉中的狐女），有才華滿腹的學者（芳雲，綠雲）。在〈顏氏〉、〈嘉平公子〉、〈仙人島〉等篇中，蒲松齡更是通過對比，歌頌了婦女超越於男子的才智。

　　蒲松齡對男女關係還做了更進一步的探討。他認為婦女應該具有獨立的人格，可以自食其力（〈俠女〉、〈農婦〉），也可以有感情真摯的男朋友（〈嬌娜〉、〈宦娘〉）。比如在〈喬女〉篇中，他就寫喬女雖然拒絕了孟生的求婚，但引以為知己。「孟暴疾卒，女往臨哭盡哀」。孟生家受到村中無賴的欺侮，她挺身而出，與無賴進行了堅決鬥爭。在打官司中，縣官詢問她是孟生的什麼人，她理直氣壯地回答：「公宰一邑，所憑者理耳。如其言妄，即至戚無所逃罪；如真，則道路之人可聽也。」最後，她憑著浩然正氣和堅決態度打贏了官司，保護了孟生家的利益，並把孟生的遺孤撫養成人。

　　在封建社會中，男女的社交是被禁絕的。一個寡婦為一個毫無血緣瓜葛的男子弔唁致哀，為他的後代奔走訴訟，又代為撫養，這在當

時幾乎是不可想像的。這需要拿出非常大的勇氣才能抵禦住社會輿論的攻擊！蒲松齡在這裏對喬女的歌頌，雖然是從「知己之情」出發的，但也包含著對女性獨立人格的認可和尊重。在他看來，婦女並不只是生兒育女的工具，並不只是為了婚姻才來到這個世界上的。婦女應該在血緣與性愛之外，享有與男子一樣的社交權利和地位。

可惜的是，這類作品在《聊齋志異》中畢竟不多，而且，這樣的作品也屢雜著封建的糟粕。比如喬女拒絕孟生的求婚理由就是「殘醜不如人，所可信者，德耳。又事二夫，官人何取焉！」

比較起來，《聊齋志異》攻擊世俗民情的作品就很少為儒家思想所局限，作品也很少有從抽象觀念生發出來的概念化的成分。因此顯得內容更豐富，更深刻，表現上也更生動活潑，更富於光彩。

像〈鬼哭〉諷刺官僚的裝摸作樣嚇唬人，〈夏雪〉諷刺世俗的諂媚奉承，〈種梨〉揶揄市儈的吝嗇，〈司札吏〉則嘲笑了當時諱名的陋習。寫一個武官，妻妾眾多，最忌諱被人稱呼名字。規定凡遇上「年」字要用「歲」來代替，「生」字要用「硬」字來代替，「馬」要用「大驢」來代替。又不願意別人說「敗」字，遇上了要用「勝」字替換。也不願意別人說「安」字，遇上了要改為「放」字。手下人如果觸犯了，必定遭到嚴懲。有一天，一個管文書的小吏忘了他的忌諱，這個武官大怒，立刻隨手拿硯臺把小吏打死。三天後，武官喝醉了酒，看見這個小吏拿著名片來見他，說「馬子安來拜見」，這下又觸犯了他的忌諱，於是大怒。但立即醒悟這是被自己殺死的小吏，於是拿刀砍去。鬼消失了，名片卻留下來，上面寫著「歲家眷硬大驢子放勝」。——原來正是「馬子安來拜」幾個字避諱後的譯文。這個故事不僅揭露了官僚的殘暴，也嘲笑抨擊了當時特權階級忌名避諱的不良習氣。這些作品大都筆調輕鬆，嬉笑怒罵，既發人深省，又令人解頤。

在眾多勸誡世俗的作品中，〈嶗山道士〉和〈畫皮〉具有突出的成就。

〈嶗山道士〉寫一個姓王的世家子弟，成天想學仙得道，但怕吃苦。有一次，他聽說嶗山上有仙人，於是奔去學習。仙人告誡他學道

是很苦的事，他應承下來，表示可以吃苦。仙人給了他一把斧子，讓他同其他徒弟一起砍柴。過了一個多月，這王生的手和腳都起了繭子，吃不消了，打算回去。正在這時，仙人的朋友來訪，王生見到仙人宴請客人時，剪下圓紙可以當月亮，粘在牆壁上立即「月明輝室」；拋筷子到月亮中，美麗的嫦娥就應邀下來唱歌、跳舞；仙人拿一壺酒犒勞徒弟，七八個人拼命喝，一壺酒卻始終是滿滿的。這一切使王生豔羨極了，又勉強學習下去。又過了一個月，他卻再也吃不下苦，終於要求回家了。臨行，他希望師傅傳授他一樣法術。他請求學習的法術是什麼呢？原來是鑽穴逾牆時不受任何障礙。仙人笑著教給了他。回到家，王生向妻子誇耀說，自己遇到了仙人，學習到了法術：

　　妻不信，王效其所作為，去牆數尺，奔而入，頭觸硬壁，驀然而踣。妻扶視之，額上墳起，如巨卵焉。妻挪揄之，王慚忿，罵老道士之無良也已。

　　這個故事就是這樣以戲劇結束了。它的教育意義是相當豐富的。它告訴我們：學習任何東西都要付出巨大的勞動，都要不怕艱苦。好逸惡勞，淺嘗輒止，必然中途而廢。學習態度要端正，心術要正直，只有這樣才能有持久的恒心。懷著自私的目的或不良的企圖，雖然可能暫時激起熱情，但畢竟難於堅持。它還告訴我們，在學習中持一孔之見而說大話，吹牛皮的人，必然「觸硬壁而顛蹶不止」。

　　〈畫皮〉寫一個王姓的讀書人，在路上碰見一個「踽踽獨行」的美女，於是挑逗她，把她帶到書齋裏與她同居。王生的妻子怕美女的來路不明，帶來麻煩，勸他把美女打發走，他不聽，懷疑妻子嫉妒。有一天，他碰上一個道士，道士說他臉上有妖氣，暗示他遇見的美女是妖怪，他也不以為然，認為道士嚇唬他，想騙錢。但是，他回到書齋，大門卻緊閉著。當他從牆頭爬過去，這才發現那個美女果然是一個猙獰的惡鬼：「面翠色，齒巉巉如鋸。鋪人皮於榻上，執彩筆而繪之，已而擲筆，舉皮，如振衣狀，披於身，遂化為女子。」王生於是相信道士說的話是真的了。他找到道士，乞求救命。道士本不想傷害這個惡鬼，給了王生一把驅趕蒼蠅的拂子，讓他晚上掛在門前，嚇走

妖怪。王生回到家後按照道士的話做了，那個惡鬼卻把拂子折斷，把王生的心掏出來吃了。王生的妻子痛苦萬分，找到了道士，道士把惡鬼捉住殺掉。在道士的指示下，王生的妻子去哀求市集上一個有法術而裝瘋的乞丐，終於把王生救活。

這個故事的教育意義很深刻，它告訴人們要透過現象看本質，不要被表面現象所迷惑。對於惡鬼，不能心慈手軟，必須除惡務盡。發慈悲，講人道，好人就要遭殃。同時它也揭示了這樣一個普遍現象，那就是，人們上當受騙往往有著內在的原因。像王生受惡鬼的迷惑欺騙，就因為他「愛人之色而漁之」造成的。

一般說來，勸戒諷刺世俗民風的作品，較之抨擊科舉制度，揭露社會黑暗的那部分作品，所表現的孤憤精神和濃烈感情顯得沖淡了些，由於比較客觀，比較超脫，這部分作品往往富於幽默感，以喜劇的形式結束。當然，在這部分作品中有時批判的鋒芒依然是很銳利的，特別是他對官僚中的醜行惡俗，攻擊得既尖刻又嚴厲。〈鬼哭〉、〈司札吏〉都是這樣的作品。反之，他對存在於一般老百姓中的應該批評的一些現象，像迷信，占卜，說大話，貪心，吝嗇，以及對酒鬼，賭棍，棋迷的諷刺，則往往予以善意的嘲諷而帶有一種揶揄的性質。〈罵鴨〉是這種風格的典型作品：

白家莊民某，盜鄰鴨烹之。至夜，覺膚癢。天明視之，茸生鴨毛，觸之則痛。大懼，無術可醫。夜夢一人告之曰：「汝病乃天罰，須得失者罵，毛乃可落。」鄰翁素雅量，每失物，未嘗徵於聲色。民詭告翁曰：「鴨乃某甲所盜。彼甚畏罵，罵之亦可警將來。」翁笑曰：「誰有閒氣罵惡人。」卒不罵。某益窘，因實告翁。翁乃罵，其病良已。

在這篇小說中，蒲松齡既幽默地諷刺了農村中偷鄰舍東西的不良行為，也含而不露地批評了一丟東西就罵大街的壞作風。那態度是善意的，諷刺也是溫厚的，的確像蒲箸在〈祭父文〉中所談到的，是以談諧調笑之文，「抒勸善懲惡之心」。

以上從四部分簡單介紹了《聊齋志異》的主要內容。這麼談，只是為了便於敘述，因為這四部分內容並不是截然孤立存在，而是互相

滲透，互相融合的。有些篇章甚至很難歸入到哪一類中去。而且，這四部分也並不能包括《聊齋志異》全部的內容。比如《聊齋志異》中有些純粹是志怪之作，類似於現在的小報新聞；有些作品是遊戲之筆，作者重在文章而並無寄託；有些則是動物寓言甚或是散文遊記。這些作品也不乏優秀的篇什。像〈狼三則〉就通過有關狼的三個緊張而有趣的短小故事，向人們介紹了狼的狡獪本性以及人們同它們鬥爭的一些經驗。像〈地震〉就形象生動地記敘了康熙七年濟南發生地震的全過程。〈山市〉則通過對奐山奇異的自然景物的描寫歌頌了家鄉的美好。這些作品精煉簡潔，雋永耐讀，與《聊齋志異》中的一些較大型的作品構成一個完整的藝術整體。正如馮鎮巒所說的：「聊齋短篇，文字不似大篇出色，然其敘事簡淨，用筆明雅。譬諸遊山者，才過一山，又問一山，當此之時，不無借徑於小橋曲岸，淺水平沙，然而前山未遠，魂魄方收，後山又來，耳目又費。雖不大著意，然正不致遂敗人意。又況其一橋，一岸，一水，一沙，並非一望荒屯絕徼之比。晚涼新浴，豆花棚下，搖蕉尾，說曲折，興復不淺也。」（〈讀聊齋雜說〉）

第十章　《聊齋志異》的藝術成就

一、曲折動人的故事情節

要講《聊齋志異》的藝術成就，我們可以首先從它故事的曲折動人講起，因為它給我們的印象太深刻了。

中國古典小說原本就有重故事，講究情節的傳統。像文言小說以「志怪」、「傳奇」命名；像白話小說標榜「講論處不滯搭，不絮煩，敷衍處有規模有收拾，冷淡處提掇得有家數，熱鬧處敷衍得越久長」（羅燁《醉翁談錄》·小說開闢），都表現了對於故事情節的重視。《聊齋志異》在這方面的成就非常突出。

一般來說，故事情節都是由開端、發展、結束三部分組成的。好的故事一開始便能夠抓住讀者。因此怎樣尋找一個好的開端對於作家編撰故事不能不說是很重要的。

《聊齋志異》故事的開端豐富多彩。有的以介紹知識，講述風俗，敘述背景開始。像〈鴿異〉、〈促織〉、〈晚霞〉、〈水莽草〉、〈公孫九娘〉等；有的從介紹人物性格的可怪可愛之處入手，以引出他們不平凡的作為和命運，像〈嶗山道士〉、〈辛十四娘〉、〈阿寶〉、〈書癡〉、〈仙人島〉等；有的則把對故事的發展和人物的命運有直接意義的事件置於卷首，引起讀者的強烈關注。像〈席方平〉、〈張鴻漸〉、〈商三官〉、〈田七郎〉、〈細侯〉等等。無論是哪種開頭，作者都寫得富於魅力，簡潔而不拖遝。

我們試看〈公孫九娘〉的開端：

「于七一案，連坐被株者，棲霞、萊陽兩縣最多。一日，俘數百人，盡戮於演武場中。碧血滿地，白骨撐天。上官慈悲，捐給棺木，濟城工肆，材木一空。以故伏刑東鬼，多葬南郊。」

　　這背景介紹是那麼淒慘恐怖，催人淚下，而故事也就在這悲劇的氛圍中展開，並以悲劇結束。

　　〈席方平〉的開端是這樣的，席方平，東安人。其父名廉，性戇拙。因與里中富室羊姓有隙。羊先死多數年，廉病垂危，謂人曰：「羊某今賄囑冥使榜我矣。」俄而身赤腫，號呼遂死。席慘怛不食，曰：「我父朴訥，今見陵於強鬼，我將赴地下，代伸冤氣耳。」自此不復言，時坐時立，狀類癡，蓋魂已離舍矣。

　　這個開端介紹了故事的原委：一個姓羊的富戶竟然在陰間買囑冥使把席方平的父親打死。席方平知道父親樸訥，無力伸冤，便決心到冥間代父親申理。故事真是可駭可怪，讀到這裏，每個讀者都會為席方平父親平白冤死鳴不平，也都對席方平為父報仇寄予希望和同情，但席方平將怎樣到陰間去呢？他這官司能打贏嗎？這就激起了讀者急於往下看的興趣。

　　假如說《聊齋志異》的開頭達到了狄德羅所說的「決定了整個作品的色彩」，起到了引人入勝的美學效果的話，那麼蒲松齡在展開故事方面則進一步顯示出他出眾的才華。

　　蒲松齡極善於組織情節，他從不讓故事平鋪直敘，直線發展，總是讓故事在不斷的矛盾衝突中展開，讓讀者在曲徑中探幽攬勝。

　　拿〈促織〉來說，它所敘述的不過是一個叫成名的人靠著一隻蟋蟀而改變了命運的故事，但在情節的發展上卻跌宕變化，大起大落。作品先寫成名怎樣為逮蟋蟀而費盡心力，怎樣由於無法交公差而被官府打得死去活來。後來他在巫婆指引下捉到了一隻碩大雄強的蟋蟀，好容易覺得喘了口氣，不料蟋蟀被兒子不小心弄死。成名此時真是欲死不能，欲活無路，正在憂愁煩悶之時，兒子幻化的蟋蟀出現了。成名先是因為它劣小，不以為意，但它在試鬥中竟戰敗所有對手，這使成名轉憂為喜。但禍又從天降，一隻大公雞「瞥來，徑進一啄」，於是成名「駭立愕呼」，但奇怪的是，小蟋蟀竟然戰勝了大公雞，化險為夷。最後成名終於完成了交蟋蟀的公差。整個故事幾起幾落，扣人心弦。

　　《聊齋志異》有許多描寫花妖狐魅和書生戀愛的故事。這些故事浪漫曲折，都充滿著磨難和嚴峻的考驗。在這方面，〈葛巾〉可以算得上典型之作。小說中常大用和葛巾的戀愛經過，可以用一句成語來概括，那就是「好事多磨」：常大用初見葛巾，「疑是貴家宅眷，亦遂逡返」，——連看都沒敢仔細看，我們姑且把這算作第一「磨」；第二次見面，常大用看到了葛巾「宮妝豔絕」，驚訝弦迷，卻由於太魯莽，受到桑姥姥的咄斥，回到住處，一會兒「自悔孟浪」，一會兒「回憶聲容，轉懼作想」，這可以算第二「磨」；葛巾親調湯藥，派桑姥姥送來，治好了常大用的病。於是常大用「益信其為仙」，「於無人處彷彿其立處，坐處，虔拜而嘿禱之」。終於有一天，「忽於深樹叢中，覿面見女郎」，而且「幸無他人」，但正當常大用想說點什麼，桑姥姥卻又忽然來到，沖散了二人的好事，這是第三「磨」；常大用應葛巾之約去赴會，好象一切就要如願了；「至夜，移梯登南垣，則垣下已有梯在，喜而下，果見紅窗」。但是正當常大用奔向紅窗，卻發現葛巾正與一個白衣少女下棋，於是只得「姑逾垣歸」。後來，「凡三往復，三漏已催」。似乎棋局已散，可以成就好事了，哪承想到常大用剛爬上牆頭，又眼睜睜看著桑姥姥指揮丫環搬走了梯子，沒法下去。這是第四「磨」；第二天晚上常大用再次赴約，發現「梯先設矣」，「幸寂無人」，可好事剛開了頭，白衣少女突然闖入，把葛巾拉去下棋，——至此，好事又被沖散，這已是第五「磨」了。最後，作者變換角度，寫葛巾主動來找常大用，好事才算實現。清代《聊齋志異》評論家但明倫評論此篇故事時說：「事則反覆離奇，文則縱橫詭變」，「不惟筆筆轉，且字字轉矣。」

　　尤為可貴的是，《聊齋志異》許多曲折的故事情節並不是為玄虛而玄虛，為曲折而曲折，而是圍繞主題，圍繞人物性格展開的。〈席方平〉篇中席方平在陰間為伸理父冤，歷盡磨難艱險，他先「屈於城隍」，「撲於郡司」後「笞炙鋸解於冥王」，最後，只是在二郎神的干預下才昭雪了冤情。這曲折的情節不僅昭示了席方平剛毅頑強的性格，同時也勾勒出封建社會大大小小官吏貪暴狡詐的醜惡嘴臉。不

這樣做，便不足以表現「金光蓋地，因使閻摩殿上是陰霾；銅臭薰天，遂教枉死城中全無日月」的主題。同樣，〈促織〉篇中圍繞一隻蟋蟀的得而復失、失而復得的周折，通過成名一家的憂懼悲喜，更是深刻地寫出封建社會中「天子偶用一物」帶給人民的巨大災難！

高爾基說：情節是「人物之間的聯繫、矛盾、同情、反感一般的相互關係，——某種性格、典型的成長和構成的歷史」《聊齋志異》中的曲折的故事情節正是人物性格成長和構成的歷史。像〈嶗山道士〉中的王生去嶗山學道，本來他吃不了苦，但由於看到仙人宴會上的美妙享受，於是「歸念遂息」，多待了一個多月。這個曲折使故事有了浪漫的色彩，也很符合王生的性格，因為他學道的心本來就不純，所以他看到仙人的法術可以使自己享樂、便暫時地把浮躁的心按捺下去。當然後來由於吃不了苦的本性，終於還是下山了。〈翩翩〉中的羅子浮與翩翩結合後，中間忽然插入了一段羅子浮追求翩翩女友的情節，於是羅子浮身上的衣服一會兒變成秋葉，一會兒又變成袍綷，弄得他十分狼狽。表面上看，這個情節似乎只是輕鬆地戲謔，然而仔細一推敲就會發現，它實在是很符合羅子浮這個輕薄公子的性格，翩翩說他「薄倖兒，便直得寒凍殺」，那真是一針見血的評語。

中國的古典小說講究有頭有尾，並把那故事結構的分配看作是「鳳頭，豬肚，豹尾」。就是說，故事的結尾也要有力、要給人留下深刻印象而不能鬆懈。

蒲松齡是極善於結束故事的，像他結撰開端一樣，《聊齋志異》各篇故事的結束也豐富多彩，變化多端。有的結尾斬截乾脆，戛然而止。有的結尾，餘音嬝嬝，含蓄不盡。有的結尾變生不測，出人意外而又符合情節和人物性格發展的邏輯。

我們試看兩篇描寫花妖與人戀愛的故事結尾：〈香玉〉篇最後是寫黃生與香玉美滿結合。「後十餘年，忽病。其子至，對之而哀。生笑曰：『此我生期，非死期也，何哀為！』謂道士曰：『他日牡丹下有赤芽怒生，一放五葉者，即我也。』遂不復言。子輿之歸家，即卒。次年，果有肥芽突出，葉如其數。道士以為異，益灌溉之。三年，高

數尺，大拱把，但不花。老道士死，其弟子不知愛惜，斫去之。白牡丹亦憔悴死；無何耐冬亦死。」

〈葛巾〉則寫常大用與葛巾結合後，懷疑葛巾是花妖，引起葛巾的不滿，於是她和姊妹玉版把兒子扔給常大用兄弟，飄然離去。作者寫，「後數日，墮兒處生牡丹二株，一夜經尺，當年而花，一紫一白，朵大如盤，較尋常之葛巾、玉版，瓣尤繁碎。數年，茂蔭成叢，移分他所，更變異種，莫能識其名。自此牡丹之盛，洛下無雙焉。」

香玉和膠州黃生的愛情保持到生命的盡頭，「花以鬼從，而人以魂寄」。而葛巾與常大用的愛情則是破裂了，以悲劇結束。這兩篇故事的結局迥然不同。這個不同，極符合故事主人公的性格邏輯。膠州黃生性格豁達而「結於情者深」，他執著地愛著香玉，也很明白香玉的底細，是患難夫妻，所以死後，他也使自己變成牡丹，生死不渝地和香玉在一起。常大用則不然了，較之黃生，他淺薄而迂闊，膽小而多疑。他不是把愛情放在第一位，而是把身份放在首要地位，所以，他懷疑葛巾不是人類之後，就拋撇開葛巾，暗地調查。他被葛巾拋棄，在情理之中，是自食其果。當然，這兩篇故事的結尾也有共同處，那就是最後都歸併到牡丹花上，表現了牡丹花妖故事的類型特點。你看，黃生由於是男性，所以他變的牡丹不開花；葛巾和玉版的兒子變成的牡丹，「瓣尤繁碎」，那是摔碎了的緣故呵。

蒲松齡就是這樣一個善於編撰故事的天才。凡是讀過《聊齋志異》的人都有一個感覺，要麼不讀，要麼開卷一讀就很難中途釋卷，——無論如何，你也會迫不及待地一口氣把它讀完。所以，說蒲松齡是中國古典小說的「故事大王」，那是不錯的。

二、性格鮮明的人物形象

《聊齋志異》是一部包括四百多篇短篇小說的專集，假如每篇小說的出場人物以兩人計算，那麼所寫人物的數目就將近九百個了。在

如此眾多的人物中，達到藝術典型高度，給人們留下深刻印象的不下幾十個。他們性格鮮明、立體感強，而且，即使在比較相同的性格類型中，我們也能很容易地辨明並把握他們之間細微的差別。如同是剛烈義俠的性格，田七郎給人的印象是堅毅深沉，崔猛則暴烈如火；席方平是頑強，向杲則是勇猛果敢。同是精神專注達到了癡的程度，在癡的內容，癡的表現上也各不相同。就癡的內涵來說，有的癡於愛情，如孫子楚，霍桓；有的癡於石頭，如邢雲飛；有的癡於養鴿，如張幼量；也有的癡於讀書，如郎玉柱。就癡的表現來說，孫子楚，霍桓是一往情深，百折不回。張幼量偏重於興趣，顯得淺薄。郎玉柱則在執拗中透露著呆氣。同樣是年青貌美、溫柔多情的狐女，青風拘謹而深沉，蓮香冷靜而幹練，嬰寧天真中帶著浪漫，小翠則在天真中含著頑皮。這些人物形象的塑造，蒲松齡當之無愧地達到了「每個人都是典型，但同時又是一定的單個人」（黑格爾語）的藝術高度，《聊齋志異》在塑造人物的技巧上有許多獨到之處，概括地說，有以下幾點。

『其一』《聊齋志異》寫人總是突出人物性格最主要的特徵，反覆強調，貫穿全篇。他寫席方平，就著重寫他的剛毅頑強；寫崔猛，便突出他的正直暴烈；寫小翠，便寫她頑皮憨跳，寫連瑣，便自始至終寫她溫柔怯懦的性格。

為了表現人物性格，蒲松齡特別注意抓住性格最獨特的表現形式加以誇張和強調。比如，他寫嬰寧的爛漫天真，便突出了她善笑的特點。像她在家裏見到王子服的一段：

良久，聞戶外隱有笑聲。媼又喚曰：「嬰寧，汝姨兄在此。」戶外嗤笑不已。婢推之以入，猶掩其口，笑不可遏。媼嗔目曰：「有客在，吒吒叱叱，是何景象？」女忍笑而立，生揖之。媼曰：「此王郎，汝姨子。一家尚不相識，可笑人也。」問「妹子年幾何矣？」媼未能解。生又言之。女復笑，不可仰視。……生無語，目注嬰寧，不遑他瞬。婢向女小語云：「目灼灼，賊腔未改！」女又大笑，顧婢曰：「視碧桃開未？」遽起，以袖掩口，細碎連步而出。至門外、笑聲始縱。

　　古往今來，描寫天真爛漫少女的篇章比比皆是，很難創新。〈嬰寧〉篇獨樹一幟，給人留下了深刻印象的原因就在於蒲松齡寫的嬰寧性格鮮明集中，突出了嬰寧善笑這一性格的獨特表現形式。歌德說：「描寫個別是藝術的真正生命」，就〈嬰寧〉篇來說，蒲松齡是有意識地把握住了這一藝術的奧秘。

　　在短篇小說中，抓住人物的主要性格特徵來描寫不是很容易。由於篇幅的限制和事件的相對集中，很容易使人物性格顯得片面和單調。《聊齋志異》很注意這點，雖然它強調的是主人公某一方面的性格，但寫得豐厚而有深度，於單純之中顯出性格的複雜內涵。

　　〈崔猛〉篇作者突出了崔猛好打不平，性情剛烈的特點，崔猛從小「性剛毅，幼在塾中，諸童稍有所犯，輒奮拳毆擊，師屢戒不悛。」「喜雪不平，以是鄉人共服之，求訴稟白者盈階滿室。」「每盛怒，無敢勸者」。但作者同時又寫他非常敬愛自己的母親。由於母親不希望他惹事，他便有所收斂，甚至在母親苦勸下，發誓不再打抱不平。於是故事就在遵從母訓與暴烈性格的天性的矛盾衝突中展開了。

　　有一次，崔猛在路上碰見一個鄉紳劫奪別人的妻子，他按捺不住，但正當他「氣湧如山，鞭馬向前」時，他的母親從旁嚴厲阻止了他。作者接著寫崔猛回到家裏的舉動：

　　既吊而歸，不語亦不食，兀坐直視，若有所噴。妻詰之，不答。至夜，和衣臥榻上。輾轉達旦，次夜複然。忽啟戶出，輒又還臥。如此三四，妻不敢詰，惟懾息以聽之。既而遲久乃返，掩扉熟寢矣。

　　這裏作者極力寫崔猛在母訓面前的猶豫徘徊，寫母訓對崔猛的強大約束力量。表面上看，崔猛的動搖不定，有點違背他的火爆性格，然而，正像洶湧的激流碰上礁石迴環往復，終於奔騰向前一樣，此處崔猛思想的激烈鬥爭而終於置母訓於不顧，奮然前行，愈發顯示出他剛烈性格的不可遏制。這樣，作者所描寫的崔猛剛烈的性格也就有了深度。

　　〈嬰寧〉篇也是如此。蒲松齡寫她善笑，並不是平面地，單調地強調她笑的外在形式，而是深入到人物性格內心，揭示她的笑與周圍

環境的衝突。〈嬰寧〉中王子服的母親批評嬰寧說「人罔不笑，但須有時」。這給我們分析嬰寧的笑提供了鑰匙。嬰寧在郊外遊春遇見王子服，是她的第一次笑。按照封建社會男女授受不親的禮法，嬰寧應該躲避才是，她卻不然，「女過去數武，顧婢子笑曰：『個兒郎目灼灼似賊！』遺花地上，笑語自去。」王子服尋找到她家，她也毫無閨範的約束，「生無語，目注嬰寧，不遑他瞬。婢向女小語云：『目灼灼，賊腔未改！』女又大笑，顧婢曰：『視碧桃開未？』遽起，以袖掩口，細碎連步而出。至門外，笑聲始縱。」在花園中她與王子服的調笑，簡直帶有現代青年的浪漫色彩了：「見生來，狂笑欲墮。生曰：『勿爾，墮矣！』女且下且笑，不能自止。方將及地，失手而墮，笑乃止。生扶之，陰梭其腕，女笑又作，倚樹不能行，良久乃罷。」本來兒媳第一次拜見婆婆一般都是拘謹嚴肅的，嬰寧則是另一番景象：「母入室，女猶濃笑不顧。母促令出，始極力忍笑，又面壁移時，方出。才一展拜，翻然遽入，放聲大笑。滿室婦女，為之粲然。」

這裏嬰寧是在封建社會中不該笑，不能笑的地方也在笑，而且笑得那麼自然，那麼爽快，那麼甜美，這笑出自於她天真爛漫，純潔無瑕的性格，卻又同封建社會的婦德尖銳對立。也因此，嬰寧來到人間後，漸漸笑不出來了，「雖故逗之，亦終不笑。」作者筆鋒的突然頓挫，反而加深了人們對於嬰寧善笑性格的印象。

有時，作者還能寫出某種性格的發展。像席方平，他是農民的兒子，戇直質樸，在同獄吏、城隍、郡司、冥王的初期鬥爭中是不講什麼策略手段的。他直來直去，公開宣佈自己的鬥爭目標，他也相信王法。當獄吏虐待他的父親，他大罵說：「父如有罪，自有王章，豈汝等死魅所能操耶！」立即「抽筆為詞，值城隍早衙，喊冤以報。」當旅店老闆告訴他，城隍、郡司向冥王送了禮，他的官司可能失敗時，他仍不信，認為是道路之言。冥王殘酷迫害他，恫嚇他說：「敢再訟乎」？他毫不隱瞞自己的觀點，說：「若言不訟，是欺王也，必訟。」但是，後來，他逐漸接受了教訓，懂得了欺騙敵人，保存自己的必要。當冥王再次對他施以酷刑，「復問如前」，他回答說：「不訟矣。」

冥王欺騙他，要給他「千金之產，期頤之壽」，他也「謝而下」，把仇恨隱藏在心裏。這同初時鬥爭的那個幼稚單純的席方平幾乎判若兩人。他成熟了，他在鬥爭中提高了鬥爭藝術，他的性格也變得更加深沉老練了。當然，無論開始時的憨直質樸也好，後來變得深沉老練也好，剛毅頑強作為席方平的主要性格始終保持下來。所以，雖然後來他上了鬼卒的當，變成嬰兒，「依然魂搖搖不忘灌口」，終於在二郎神的幫助下取得了鬥爭的勝利。

其二，《聊齋志異》刻畫人物總是把主人公置於尖銳的矛盾衝突中，讓他們通過行動，自我展示性格。

〈青鳳〉中的耿去病同狐女相愛，青鳳的叔叔不同意，打算裝鬼把他嚇走。於是有一天，耿去病「夜方憑几」，「一鬼披髮入，面黑如漆，張目視生」。——夜間遇鬼，不害怕已經是很罕見的了。可是耿去病竟然笑起來，而且「染指研墨自塗，灼灼然相與對視」，——同鬼開起了玩笑。這玩笑只有耿去病能夠做得出。於是一個「狂放不羈」性格的人便活脫脫地出現在我們面前。

〈佟客〉寫一個姓董的人慷慨自負。有一天，他遇見一個佟姓的劍俠，希望佟客傳授給他劍法。佟客告訴他，只有忠臣孝子，才能授其術。於是這位董生又毅然以忠臣孝子自許，他邀請佟客住在他家，晚上對這位佟客「按膝雄談」，彷彿天地間一切壯烈的行為都不放在眼裏。但是：

更既深，忽聞隔院紛拏。隔院為生父居，心驚疑。近壁凝聽，但聞人作怒聲曰：「教汝子速出即刑，便赦汝！」少頃，似加榜掠，呻吟不絕者，真其父也。生捉戈欲往。佟止之曰：「此去恐無生理，宜審萬全。」生皇然請教，佟曰：「盜坐名相索，必將甘心焉。君無他骨肉，宜囑後事於妻子；我啟戶，為君警廝僕。」生喏，入告其妻。妻牽衣泣。生壯念頓消，遂共登樓上，尋弓覓矢，以備盜攻。倉皇未已，聞佟在樓簷上笑曰：「賊幸去矣。」燭之，已渺。逡巡出，則見翁赴鄰飲，籠燭方歸；惟庭前多編菅遺灰焉。乃知佟異人也。

　　這裏蒲松齡對董生沒有置一詞，而一個自我吹噓，誇誇其談的假孝子便暴露在讀者面前。

　　有時《聊齋志異》也通過心理描寫刻畫人物，但這種描寫不是孤立地去寫人的意識活動，而是把人的精神活動同人物的外在行動結合起來，通過人物行動來反映人物的心理變化。前面我們曾舉過崔猛好打不平的性格與母親嚴禁其打不平的教誨之間的心理衝突，下面我們再看看〈任秀〉篇中曾經受到母親勸戒的任秀在面對賭博時，作者是怎樣刻畫他的心理的：

　　臥後，聞水聲人聲，聒耳不寐。更既靜，忽聞鄰舟骰聲清越，入耳縈心。不覺舊技復癢。竊聽諸客，皆已酣寢，囊中自備千文，思欲過舟一戲。潛起解囊，捉錢踟躕，回思母訓，即復束置。既睡，心怔忡，苦不得眠，又起，又解，如是者三。興勃發，不可復忍，攜錢徑去。

　　任秀過去是賭棍，所以他對骰子聲有著特殊的敏感，更不用說夜間「骰聲清越」了。但由於他這次是隨表叔外出，又處於眾人監督下。加之他也不是不知悔改，「閉戶年餘」，有了較強的克制能力，特別是他愛自己的父母，在母親面前發誓不再賭博，因此，他在臨賭前有著複雜的心理衝突。這激烈的衝突，通過他「潛起解囊，提錢踟躕，思母訓，即復束置，既睡，心怔忡，苦不得眠，又起，又解，如是者三」，一系列令人可見的動作鮮明地表達出來。我們可以設想，假如這裏只是單純地描寫任秀心理活動，寫他想什麼，怎麼樣想賭而又忍住了，就遠不如通過行動的具體描述顯得鮮明，因為人的思維只有通過外在的物質活動才能被人捕捉，才能表現出來。阿‧托爾斯泰說：「為了讓人物自己描敘自己，主要應該尋找這種表現心理狀態的動作。」蒲松齡正是出色地運用了這一點，把這個戒過賭而在誘惑下又舊病復發，終於失去自恃力的賭徒刻畫得維妙維肖。

　　其三，蒲松齡在刻畫鬼狐花妖時，非常巧妙地把握住了他們做為物和幻化成為人後的雙重性格特點，把他們寫得「多具人情，和易可親，而偶見鶻突，知復非人。」

《聊齋志異》中鬼狐花妖本身的特點一般是很突出的，〈苗生〉中那個老虎幻化的秀才粗豪獷放，力大無比；〈葛巾〉中的牡丹花妖「宮妝豔絕」，「鼻息汗熏，無氣不馥」；〈綠衣女〉中蜂子幻化的婦人「綠衣長裙，婉妙無比」，「腰細殆不盈掬」而「聲細如蠅」。這些都體現了他們做為物的原形特點。

但蒲松齡在描寫這些物的原形特點時不是為了炫異獵奇，單純把他們當做妖異來刻畫，而是做為他們幻化成為人後性格的一種補充，使人覺得是人的性格的一種表現。

比如〈阿纖〉中的耗子精阿纖，作者寫她「寡言少怒，或與言，但有微笑」，「晝夜績織無停晷」。尤其特別善於積攢糧食，比如她和三郎重新和好後，「出私金，日建倉廩，而家中尚無儋石，共奇之。年餘驗視，則倉中滿矣。又不數年，家大富」。這裏只是隱隱約約透露出耗子的原形特點，卻概括了某一種類型婦女的善良，勤勞，謙抑，又善於積蓄的特點。

〈青蛙神〉中的十娘，作者寫她「雖謙馴，但含怒」，「日輒凝妝坐」，「最惡蛇」，那也是影射著青蛙的習性，但作者又同時把這些特點賦予了濃厚的人的生活內容。作者很幽默地寫她結婚後與丈夫的三次吵鬧：

第一次是結婚後「門堂藩溷皆蛙」，「昆生少年任性，喜則忌，怒則踐斃，不甚愛惜。十娘雖謙馴，但含怒，頗不善昆生之所為。」於是「十娘語侵昆生，昆生怒曰『豈以汝家翁媼能禍人耶？，大丈夫何畏蛙也。』十娘甚諱言蛙，聞之恚甚。曰：『自妾入門為汝家婦，田增粟，賈增價，亦復不少，今老幼皆已溫飽，遂如梟鳥生翼，欲啄母睛耶。』昆生益憤曰：『吾正嫌所增污穢，不堪子孫，請不如早別。』遂逐十娘。翁媼既聞之，十娘已去。」

第二次是因為「十娘日輒凝妝坐，不操女紅，昆生衣履，一委諸母。」於是昆生母親不滿意了，「母一日忿曰：『兒既娶，仍累媼！人家婦事姑，我家姑事婦！』十娘適聞之，負氣登堂曰『兒婦朝侍食，暮問寢，事姑者其道如何？所短者，不能吝傭錢，自作苦耳。』母無

言，慚沮自哭，昆生入，見母涕痕，詰得故，怒責十娘，十娘執辯不屈。昆生曰：『娶妻不能承歡，不如勿有，便觸老蛙怒，不過橫災死耳。』復出十娘。十娘亦怒，出門徑去。」」

第三次則是「十娘最惡蛇，昆生戲函蛇，紿使啟之。十娘色變，詬昆生，昆生亦轉笑生嗔，惡相詆。十娘曰：『今番不待相追逐，請自此絕』，遂出門去。」

後來由於昆生很後悔自己開的玩笑，思念十娘，廢食成疾。於是十娘又回到昆生的身邊，她對昆生說：「大丈夫頻欲斷絕，又作此態！」「妾千思萬思不忍也。」

我們看到十娘雖然是青蛙變的，但在她身上充滿了人情味。她自尊心強，詞鋒犀利，同時對丈夫又有著深摯的愛。她同丈夫的幾次衝突，在人們的日常生活中也並不陌生。一對感情很好又年輕氣盛的小夫妻，打了好，好了打，不是經常可以看到麼？幾次衝突，即使隱喻青蛙習性的「頗含怒」，「日輒凝妝坐」」「最惡蛇」的特點，我們在某些婦女的性格中也能找到一些共同之處！在類似這樣的篇章中，我們很難分辨出蒲松齡是從一些物的特點受到啟發刻畫人物性格呢，還是由某些婦女的性格特點聯想到某些生物的習性而加以挪揄的。

中國文言小說自六朝的志怪起就開始了記述怪異的傳統，但從文學史角度看，只是到了蒲松齡的《聊齋志異》，這些花妖鬼狐才具有更加明朗的人情味，才更有意識地、大量地和人們的社會生活聯繫起來。這不能不說是蒲松齡的一種創造。郭沫若先生在蒲松齡故居的題詞中稱讚《聊齋志異》「寫鬼寫妖高人一等」，高在那裏？即高在《聊齋志異》的鬼狐不概念化，具有人的性格上。

三、奇瑰的浪漫主義特色

《聊齋志異》被公認為是我國浪漫主義的短篇小說集。這當然是對的，按照一般人的理解，《聊齋志異》中的主人公大都是鬼狐花妖，

神仙精魅；環境忽而幽冥陰間，忽而洞天仙境；作品的情節又琦瑋詼詭，恍惚怪誕，這還不浪漫麼！

不過，《聊齋志異》的浪漫主義精神最主要的特徵，還是在於作者通過這些奇瑰的形式，寄託了作者的孤憤和追求。

比如，他寫科舉的腐敗，便通過擢解的文章乃是出自於癩蛤蟆、蛇、螃蟹之手；寫有自尊心的讀書人讀了自己擢解的文章竟然「一讀一汗，重衣盡濕」，覺得沒臉再見人；寫受科舉毒害的讀書人由於盼望高中而神經錯亂，受到狐狸的戲弄，寫他們死後成為鬼，仍念念不忘「拋卻白紵」，「錦還為快」；他揭露封建社會司法系統的黑暗，有時便假借農民在幽冥中打官司所受的屈辱而罵盡官場，借陰間官吏的齷齪來影射現實的昏聵；當他有感於現實生活的壓迫和剝削時，便創造了沒有科斂之苦的袖裏乾坤，飄渺的仙境來寄託光明，特別是當他有感於人世間的冷漠和虛偽時，他便塑造了許多可親可敬的女鬼和狐女的形象，來表達他對於真善美，對於人情溫暖的摯著追求。

蒲松齡筆下的幽冥仙境，異類世界，高度的社會化，人間化了。在這些虛幻的地方，也像人間一樣有等級，有壓迫，同樣既有溫暖的人情，也有浸透了利己主義冰水的炎涼世態。〈席方平〉篇的陰間，冥王、郡司、城隍、冥吏，貪污受賄，殘害良民，簡直是人間封建司法系統的翻版！〈伍秋月〉中的鬼役，〈連瑣〉中的齷齪隸，〈小謝〉中的判官，其好色無恥，不正是人間世衙役們醜惡嘴臉的投影嗎！〈鳳仙〉、〈辛十四娘〉、〈青鳳〉、〈鴉頭〉雖然寫的是狐狸世界的相互關係，但世態的炎涼並不亞於人間！

蒲松齡筆下的鬼狐也人格化了，雖然他們具有生物的某些特點，也不乏超人的法術，但首先他們是作為人的形象而存在的。同人一樣，他們有愛情的追求，有聚合的歡樂，有分離的痛苦。同樣也要組織家庭，生兒育女，有數不盡的人事煩惱，也同樣有賢愚不肖，善良與醜惡的區分。

〈翩翩〉中的仙女翩翩住在洞天福地，她能夠「取大葉類芭蕉，剪綴作衣」，「取山葉呼作餅，食之，果作餅」，「又剪作雞、魚烹

之，皆如真者」，那生活真是如意如願。她的性格也豁達開通，沒有富貴利祿的煩惱，超脫一切，彷彿真是六根清淨的仙人。然而，她也需要愛情，並且希望愛情專一。當羅子浮輕浮地向她的女友花城調笑時，她就讓羅子浮身上穿的袍綺又還原成芭蕉葉以示警戒，不無酸意地說：「薄倖兒，便直得寒凍殺！」她調侃花城，催她起身：「貪引他家男兒，不憶得小江城啼絕矣。」蒲松齡在「異史氏曰」中說：「翩翩、花城，殆仙者耶？餐葉衣雲，何其怪也，然幃幄誹諧，狎寢生雛，亦復何殊於人世！」

〈青蛙神〉中的老青蛙夫妻倆，很像人世間慈祥愛兒女的父母。他們為了女兒的出嫁，操盡了心，還很有些民主思想。在撮合薛昆生和十娘婚姻時，他們尊重青年人的願望，先把薛昆生請到家裏，與十娘當面相看，說：「此小女十娘，自謂與君可稱佳偶，君家尊乃以異類見拒，此自百年事，父母止主其半，是在君耳」。當小夫妻們發生口角，十娘的父母並不偏袒女兒，而是很理智地平息了風波。後來，小夫妻倆鬧得實在不可開交，十娘的父母才決定將十娘另嫁，但仍然尊重孩子的心願，讓十娘與薛昆生重新和好。這情況，後來小夫妻倆見面時，十娘是這樣告訴薛昆生的：「以輕薄人相待之禮，止宜從父命，另醮而去。固久受袁家采幣，妾千思萬思而不忍也。卜吉已在今夕，父又無顏反幣，妾親攜而置之矣。適出門，父走送曰：『癡婢，不聽吾言，後受薛家凌虐，縱死亦勿歸也。」這不是活畫出人世間慈祥痛愛女兒的父母的心理嗎！〈青蛙神〉中青蛙老夫婦身上實際上寄託了蒲松齡對於兒女婚姻問題，對於如何處理翁婿關係，姻親關係上的一些理想。

當然，奇特的想像，是一切浪漫主義的基礎。《聊齋志異》的想像是豐富的，也是奇瑰的。〈彭海秋〉中的仙人一招手，就飛來一隻彩船，「自空飄落，煙雲繞之」。彩船上「一人持短棹，棹末密排修翎，形類羽扇，一搖則清風習習」，於是彩船就「漸入上雲霄，望南遊行，其駛入箭」。這不是很像現在的太空船麼？〈雷曹〉中的樂雲鶴在雲中遨遊：「開目，則在雲氣中，周身如絮。驚而起，暈如舟上。

踏之軟無地。仰視星斗，在眉目間，遂疑是夢，細視星嵌天上」。「撥雲下視，則銀河蒼茫，見城郭如豆。」這不又像是現在的星際旅行麼？以我們現在的科學知識來看，這些描寫是粗陋而幼稚的，但是以三百年前來論列，顯而易見，蒲松齡的想像是多麼大膽又多麼神奇！

《聊齋志異》中的想像總是與故事情節的發展、人物性格的塑造結合在一起的。〈促織〉中成名的兒子死後變成一隻善鬥的蟋蟀，成為成名一家否極泰來的契機，它向人們顯示了封建社會勞動人民的地位如同蟲豸；〈席方平〉篇的席方平在陰間所受到的火床揉捼，大鋸分身的酷刑，本是佛教徒宣傳因果報應，輪回思想的荒誕說教，蒲松齡卻化腐朽為神奇，用它突出了主人公不屈不撓的剛毅性格。〈夢狼〉中的白翁在夢中來到了當官的兒子衙中，沒有看見兒子，卻看見「一巨狼當道」，「堂上、堂下、坐者、臥者皆狼」而「墀下的白骨如山」。這是現實中「官虎而吏狼」的真實寫照。〈向杲〉中的向杲哥哥被人打死，他按照封建社會的司法程式求告無門，走頭無路；企圖伺機刺殺仇人，卻由於仇人防備森嚴，無從下手。於是「一日，方伏，雨暴作，上下沾濡，寒戰頗苦。既而烈風四塞，冰雹繼至，身忽然痛癢不能複覺。嶺上舊有山神祠，強起奔赴。既入廟，則所識道士在內焉。先是，道士嘗行乞村中，杲輒飯之，道士以故識杲。見杲衣服濡濕，乃以布袍授之，曰：「姑易此。」杲易衣，忍凍蹲若犬，自視，則毛革頓生，身化為虎。道士已失所在。心中驚恨。轉念：得仇人而食其肉，計亦良得。下山伏舊處，見已屍臥叢莽中，始悟前身已死；猶恐葬於烏鳶，時時邏守之。越日，莊始經此，虎暴出，於馬上撲莊落，龁其首，咽之。」人化為老虎，想像何等奇特，它向人們表明，在封建社會中，官府靠不住，衙門靠不住，要報仇伸冤，只能靠自己另創出一條道路。正象蒲松齡在「異史氏曰」對向杲化虎報仇所作的說明中談到的：「天下事足髮指者多矣。使怨者常為人，恨不令暫作虎。」

本來，想像和幻化的情節，「並不是具體的矛盾所表現出來的具體的變化」（毛澤東〈矛盾論〉），因為在現實中它們沒有科學依據，是荒誕的。但蒲松齡卻有本領把它們寫得活靈活現，在離奇恍惚之中

給人以真實的感覺。我們以〈陸判〉中陸判給朱爾旦的妻子換頭為例來說明：

　　過半日，半夜來叩門。朱急起延入，燭之，則襟裹一物。詰之，曰：「君曩所囑，向艱物色。適得美人首，敬報君命。」朱撥視，頸血猶濕。陸力促急入，勿驚禽犬。朱慮門戶夜扃。陸至，以手推扉，扉自開。引至臥室，見夫人側身眠。陸以頭授朱抱之，自於靴中出白刃如匕首，按夫人項，著力如切腐狀，迎刃而解，首落枕畔。急於生懷，取美人首合項上，詳審端正，而後按捺。已而移枕塞肩際，命朱瘞首靜所，乃去。朱妻醒，覺頸間微麻，面頰甲錯，搓之，得血片。甚駭，呼婢汲盥。婢見面血狼藉，驚絕。濯之，盆水盡赤。舉首則面目全非，又駭極。夫人引鏡自照，錯愕不能自解。朱入告之。因反覆細視。則長眉掩鬢，笑靨承顴，畫中人也。解領驗之，有紅線一周，上下肉色，判然而異。

　　換頭，只是一種幻想。從構思來講完全是非現實的。但蒲松齡寫得一絲不苟，惟妙惟肖，他用當時醫藥外科所能達到的水平去進行描敘：割下來的美人頭「頸血猶濕」；給朱爾旦的夫人動手術時是在她睡覺的時候，──如同處在麻醉狀態；動手術割頭則是「著力如切腐狀，迎刃而解」；安裝換頭時「詳審端正，而後按捺。」朱爾旦夫人早晨醒來，「覺頸間微麻」，「面血狼藉」，這是手術後的正常現象；而由於是異體移植，於是「解領視之，有紅線一周，上下肉色，判然而異」。這裏構思的非現實性完全被細節‧被詳實而生動地描寫所輝映遮掩，使人恍如真的目睹了這一經過。

　　就《聊齋志異》中大多數浪漫的奇瑰想像來說，蒲松齡總是用現實的、具體的、形象的細節描寫來縮短它們與讀者的心理距離。「受之以脾」，「此文我心受之」，「格格而不能下，強受之以膈」以及通過他形象地誇張動作：「嗅其餘灰，咳逆數聲」，「忽向壁大嘔，下氣如雷」，也使人相信文章的灰燼的確在順著經絡運行，產生了強烈的生理反應。

　　有時這種想像還從特定的邏輯出發，使它符合現實生活的規定。比如〈促織〉中成名兒子幻化的蟋蟀就是「短小，黑赤色」，因為那是孩子變化的呵。〈白秋練〉中的白秋練離開湖泊縱橫的楚地同慕蟾宮來到河北，「女求載河水」，「既歸，每食必加少許，如用醯醬焉」。有一次，由於「湖水將罄，久待不還，女遂病，日夜喘急」。「喘息數日，奄然遂斃」。後來，湖水運來了，慕蟾宮按照白秋練的遺囑，將她的身體浸在湖水中，「一時許」，白秋練漸漸活過來，這一切都因為白秋練是魚精、她不能須臾離開水的緣故！〈竹青〉中的烏鴉神女送給魚客一件黑衣服，說如果想念她就可以穿上飛來。那黑衣服實際上就是烏鴉的翅膀。她也能生兒子，卻「胎衣厚裹，如巨卵然」，這是按照烏鴉屬於鳥類，鳥類應該是卵生而給她設計的浪漫情節。

　　尤其值得指出的是，《聊齋志異》中浪漫奇瑰的想像，變幻莫測的情節，又往往有著堅實的民俗方面的基礎，有著濃重的民間色彩。

　　《聊齋志異》可以稱得上是迷信的百科全書了，裏面包含著豐富的民俗和傳說。比如關於所謂鬼的生活方面，就有「人死為鬼，鬼死為聻。鬼之為聻，猶人之畏鬼也」；「鬼不見地，猶魚不見水」；「上有生人居，則鬼不安於夜室」（〈章阿端〉）；鬼在太陽底下沒有影子（〈晚霞〉）；鬼只能在晚上活動，雞叫之前要回到地下（〈蓮香〉）；誤食水莽草的人死後必須找到替死鬼才能託生（〈水莽草〉）；被水淹死的人也需要找到替死鬼才能再生（〈王六郎〉）；吊死鬼必須把上吊時的屋樑燒毀才能解放自身，得到自由（〈梅女〉）等等說法。關於狐狸的傳說則有，他們一般自稱姓胡（〈胡四娘〉），或複姓皇甫（〈嬌娜〉）；像人一樣有男女，有家庭，有賢愚不肖的區別。他們的壽夭不定，常常要碰上雷劫，需要人類中有福的人庇護才能躲過（〈小翠〉、〈嬌娜〉）。他們也頗有些法術，能招會算，但道術有限，近於「左道」（〈胡氏〉）等等。

　　蒲松齡運用這些民俗傳說編寫了許多故事，像著名的〈王六郎〉就寫一個許姓漁夫夜間打魚，結識了一個叫王六郎的讀書人。王六郎每天幫助許姓漁夫打魚，兩人成了好朋友。有一天，王六郎告訴許姓

漁夫要分手了。他說：「今將別，無妨相告，我實鬼也。素嗜酒，沉醉溺死，數年於此矣。……明日業滿，當有代者，將往投生。」第二天，漁夫到河邊，果然看見有一個婦人懷抱嬰兒要過河，她剛下水，就掉到河裏，懷中嬰兒被擲在岸上，孩子在岸上揚手擲足地啼哭，落水的婦女一會兒飄浮上來，一會兒沉到水中，不斷掙扎。漁夫看見婦人落水，本想去救，一想到婦人是替好朋友死的就止步不前。但不一會兒，婦人竟濕漉漉地爬上岸來，在岸上歇了一會，抱著孩子走了。漁夫很奇怪，到了晚上，他又碰上王六郎，問他原因，王六郎說：「女子已相代矣；僕憐其抱中兒。代弟一人遂殘二命，故捨之，更代不知何期。」淹死的人要找替死鬼的說法，在我國很多地區都有流傳。蒲松齡運用這種傳說塑造了一個可敬可親的水鬼形象。——他寧可自己永不超生，也不忍心傷害別人。這故事的情節很浪漫，卻又建立在廣泛的傳說基礎之上。

就這些民俗傳說來講，無疑是荒誕的，但由於深植於民間，有著久遠的歷史和深厚的民眾基礎，因此，當蒲松齡運用這些傳說來豐富自己的故事，把它們當做情節發展的契機和塑造人物形象的依據時，就使得那些「事或奇於斷髮之鄉，怪有過於飛頭之國」的浪漫故事，有了一定的歷史和心理的依據，使人感到親切，感到生活氣息的濃厚，這同某些作者僅靠關在書齋裏浮想聯翩的「浪漫」有著很大的不同。

四、獨具匠心的語言藝術

文學是語言的藝術。高爾基說：「文學的第一個要素是語言。」一部文學作品的成就往往與作者駕馭語言的能力成正比。一般來說，，駕馭語言的能力愈強，文學上的成就就愈高。《聊齋志異》在語言藝術上取得的成就向人們表明，它不愧為世界上第一流的短篇小說集。

《聊齋志異》是用文言文寫作的，這在很大程度上限制了它的讀者範圍。但是，這並沒有限制或者損害《聊齋志異》的藝術價值，在

某種意義上說，它倒是運用這種古老的文字形式的典範。《聊齋異志〉在語言藝術上最重要的成就，體現在作者高度發揮了文言文的優長，在簡潔凝練之中做到了準確傳神。

我們試舉〈鏡聽〉為例：

益都鄭氏兄弟，皆文學士。大鄭早知名，父母嘗過愛之。又因子並及其婦；二鄭落拓，不甚為父母所歡，遂惡次婦至不齒禮：冷暖相形，頗存芥蒂。次婦每謂二鄭：「等男子耳，何遂不能為妻子爭氣？」遂擯弗與同宿。於是二鄭感憤，勤心銳思，亦遂知名。父母稍稍優顧之，然終殺於兄。次婦望夫慕切，是歲大比，竊於除夜以鏡聽卜。有二人初起，相推為戲，云：「汝也涼涼去！」婦歸，吉凶不可解，亦置之。闈後，兄弟皆歸，時暑氣猶盛，兩婦在廚下炊飯餉耕，其熱正苦。忽有報騎登門，報大鄭捷。母入廚喚大婦曰，「大男中式矣！汝可涼涼去。」次婦忿惻，泣且炊。俄，又有報二鄭捷者，次婦力擲餅杖而起，曰：「儂也涼涼去！」此時中情所激，不覺出之於口，既而思之，始知鏡聽之驗也。

這個故事有時間，有地點，有人物，有情節，有激烈的感情衝突，也有傳神的語言動作，把封建社會家庭內部的人情冷暖寫得活靈活現。特別是小說末尾，次婦聽到自己的丈夫也高中，等不及婆婆優待，力擲餅杖而起，曰：『儂也涼涼去！』確實精彩地勾畫出那個一向受歧視受壓抑的婦女，一瞬間的解放感和積鬱的感情爆發。然而，這一切不過僅用了三百字。三百字小說，這在白話文中幾乎是不可想像的，即或在文言文中，也需要高超的駕馭文字的能力！但蒲松齡卻舉重若輕地做到了。

作者描敘事物的本領是驚人的。他很善於寫動植物，他筆下的動物是那樣栩栩如生，植物又是那樣充滿了生機。他能用一兩筆，便勾畫出它們的神態。在〈促織〉、〈綠衣女〉、〈青蛙神〉、〈鴿異〉、〈捉狐〉、〈蛇人〉、〈鵪鶉〉、〈義鼠〉、〈禽俠〉、〈王成〉、〈素秋〉、〈黃英〉、〈葛巾〉、〈竹青〉等篇中，那些花妖狐魅幻

化的人固然性格鮮明，惹人喜愛，就是它們的生物形態也都活靈活現躍然紙上。我們看〈鴿異〉中關於鴿子的描寫：

少年立庭中，口中作鴿鳴。忽有兩鴿出：狀類常鴿，而毛純白；飛與簷齊，且鳴且鬥，每一撲，必作斤斗。少年揮之以肱，連翼而去。復撮口作異聲，又有兩鴿出：大者如鶩，小者裁如拳；集階上，學鶴舞。大者延頸立，張翼作屏，宛轉鳴跳，若引之；小者上下飛鳴，時集其頂，翼翩翩如燕子落蒲葉上，聲細碎，類鞀鼓；大者伸頸不敢動。鳴愈急，聲變如磬，兩兩相和；間雜中節。既而小者飛起，大者又顛倒引呼之。

這真可以說把鴿子寫活了。在中國文學史上曾有過不少作家寫過動物，像柳宗元寫過〈引臨江之麋〉、〈黔之驢〉、〈永某氏之鼠〉，陸龜蒙寫過〈桔之蠹〉，都取得了一定成績。但是像蒲松齡這樣廣泛地描寫各類動物，在描寫上又那樣細膩生動卻並不多見。

《聊齋志異》也善於寫人的神態肖像。同是少女，〈畫壁〉中的垂髫女「拈花微笑，櫻唇欲動，眼波將流」。〈俠女〉中的女郎「年約十八九，秀曼都雅」」「而意凜如」。〈連瑣〉中的連瑣「瘦怯凝寒，若不勝衣」。〈辛十四娘〉中的辛十四娘則「著紅帔」，「振袖傾鬟，亭亭拈帶」。真是盡態極妍，而又各有其美。

《聊齋志異》尤其善於寫人物之間的對話。其中的人物非常複雜，幾乎囊括了當時社會上不同身份、不同職業，各個階級、各個階層的形形色色人物。蒲松齡能夠恰如其分地描摹他們各自不同的口吻。〈葉生〉中葉生與丁乘鶴之間的對話是有教養的知識份子間的談話。〈席方平〉中席方乎與鬼卒的爭吵是下層社會人的口吻。〈翩翩〉中翩翩與花城之間的戲謔是關係親密少婦間的玩笑。〈封三娘〉中封三娘與狐女之間關於如何選擇愛人的討論就屬於閨中少女的悄悄話了。他寫剛毅質樸的男子的話是「大冤未伸，寸心不死，若言不訟，是欺王也。必訟！」（〈席方平〉）寫正義而果斷的少女的話是「阿爺原不曾以妹子屬毛郎，若以妹子屬毛郎，更何須妹妹勸駕也！；（〈姊妹易嫁〉）寫潑辣而帶點無賴氣的婦女的話是「小郎若個好男子！又房子娘子賢

似孟姑姑，任郎君東家眠，西家宿，不敢一作聲，自當是小郎大好乾綱，到不得代哥子降伏老媼！」（〈閻王〉）寫溫柔而膽小的婦女之聲，則是「不知何故，惺惺心怯。乞送我出門。」「君佇望我；我逾垣去，君方歸。」在這些方面，那確是達到了如魯迅先生所說：「如果刪除了不必要之點，只摘出各人有特色的談話來，我想，就可以使別人從談話裏推見每個談話中的人物。」（〈看書瑣記〉）

《聊齋志異》中人物的對話具有直觀性。就是說，通過對話，可以使讀者感受到談話人的音容笑貌與外在動作，從而想見人物性格。在這方面最出色的是〈狐諧〉。故事寫一個談鋒機敏，詼諧善辯的狐女靠口才鎮伏了所有的男子。由於她不願在眾人面前顯露真容，於是作者也就單寫她與眾人的談話：

客願一睹仙容。萬白於狐。狐曰：「見我何為哉？我亦猶人耳。」聞其聲，不見其人。客有孫得言者，善謔，固請見，且曰：「得聽嬌音，魂魄飛越；何吝容華，徒使人聞聲相思？」狐笑曰：「賢孫子，欲為高曾母作行樂圖耶？」眾大笑。狐曰：「我為狐，請與客言狐典，頗願聞之否？」眾唯唯。狐曰：「昔某村旅舍，故多狐。輒出崇行客。客知之，相戒不宿其舍，半年，門戶蕭索。主人大憂，甚諱言狐。忽有一遠方客，自言異國人，望門休止。主人大悅，甫邀入門，即有途人陰告曰：『是家有狐』客懼，白主人，欲他徙。主人力白其妄，客乃止。入室方臥，見群鼠出於床下，客大駭，驟奔，急呼：『有狐』！主人驚問。客怒曰：『狐巢於此，何誑我曰無？』主人又問：『所見何狀？』客曰：『我今所見，細細麼麼，不是狐兒，必當是狐孫子：』言罷，座客粲然。孫曰：「既不賜見，我輩留勿去，阻爾陽臺。」狐笑曰：「寄宿無妨，尚有小忿犯，幸勿介懷。」客恐其惡作劇，乃共散去。然數日必一來，索狐笑罵。狐諧甚，每一語，即顛倒賓客，滑稽者不能屈也。群戲呼為「狐娘子」。一日，置酒高會，萬居主人位，孫與客分左右，上設一榻待狐。狐辭不善酒。咸請坐談，許之。酒數行，眾擲骰為瓜蔓之令。客值瓜色。會當飲，戲以觥移上座曰：「狐娘子太清醒，暫借一杯。」狐笑曰：「我故不飲，願陳一典，以佐諸

公飲。」孫掩耳不樂聞。客皆曰:「罵人者當罰。」狐笑曰:「我罵狐何如?」眾曰:「可。」於是傾耳共聽。狐曰:「昔一大臣,出使紅毛國,著狐腋冠,見國王。王見而異之,問『何皮毛,溫厚乃爾?』大臣以狐對。王曰:『此物生平未曾得聞。狐字字畫何等?』使臣書空而奏曰:『右邊是一大瓜,左邊是一小犬』」主客又復哄堂。二客,陳氏兄弟,一名所見,一名所聞。見孫大窘,乃曰:「雄狐何在,而縱雌狐流毒若此?」狐曰:「適一典,談猶未終,遂為群吠所亂,請終之。國王見臣乘一騾,甚異之。使臣告曰:『此馬之所生』。又大異之。使臣曰:『中國馬生騾,騾生駒駒。王細問其狀。使臣曰:『馬生騾,是臣所見,騾生駒駒,是臣所聞。』」舉座又大笑。眾知不敵,乃相約。後有開謔端者,罰作東道主。頃之,酒酣,孫戲謂曰:「一聯:請君屬之。」萬曰:「何如?」孫曰:「妓者出門訪情人,來時『萬福』,去時『萬福』。」眾屬思未對。狐笑曰:「我有之矣。」對曰:「龍王下詔求直諫,鱉也『得言』,龜也『得言』。」眾絕倒。孫大恚曰:「適與爾盟,何複犯戒了?」狐笑曰:「罪誠在我,但非此,不能確對耳。明日設席,以贖吾過。」相笑而罷。狐之詼諧,不可殫述。

〈狐諧〉雖然只寫了狐女與眾人的談話,但我們通過她噴湧如泉的比喻笑話,完全可以感受到這個機智、開朗,伶牙利齒的少婦形象的存在。

為了能更貼切地描摹說話人的口吻神態,蒲松齡在創作中還大量吸收口語、諺語、俗話,使人物的對話生動活潑,比如〈邵女〉篇中媒婆與邵妻的對話:

睹女,驚贊曰:「好個美姑姑!假到昭陽院,趙家姊妹何足數得!」又問:「婿家阿誰?」邵妻答:「尚未。」媼言:「若個娘子何愁無王侯作貴客也。」邵妻歎曰:「王侯家所不敢望,只要個讀書種子,便是佳耳。我家小冤孽,翻復遴選,十無一當。不解是何意向。」媼曰:「夫人勿須煩怨。憑個麗人,不知前人修何福澤,才能消受得。昨一大笑事:柴家郎君云於某家塋邊,望見顏色,願以千金為聘。此

非餓鴟作天鵝想耶？早被老身呵斥去矣！」邵妻微笑不答。媼曰：「便是秀才家，難與較計，若在別個，失尺而得丈，宜若可為矣。」邵妻復笑不言。媼撫掌曰：「果爾，則為老身計亦左矣。日蒙夫人愛，登堂便促膝賜漿酒，若得千金，出車馬，入樓閣，老身再到門，則閽者呵叱及之矣。」邵妻沉吟良久，起而去，與夫語；移時喚其女；又移時，三人並出。邵妻笑曰：「婢子奇特，多少良匹悉不就。聞為賤媵則就之。但恐為儒林笑也！」媼曰：「倘入門，得一小哥子，大夫人便如何耶！」

這裏的對話盡用口語，把一個巧言令色的媒婆的神態口氣，活脫脫地勾畫出來。

從來文學上的天才，語言都是豐富多變的。蒲松齡也不例在外。他創作時，可以根據不同的故事內容運用不同風格的語言。他能夠用硬朗剛勁的語言敘述〈席方平〉，也可以用清新活潑的語言描敘〈嬰寧〉。〈公孫九娘〉篇的語言纏綿紆徐，《狐諧》等篇的語言幽默詼諧。

《聊齋志異》各篇在語言節奏上也有著明晰的調節。像〈保住〉篇作者寫武士偷到了琵琶後，「姬愕呼：『寇至』，防者盡起。見住抱琵琶走，逐之不及，攢矢如雨。住躍登樹上，牆下故有大槐三十余章。住穿樹行抄，如鳥移枝；樹盡登屋，屋盡登樓，飛奔殿閣，不啻翅翎，瞥然不知所在。客方飲，住抱琵琶飛落簷前，門扃如故，雞犬無聲」那節奏如彈丸脫手，緊張急促。但在〈蛙曲〉篇，作者寫青蛙的神奇則是：「曾見一人作劇於市，攜木盒作格，凡十有二孔，每孔伏蛙。以細杖敲其首，輒哇然作鳴。或與金錢，則亂擊蛙頂，如拊雲鑼之樂，宮商詞曲，了了可辨。」這節奏就從容行徐，有著「疏緩節而安歌」的神韻了。

總之，《聊齋志異》的語言豐富多彩，取得了相當高的成就，正如馮鎮巒在《讀聊齋雜說》中所談到的「俗手作文，如小兒舞鮑老，只有一副面具。」而聊齋則「文有妙於駁緊者，妙於整麗者，又有變

駃緊為疏奇,化整麗為歷落者,現出各樣筆法」。這是幾百年來《聊齋志異》藝術生命始終不衰的一個重要原因。

第十一章

中國的恐怖小說與《聊齋志異》的恐怖審美情趣

一、恐怖與恐怖小說

恐怖是什麼？恐怖是人的心理或情緒遠較害怕更為強烈的震撼。它可以源於對危險即將降臨而無法認知無法控制的期待，可以是直接面臨鮮血淋漓的生命屠殺的顫慄，可以是生命對於死亡吞噬的觸摸。恐怖的來源可以多種多樣，表現形式可以五花八門，予人的刺激可以有深淺輕重之別，而究其本質莫不與生命有關，是人類對於死亡來臨或可能來臨的一種本能性心理反映。

恐怖雖然是令人毛骨悚然的一種心理和生理的反應，卻可以轉化成欣賞或享受的對象，並在其過程中獲得某種快感。當然，這需要條件，比如，就主體而言，他是渴望擺脫平庸安逸的主動的消閒行為；對於客體而言，它應是有刺激而無真正的危險或危險性不大，具有相當的虛擬性。從古羅馬的圍觀角鬥士殘殺，到觀看西班牙的鬥牛比賽；從各種的冒險體育項目如跳傘、蹦極，到兒童的蒙著眼睛捉迷藏，都反映了人類戲弄恐怖，遊戲恐怖的複雜天性。

現實生活中的恐怖刺激，有很大的局限性，它往往成本較高，其體驗一般是一次性，不可重複的；或者是單項或單調的，不可能多項而複雜，而且現實中的恐怖體驗畢竟也不是所有的人都可以獲得。

在文藝形式中欣賞恐怖，卻為古往今來的大多數人所接受。在文藝作品中欣賞恐怖，人們並不是直接面對恐怖的現實，而是在一種虛擬的場景中體驗恐怖的存在。因為虛幻，所以它是安全的。人們隔岸

觀火，可以洞悉其歷程，體驗他人之憂懼恐怖，既無性命之虞，也無不道德之嫌。文藝作品可以提供生活中各種恐怖的形式。它豐富多彩，生活中有多少恐怖的形式，文藝作品中就有多少恐怖的內容，甚至現實生活中沒有的，文藝作品中也可以憑藉想像來虛擬，進行超前而虛幻的體驗，科幻作品中呈現的恐怖就是這樣。它還可以重複，讓人一遍一遍反覆咀嚼體驗。尤其是，文藝作品中的恐怖，可以成為審美的一種形式，一種範疇，使人們在強烈的刺激中，使長期的鬱悶得到一種釋放，使積年的緊張得到一種放鬆，使甜膩的平淡由於震撼和狂暴得到一種調劑。總之，欣賞恐怖作品有時也有一種快感的獲得，這種快感是通過恐懼、緊張、刺激與審美形式的綜合來完成的。

恐怖性的文藝作品是人類為了滿足心理刺激和娛樂需要的產物，也是人類對於自身和社會認識的發展的產物，從人類文藝發展史的角度看，單純的恐怖趣味文藝作品的大量出現是晚近的事，對於它們的研究也剛剛起步，並主要集中在影視方面。

在表現恐怖上，作為以語言為媒介的文學作品比不上綜合藝術，特別是影視所具有的多維度震撼力，也比不上美術的直觀，音樂的感性，但語言的通俗易懂，表達的豐富直接，也使得它不僅魅力獨特而且成為表現和釋放恐怖的最古老原始最廉價通俗的載體，其中恐怖小說又是文學作品中之大宗。

那麼什麼是恐怖小說呢？這裏所說的恐怖小說指的是以追求感官恐怖刺激為主要情趣，以恐怖事件為主要情節，是為了欣賞恐怖而創作的小說，它的恐怖具有整體性而非僅具個別的情節的小說。

二、中國古典恐怖小說的追憶

中國的恐怖小說不僅產生的晚，而且無論從數量上還是從題材上都遠遠落後於西方。究其原因，既與近代社會總體發展的滯後有關，也與東西方文化的差異有關。比如，在中國，「子不語怪力亂神」的

儒家思想，人天一致的天人感應意識，重視人的參悟內省的道德規範，推崇人的處變不驚的風度，以及「文以載道」重社會倫理效益的創作原則，「溫柔敦厚」創作風格的提倡等等，都使得恐怖小說很難發展起來。但是中國古代零星的恐怖小說還是有的，尤其是鬼神類的恐怖小說，由於它們和宗教的宣傳合拍，和「賞善罰淫」的道德說教合拍，便畸形地發展起來。中國古代的恐怖小說甚至是以鬼神類的題材為主要的表現內容的。

中國鬼神的傳說雖然很早就有，但作為鬼神類恐怖小說的源頭卻只能從佛教傳入後的魏晉六朝志怪小說中去尋找。魏晉六朝的志怪小說很有一些能引起恐怖情緒的篇章，比如《搜神記》中的「阮瞻」篇，《搜神後記》中的「周子文」篇，《法苑珠林》中的「趙泰」篇等等。由於當時人「以為幽明雖殊途，而人鬼乃皆實有，故其敘述異事，與記載人間常事，自視故無誠妄之別」（魯迅《中國小說史略》第五篇「六朝之鬼神志怪書」）。著名的《宋定伯捉鬼》的故事，之所以讀起來毫無恐懼之感，即因為當時人們視鬼的存在為平常，認為它們無非是人的另類，故可以欺騙之、戲褻之。作者創作的本意或在「張惶鬼神，稱道靈異」，「意在自神其教」，或只是平常記事，並「非有意為小說」。尤其是這個時期的小說描寫大都簡約概括，僅具故事的梗概，因此只可稱恐怖小說之雛形，還談不上是真正的恐怖小說。

恐怖的事物訴之於文字不一定必然能夠引起讀者產生恐怖的感覺。只有通過作家的描寫，讀者產生感同身受的恐怖聯想，閱讀的恐怖快感才會發生作用。比如，雪崩、地震、海嘯、龍捲風、火山爆發的恐怖，讀者在閱讀有生活經驗並善於描寫的作家之作品時會談虎色變，而讀沒有生活經驗又不善於描寫的作家之作品，就很難激起恐怖的情緒。鬼神類的恐怖雖非實有，但由於宗教的宣傳和民俗的浸潤，它可以漸漸由虛幻的現實變成可觸摸的心理存在，引起實在的恐懼感，對作家和讀者雙向地產生影響。

唐代，隨著佛教的深入和本土化，隨著俗講、唱經、佛教壁畫對於一般民眾的深入影響，鬼神觀念與民俗進一步結合，尤其是因果報

應與地獄陰府觀念的深入，使中國人對於鬼神作為異己力量的可怕有了進一步感性的認識。唐人小說中的鬼神已不再是一種抽象的靈魂，而是有了可憎可怖的面孔。夜叉，是在唐人小說中始出現的鬼神，「赤髮蝟奮，金身鋒鑠，臂曲瘻木，甲駕獸爪，衣豹皮褲，攜短兵」，「獐目電燮，吐火噴血，跳擲哮吼，鐵石消鑠。」（《太平廣記》卷256）它的形象成為後來鬼怪的範式。尤其是，唐人開始有意為小說，並在描述上突破了粗陳梗概的現狀，有了細緻地描寫。在故事的結撰上也極盡騰挪變化，聳異恐怖之能事。如《玄怪錄》中的「齊饒州」、「周靜帝」等。同是描寫地獄陰府中的酷刑，《玄怪錄》中的「崔環」就較《法苑珠林》中的「趙泰」恐怖得多，「趙泰」篇只是按佛經的地獄變相敷衍成篇，而「崔環」篇在寫地獄的酷刑中又有「人礦院」，「見其石上別有一身，被拽撲臥石上，大鎚鎚之，痛苦之極，實不可忍。須臾，骨肉皆碎，僅欲成泥」。唐人小說在敘事中也很注意氛圍的渲染。像李公佐的〈盧江馮媼〉敘述董江在妻亡後更娶，馮媼在風雨之夜見到董妻的鬼魂悲傷哭泣的事。小說語言質樸無華，而恐怖悲涼則力透紙背。唐代的小說作者不見得有意在創作恐怖小說，但既然是「作意好奇」，有的作者在創作小說時便有意尋找著特殊的審美感受，尋求著一種黑色幽默或恐怖刺激。比如牛僧儒的《玄怪錄》、李復言的《續玄怪錄》中的不少篇章即有著這種傾向，也不妨稱作是恐怖小說。

宋元明時期的文言小說，由於理學的盛行，失去了唐代小說的飛揚的風致。比如宋時的文言小說，魯迅先生就稱「既平實而乏文采，其傳奇，又多託往事而避近聞。擬古且遠不逮，更無獨創可言」（《中國小說史略》第十二篇「宋之話本」）。又稱明代的《剪燈新話》「文題意境，並撫唐人，而文筆殊庸弱不相副」（《中國小說史略》第二十二篇「清之擬晉唐小說及其支流」）。恐怖小說的情趣在很大程度上依賴於繪聲繪色地描述，「平實而乏文采」，自然就使恐怖的意趣減少了很多。這一時期文言小說中雖然也不乏具有恐怖意味的作品，如《夷堅志》中的「袁州獄」、「毛烈陰獄」，《鬼董》中的「張師

厚再娶劉氏」等，但總的來說恐怖小說的質量和數量都較之唐代遜色不少。而這時較有情趣的恐怖小說反而集中在白話小說上，如《六十家小說》所載〈西湖三塔記〉、〈西山一窟鬼〉、〈定山三怪〉、〈楊思溫燕山逢故人〉、〈三現身包龍圖斷冤〉等。《醉翁談錄》卷一「小說開闢」中所載「靈怪」、「煙粉」類中的話本目錄差不多都與恐怖神秘有關，從中可略窺宋元白話小說中恐怖小說的大體面目。

三、《聊齋志異》恐怖作品的分類

　　蒲松齡的《聊齋志異》不僅是清代最傑出的文言小說集，就恐怖小說而言，它也是含有恐怖小說最多，最好的小說集。

　　長期以來，人們在談到《聊齋志異》的審美價值時總是強調其中的鬼狐花妖「和易可親，忘為異類」，強調其中的孤憤精神和教育勸懲內容，強調它故事的曲折，強調它辭藻的華美，這些當然並不錯，都確實是《聊齋志異》藝術價值的重要方面，但另外不可忽視而長期不被人注意的就是，《聊齋志異》所特有的恐怖審美情趣，也是它獨特的審美價值的一個方面。

　　《聊齋志異》中具有恐怖趣味的小說大別可以分為五類：戰爭創傷類；鬼怪靈異類；冥婚式人鬼相戀類；宗教勸懲類；自然災異及山水遊記類。其中以戰爭創傷、鬼怪靈異、冥婚式人鬼相戀三類數量為最多，藝術水平也較高。而宗教勸懲和自然災異類藝術成就稍遜。

　　《聊齋志異》反映明末清初戰亂給人們心理上精神上帶來的創傷恐怖至今讀起來都令人震悼。它們有〈諸城某甲〉、〈鬼哭〉、〈野狗〉、〈韓方〉、〈江中〉、〈公孫九娘〉等，尤以〈公孫九娘〉為特出。〈公孫九娘〉一開篇便交代恐怖背景，使人不寒而慄：「于七一案，連坐被誅者，棲霞、萊陽兩縣最多。一日俘數百人，盡戮於演武場中。碧血滿地，白骨撐天。上官慈悲，捐給棺木，濟城工肆，材木一空。以故伏刑東鬼，多葬南郊。」故事寫萊陽諸生在祭奠親友時，

遇見已死的故友朱生邀其為之主婚。通過朱生，他認識了女鬼公孫九娘，於是晝來宵往。公孫九娘要求萊陽生將其屍骨歸葬家族墓側。臨行時萊陽生忘卻問及墳墓的志表，無法履行諾言。後來在墟墓中重遇公孫九娘的魂魄，萊陽生始終沒有得到公孫九娘的諒解。〈公孫九娘〉是《聊齋志異》中少有的悲劇故事，其悲劇性結局與恐怖愁慘的氣氛力透紙背，使讀者感受到戰亂的恐怖。從這個意義上，這部分篇章以荒誕的內容和鬼怪的形式真實地揭示了明末清初的戰禍給人民造成的慘劇，其意義並不亞於反映明末清初戰亂的《揚州十日》、《嘉定三屠》的史料價值。

鬼怪靈異類是《聊齋志異》恐怖趣味的大宗。它由兩部分組成。一部分如六朝的志怪小說，如〈噴水〉、〈大人〉、〈山神〉、〈鬼津〉、〈山魈〉等，篇幅比較簡短，有情節，有渲染，所寫鬼之可怖，猙獰，其細緻，周全，聳動，可以說較之前代唐人小說中的夜叉的描寫有過之無不及。唐人寫鬼之可怖，以夜叉做模特，著重寫高大威猛，其原形主要來源於印度佛經和當時的壁畫，程式化的傾向較重；蒲松齡《聊齋志異》中鬼怪的描寫則更多地反映了佛教中國化之後寺廟中繪畫雕塑中鬼怪的形象，反映了民間民俗的豐富性和創造性，繪聲繪色，可怖可驚。由於這部分故事情節簡單，只是平面地寫鬼怪的可怕，給讀者的恐怖刺激短平快而欠缺餘韻。另一部分則是有著完整而曲折的故事，不僅寫鬼怪的可怖，而且通過民俗所編織的故事寫他們與人的衝突矛盾，在矛盾中感同身受地將恐怖傳遞給讀者。比如〈縊鬼〉、〈汪士秀〉、〈珠兒〉、〈咬鬼〉、〈屍變〉等。〈屍變〉寫一夥旅客在旅店遇鬼的故事，情節並不複雜，通過遇難旅客所見，所聽，所觸，所感，寫在鬼的追逐下奔逃躲避的過程，使讀者在讀這個故事時始終處於恐怖緊張之中。這類故事沒有孤憤牢騷，沒有勸懲諷刺，沒有宗教宣傳，沒有寄託比喻；人物也無所謂雅俗正邪，高低貴賤，只是以鬼怪為中心，以恐怖為趣味，表現所謂「人非化外，事或奇於斷髮之鄉；睫在眼前，怪有過於飛頭之國」（〈聊齋志異自誌〉）。在這個意義上，它們是《聊齋志異》中的真正的恐怖小說。

　　冥婚類人鬼相戀的小說之所以具有恐怖的意像，之所以與一般的人鬼相戀的不同，是因為一開始進入故事的環境即令人不寒而慄。人與鬼或處古墓，或在靈柩停放之處，或在月夜陰森的環境中。其中的女鬼往往在篇首即言明身份，與常人有異。如〈連瑣〉中連瑣與楊于畏認識的環境是「齋臨曠野，牆外多古墓，夜聞白楊蕭蕭，聲如濤湧。夜闌秉燭，方復悽斷」。〈章阿端〉中的環境是「第闊人稀，東院樓亭，蒿艾成林，亦姑廢置。家人夜驚，輒相嘩以鬼」。〈聶小倩〉中的聶小倩明言告訴寧采臣「小倩，姓聶氏，十八夭殂，葬寺側，輒被妖物威脅，歷役賤務」。由於女主人公一開始即是以鬼的身份活動，其環境又恐怖怪異，故讀者在閱讀之初便有「人鬼殊途」之感。這些作品中的女鬼的性格往往羞怯膽小，吟詠著「玄夜悽風卻倒吹，流螢惹草復沾帷」的詩句。即使在與男性歡愛時，她們也時露「陰慘之氣」，玄虛神秘，令人不安。有時作者又從民俗的方面細緻地描述鬼與常人之異：吃的是冷飯蔬，穿的是生前的衣服，性交往往會對男性有傷害，鬼的後代在太陽下沒有影子等等。這些描寫不僅表現出塑造形象的細緻思考，也使得小說始終保持著恐怖的張力。這些篇章在用鬼狐花妖的比喻指事上，在悽迷神秘的氛圍環境的渲染上，在曲折輕靈的敘事節奏的控制上，在華豔冷雋的語言色調與音調的運用上，其人鬼相戀的纏綿哀婉以及人鬼殊途的悲劇性結局，都明顯地表現出對屈原九歌、李賀歌詩精神的繼承和模仿，具有散文詩的意蘊和品位。

　　在人鬼相戀的故事中，女主人公的溫柔怯弱與直接以粗橫猙獰的男鬼形象出現的篇章有較大的反差。兩者雖然都是恐怖的意象，但醜陋兇惡的男鬼表現出恐怖壯美的一面，溫柔怯弱的女鬼則展現出神秘柔美的一面。前者是恐怖的突變爆發，後者是恐怖的緩慢釋放。這種描寫幾乎成了《聊齋志異》寫鬼的固定的模式。

　　宗教勸懲類的恐怖小說在《聊齋志異》中也數量不少，一些篇章如〈李伯言〉、〈僧孽〉、〈元少先生〉、〈柳氏子〉、〈閻王〉、〈金生色〉、〈席方平〉、〈畫皮〉等在地獄和果報的描寫上令人毛骨悚然，較之六朝志怪和唐人傳奇中的地獄鬼怪描寫進一步民俗化，

細緻化。假如研究中國的民間宗教史，《聊齋志異》提供了生動的資料。蒲松齡非常相信因果報應在人的道德品質修養中的作用，他說：「且試於平心靜氣之中，冥然公念曰：若某事宜得某報，某事宜得某報。即此宜得之公心，反觀內視，而九幽十八獄，人人分明見之矣。酆都萬狀，何謂渺冥哉？故東嶽魍魎，故所以惕小人；而北門鎖鑰，乃所以防君子」（《蒲松齡集》卷三〈王如水問心集序〉）。所以，蒲松齡在這些勸懲的篇章中不遺餘力地展現恐怖，宣揚恐怖，力圖通過恐怖達到勸戒教化的目的。

如果說在描寫人鬼相戀的篇章中，蒲松齡表現出詩人的情致和浪漫的話，那麼，在宗教恐怖的小說中，蒲松齡表現出的就是如「名儒講學，如老僧談禪，如鄉曲長者誦讀勸世文」（馮鎮巒〈讀聊齋志異雜說〉見《聊齋志異》「各本序跋題詞」上海古籍出版社）的勸諷的熱情。儘管這些勸懲類的恐怖篇章有相當一些是針對著貪官污吏，土豪劣紳以及確有劣跡的惡人的，但由於作者有著明確的勸懲說教的目的，人物和鬼神臉譜僵化，故事缺乏輕靈飛揚的情致，雖然它們寫得恐怖悚然，但並不能算是好的恐怖小說。

寫自然怪異的篇章，一般比較短小，缺乏故事性，如〈大蠍〉、〈蚰蜒〉等，與鬼怪靈異類的短篇頗為相似。只有〈查牙山洞〉曲折而有恐怖的意味，但似乎它更近於恐怖性的山水遊記而非小說。

《聊齋志異》不是恐怖小說集，它只是含有恐怖小說，其中既有逼人毛髮的恐怖神秘的作品，也有「和易可親，忘為異類」甚至近於童話的篇章。但談狐說鬼所特有的恐怖和神秘是始終貫穿於《聊齋志異》的篇章之中，構成了它特有的審美意象和趣味的重要方面。《聊齋志異》中真正稱得起現代意義的恐怖小說的篇章並不多，但無疑它是中國小說史上把中國式的恐怖發揮得最好的小說集。

在《聊齋志異》的鬼狐花妖所構成的恐怖故事中，鬼的故事數量最多，恐怖的氣氛也最濃重。其原因是：在中國的民俗中，鬼是人死之後的存在，人鬼原為一體，容易溝通；以人視之，鬼與死亡相聯繫，自然也就與恐怖天然相聯。鬼在人們的心靈中，無疑更有著恐怖的神

秘的一面，人們願意聽鬼故事的原因，未嘗沒有欣取一種刺激和神秘的意味在。就《聊齋志異》中鬼狐花妖的恐怖趣味而言，狐精花妖故事中的恐怖遠遜於鬼怪靈異。其中原因大概是，狐狸、蛇、青蛙等山精；牡丹、菊花、忍冬等花妖，在人的心目中原不與人平等。「人為萬物之靈」，人在與它們相處時天然處於優勢地位，可以蔑視之，玩弄之，役使之。〈狐諧〉、〈伏狐〉、〈狐夢〉、〈花神〉等戲諧類的篇章的出現蓋緣於此。

就《聊齋志異》中鬼狐花妖故事的形式看，其短篇多恐怖，長篇多具人情；男性鬼怪多猙獰，女性鬼怪多溫柔可親。但就內容和實質言之，則凡恐怖者，或鬼神自外於人類，或人類以異類視之，都是格於理念的緣故。與之相反，一旦人與異類勾通，一旦有了情感，特別是牽扯到男女情感上，鬼狐花妖不僅具有了人情味，而且其情之真摯較之人類有過之無不及。蒲松齡一再強調：「懷之專一，鬼神可通」（《聊齋志異》「葛巾」）。「情之至者，鬼神可通」（《聊齋志異》「香玉」）。在這些方面我們明顯地看到明末文學上的浪漫主義對蒲松齡的影響。蒲松齡是把「情有者，理必無；理有者，情必無」（湯顯祖〈寄達觀〉）擴展到鬼狐花妖的身上，在它們的身上同樣寄託著蒲松齡的理想和孤憤。

四、《聊齋志異》中的恐怖作品與《聊齋志異》的美學風格

談狐說鬼的文言小說從誕生之日起，儘管出現了像「白水素女」、〈柳毅傳〉、〈任氏傳〉等充滿人情味的作品，但就總的審美傾向而言，它們是與神秘、勸戒、聳異、甚至恐怖聯繫在一起的，這既同作者的「盡幻設語」、「作意好奇」的創作心態有關，也與讀者耳目求新求異，追求刺激的閱讀心態有關，更與鬼怪狐魅這類非人間、非人類的形象自是恐怖怪異的題材有關。在談狐說鬼題材的小說中，恐怖

怪異是常態，是大量的，反之，和易可親是變態，是少數的，中國的
談狐說鬼的文言小說史證明了這一點。

作為一部含有近 500 篇作品的小說集，《聊齋志異》的美學風格
是異常豐富多彩的。就單篇而言，它有一路笑語使人如沐春風的〈嬰
寧〉篇，有詼諧幽默妙語連珠的〈狐諧〉篇，有剛烈果毅頑強抗爭的
〈席方平〉，有恐怖逼人陰慘淒烈的〈屍變〉，有沉痛鬱憤的〈葉生〉，
有纏綿悱惻的〈連瑣〉，有落花無言人淡如菊的〈黃英〉，有哀豔而
有餘韻的〈林四娘〉，既有嬉笑怒罵的〈金和尚〉，也有雍容儒雅的
〈考城隍〉等等。就整部小說而言，它的風格也是多樣的，沈鬱孤憤，
幽默詼諧，冷豔幽峭，恐怖幻變，纏綿紆徐，古淡含蓄，……可謂百
花齊放，姹紫嫣紅，應有盡有。誠如馮鎮巒所說：「俗手作文，如小
兒舞鮑老，只有一副面具。文有妙於駿緊者，妙於整麗者，又有變駿
緊為辣奇，化整麗為歷落，現出各樣筆法。左史之文，無所不有，聊
齋彷彿遇之」（〈讀聊齋雜說〉見《聊齋志異》「各本序跋題詞」上
海古籍出版社）。

蒲松齡的《聊齋志異》主要創作於他的壯年，那正是蒲松齡精神
最苦悶，最孤獨，最具有孤憤精神的時期。他的〈聊齋志異自誌〉很
形象地概括了他此時的創作心態：「獨是子夜熒熒，燈昏欲蕊，蕭齋
瑟瑟，案冷疑冰。集腋為裘，妄續幽明之錄，浮白載筆，僅成孤憤之
書。寄託如此，亦足悲矣」。他的好朋友，熟知《聊齋志異》創作的
張篤慶在題《聊齋志異》詩中說：「常笑阮家無鬼論，愁雲颯颯起悲
風」。「臨風木葉山魈下，研露空階獨鶴飛」。「搦管蕭蕭冷月斜，
漆燈射影走龍蛇」。雖然其中也有「君自閒人堪說鬼，季龍鷗鳥總相
依」（《聊齋志異》「各本序跋題詞」上海古籍出版社）的話，認為
《聊齋志異》的意趣有閒適從容的一面，但他對《聊齋志異》總的意
趣的判斷是孤冷寂寞鬱憤慷慨的。幾十年後，余集在編輯青柯亭本《聊
齋志異》時，對《聊齋志異》總體的美學風格是這樣表述的：「把卷
坐斗室中，青燈炎炎，已不待展讀，而陰森之氣，逼人毛髮。嗚呼，
同在光天化日之中，而胡乃沉冥鬱塞，託志幽遐，至於此極。」他進

一步探索了《聊齋志異》的創作動機和美學風格之間的關係：「余蓋卒讀之而悄然有以悲先生之志矣。按縣誌稱先生少負異才，以氣節自矜，落落不偶，卒困於經生以終，平生奇氣，無所渲泄，悉寄之於書。故所載多涉書俶詭荒忽不經之事，至於驚世駭俗而卒不顧。嗟夫！世固有服聲被色，儼然人類，叩其所藏，有鬼蜮之不足比，而豺虎之難於方者。下堂見薑，出門觸蜂。紛紛逕逕，莫可窮詰。惜無禹鼎鑄其情狀，躑鏤決其陰霾，不得已而涉想於杳冥荒怪之域，以為異類有情，或者尚堪晤對，鬼謀雖遠，庶其警彼貪淫。嗚呼，先生之志荒而先生之心苦矣。昔者三閭被放，彷徨山澤，經歷陵廟，呵壁問天，神靈怪物，琦瑋譎詭，以泄憤懣。釋氏憫眾生之顛倒，借因果為筏喻，刀山劍樹，牛鬼蛇神，罔非說法，開覺有情。然則是書之恍惚幻妄，光怪陸離，皆其微旨所存，殆以三閭侘傺之思，寓化人解脫之慨」（《聊齋志異》「各本序跋題詞」上海古籍出版社）。余集認為《聊齋志異》總體美學精神是孤憤抑鬱侘傺譎詭，與屈原的精神相通，是很有見地的評論。

　　1920 年，魯迅寫《中國小說史略》時對於《聊齋志異》有一段很精闢的評說，他說：「明末志怪群書，大抵簡略，又多荒怪，誕而不情，《聊齋志異》獨於詳盡之外，示以平常，使花妖狐魅，多具人情，和易可親，忘為異類，而偶見鶻突，知復非人」。魯迅是從比較的角度，是在與明代志怪群書「簡略」，「荒怪」的差異上談《聊齋志異》所寫鬼狐花妖特點及美學風格的，他並不是全面地整體地對《聊齋志異》進行宏觀地評價。但是，多年以來，人們在使用魯迅這一段話時卻往往誤認為這是魯迅對《聊齋志異》寫鬼狐花妖的全面的總體評價，並進而以此作為評價《聊齋志異》美學風格的依據。認為《聊齋志異》所寫鬼狐花妖都是「多具人情，和易可親，忘為異類」。其總體美學風格也是風和日麗，平易親切。實際上，魯迅的這一段話如果是在與明末志怪群書比較的意義上談及《聊齋志異》的特點非常正確，施之於《聊齋志異》的部分篇章也非常正確，那既是它的特點也是《聊齋志異》成功之處和魅力所在。但如果作為對於《聊齋志異》所寫鬼狐

花妖的全面的評價卻頗可以商榷。因為，在《聊齋志異》寫鬼狐花妖的篇章中，有一半以上是明言鬼狐，並專寫其怪異猙獰恐怖神秘的，而真正「多具人情，和易可親」的篇章在數量上並不多。「和易可親，忘為異類」，只是蒲松齡《聊齋志異》中描寫鬼狐花妖的審美情趣的一個方面，並不是全部。正像寫鬼狐花妖中的恐怖的情趣，也只是一部分而非《聊齋志異》的全部一樣。對於《聊齋志異》中鬼狐花妖的審美情趣應該全面地觀照，綜合地給予評論。如果我們簡率地認為魯迅的這一段話是對《聊齋志異》中鬼狐花妖特點的全面的評價，那麼我們就無法解釋在「集腋為裘，妄續幽明之錄，浮白載筆，僅成孤憤之書。寄託如此，亦足悲矣」的心態下，蒲松齡怎麼會寫的都是親切平易的鬼狐故事。籠統地模糊地講《聊齋志異》的鬼狐花妖故事「和易可親，忘為異類」，顯然與蒲松齡的孤憤精神，與蒲松齡的教育勸懲精神，與鬼狐花妖所天然具有的恐怖神秘分裂相悖。由魯迅的這一段話所引起的對於《聊齋志異》總體美學風格的誤解，應該引起我們的重視，說《聊齋志異》中的鬼狐花妖都是恐怖故事，固然不對，說《聊齋志異》中的鬼狐故事都是「和易可親」，與事實也相去較遠。

　　本文不擬探討《聊齋志異》的總體的美學風格，不過在我看來，蒲松齡在《聊齋志異自誌》中、張篤慶在其題詩，余集在青柯亭本的序言中所闡述的《聊齋志異》的美學風格似乎更接近於實際些。

第十二章

論《聊齋志異》形象塑造的藝術特徵

　　法國著名文藝批評家丹納在他的《藝術哲學》中曾經指出：「一件藝術品，無論是一幅畫，一齣悲劇，一座雕像，顯而易見屬於一個總體，就是說屬於作者的全部作品。這一點很簡單。人人知道一個藝術家的許多不同的作品都是親屬，好像一父所生的幾個女兒，彼此有顯著的相像之處。」《聊齋志異》正是這樣，做為文言短篇小說集，它包含有四百九十一篇作品。它反映的社會內容極其廣泛，涉及到政治，經濟、文化、倫理各個方面。它描敍的對象，上至帝王後妃，下至和尚，農夫，窮塾師，甚至鬼狐花妖，山精木魅，無所不有。但它同時又有著統一的藝術風格，在形象塑造上「彼此有顯著的相像之處。」本文即準備就這一問題進行一些探討，以求在總體上把握《聊齋志異》形象塑造上的一些規律。

一、強烈的時代感

　　這裏所說的時代感，並不是簡單地指此書「多敍山左右及淄川縣事，紀見聞也。時亦及於他省。時代則詳近世，略及明代。」「時代人物不盡鑿空」。這裏所說的時代感。也不是簡單地指《聊齋志異》通過形象尖銳地批判了當時社會上的種種弊端和罪孽，這裏所說的時代感甚至也不是簡單地指《聊齋志異》用了大量篇幅描寫的商人、士人、農夫、女性形象的衣冠居處具有時代感，這裏所說的時代感主要

是指《聊齋志異》用真和童心來塑造作品中一系列的主人公，用是否體現了真性情來做為評驚人物的標準，用情感的超人力量做為塑造形象的主要契機。

《聊齋志異》寫了各種各樣的人物。它的正面主人公大致可以分為三類。一類是「童心猶存」，「天真與赤子同其爛熳」的少男少女，像嬰寧，花姑子，霍桓，賈兒，一類是一批有怪癖的所謂名士，像愛書如命的郎如玉，酷好石頭的邢雲飛，愛養鴿子的張幼量。再一類就是堅持和追求著人生理想的青年男女。他們之中有愛情的堅貞者，如連城，喬生，劉子固，瑞雲，青鳳，鴉頭，白秋練；有重友誼講交情的宮夢弼，王六郎，孔雪笠，嬌娜，喬女，有不避艱險，百折不回的復仇者，如商三官，向杲，席方平，庚娘，有路見不平拔刀相助的俠義之士聶政，紅玉，田七郎等。這三類人經歷不同，性格各異，有的甚至是鬼狐花妖，但他們有一個共同特點，就是沒有利害之念，沒有貴賤之分，置生死於度外，忘異類之嫌懼。他們待人接物只是單憑純真的情感，「行其心所不能已者。」孫子楚聽說阿寶嫌自己長了六個手指頭，立即「以斧自斷其指」。喬生聽說連城的病需要男子的膺肉，便」自出白刃，判膺授僧」。封三娘給十一娘介紹對象，十一娘嫌對方貧窮，封三娘便批評她說：「娘子何墮世情哉！」可以說純樸的人性美，不假矯飾的真情感，貫徹到《聊齋志異》中每一個正面主人公的性格中。而蒲松齡給以高度的讚揚，說：「斷葷戒酒，佛之似也，爛熳天真，佛之真也。」（〈樂仲〉）

這些主人公不僅有著爛熳的童心，用真性情做為一切行動的準則，而且他們的真性情又具有超越生死的神奇力量，可以死，可以生，可以生而復死，可以死而復生，甚至變成異類，而一片深情，終不動搖。

〈連城〉中的連城愛上了喬生，父親強迫她嫁給鹽商之子，她進行了堅決抵制，最後以死殉情。喬生弔唁她，竟然悲傷得「一慟而絕」。

〈阿寶〉中的孫子楚愛上阿寶後，便一往情深。他看見阿寶出遊，便魂靈隨阿寶而去。招魂返生後，依然念念不忘，又變成鸚鵡飛到阿

寶身旁。他並不因為變成了鳥而難過。他說:「得近芳澤,於願足矣。」他的深情,終於感動了富家少女阿寶,她堅決地對父母說。「兒既諾之,處蓬茆而甘,藜藿不怨也。」

就《聊齋志異》用真人來塑造他的主人公而言,就它歌頌男女情感的超人力量而言,就它鼓吹主人公為情而死,又為情而生的浪漫精神而言,明顯地,《聊齋志異》是繼承了明末浪漫主義文學運動「唯情主義」的餘緒,深受他們影響,是屬於明中葉之後隨著資本主義萌芽的出現,在意識形態領域中的新思潮範疇的。

當然,《聊齋志異》在這方面同時又有著自己的創造性。這創造性就是,在《聊齋志異》中不僅人具有真誠深摯的情感,而且鬼、神、花妖、狐狸,各種精魅也都具有這種深摯的情感。「情之至者鬼神可通」。同明末浪漫主義作家相比,蒲松齡給我們展現了一個更奇瑰、更浪漫、更豐富多彩的精神世界。

在這個意義上說,《聊齋志異》雖然是一部談狐說鬼之書,但在所塑造的形象中又洋溢著作者所生活的那個時代的氣息,它具有明末清初那個特定歷史階段的時代感。

可能有人會說,既然《聊齋志異》人物形象的塑造屬於特定歷史階段的新思潮範疇,那麼怎麼理解其中有的形象十分陳腐落後,因果報應,宿命論思想彌漫全書呢?我們說《聊齋志異》形象混雜,這是事實。但是作為短篇小說集,《聊齋志異》是通過形象的系列和整體向讀者顯示作品的時代感和總的思想傾向的,局部的篇章和部分形象不能夠否定作品的總體傾向。而且,既然中國的資本主義萌芽原是在封建母體中成長,它又很微弱,它與封建主義有著千絲萬縷的聯繫,那麼反映它的意識形態,包括文藝作品,當然也就必然背著封建主義因襲的重擔,所塑造的形象也必然一方面具有某種人性解放的色彩,是新的,一方面又存在著較多封建陳腐的東西,是舊的。這,同樣可以看做是一種時代感。

二、濃烈的抒情性

　　《聊齋志異》在創作動機上與六朝志怪，唐傳奇有著顯著的不同。六朝志怪的創作「非有意於小說，」唐傳奇「始有意為小說」了，它「作意好奇，假小說以寄筆端。」《聊齋志異》主要的作品或優秀的篇章則體現了蒲松齡的孤憤之情和追求精神。

　　由於蒲松齡懷著孤憤之情創作《聊齋志異》，所以他塑造形象往往筆端為感情所飽和著，有他的愛，也有他的憎。

　　他寫嬰寧，說：「觀其孜孜憨笑，似全無心肝者，而牆下惡作劇，其點孰甚焉。至凄戀鬼母，反笑為哭，我嬰寧何嘗憨耶」。寫陸判，則說：「陸公者，可謂媸皮裏妍骨矣。明季至今，為歲不遠，陵陽陸公猶存乎？尚有靈焉否也？為之執鞭，所忻慕焉。」他寫田七郎，就說：「七郎者，憤未盡雪，死猶伸之，抑何其神：使荊卿能爾，則千載無遺恨矣。苟有其人，可以補天網之漏，世道茫茫，恨七郎少也悲夫。」

　　他簡直做到與作品中的人物同憂戚，共歡樂的程度。他寫〈張誠〉時就說：「余聽此事至終，涕凡數墮。」

　　當作品中的形象有著作者自己的影子，溶鑄著他的坎坷經歷肘，那抒情的色彩就更加濃烈了，因為那就是夫子自道啊！

　　在〈葉生〉篇，他寫葉生「文章詞賦，冠絕當時而所遇不偶，困於名場。」後來，葉生受到縣令丁乘鶴的賞識，引為知己，但葉生再次考試「依然鎩羽」，於是葉生精神上再也蒙受不住打擊，「嗒喪而歸，愧負知己，形銷骨立，癡若木偶」，終於一病不起，他死後魂魄追隨丁乘鶴而去。並幫助丁乘鶴的兒子連中三元，考中了進士。然而當丁乘鶴勸他也赴試時，他凄然地說出了下面的話：「是殆有命！借福澤為文章吐氣，使天下人知半生淪落，非戰之罪，願亦足矣。且士得一人知己，可無憾，何必拋卻白紵，乃謂之利市哉：」假如我們聯繫蒲訟齡的經歷，就會看到，葉生的坎坷實際上就是蒲松齡的坎坷，葉生同丁乘鶴的知己之情，也即影射著他同費禕祉的關係。蒲松齡在

這裏是借葉生的形象自我抒情。所以他在「異史氏曰」中先說：「魂從知己，竟忘死耶？聞者疑之，余深信焉」。繼而說：「天下昂藏淪落如葉生者亦復不少，顧安得令威復來而生死從之也哉！噫！」

相反，對於貪官污吏，土豪劣紳，各種各樣的壞蛋無賴，蒲松齡則嗤笑著，痛恨著。他寫〈紅玉〉篇助紂為虐的貪官被刺客狙擊未中，就說：「官宰悠悠，豎人毛髮。刀震震入木，何不略移床上半尺許哉？使蘇子美讀之，必浮白曰：『惜乎擊之不中！』〈伍秋月〉中王鼎殺死了調戲自己情人的差役，蒲松齡拍案稱快，說：余欲上言定律，凡殺公役者，罪減平人一等。蓋此輩無有不可殺者也。故能誅除蠹役者，即為循良，即稍苛之，不可謂虐。」對他們的仇視簡直到了極點。

由於《聊齋志異》的形象體系中很多是鬼狐花妖，山精木魅，因此蒲松齡賦予了他們濃厚的人情味，使人感到他們「和易可親」而「忘為異類」。〈花姑子〉篇中的獐精一家念念不忘報答安幼輿的救命之恩，當安幼輿生命遇到了危險，全家老少傾竭全力，不惜毀道相救。蒲松齡無限深情地說：「人之所以異於禽獸者幾希，此非定論也。蒙恩銜結，至於沒齒，則人有慚於禽獸者矣。至於花姑，始而寄慧於憨，終而寄情於恝。乃知憨者慧之極，恝者情之至也。仙乎，仙乎！」

有時蒲松齡把它們寫得比人還美，比人還好，在他們身上體現了那個時代所罕見的人情味和溫暖。他寫心地善良不以貴賤棄友的溺死鬼王六郎便說：「置身青雲，無忘貧賤，此其所以神也。今日車中貴介，寧復識戴笠人哉！」他寫〈小翠〉，便說：「一狐也，以無心之德而猶思所報，而身受再造之福者，顧失聲於破甀，何其鄙哉！始知仙人之情，亦更深於流俗也。」

車爾尼雪夫斯基說：「熱情達到反常的發展，那往往是一種反常境遇的結果，而且是在那熱情所由發生而又實在簡單的欲望長期得不到滿足時發生的。」（《藝術與現實的美學關係》）蒲松齡在這些異類上所寄予的濃烈情感，所體現的強烈抒情性，正顯示了現實世界的冷酷和黑暗，作者的寂寞和孤憤。「以為異類有情，或者尚堪晤對，鬼謀雖遠，庶警其貪淫。」（余集〈聊齋志異序言〉）在中國的文言

小說中，鬼狐花妖，木魅精怪是很早就成為描寫對象了的，但真正有意識地使它們具有人情味，按照人的感情去描寫表現它們，借它們以歌哭抒情，《聊齋志異》可以說是最突出的，這使《聊齋志異》與那些以鬼狐花妖炫奇述異或以鬼狐花妖做為勸善懲惡工具的作品劃清了界限，使《聊齋志異》在感人程度上遠遠高出於它們，贏得了讀者的熱愛。

三、突出人物主要性格

　　短篇小說由於容量小，只能在有限的情節和場面裏塑造人物，因此，它要求作家在創作中一定要抓住人物的主要性格特徵來寫。在這點上，《聊齋志異》做得非常出色，他不僅善於抓住人物的主要性格特徵，而且一旦抓住，就全力以赴，反覆強調，貫徹全篇。他寫席方平，就著重寫他的剛毅頑強，寫崔猛，便突出他的正直暴烈，寫小翠，便寫她頑皮憨跳，寫連瑣，便自始自終寫她溫柔怯懦的性格。

　　在〈阿寶〉中，他寫孫子楚，一開篇便說：「名士也，生有枝指，性迂訥，人誑之，輒信為真。」孫子楚向阿寶求婚，來源於「有戲之者，勸其通媒」，孫子楚把枝指剁掉后「瀕死」，也是由於阿寶「戲曰：『渠去其枝指，余當歸之。』由於他「性癡」而「志凝」，於是他的鬼魂便來到阿寶臥室與阿寶結合，又變成鸚鵡飛到阿寶身旁。篇末結束時，孫子楚在功名上也得到了成功，——那成功卻依然來源於「人誑之，輒信為真」的性格。

　　由於作者反覆渲染，一個「人誑之，輒信以為真」的性格便給人留下了深刻印象。

　　為了突出人物的主要性格，蒲松齡還特別注意抓住某種性格最獨特的表現形式加以誇張和強調。他寫崔猛正直暴烈，便專寫他打抱不平。寫連瑣溫柔怯懦，便專寫她怕見生人。寫十娘爭強好勝，便寫她善怒，而他寫嬰寧的爛熳天真，更是突出了她善笑的特點。古往今來，

描寫天真爛熳性格的少女的篇章汗牛充棟，〈嬰寧〉篇卻能獨樹一幟，給人留下鮮明的印象，原因在哪裡？原因就在於蒲松齡寫嬰寧性格集中，突出了她善笑這一獨特的表現形式。歌德說：「描寫個別是藝術的真正生命。」就《聊齋志異》的許多篇章而言，蒲松齡確實是把握住了這一藝術奧秘。

在短篇小說中，抓住人物的主要性格特徵來描寫並不是很容易的事，因為由於篇幅的限制和事件的相對集中，這種單打一的寫法很容易使人物性格流於片面和單調。《聊齋志異》很注意這點，它雖然強調的往往是主人公某一方面的性格，但描摹豐厚而有深度，在單純之中顯示出性格的複雜內涵。

比如〈崔猛〉篇，作者突出了崔猛性情剛烈，好打不平的性格特徵。寫他從小「性剛烈，幼在塾中，諸童稍有所犯，輒奮拳毆擊，師屢戒不悛」。寫他長大後「喜雪不平，以是鄉人共服之，求訴稟白者盈階滿室。」但作者同時又寫他非常愛自己的母親，母親不希望他惹事，於是崔猛強自收斂，甚至在母親苦勸下，發誓不再打抱不平。於是故事就在崔猛遵從母訓與暴烈正直的生性的衝突中展開。

有一次，崔猛在路上碰見一個鄉紳強奪別人的妻子，他「氣湧如山，鞭馬向前」，要進行干預，但母親阻止了他。說：「嗜！又欲爾耶。」接著作者就寫崔猛回到家裏的舉動：既吊而歸，不語亦不食，兀坐直視，若有所嗔。妻詰之，不答。至夜，和衣臥榻上。輾轉達旦，次夜復然，忽啟戶出，輒又還臥。如此三四，妻不敢詰。惟攝息以聽之。既而遲久乃返，掩扉熟寢矣。」

這裏作者極力寫崔猛在母親面前的猶豫徘徊，寫母訓對崔猛的強大約束力量。表面上看，崔猛的動搖不定，有點違背他的火爆天性，然而，正像洶湧的激流碰上礁石迴環往復，終於奔騰向前，顯示出水勢的不可阻擋一樣，崔猛此處的激烈思想鬥爭而終於置母訓於不顧，也愈發顯示出他本性的難移。這樣，作者所描寫的崔猛剛烈性格也就有了深度。

〈嬰寧〉篇也是如此。蒲松齡寫她善笑，不是平面地，單調地強調她笑的外在形式，而是深入到人物性格內心，揭示她的笑與周圍環境的不協調。王子服的母親批評嬰寧說：「人罔不笑，但須有時。」這為我們提供了分析嬰寧的笑的鑰匙。

有時，作者還能寫出某種性格的發展。農民的兒子席方平，憨直質樸，在同獄吏、城隍、郡司、冥王的初期鬥爭中是不講什麼策略手段的。他直來直去，公開宣佈自己的鬥爭目標。但後來，他終於接受了血的教訓，懂得了欺騙敵人，保存自己的必要。當冥王再次對他施以酷刑，「復問如前」，他回答說：「不訟矣。」冥王欺騙他，要給他「千金之產，期頤之壽」，他也「謝而下」，把仇恨隱藏在了心的深處。此時的席方平與開初那種幼稚單純幾乎判若兩人。鬥爭使他成熟了，在鬥爭中他提高了鬥爭藝術。

不過，無論是席方平開始時的質樸憨直也好，後來他變得深沉老練了也好，剛毅頑強，始終是席方平的主要性格特徵，他的主要性格是一貫的。所以，當篇末席方平上了鬼卒的當，變成嬰兒後，他依然「魂搖搖不忘灌口」，終於在二郎神的幫助下取得了鬥爭的勝利。

突出人物的主要性格特徵，在單純之中寫出人物性格的複雜性，又使人物性格在具有豐富性和複雜性的同時，凝聚於一個主體，形象更加鮮明突出，正像黑格爾所指出的「在性格的特殊性中應該有一個主要的方面做為統治的方面。」這是《聊齋志異》在塑造形象上的另一個重要特徵，也是《聊齋志異》人物性格給人留下深刻印象的重要原因。

四、讓形象自我袒露性格

《聊齋志異》在塑造形象時又總是把主人公置於尖銳的矛盾衝突中，讓他們通過行動自我展示其性格。

〈青鳳〉中耿去病同狐女青鳳相愛，青鳳的叔父不同意，企圖裝鬼把他嚇走。一天，耿去病「夜方憑幾」，「一鬼披髮入，面黑如漆，張目視生。」夜間碰到鬼，不害怕已經是很罕見的了，可是耿去病竟然笑起來，而且「染指研墨自塗，灼灼然相與對視」，同鬼開起了玩笑。這玩笑只有耿去病這樣豁達不羈的人才做得出，於是一個狂生的形象便活脫脫地出現在我們面前。

〈佟客〉篇寫一個姓董的人慷慨自負，有一天他遇見一個佟姓的劍俠，於是要求佟客傳授劍法給他。佟客告訴他，只有忠臣孝子才能傳授。這位董生便毅然以忠臣孝子自許。他邀請佟客住在家裏，晚上對佟客「按膝雄談」，但半夜時突然發生了一件事：

更既深，忽聞隔院紛拿。隔院為生父居，心驚疑。近壁凝聽，但聞人作怒聲曰：「教汝子速出即刑，便赦汝！」少頃，似加榜掠，呻吟不絕者，真其父也。生捉戈欲往。佟止之曰：「此去恐無生理，宜審萬全。」生皇然請教，佟曰：「盜坐名相索，必將甘心焉。君無他骨肉，宜囑後事於妻子；我啟戶夕為君警廝僕。」生喏，入告其妻。妻牽衣泣。生壯念頓消，遂共登樓上，尋弓覓矢，以備盜攻。倉皇未已，聞佟在樓簷上笑曰：「賊幸去矣」。燭之，已杳。逡巡出，則見翁赴鄰飲，籠燭方歸，惟庭前多編菅遺灰焉，乃知佟異人也。

這裏蒲松齡對董生沒有置一詞，而一個自我吹噓，誇誇其談的假孝子暴露在讀者面前。

《石清虛》篇寫邢云飛愛石如命，他所珍愛的石頭失而復得后，便祕不示人。有一天，有一老叟款門而請：

邢托言石失已久，叟笑曰：「客舍非耶？」邢便請入舍，以實其無。既入，則石果陳几上，錯愕不能言。叟撫石曰：「此吾家故物，失去已久，今固在此耶。既見之，請即賜還！」邢窘甚，遂與爭作石主，叟笑曰：「既汝家物，有何驗證？」邢不能答。叟曰：「僕則固識之，前後九十二竅，孔中五字云：『清虛天石供。』」邢審視孔中，果有小字，細如粟米，竭目力才可辨認，又數其竅，果如所言。邢無以對，但執不與。叟笑曰：「誰家物而憑君做主耶！」拱手而出。邢

送之門外。既還。則石失所在，大驚異，邢急追之，則叟緩步未遠。奔牽其袂而哀之。叟曰：「奇矣！徑尺之石，豈可以手握袂藏者耶？」邢知其神，強 曳之歸，長跽請之，叟乃曰：「石果君家者耶？僕家者耶？」答曰：「誠屬君家，但求割愛耳。」叟曰：「既然，石固在是。」還入室，則石已在故處。

這裡作者也沒有一句評論，只是通過邢云飛與老叟的交涉往還，一個嗜石如命的石呆子的形象便躍然紙上。

有時《聊齋志異》也通過心理描寫刻畫人物，但這種刻畫不是像某些西方小說那樣孤立地去寫意識活動，去進行心理分析，而是把人的精神活動同人的物質活動結合起來，通過人物行動來反映心理變化。前面我們曾談到崔猛剛烈的性格與母訓之間的心理衝突，下面我們再看看《辛十四娘》篇寫輕脫的廣平馮生在夜裏邂逅與美麗的辛十四娘，又得到鬼祖母幫助作伐定親：

聽遠雞已唱，遣人持驢送生出。數步外　一回顧，則村舍已失，但見松楸濃黑，蓬顆蔽塚而已。定想移時，乃悟其處為薛尚書墓。薛故生祖母弟，故相呼以甥。心知遇鬼，然亦不知十四娘何人，咨嗟而歸。漫檢曆以待之，而以恐鬼約難恃，再往蘭若，則殿宇荒涼，問之居人，則寺中往往見狐狸云。陰念：若得麗人，狐亦自佳。至日，除舍掃途，更僕眺望，夜半猶寂，生已無望。頃之，門外譁然，踩屣出窺，則繡幰已駐於庭，雙鬟扶女坐青青廬中。

馮生是在深夜中遇鬼並訂立了婚約的，他當然覺得「鬼約難持」。但由於他迷戀辛十四娘，盼著成婚；再加上他的豪爽灑脫的性格，他不太在乎異類不異類，於是他「再往蘭若」，「更僕眺望」。這就把一個陷入情網而又輕脫狂放的青年書生的心理展現在我們面前。

通過行動塑造人物，讓形象自己袒露性格給《聊齋志異》在體例上帶來兩大創造。其一是篇末「異史氏曰」的設置。無疑地，「異史氏曰」的設置受到「太史公曰」的啟發，但同時，這也是蒲松齡自覺地把他對人物的分析評論與形象自身的塑造區分開來的好辦法。其二，就是被紀昀譏諷為「才子之筆」的「燕昵之詞，蝶狎之態，細微

曲折，摹繪如生。」（盛時彥《姑妄聽之・跋》）自紀昀提出這一指責後，不少學舌者也紛紛加以攻擊，說《聊齋志異》「描頭畫角」，只是魯迅先生的《中國小說史略》出來，才第一次指出，這是「用傳奇法而以志怪」，是蒲松齡一大創造。

五、物的原形特點與人的性格的有機結合

蒲松齡在刻畫鬼狐花妖時，非常巧妙地把握住了他們做為物和幻化成為人後的雙重性格特點，把他們寫得「多具人情，和易可親，而偶見鶻突，知復非人。」（魯迅《中國小說史略》）。

《聊齋志異》中鬼狐花妖的生物特點一般是很突出的。〈苗生〉中那個老虎幻化的秀才粗豪獷放，力大無比；〈香玉〉中的牡丹花妖「繡裙飄拂，香風流溢」；〈綠衣女〉中蜂子幻化的，婦人「綠衣長裙，婉妙無比」，「腰細殆不盈掬」而「聲細如蠅」。這些都體現了它們生物原形的特點。

蒲松齡描寫這些物的原形特點時，不是為了炫奇弄異，把它們當做妖異的特徵來寫，而是做為它們的幻化成為人後性格的一種補充，使人感到這是人的性格的一種表現。

比如〈阿纖〉中的耗子精阿纖，作者寫她「寡言少怒，或與言，但有微笑，晝夜績織無停暑」。她特別善於積攢糧食。她和三郎和好後「出私舍，日建倉廩而家中尚無儋石，共奇之。年餘驗視，則倉中滿矣。又不數年，家大富。」這裏雖然隱隱約約透露出耗子的某些生物特點，卻又是概括了某一種類型婦女的善良、勤勞、謙抑而又善於積蓄的性格。

〈青蛙神〉中的十娘，作者寫她「雖謙馴，但含怒」，「日輒凝妝坐」，「最惡蛇」。這也是影射著青蛙的習性。但作者同時又賦予這些特點以濃厚的人的生活內容。作者還幽默地寫出她在婚後與昆生的吵鬧。

第一次是因為，「門堂藩溷皆蛙」，「昆生少年任性，喜則忘，怒則踐斃，不甚愛惜。十娘雖謙馴，但含怒，頗不善昆生之所為。」

第二次是因為「十娘日輒凝妝坐，不操女紅。昆生衣履，一委諸母。」於是昆生母親不滿意了。

第三次則是因為「十娘最惡蛇，昆生戲函蛇，給使啟之。十娘色變，詬昆生。昆生亦轉笑失嗔，惡相詆。十娘曰『今番不待相追逐，請自此絕。』遂出門去。」

後來昆生很後悔自己開的玩笑，他思念十娘，「廢食成疾」。於是十娘又回到昆生身邊，對昆生說：「大丈夫頻欲斷絕，又作此態。」「妾千思萬思不忍也。」

這裏十娘雖然是青蛙變的，在她身上卻充滿了人情味！她自尊心強，詞鋒犀利，同時又對丈夫有著深摯的愛。她同丈夫的幾次衝突，在人們的日常生活中也並不陌生，──一對感情很好又年青氣盛的小夫妻打了好，好了打，不是經常可以看見嗎！即使隱喻著她青蛙特點的「頗含怒」，「日輒凝妝坐」，「最惡蛇」，我們在某些婦女的性格中也能找到一些共同之處。在類似的一些篇章中，我們很難分辨出究竟是蒲松齡從一些物的特點受到啟發刻畫人的性格呢，還是由某些人的性格聯想到某些生物的習性而加以揶揄。

值得注意的是，《聊齋志異》在把鬼狐花妖的物的特點與人的性格揉合在一起時，還大量地運用了民俗學方面的知識，使得那浪漫的想像具有著濃厚的民間色彩。

《聊齋志異》可以稱得上是迷信的百科全書，裏面包含著豐富的民俗和傳說。比如像關於鬼的生活方面就有「人死為鬼，鬼死為聻，鬼之畏聻，猶人之畏鬼也」，「鬼不見地，猶魚不見水」，「上有生人居則鬼不安於夜室」。（〈章阿端〉）鬼在太陽底下沒有影子。（〈晚霞〉）鬼只能晚上活動，雞叫之前要回到地下，誤食水莽草而死的人找到替死鬼才能託生（〈水莽草〉）。被水淹死的人也需要找到替死鬼才能託生（〈王六郎〉）。吊死鬼只有當上吊時的屋樑燒毀才能解脫，也需要找到替死鬼才能超生（〈梅女〉），等等。關於狐狸的傳

說則有：它們自稱姓胡或複姓皇甫（〈胡氏〉〈嬌娜〉）；它們像人一樣有男女，有家庭，有賢愚不肖的區別；它們經常碰上雷劫，需要人類中有福的人庇護（〈嬌娜〉〈小翠〉），狐狸也有法術，但道術有限，近於左道（〈胡氏〉、〈嬌娜〉、〈小翠〉）等等。

在《聊齋志異》運用這些民俗傳說塑造的形象中，王六郎具有相當的代表性。一個許姓的漁夫，夜間打漁結識了一個叫王六郎的讀書人。有一天王六郎告訴漁夫要分手了，他說：「今將別，無妨相告，我實鬼也。素嗜酒，沉醉溺死，數年於此矣。……明日業滿，當有代者，將往投生。」第二天，漁夫在河邊果然看見一個懷抱嬰兒的婦女過河，她剛下水，就掉到河裏，懷中嬰兒被撂在岸上，但不一會，婦人又濕漉漉地爬上岸來。漁夫很奇怪，到了晚上，他又碰見王六郎，王六郎告訴他說：「女子已相代矣，僕憐其抱中兒。代弟一人，遂殘二命。故舍之，更代不知何期。」

淹死的人要找替死鬼的說法，在我國很多地區都有流傳，蒲松齡用這個傳說塑造了一個可親可敬的水鬼形象，——他寧可自己永不超生，也不忍心傷害孩子。

就《聊齋志異》所採用的這些民俗和傳說來講，無疑是荒誕的。但由於它們深植於民間，有著久遠的歷史和深厚的民間基礎，因此，當蒲松齡運用這些民俗和傳說來塑造自己作品中的形象時，就使得這些鬼狐花妖的行為有了一定的歷史和心理的依據，使人感到親切，感到生活氣息的濃厚。

以上我們簡單探討了《聊齋志異》形象塑造的一些藝術特徵。《聊齋志異》問世，曾經風靡一時，模仿他的作品如雨後春筍，紛紛湧現，當時稱為「聊齋體」。然而這些模仿者的命運大都不佳，畫虎不成反類犬，「不轉瞬而棄如敝屣，厭同屎撅，並覆瓿之役，俗人亦不屑用之」（馮鎮巒〈讀聊齋雜說〉）。是什麼原因使得這些模仿者的成就和《聊齋志異》拉開這麼大的距離呢？原因當然是多方面的，其中有思想內容上的差距，有藝術才能高下的差別，同時也包含有他們在藝術上並沒有真正體會到《聊齋志異》真精神，並沒有把握住《聊齋志

異》在形象塑造上真正的藝術特徵而東施效顰的原因所在。因此，分析《聊齋志異》創作上的特徵和經驗，總結模仿者的一些教訓，不論對於文學史的研究，還是對於當代短篇小說的創作都有一定的意義。

附則（作品賞析）

一、一部大文章以此開篇──考城隍

一

在繁複的《聊齋志異》的不同版本中，收錄的小說在數目上，卷次上，篇目排列的次序上各各不同，但有一點，那就是〈考城隍〉總是排在第一卷的第一篇的位置上。這說明無論是在蒲松齡編輯《聊齋志異》的過程中，還是在後人不同的編輯歷史階段中，〈考城隍〉一直都是放在《聊齋志異》第一篇的位置上的。

在《聊齋志異》的評論史上，何垠和但明倫是重要的兩家，他們都非常重視〈考城隍〉在《聊齋志異》中開篇的地位：何垠說：「一部書如許，託始於〈考城隍〉，賞善罰淫之旨見矣」。但明倫說：「立言之旨，首揭於此。」「一部大文章，以此開宗明義。」[1]

這些都說明，〈考城隍〉在《聊齋志異》處於不尋常的地位，應該給以較高的重視。

〈考城隍〉小說敘述的是什麼故事呢？

它敘述作者的姊丈之祖宋燾在病中夢見被差役喚去參加關公等神祇主持的考試。考試的題目是「一人二人，有心無心」。宋燾試卷中的「有心為善，雖善不賞；無心為惡，雖惡不罰」的話得到考官的一致讚揚，於是被錄用為河南某地的城隍。但此時宋燾頓時明白這是死

---

[1] 見任篤行《聊齋志異》全校會注集評本，齊魯書社，2000 年出版。以下所引《聊齋志異》原文及評注皆用此本。

亡後的考試，於是以老母無人贍養為由，請求放自己返回陽間侍候老母。考官們很欣賞他的孝心，便答應了他的請求，應允暫時由和他一起考試的張秀才代理城隍一段時間，待宋燾的母親去世後再正式上任。宋燾活轉回來以後，得知果然有一個張秀才和他當日同時死去。後來，當宋燾的母親去世，宋燾營葬完母親就無疾而終，而當日他的岳家看見宋燾穿著官服拜別。

故事說得有鼻子有眼，主人公是作者的親屬，事情還見於作者的「自記小傳」，只是這「自記小傳」沒有傳流下來。故事的含義淺顯易懂，宣傳忠孝觀念為神人所共同具有，充溢於天地宇宙之間。誠如何垠、但明倫二人所言：「篇內推本仁孝，尤為善之首務」。「以此開宗明義，見宇宙間惟仁孝兩字，生死難渝，正性命，質鬼神，端乎在此，舍是則無以為人矣」。

在中國文言小說史上，表現瀕死中的人遊歷幽冥之後還陽的題材並不罕見，可以說還形成了文言小說中的一大母題。它們共同的特點是都缺乏曲折的情節，人物也單純，不過「借神道之不誣」，表達某種理念。〈考城隍〉也不例外，正是在這點上，處於篇首位置上的它，才格外引人矚目。

不過，如果這篇作品不是蒲松齡所作，那麼，儘管它在結構上比較完整，情節上也還曲折動人，在語言上相當的簡練形象，──是技巧比較成熟的小說，它仍然難逃平庸之作的惡諡。因為它立意平庸，落入了老套。不是說宣傳孝道的作品就一定不好，是因為這樣的作品太多太濫。如果作為文學欣賞的層面去評價它的話，〈考城隍〉只能歸入二三流甚至不入流的作品，實在不配我們去勞心費神地去審視。

但是，文學欣賞和文學史的研究是兩回事。文學欣賞重在美感，文學史的研究重在史的意義。兩者有不同的價值取向。有時美好的文學作品其文學史的意義並不大，而有時不起眼的文學作品在文學史上卻具有不容忽視的意義。就一個作家而言，有時他的一篇作品可能意境頗美，技巧很高，但對於研究這個作家的思想和藝術可能沒有太大

的意義，但有時一篇作品雖然從思想和藝術的角度不甚出色，卻是研究這個作家不可或缺的重要文獻。〈考城隍〉大概就屬於這類作品。

二

那麼，〈考城隍〉對於研究蒲松齡及其《聊齋志異》的意義在哪裡呢？大概有這麼幾點：它提供了早期《聊齋志異》創作風格及創作動機的範型。

關於《聊齋志異》創作和編輯的時間，目前學術界比較一致的看法是，蒲松齡大致是按照時間的順序編排的[2]，也就是說，創作時間在前的作品一般放在前面，創作時間在後的作品一般放在後面的卷次中。〈考城隍〉雖然不能決然地斷定是蒲松齡創作《聊齋志異》的第一篇作品，但是說它是早期的作品當距離真實不遠。而且，蒲松齡把它放在卷一的第一篇的位置上也絕非單純的從創作時間上考慮，同時也有內容上宗旨上的考慮。就是說，〈考城隍〉內容上教忠教孝的內容和議論純正的風格也比較適合做篇首領起全書。

在《聊齋志異》眾多的序跋中，唐夢賚和高念東的序是唯一在蒲松齡生前所作的兩篇。高念東的序寫於康熙己未，即 1679 年。唐夢賚的序作於康熙壬戌，即 1682 年。他們的序是在並未看到《聊齋志異》的全璧的情況下寫的，看到的只是《聊齋志異》的早期作品。根據唐夢賚的序：「向得其一卷，輒為同人取去。今再得其一卷閱之」。這「一卷」，大概相當於現存稿本的第一卷，當然包括〈考城隍〉在內。以前，我們在閱讀唐夢賚和高念東的序言的時候，非常驚奇於這兩位老先生的序言怎麼會異口同聲地強調《聊齋志異》的教忠教孝精神，說《聊齋志異》是「其論斷大意，皆本於賞善罰淫與安義命之旨，足

---

[2] 見章培恒《聊齋志異》會校會注會評本《新序》，上海古籍出版社，1986 年出版。但是，此一種說法只能模糊的看待，一是可供取樣的資料太有限，二是在一個時間段落裏是否嚴格的按照時間排列也還不能十分肯定。在沒有相反的證據提出來之前，這種說法還是可信的。

以開物以成務」。往往把他們的評論歸咎於冬烘，歸咎於缺乏批評的眼光。但是，假如我們把《聊齋志異》的創作看作是一個過程，意識到他們看到的僅只是《聊齋志異》的早期作品的話，我們對於他們的冬烘批評也就不會那麼嚴苛了。把他們的批評和〈考城隍〉等早期作品相對照，他們對於《聊齋志異》的風格和內容的評論就並不怎麼太離譜。

它為我們研究蒲松齡在《聊齋志異》中的美學思想提供了寶貴的資料。

〈考城隍〉中的主人公在考試卷子中寫了這麼幾句話：「有心為善，雖善不賞；無心作惡，雖惡不罰。」贏得了包括關公在內的「諸神傳贊不已」。這幾句話，雖然出自於作品主人公之口，但是是全篇的精神所在，代表了蒲松齡的思想。如果我們考慮到〈考城隍〉在《聊齋志異》中的地位，那麼，這幾句話也可以看作是《聊齋志異》的精神所在，用但明倫的話說就是「『有心為善』四句，自揭立言之本旨，即以明造物賞罰之大公。」

「有心為善，雖善不賞；無心作惡，雖惡不罰。」強調人的主觀意志是判斷行為的標準，主觀動機善良，雖然犯了過錯，也不應該受到懲處；而有所圖的行善，即使在客觀上是作了好事，也不應該得到獎賞。話語雖然簡單，命題的內容卻頗為豐富，可以說是以哲理性的語言表述了以心為本體，以心觀照萬物的觀念。

強調心的真誠，乃至本心，童心在人的行為中的統領地位，一直是明末清初一些知識份子所強調和提倡的。如李贄說：「夫童心者，真心也」。「若失卻童心，便失卻真心。失卻真心，便失卻真人。人而非真，全不復有初矣。」[3]蒲松齡也不例外。他的審美理想也是真，也是所謂童心[4]。在許多場合，他同樣強調真心，童心，他說：「天付人以有生之真，閱數十年而爛漫如故，當亦天心所甚愛也」[5]。「斷葷

---

[3]　李贄〈童心說〉。

[4]　見于天池《蒲松齡的審美理想》，北京師範大學學報，1982 年 6 期。

[5]　〈壽常戩穀先生序〉，《蒲松齡全集》第二冊，學林出版社，1998 年出版。

戒酒，佛之似也，爛漫天真，佛之真也。」[6]他描述自己是「生平寡親和，至老同嬰孩」[7]。此處，他在《聊齋志異》的開篇中提出這一命題，實際上揭櫫了衡量作品中的價值體系標準，評陟《聊齋志異》中各等人物的尺度，對於我們研究《聊齋志異》小說深層的美學含義提供了很重要的參照系統。〈考城隍〉開宗明義上的重要，其實並不在於它教忠教孝的內容，而在於它從哲學和美學的層面張揚了《聊齋志異》所表現的理念，而這一理念對於我們瞭解蒲松齡的創作動機以及美學思想提供了一把鑰匙。

　　「有花有酒春常在，無燈無燭夜自明」這兩句詩，閱讀〈考城隍〉的人一般不太留意，認為不過斷篇零簡，是作品中的另一主人公隨手無意寫的詩句，藉以調整嚴肅的考試氛圍，渲染幽冥的非人間的環境而已。實際上這兩句詩頗值得玩味，為什麼呢？這幅聯句從語法上看都是複句，上聯可以看作是因果複句或條件複句，強調花和酒是春常在的必要條件。後者是讓步複句，意為即使沒有蠟燭沒有燈盞，作者心中自有明燈存在。先說「有花有酒春常在」。這句其實是自敘人格美感和風度的追求。假如我們翻檢《蒲松齡全集》就會發現，在蒲松齡的生活中，花，酒，是他的兩大嗜好。而且花和酒往往連屬出現，比如「對月常愁尊易盡，看花猶恐福難消」[8]。「今日重陽又虛度，淵明無酒對黃花」[9]。「飲少輒醉獨先眠，猶覺寒香到枕邊」[10]。「放懷盡飲三焦葉，酒醒床頭香夢殘」[11]。等等。正由於此，所以蒲松齡在《聊齋志異》的〈黃英〉篇中乾脆塑造了陶生的形象，把花和酒結合起來，讓主人公之一的菊花精陶生以醉死。〈黃英〉中的「異氏史曰」中有「青山白雲人，遂以醉死。世盡惜之，而未必不自以為快也。致

6　《聊齋志異・樂仲》，
7　〈送喻方伯〉，《蒲松齡全集》第二冊，學林出版社，1998 年出版。
8　〈齋中〉，《蒲松齡全集》第二集，學林出版社，1998 年出版。
9　〈重陽〉，《蒲松齡全集》第二集，學林出版社，1998 年出版。
10　〈十月孫聖佐齋中賞菊〉，《蒲松齡全集》第二集，學林出版社，1998 年出版。
11　〈夜飲再賦〉，《蒲松齡全集》第二集，學林出版社，1998 年出版。

此種於庭中，如見良友，如對麗人，不可不物色之也」那樣的話。其實「青山白雲人」正是蒲松齡自己的人格理想啊。再說「無燈無燭夜自明」。這句是對於上聯的襯託，雖不如上聯重要，但也體現了作者悠然自得，昂然向上的胸襟。你可以把它理解為在貧困潦倒的生活中的達觀從容，也可以理解為在仕途不順利境遇下的堅忍不拔，更可以理解為作者的胸襟理念，──一種從容的生活態度。

三

〈考城隍〉的敘事框架是幽冥裏的考試，考的不是傳統的詩詞歌賦，表章頌贊，而是科舉的八股文，這不僅體現了當日《聊齋志異》是「於制藝舉業之暇」創作的特點，也體現了蒲松齡對於科舉制度的態度。〈考城隍〉篇中參加考試的共有兩個人，宋公提供的是八股文試卷中的一段話：「有心為善，雖善不賞；無心作惡，雖惡不罰。」是比較嚴肅的形而上的話題，表達的是蒲松齡的哲學和美學層面的理念；張生提供的是類似於試帖詩中的一聯：「有花有酒春常在，無燈無燭夜自明」，相對比較輕鬆灑脫，闡述的是蒲松齡生活層面的趣味和人格精神。兩者在〈考城隍〉中有主有從，交互出現，都是蒲松齡精心的點睛之筆，都很值得玩味。

戲劇有所謂的「開場」「楔子」，說唱有所謂的「入話」「開篇」，從某種意義上，〈考城隍〉可以看作是《聊齋志異》的入話開篇。從理解《聊齋志異》創作宗旨的意義上，它的重要性並不亞於〈聊齋自志〉，或者可以看作是〈聊齋自志〉的小說形式。但明倫和何垠說它是「一部大文章。以此開宗明義」，的確具有批評的眼光。

二、童話意趣的浪漫——說〈瞳人語〉

一

一般人是把《聊齋志異》中的〈瞳人語〉當作勸懲教育小說看待的。清代著名《聊齋志異》評論家但明倫說：「此一則勉人改過也。輕薄之行，鬼神所忌。」何垠說：「此即罰淫，與《論語》首論為學孝弟，即繼以戒巧言令色意同」。他們的話有沒有道理呢？當然是有的。

〈瞳人語〉敘述長安讀書人方棟有才而輕薄，在清明節的前一天，他在郊區看見一個乘車的女郎長得非常漂亮，便尾隨偷看。沒想到女郎是芙蓉城的神女，神女發怒，神女的婢女痛斥了他並撒了一把土迷住了他的眼睛。隨後他得了白內障，雙目失明。方棟痛自懺悔，請人給他持誦《光明經》。一年之後，在方棟趺坐撚珠時，聽到雙目瞳人對話：它們由於失明感到憋悶，於是從鼻孔飛出去散步解悶。後來瞳人又嫌從鼻孔出去不方便，乾脆抓破了左眼的白內障，兩個瞳人一起居住在左眼。於是方棟的右目雖依然白內障，左目卻成了重瞳，視力比常人還要好。

這個方棟確實夠倒楣的。站在現代人的立場上，尾隨看看漂亮的女郎，似乎算不上犯什麼大錯，不就是看看嗎？連性騷擾都算不上。女郎不願意讓看也就罷了，撒把土讓人家得白內障真是罰不當罪。但是，在封建社會，在明清時代，方棟又確實犯了「非禮勿視」的錯誤，按照「萬惡淫為首」的原則，神女讓他眼瞎，也還是薄懲呢！好在方棟受到懲戒之後，幡然悔改，持經念誦，終於得到神女的原諒。——兩個瞳人抓破了壁障從而恢復了方棟的視力可能正是神女的旨意呢！正如蒲松齡在「異史氏曰」中說的：「輕薄者往往自辱，良可笑也。眯目失明，又鬼神之慘報矣。芙蓉城主，不知何神，豈菩薩現身耶？然小郎君生關門戶，鬼神雖惡，亦何嘗不許人自新哉。」

　　從教育勸懲的角度看，〈瞳人語〉體現了蒲松齡教育勸懲篇章的特點。——其所重不在懲罰，而在強調自新。勸懲的目的是教育人和改造人[12]。從作品的結尾來看，士人方棟「由是益自檢束，鄉中稱盛德焉」，的確反映了蒲松齡教育勸懲的良苦用心。

二

　　也許有人會問，《聊齋志異》中許多癡狂的讀書人追逐女性都如願以償，像〈青鳳〉中耿去病之於青鳳，〈荷花三娘子〉中的宗相若之於三娘子，〈辛十四娘〉中廣平馮生之於辛十四娘，他們的行為按說比方棟還要張狂，為什麼他們能如願以償而方棟以失敗告終並受到懲罰呢？

　　推究其原因，大概有三個方面：

　　首先是讀書人行為的界定。在蒲松齡看來，方棟的行為屬於輕薄。到處追逐看女人，與專一追求一個女人的多情不同。方棟是「每陌上見遊女，輒輕薄尾綴之」，這是輕薄不是多情。追求對象是已婚的新婦和未婚的少女也是不同的。對於未婚少女的追逐，不管男性已婚未婚，在蒲松齡看來都可以稱作是多情，這同封建的一夫多妻婚姻制度與蒲松齡的婚姻觀念有關。但追逐已婚婦女，則屬於輕薄。〈瞳人語〉中的方棟和後面附錄中的士人以及〈畫皮〉中的王生都是追逐已婚婦女，所以因輕薄受到了懲罰。

　　其次，《聊齋志異》中的讀書人與少女的婚戀是有層級的。其中讀書人可以不論貧富，但少女的身份卻有鬼狐、人、神的等差。少女如為鬼狐，則為異類，她們不受禮法的保護，也不受禮法的束縛，士人對於鬼狐，可以自由戀愛，可以浪漫，而她們也可以逾牆相從，夜薦枕席，甚至「春風一度。各別東西」。假如少女是人間的女郎，就

---

[12] 見于天池〈論蒲松齡的教育思想與聊齋志異的教育精神〉，《明清小說研究》1999年第 3 期。

需要按照人間的禮法行事，不能越禮。人有男女之別，婚姻須經父母之命，〈菱角〉中的菱角和胡大成如此，〈青梅〉中的張生和阿喜也是如此。〈王桂庵〉中的王桂庵和〈連城〉中的喬生對於他們心愛的姑娘的追求不管多熱烈，在父母之命，媒妁之言面前，卻永遠是一道邁不過去的坎，蒲松齡寫人間少男少女的戀愛總是圍繞著這一界碑做文章。但如果少女是神祇的話，神女尊貴，地位在人之上，人與神女的婚姻或戀愛，是神主動，俯就人間，賜愛賜婚，人完全是被動地接受，不能主動，不能有非分之想，否則就是褻瀆神靈而要受到懲罰。〈瞳人語〉中的方棟假如尾隨的是鬼狐或人間的少女，可能不至於受到如此嚴厲的懲罰，但他尾隨的是「芙蓉城小娘子」，後果就非同小可。

　　再有就是，假如我們對於蒲松齡的《聊齋志異》中的作品加以分期，那麼，〈瞳人語〉大概屬於早期的作品，而早期蒲松齡的作品較為正統，勸懲教育的味道比較重，還缺乏他中年創作的故事那麼充滿孤憤和浪漫精神。〈瞳人語〉既然屬於早期作品的行列，其有著濃厚的正統思想，強調「非禮勿視」也就不足為怪了。

三

　　從另一種角度來看，〈瞳人語〉還是一個關於疾病題材的故事，一個根據眼疾生發出來的浪漫的故事。

　　蒲松齡是一個自身多病又對於醫術非常感興趣的作家。他對於山區的常見病多發病很有研究。[13]。白內障是一種常見的眼疾。但是，在古代，人們無法對於白內障的病因和病理進行科學地解釋。而蒲松齡的醫療思想中本來就具有巫醫結合的因素，因此，他認為白內障的產生是由於違反了「非禮勿視」的道德規範，招致了神靈的懲罰。而念經懺悔，改過自新，神靈便給以寬恕，視力便可以恢復，符合自然

---

[13] 見于天池《從蒲松齡的疾病說起》，載《明清小說研究》2004 年 3 期。

物理。當然，不能認為小說中的描寫就一定是現實中蒲松齡對於白內障眼疾的認識，但是，以蒲松齡當時的醫學常識和他的巫醫思想而言，他按照這樣的邏輯編織故事順理成章。

按照現代醫學的解釋，白內障是眼睛內晶狀體發生混濁，由透明變成不透明，阻礙光線進入眼內，從而影響了視力。造成的原因除了主要是老年性的自然因素之外，某些內科疾病諸如糖尿病、腎病以及某些外傷也可以引起。但揚一把沙子就使眼睛得了白內障則有些誇張，不合醫學原理。小說寫兩個瞳仁合併成一個，形成重瞳，更是將傳聞和想像結合了起來。按照眼睛的構造，真正意義上的重瞳是不存在的。所謂重瞳，不過是眼睛中的瞳仁有斑塊而已，是一種殘疾現象。在中國歷史上，見於歷史記載的名人重瞳有三個人，一個是舜，一個是項羽，再一個人是李後主，都是以重瞳增加了他們的神奇天賦的份量。重瞳既然從解剖學的立場上是一種誤解，那麼由白內障的發生轉變到重瞳，按照現代醫學的觀念更是天方夜譚。不過，蒲松齡的描寫又有一定的合理和可稱道的地方，比如，小瞳人從鼻腔出入，暗示眼睛和鼻腔相連，就合乎解剖學的原理。想像小瞳人抓破白內障而使得眼睛復明，也頗類似於現代早期治療白內障的撥翳的方法。

不過，站在讀者的審美立場上，〈瞳人語〉值得我們看重的既不是關於眼睛失明和復明的道德詮釋，也不是那個時代對於眼疾治療上的民俗說明，而是文學上的描寫，是蒲松齡文學描寫上的成就讓〈瞳人語〉贏得了讀者的喜愛。

〈瞳人語〉文學描寫上的成就表現在哪裡呢？首先是精確和生動。雖然從醫學的角度，蒲松齡對於白內障眼疾作了荒謬地解釋，但是從文學的角度，他對於白內障的臨床現象卻有著精妙地描述：

> 倩人啟瞼撥視，則睛上生小翳，經宿益劇，淚簌簌不得止。翳漸大，數日厚如錢。右睛起螺旋，百藥無效。

我們不能不佩服蒲松齡精細的觀察和驚人的表現能力。正是這種觀察和表現，構成了《聊齋志異》相當一部分疾病題材小說的特殊魅

力。假如我們聯繫《聊齋志異》中其他有關疾病類題材的描寫，像〈嬌娜〉中關於外科腫瘤的描寫，〈梅女〉篇關於保健按摩的描寫，〈董生〉篇針灸的治療，〈醫術〉中對於奇方秘術的調侃，誰能說《聊齋志異》不是開闢了一個新的題材領域呢！在文言小說史上，蒲松齡可以說是第一個嘗試以疾病為題材表現人生的文言小說作家。

其次，〈瞳人語〉有著豐富的想像力和童話的意趣。假如是一個平庸的作家，對於違背「非禮勿視」的懲罰，也許就止於讓人失明而已，不會對失明的過程作進一步的描述。但蒲松齡不是一般的作家，他對於白內障病理現象浮想聯翩，把白內障這種眼疾幻化成動態的小瞳人的活動：

忽聞左目中小語如蠅，曰：『黑漆似，叵耐殺人！』右目中應云：『可同小遨遊，出此悶氣。』漸覺兩鼻中，蠕蠕作癢，似有物出，離孔而去。久之乃返，復自鼻入眶中。又言曰：『許時不窺園亭，珍珠蘭遽枯瘠死！』生素喜香蘭，園中多種植，日常自灌溉。既失明久置不問。忽聞其言，遽問妻：『蘭花何使憔悴死？』妻詰其所自知，因告之故。妻趨驗之，花果槁矣。大異之。靜匿房中以俟之，見有小人自生鼻內出，大不及豆，營營然竟出門去。漸遠，遂迷所在。俄，連臂歸，飛上面，如蜂蟻之投穴者。如此二三日。又聞左言曰：『隧道迂，還往甚非所便，不如自啟門。』右應云：『我壁子厚，大不易。』左曰：『我試闢，得與爾俱。』遂覺左眶內隱似抓裂。有頃，開視，豁見幾物。喜告妻。妻審之，則脂膜破小竅，黑睛熒熒，才如劈椒。越一宿，翳盡消。細視，竟重瞳也，但右目螺旋如故，乃知兩瞳人合居一眶矣。生雖一目眇，而較之雙目者，殊更了了。

你看，眼睛裏有小瞳人，它們「大不及豆」，說話的聲音「小語如蠅」，從鼻中爬行像鑽隧道，使人「蠕蠕作癢」。飛回眼眶的時候像「蜂蟻之投穴者」。左右眼睛的小瞳人連袂而行，一起坐臥。它們活潑好動，不甘寂寞，經常到花園中遊玩。失明的原因是它們被關閉在黑漆的門裏，複明的原因是它們嫌憋悶，把那黑漆的門——白內障

壁壘——抓破了。兩個小瞳人住在一起後，人雖然成了獨眼，但視力覺得比前更強了。

這是多麼好的童話情節啊！著名的批評家李長之曾經在上個世紀五十年代首次注意到蒲松齡的作品具有兒童文學的色彩，他說：「有人說，中國在『五四』以後才有兒童文學，好像古典文學作品中就沒有這一項似的。這恐怕不對。我以為《西遊記》就已經是很好的兒童文學，我曾試著給小孩子講，大概從五、六歲到十幾歲都很歡迎的。孫敬修同志在廣播電臺對小朋友講《西遊記》，小聽眾也十分熱心。適合兒童心理，兒童又愛聽，這就是好的兒童文學。蒲松齡寫的《聊齋》也同樣包含有很好的兒童文學。」「蒲松齡有可愛的童心，這是他寫兒童文學成功的最大原因。他那美麗的幻想，又不只表現在上面所提到的幾篇而已，乃是幾乎貫穿在全書，構成了全書的魅力之一的」[14]。李長之的批評的確是很有眼光的。可惜的是，蒲松齡的這種童話描寫，只是部分的，而非整體的，並且是限制在儒家說教的框架下，其中的童話色彩沒有得到充分的渲染和展示，我們只能認可〈瞳人語〉具有童話的情節，而不能直然認可它是童話故事。假如蒲松齡能夠擺脫儒家傳統道德倫理的束縛，〈瞳人語〉和《聊齋志異》中的其他帶有童話色彩的小說的成就一定會更大些。

〈瞳人語〉在《聊齋志異》中是一篇較為特殊的小說：按照《聊齋志異》的敘述邏輯，男主人公方棟「頗有才名」，女主人公「紅妝豔麗」，應該發生一番纏綿悱惻的情愛故事才是，但是小說簡直有些「多情反被無情惱」的味道。不過，它又不乏浪漫的情調，這是另一種浪漫，是一種帶有童話情趣的浪漫。這種浪漫的童話情趣在中國的古典小說中很罕見，但在《聊齋志異》中卻不乏體現，只是沒有得到充分的發展罷了。

---

[14] 李長之〈蒲松齡與兒童文學〉,《中國古典小說評論集》，北京出版社，1957年出版。

三、恐怖小說屍變

在中國的民俗傳說中，鬼大概可以分為兩類，一類是情感倫理型的，鬼有男女長幼之分，賢愚不肖之別，是現實人的化身，具備人類的一切倫理屬性和情感；另一類是死亡恐怖型的，作為人的生命存在對立面的鬼，與人不共戴天，猙獰恐怖，是死亡的象徵。

《聊齋志異》中的鬼大致也是這樣兩大類。一類善良有人情味，充滿人倫感情色彩，如鬼友（〈王六郎〉），鬼妻（〈連瑣〉、〈湘裙〉），鬼夫（〈土偶〉），鬼子（〈珠兒〉），鬼父母（〈陳錫九〉）等，最感人的則是人與鬼的戀愛，其纏綿悱惻，哀豔淒婉，有人間的愛情所不可比擬者；另一類則恐怖悚異，體現了人類對於死亡的厭惡和恐懼，如〈噴水〉、〈縊鬼〉、〈蠍客〉等。這一類作品缺乏人情世故，只是渲染鬼怪，情節相對簡單，篇幅也相對短小，故事性不強。但〈屍變〉是一篇例外的長篇，它富於故事性，充分體現了人與鬼，求生的本能與死亡的追逐之間驚心動魄的鬥爭。

一

〈屍變〉的故事不過是民間詐屍的母題，但作者寫得異常曲折而驚險：

一夥商販投宿旅店，由於客滿，不得已住在停放新死女屍的房間。半夜時分，當商販們熟睡之後，女屍起來，用鬼氣遍吹諸負販，眾負販在睡夢中相繼遇害，只有一個負販因尚未睡熟，發現了女鬼的伎倆，幾次蒙被裝死，屏住呼吸，才免遭毒手。後來負販乘女鬼不備，逃離了房間。女鬼發現，則在後面窮追不捨。

詐屍，由於與屍體，與死亡直接聯繫，恐怖直觀，令人毛骨悚然，〈屍變〉更是把恐怖發揮到極致：那氣氛是神秘的，「燈昏案上，案後有搭帳衣，紙衾覆逝者」。鬼的面容猙獰淒厲，「面淡金色，生絹抹額」。女鬼下毒手的手段難以捉摸，「俯近榻前，遍吹臥客者三」。

在寂靜的深夜，這種近乎無聲的謀殺，由於貼近，由於小負販是蒙在被子裏感受女鬼的臨近，體察女鬼的謀害，而不是直接用眼睛看，其恐怖就更增加了一層，為什麼呢？因為拋撇眼睛，單憑耳朵，憑感覺去體驗，不如眼睛直觀，卻較之習慣於用眼睛看，更敏感，更深入，感受更深刻。讀者在閱讀文字的時候，當然會感同身受。

當小負販發現生命遇到威脅時，他同時發現了自己處在孤立無援的狀態下，——夥伴全都已經遇害，他只能獨立面對死亡的威脅了。一個人倘若在集體中遭遇危險，由於可以互相扶持，互相傾訴鼓勵，共同擔待，恐怖的感覺相對會減輕一些；可當目睹同伴漸次遇害，危險將集中或降臨到自己身上時，恐怖，對於孤獨的人，便深了一層。

在中國的傳統民俗中，除去特殊不怕鬼者，人碰見了鬼，也就意味著遇見了死亡。在人與鬼的不平衡角逐中，人只能躲逃，小負販也是如此。但人是有智慧的，在人與鬼的這第一階段的角逐中，小負販由於眼睜睜看到了女鬼的作為，女鬼卻並不知小負販已經察覺，故小負販相對處於較為主動的地位。小負販憑著機警、聰明，敏捷，幾次蒙被裝死，麻痹女鬼，又幾次窺伺機會，終於逃出了房間。

在接下來小負販與女鬼的角逐中，恐怖的氣氛達到了高潮：小負販剛逃離房間，女鬼已發現追趕。負販在前，「且奔且號」，女鬼在後，「去身盈尺」。女鬼志在必得，迅忽飄捷；小負販孤身隻影，竭力奔竄。路上小負販「瞥見蘭若」了，而且「聞木魚聲，急撾山門」，道人卻「訝其非常，又不即納」；他走投無路，精疲力竭，幸好蘭若門前有一棵白楊樹，小負販以它為屏障，左遮右擋：女鬼從右邊捉，他往左邊躲，女鬼從左邊抓，他從右邊藏，左躲右藏，形成拉鋸狀態。終於都疲憊不堪了，最後女鬼奮力一搏，「伸兩臂隔樹探撲之」，負販驚恐倒地，而女鬼則「捉之不得，抱樹而僵」。

前後小負販兩次遇險，雖然是相連的過程，是遭遇女鬼的謀害，但前後的情景有所變化：前者在室內，活動空間有限，後者在郊野，活動境界開闊，有著廣大的追逐空間；前者女鬼的伎倆半明半暗，加害的動作時作時輟，尤其是小負販處於主動地位，鬼可騙，可欺，小

負販有著喘息窺測的餘地。而後者，女鬼和小負販在豁然開朗的郊野，一無遮攔，兩者戰略企圖明白簡單，小負販拼命奔逃，女鬼苦追不捨。假如說前者是智慧加敏捷的角逐的話，後者則是智慧加速度的競賽。由於小負販失卻了意圖的隱蔽性和器物的遮擋，在長途的追逐中，顯然處在更加危險的狀態中。

結局是出人意料的。女鬼的奮力一搏沒有成功，小負販連驚帶累仰撲於地反倒救了他一命。天亮後，小負販得救，發現女鬼「左右四指，並卷如鉤，入木沒甲」，「視指穴如鑿孔然」，真是令人後怕！

二

〈屍變〉可謂是中國式的恐怖小說，它具備恐怖小說的特點，即「以追求感官恐怖刺激為主要情趣，以恐怖事件為主要情節，是為了欣賞恐怖而創作的小說，它的恐怖具有整體性而非僅具個別的情節」（于天池〈中國的恐怖小說與《聊齋志異》的恐怖審美情趣〉，見《文學遺產》2002 年 4 期）。

〈屍變〉的藝術表現在《聊齋志異》中頗為獨特。《聊齋志異》是非常注意人物對話描寫的，它的人物對話在中國的文言小說中也取得了突出的成績。但〈屍變〉除去一頭一尾各一句話外，全篇故事沒有對話，情節完全靠小負販的感覺和動作來敘述，類似於默劇。小說調動了人的眼耳鼻舌身意所有的感覺器官去展示恐怖情趣：「入其廬，燈昏案上」，「靈前燈火照視甚了」，女屍「面淡金色」，是眼所見；「靈床上察察有聲」，「聞紙衾聲」，「閉息忍咽以聽之」，是耳所聞；「吹之如諸客」，「覺女復來，連續吹數數始去」，是身所感；「客大懼，恐將及己」，「顧念無計，不如著衣以竄」，是意所想。在負販「潛引被覆首，閉息忍咽以聽之」和後來逃避女鬼追逐的一段描寫中，負販完全憑身意感覺去體察女鬼的所為，逃避死亡的追逐。

人對於外界的認識主要是通過眼睛來認知的。失去眼睛的認知，是缺損的認知。負販在被衾中以及後來在荒郊被女鬼所追逐的過程

中，他看不見女鬼，只是憑著身意感覺因應，這不僅與環境相合，而且由於認知上的缺損和陌生感，更增加了神秘和恐怖。在荒郊野外逃脫女鬼的追迫中，情節的跌宕，氛圍的渲染，節奏緩急的掌握，語言描寫的逼真，驚心駭目，間不容髮，誠如馮鎮巒所說：「深夜讀至此」，「令人森立」（《聊齋志異》會校會注會評本，上海古籍出版社，1986年版）。

　　表現恐怖的〈屍變〉在《聊齋志異》中又頗有代表性，其中的女鬼沒有人情色彩，既談不上善，也談不上惡。在女鬼的身上，你看不到一絲一毫人性的附麗，它是死亡的象徵，恐怖的符號，是蒲松齡表述恐怖刺激和特殊審美趣味的道具。像這樣的篇章在《聊齋志異》中所在多有，比如〈噴水〉、〈野狗〉、〈縊鬼〉、〈鬼哭〉、〈咬鬼〉、〈山魈〉、〈菜中怪〉、〈宅妖〉、〈畫皮〉、〈廟鬼〉、〈泥鬼〉、〈汪士秀〉、〈頭滾〉、〈泥書生〉、〈潞令〉、〈美人首〉、〈大人〉、〈負屍〉、〈役鬼〉、〈商婦〉、〈鬼令〉、〈紫花和尚〉、〈小棺〉、〈鬼隸〉、〈衢州三怪〉等等。蒲松齡自稱「才非干寶，雅愛搜神，情類黃州，喜人談鬼」（〈聊齋志異自志〉，見《聊齋志異》會校會注會評，上海古籍出版社，1986年版），其所談的鬼，應該說既包括充滿人情味的鬼，也包括彌漫著恐怖情趣的鬼。

三

　　恐怖，是《聊齋志異》表現鬼狐花妖很重要的審美情趣，是中國這類古典文言小說的傳統，也是讀者在欣賞這類小說時很重要的價值取向。當然，好的鬼狐花妖題材的小說是兼有恐怖和「多具人情，忘為異類」兩個方面的。只有恐怖悚異，容易陷入惡趣；單有人情而無恐怖，也失去了鬼狐花妖題材的特點。《聊齋志異》恰恰很好地處理了兩者的關係，予兩者以巧妙的結合。就《聊齋志異》總體上說，其中既有恐怖悚異的篇章，又有「多具人情，和易可親」的篇章。即使在一篇作品中，也往往是人情和悚異雜糅並舉，兼而有之。以往關於

《聊齋志異》鬼狐花妖的評論，多強調其「和易可親，忘為異類」的一面，甚至認為它是《聊齋志異》鬼狐花妖審美情趣的全部：「《聊齋志異》近五百篇作品中，究竟描寫了多少個藝術形象，似難確指，但那些『花妖狐魅，多具人情』，則是共通的屬性」（郭預衡《中國古代文學史》第四卷，上海古籍出版社1998年出版）。這容易給讀者以誤導，以為《聊齋志異》中鬼狐花妖真的都是多具人情似的。這個觀點雖然來源於魯迅的《中國小說史略》，但並不十分準確，上面講的〈屍變〉就是反面的很好的例子。

四、大冤未申，寸心不死——說〈席方平〉

一

在蒲松齡的《聊齋志異》中有許多揭露封建社會吏治黑暗的篇章，這些篇章有兩個共同特點。其一，表現了蒲松齡對封建社會整個司法機構的清醒認識。他說：「強梁世界，原無皂白，況今日官宰半強寇不操矛弧者。」（〈成仙〉）「天下之官虎而吏狼者，比比也。」（〈夢狼〉）他也在某種程度上接觸到封建國家機器的本質，認識到封建社會的官吏是為地主階級服務的。他在〈成仙〉篇中指出，所謂官吏並不是「朝廷官」而是「勢家官」，官吏同勢家的關係「如狗之隨嗾者」。在〈夢狼〉中他更是借某甲之口揭露了封建國家機器同人民利益的對立：「黜陟之權，在上臺不在百姓。上臺喜，便是好官，愛百姓，何術能令上臺喜也。」這些認識相當深刻，在中國古典小說同類作品中是很罕見的。其二，這些篇章中的主人公不僅是受害者，而且同時又是與貪官污吏進行堅決鬥爭，並取得最後勝利的英雄。他們沒有一個是甘心受欺壓、受凌辱的懦夫，他們不僅在封建法律允許的範圍，層層申訴，一直告到皇帝那裏，最後昭雪冤案（〈成仙〉、〈辛十四娘〉），而且也敢於拋開法律程式，進行個人復仇（〈田七郎〉、〈紅玉〉），

甚至變成老虎，吃掉仇人（〈向杲〉），化作厲鬼，報仇雪恨（〈梅女〉）。總之，這些主人公是命運的強者，是鬥爭復仇的硬漢，因而這些篇章帶有濃烈的浪漫和理想的色彩。

二

〈席方平〉正是《聊齋志異》揭露封建吏治黑暗方面的代表作。

〈席方平〉雖然敘述的是陰間發生的事，實際上卻是在影射人世間的黑暗。那裏面的城隍、郡司、冥王指代了人世間大大小小的官吏，而事件的起因：「其父名廉，性戇拙。因與里中富室羊姓有隙，羊先死，數年，廉病垂危，謂人曰：羊某今賄囑冥使榜我矣。」俄而身赤腫，號呼遂死。」則是人世間勢豪地主勾結官府欺壓良民百姓的曲折反映。

〈席方平〉在揭露封建社會吏治黑暗方面是相當深刻的。首先，它不是抨擊揭露一兩個官吏的貪贓枉法，而是從獄吏、差役，到城隍、郡司、直到冥王，把封建社會整個司法系統進行了全面徹底的解剖。它在我們面前展示的不是個別官吏的醜惡舛誤，而是封建社會整個司法系統的百醜圖。其次，這個事件在反映封建國家機器為地主階級服務的階級本質上具有典型意義。封建社會的司法機構和法律，就其本質說，當然是為地主階級服務的。但由於它打著國家的旗號，打著為社會全體服務的公正旗號，在當時的社會歷史條件下，一般人民很難識破。老百姓對於它的階級本質的認識，往往是在打官司中，在官府接受賄賂作出不公正的裁決後才有所覺察。〈席方平〉正是在這點上揭露了貪官污吏「受贓枉法，真人面而獸心」的醜惡面目，揭示了金錢在地主和官府勾結中的媒介作用，從而抨擊了封建社會王法的虛偽。最後，〈席方平〉不僅披露了貪官污吏的兇殘酷虐，而且揭示了他們的各種鬼蜮伎倆。城隍、郡司發現席方平上訴，擔心醜行敗露，於是「密遣腹心，與席關說，許以千金。」冥王發現各種酷刑都無法改變席方平伸冤復仇的決心，於是改變策略，採取了狡猾的欺騙手段，

「謂席曰『汝志誠孝，但汝父冤，我已為若雪之矣。今已往生富貴家，何用汝鳴呼為！今送汝歸，予以千金之產，期頤之壽，於願足乎？』乃注籍中，箝以巨印，使親視之。」這些花招正像作者在〈公門修行錄贅言〉中所談到的：「其懦耶，恐喝之。強耶，械挫之。慷慨耶，甘誘之。慳吝耶，逼苦之。」千變萬化，無非一個目的，就是使老百姓俯首貼耳，聽任宰割。總之，〈席方平〉以二千餘字的短篇小說，給我們提供了封建社會司法黑暗的形象畫卷，顯示出作者深邃的眼光和高度的概括能力。

三

〈席方平〉屬於公案性質的短篇小說，但它的重點不是在案情的撲朔迷離，曲折複雜上，而是在主人公如何為昭雪冤案同貪官污吏進行不屈不撓的鬥爭上。在鬥爭中，蒲松齡塑造了主人公席方平的光輝性格。

席方平身上最寶貴的特質是他的鬥爭性。他聽到父親的冤狀，便「慘怛不食」，決定「將赴地下，代伸冤氣。」封建社會中的老百姓一般都怕見官吏，但席方平不僅無所畏懼，而且敢於痛斥他們的罪惡。他不僅罵獄吏，告城隍，告郡司，而且敢於同冥王進行面對面的鬥爭。冥王迫害他，他當堂質問。「小人何罪？」當冥王嚴刑拷打他，威嚇他，企圖迫使他不再鬥爭時，他斬釘截鐵地回答說：「必訟！」聲言「身所受者；皆言之耳。」火床揉捵，鋸解身體，令人毛骨悚然，但席方平雖「痛不可禁」、「顧亦忍而不號」。──確實不愧為敢於鬥爭的錚錚鐵漢。

尤為可貴的是，他又有一種執著地追求真理的精神。為了替父親伸冤，人世幽冥的間隔擋不住他，官府的迫害嚇不倒他，殘酷的刑罰摧不垮他，千金賄賂，期頤之壽也都哄騙不了他。就是「生為嬰兒」也念念不忘復仇，最後「三日遂殤，魂搖搖不忘灌口」。他，確實像作者所評論的那樣：「忠孝志定，萬劫不移」。

　　席方平是農民的兒子，他具有農民的質樸和果決。他坦率，明快，行動迅速而沒有讀書人那種左右掂掇的酸氣。他在獄中見到父親被榜掠的慘狀，大罵獄吏；從獄中出來，立即「抽筆為詞，趁城隍早衙，喊冤投之。」城隍袒護羊某，他立即「冥行百餘里，至郡，以官役私狀，告之郡司。」郡司不公正，他立即又「遁赴冥府，訴郡邑之酷貪」。在同冥王的鬥爭中，他光明磊落，坦坦蕩蕩，冥王問他「敢再訟乎？」他毫不隱瞞自己的觀點。「若言不訟，是欺王也，必訟」。相形之下，城隍、郡司、冥王顯得那麼卑鄙渺小，確是一群見不得陽光的丑類了。

　　當然，席方平的性格是有發展的。起初，他相信王法，他對於官府的貪贓枉法沒有太多的認識。他見到父親被榜掠，大罵獄吏說：「父如有罪，自有王章，豈汝等死魅所能操耶！」當逆旅主人告訴他「君負氣已甚，官府求和而執不從。今聞於王前各有函進，恐殆矣。」他也「以道路之言，猶未深信」。直到他受到冥王的殘酷對待，才醒悟過來，發出「受笞允當，誰教我無錢耶」的喊聲，徹底認清了所謂「自有王章」的不可靠。

　　在席方平同獄吏、城隍、郡司，尤其在同冥王的初期鬥爭中，他是並不講什麼鬥爭策略而直來直去的。他向對手明確宣佈自己的鬥爭目標和鬥爭手段。只是在吃了大虧之後，他才總結了經驗，懂得了欺騙敵人，保存自己，避免無謂犧牲的必要。像冥王對他施行火床揉捺，鋸解其體的酷刑後「復問如前」，他就回答說：「不訟矣。」冥王欺騙他，要給他「千金之產，期頤之壽」，他也「謝而下」，——學會了欺騙麻痺敵人。這同席方平初次同他們打交道時的天真質樸幾乎判若兩人。這不能不說是鮮血給予席平方的教訓。尤其是當兩個鬼卒在路上打罵威嚇他時，席方平看準了這是虛聲恫嚇，立即予以有力地反擊，使兩個鬼卒「含怒不敢復言」。這表明席方平在同這些牛鬼蛇神的鬥爭中提高了鬥爭藝術，並在鬥爭中成熟起來了。

　　就席方平同封建司法黑暗所進行的不屈不撓鬥爭而言，就他「大怨未報，寸心不死」的堅持精神而言，就他威武不能屈，富貴不能淫的英雄氣概而言，席方平的形象體現了中華民族富於鬥爭精神的民族

性，而這對於封建社會中受壓迫、受凌辱的人民有著多方面的啟迪，具有強烈的教育意義。

四

〈席方平〉在藝術上也取得了相當高的成就。

〈席方平〉篇的語言極富於性格特色。席方平說的話硬朗剛勁，斬截明快，句子大都很短。像他質問冥王：「小人何罪？」他回擊冥王的威脅：「大怨未伸，寸心不死，若言不訟，是欺王也，必訟！」冥王再次詢問，席方平乾脆只回答兩個字：「必訟！」

這些話都短而硬，直而壯，恰如其分地表現了這個農民兒子堅強不屈的性格。他父親席廉的語言就不同了：「羊某今賄囑冥吏榜我矣。」「獄吏悉受賕囑，日夜榜掠，脛股摧殘甚矣。」這些句子的句式長而語氣緩，特別是句尾的語氣詞「矣」，逼真地勾畫出席廉樸訥軟弱的口吻。〈席方平〉篇的語言有時還能使人看出人物的身份地位。比如席方平和鬼卒屬於下層社會的人，語言俚直通俗，像席方平同兩個鬼卒的對話。「鬼與俱出，至途，驅而罵曰：『奸猾賊，頻頻反覆，使人奔波欲死。再犯，當捉人大磨中細細研之。』席張目叱曰：『鬼子胡為者？我性耐刀鋸，不耐撻楚。請反見王。王如令我自歸，亦復何勞相送！』全採用俚俗的口語。但九王二郎神的語言就不同，且不說二郎神的判詞全用騈文，就是他說的話，也都文縐縐的，語氣緩和而平穩，這是因為他是有教養，有地位的人的緣故。

儘管〈席方平〉的重點在揭露黑暗和刻畫席方平的反抗性格，但作者很注意情節的組織，很注意敘述的故事性。比如在情節的剪裁上，由於作者要表現「陰曹之暗昧尤甚於陽間，」於是席方平與席廉在人世的活動就極其簡略，故事的起因用幾句話就交待完畢；由於作者要突出的是席方平的人物性格，於是凡與刻畫席方平性格關係不大的描寫也一律簡化。像席方平告狀得准後的官司狀況僅用「席從二郎至一官廨，則其父與羊姓並衙隸俱在。少頃，檻車中有囚人出，則冥王及

郡司、城隍也」幾句話說明。又由於在故事結構中，席方平同冥王的鬥爭是高潮，所以席方平同城隍、郡司的鬥爭的描寫惜墨如金，而同冥王的鬥爭則刻畫入微，不厭其詳。作者在寫法上也很富於變化。象席方平受酷刑是明寫，因為這便於突出他的性格。城隍，郡司、冥王的受賄，是暗寫。因為那本來就是見不得人的鬼蜮行徑。即便同是受賄，城隍、郡司、冥王也各各不同，符合各自的身份地位。席方平故事雖然簡單，但情節表現得很曲折。像席方平去灌口找二郎神被冥王捉去，讀者像席方平一樣，也以為「禍必更慘」。卻不料冥王「殊無屬容」，變換了對付席方平的手段。席方平被押途中。二鬼卒施淫威，大罵席方平，席方平迎頭痛擊，反守為攻，迫使二鬼卒「含怒不敢復言」。這以後，讀者以為席方平的鬥爭將比較順利了，不料他中了兩鬼卒的詭計，變成嬰兒。但是席方平「憤啼不乳，三日遂殤」，又贏得了鬥爭的主動。這些都使故事曲折而富於變化。當然，這些曲折又同作品要表達的主題緊密相聯，因為這不僅對於表現冥王、鬼卒的狡詐是必要的，對於刻畫席方平頑強剛毅的性格也是必要的。

「出入幻域，頓人人間」，是《聊齋志異》浪漫主義的特色之一。〈席方平〉篇也具有這個特點。它通過對陰間冥王、郡司、城隍、差役、獄卒的描寫，巧妙而嚴厲地抨擊了封建社會司法制度的黑暗。通過有關上帝九王殿下和灌口二郎神的正直判獄的民間傳說，表達了人民懲治貪官，肅清吏治的美好願望。特別是蒲松齡通過幽冥間的豐富想像，生動地刻畫了敢於鬥爭並取得了勝利的席方平的光輝形象。無疑，席方平是封建社會中正直而敢於鬥爭的農民的代表。但在人世間，像席方平這樣貧窮無依的農民個人是根本無法同封建的司法系統鬥爭的。不用說火床飛鋸這樣的酷刑，就是幾頓板子也會使他丟掉性命。封建國家機器殺死席方平，簡直比殺死一隻螞蟻還容易。但在陰間，在這個蒲松齡所幻想的世界裏，席方平可以沒有阻礙地由城隍而郡司，由郡司而冥王，到處告狀。儘管冥王對他施以各種酷刑，甚至鋸開身子，但合在一起，依然毫無損傷。以至於在他的鬥爭下，冥王不得不笑臉相迎，改變了應付的手法。這一切都說明，蒲松齡在他的幻

想世界裏表現了現實世界無法表現的內容，在奇瑰的想像中寄託了他對光明理想的追求。

最後，附帶說一下篇末的異史氏曰。有人根據「忠孝志定，萬劫不移，異哉席生，何其偉也」這段話，認為〈席方平〉的主題不是揭露吏治的黑暗，也不是歌頌人民的反抗鬥爭，而是要表彰忠孝精神。因此反映了蒲松齡思想上的局限性。這種說法是否確切呢？這種說法不確切。因為，首先分析一篇作品的主題和思想傾向，主要應該看作品的內容，看它寫了什麼，怎樣表現，而不在於作者聲言自己寫什麼。其次，在文字獄猖獗的時代，蒲松齡要揭露吏治的黑暗，歌頌農民的反抗，不可能不進行包裝。這除了作品採用非人間的環境和場景外，蒲松齡還要為鬥爭的主人公找一個冠冕堂皇的理由，這就是封建社會的倫理忠孝原則。從作品看，席方平為屈死的父親復仇，固然與孝道有聯繫，但更多的是維護公理與正義。另外，「異史氏曰」在《聊齋志異》中也有多種形式和意義。有的是評論，有的是點明主題，深化主題，有的則是基於某種原因故意施放煙幕沖淡作品的主旨。〈席方平〉的異史氏曰大概具有後一種性質。當然，〈席方平〉不是一點局限性也沒有。席方平同貪官污吏的鬥爭並沒有超出封建社會司法程式允許的範圍。篇末的結局雖然表達了人民的意願，但畢竟空幻而不實際，神靈託夢情節尤其含有迷信因素等等。但這同全篇的主要思想傾向相比，畢竟是極次要的了。

五、魂從知己，竟忘死耶──說《聊齋志異‧葉生》

一

人都有著一種對自身美的價值的自覺，文學藝術家往往對自己的才華更具有自知之明，因此，他們對事業上成功的歡樂和失敗的痛苦的感受也遠較常人強烈得多。

小說〈葉生〉中寫秀才葉生是一個「文章詞賦，冠絕當時」的人，可是在科舉考試上，卻「所如不偶」，總是名落孫山，這使他強烈地感到懷才不遇的痛苦。不久，關東的丁乘鶴到這裏來做父母官，見到他的文章，非常欣賞，讓他在官署中攻讀，不時地以錢穀去撫恤他的家屬，「值科試，公遊揚於學使，遂領冠軍」。對於葉生來說，丁乘鶴的賞識，是對他的才華的肯定，由這種知己之情，使他更驗證了自己的能力，更充滿了對自我價值的信心。但是，不幸的很，緊接著到來的鄉試，葉生「依然鎩羽」。於是，這次的打擊使他承受不住了，因為打擊所帶來的不僅是懷才不遇的痛苦，更增加了「愧負知己」之情，他「形銷骨立，癡若木偶」，病倒不起，只有死的份了。

假如小說就此結束，那麼〈葉生〉篇不過講的是一個懷才不遇的平庸故事，而葉生的悲劇也僅只是他個人的不幸遭遇而已。

接下來，葉生的魂魄跟著丁乘鶴而去了。為了報答丁乘鶴的知遇之恩，他做了丁乘鶴兒子丁再昌的老師。丁再昌是個什麼樣的人呢？「時年十六尚不能文」，但有一個過人之處，那就是「凡文藝，三兩過，輒無遺忘」。於是在葉生的輔導下，他「居之期歲，便能落筆為文，益之公力，遂入邑庠。」尤其令人驚歎的是，當葉生「以生平所擬舉子業，悉錄授讀，闈中七題並無脫漏」時，他竟然中了亞魁，即第六名舉人。小說中丁再昌這個人物的出現，完全是作者為了與葉生的不幸遭遇進行比對而設置的：同樣的文章，在葉生，就榜上無名。而在丁再昌，就可以「中亞魁」，這不活見鬼了吆！通過丁再昌，蒲松齡把他那如椽之筆指向了當時科舉制度的不公正，——考試如同兒戲一般，要麼沒定準，要麼靠權勢錢財夤緣錄取。至此，作者向人們揭示出葉生的悲劇，並不是他個人偶然的不幸，而是那個不合理的科舉考試的必然產物。

但是，小說中的葉生從他和丁再昌的不同遭遇裏並沒得出否定科舉制度的結論，或者說壓根兒就沒考慮到這步。他認為這是命運的捉弄，「是殆有命」。通過幫助丁再昌取得考試的成功，他僅只是為了「借福澤為文章吐氣，使天下人知半生淪落，非戰之罪」。尤其是，

在丁乘鶴的攛掇和幫助下，葉生的魂魄在科舉道路上繼續奮鬥，終於「竟領鄉薦」，考中了舉人。於是葉生「亦喜，擇吉就道」，準備衣錦還鄉。然而，當他到了家門，妻子見了他卻非常害怕。原來，他已是死了幾年的人，最後，葉生「撲地而滅」。

　　葉生的一生，是一個在科舉制度下始終奮鬥進取的一生，他活著的時候在不停地考，死去了的魂魄依然在考，只有一個目的，就是考中個舉人。他對丁乘鶴說「何必拋卻白苧，乃謂之利市哉」，只是一種自嘲心理的表白，實際上，他汲汲以求的目標正在於此。至於考中舉人為了什麼，〈葉生〉篇也有明確的回答，就是為了「富貴」二字，丁乘鶴說「奮跡雲霄，錦還為快」，葉生說「我今貴矣」，都是這同一目的的表述。從這種意義上說，葉生是封建時代被科舉制度毒害吞噬了的一個典型，他的死有力地控訴了封建科舉制度是怎樣麻木扭曲了讀書人的靈魂的。葉生誠然是一個悲劇人物，但他的悲劇性主要並不是他的才華沒能得到科舉制度的承認，而是在於他所竭力為之奮鬥掙扎的，正是導致他毀滅的，——他至死並沒有明白！

　　這篇小說的結尾有兩點很值得注意。一點是，葉生最後是被「葬以孝廉禮的」。從作者的主觀願望而言，可能是由於同情葉生的遭遇，給了他一個虛假的安慰，但在我們今天看來，卻適足成為一種諷刺。其二是作者讓葉生的兒子在丁再昌的幫助下，也考中了秀才，而且那過程竟與當年丁乘鶴幫助葉生極其神似。這在作者的本意，也可能是出自於對葉生的一種安慰，即中國傳統的「詩書繼世長」，沒有斷了讀書的種子。但在我們今天的讀者看來，卻更增加了葉生命運的悲劇性，那就是，一代人被害死了，下一代人並沒有從中汲取教訓，繼續沿著錯誤的道路走下去，真是時代的大悲劇！

二

　　韋勒克在他的《文學理論》中說，「詩人的作品可以是一種面具，一種戲劇化的傳統表現，而且，這往往是詩人本身的經驗、本身的生

活的傳統的戲劇化表現。」假如我們對照一下蒲松齡在科舉道路上的經歷，就會發現，蒲松齡在某些方面與小說中的葉生極其相似，葉生，是一個飽含有作者鮮明的自我藝術形象的人物。

蒲松齡出身在一個「科甲相繼」但已敗落的書香門第。他在少年時代就顯示出超人的才華，十九歲第一次應考，即以「縣、府、道三第一補博士弟子員，文名藉藉諸生間。」但在這之後，他「如棘闈輒見斥」，考了一輩子，依然是個秀才，只是在他七十一歲的時候，才像體育競賽有「元老杯」、「安慰獎」一樣，由於他食餼二十七年，例應予考」，成為歲貢。

在蒲松齡追求科名的一生中，他最憤慨的莫過於憑自己的才華掙扎了一輩子，卻依然是個秀才。到晚年，還傷心地對兒孫們說，「無似乃祖空白頭，一經終老良足羞！」

在蒲松齡追求科名的一生中，有一個他最感激、最不能忘懷的人，那就是費禕祉。費禕祉是蒲松齡十九歲時的淄川縣的縣令，他最早賞識蒲松齡的才華。由於他的賞識和推薦，蒲松齡以「縣、府、道三第一」考中了秀才，也由蒲松齡後來再也沒有得志，他對於這一段經歷難以忘卻，對費禕祉的賞識充滿了知己之感，甚至認為後來科場上的不幸有辱於費禕祉的聲名。他在《聊齋志異·折獄》篇中說：費禕祉「方宰淄時，松裁弱冠，過蒙器許，而駑鈍不才，竟以不舞之鶴為羊公辱。是我夫子生平有不哲之一事，則松實貽之也，悲夫！」

蒲松齡在科場上的不幸遭遇，使他在一定程度上認識到科舉制度的不公正，不合理。他在〈致韓刺使樾依書〉中說，「仕途黑暗，公道不彰，非袖金輸璧，不能自達於聖明，真令人憤氣填胸，欲望望然哭向南山而去。」這是構成《聊齋志異》反映科舉制度篇章的思想基礎。但是蒲松齡由於所處的環境，受的教養，他還不可能真正揭示科舉制度的本質，從根本上反對它。實際上他是衷心擁護科舉制度，認為這是選拔人材的正確途徑的，他在《聊齋志異》第一篇〈考城隍〉中就設想陰間也靠科試來任命官吏。他甚至為八股文辯護說「誰謂文章無經濟，僅華國之具哉」（〈新鄭訟〉）。他一方面揭示了科舉中

「英雄失志，陋劣倖進」的醜惡現象，另一方面，卻也經常把這歸之於命運。他在早期對自己科舉不幸遭遇的認識上，更多的是感歎歲月流逝，自己的才華沒能得到肯定的評價，他說「世上何人解憐才（〈中秋微雨宿李希梅齋〉），「楚陂猶然策良馬，葉公原不愛真龍」（〈寄孫樹百其三〉）他根本沒有想到從科舉的泥淖中解脫出來。從他十九歲考中秀才之後，他幾乎從來未間斷過鄉試，「五十歲猶不忘進取」，一直到老，他還鼓勵兒孫們「實望繼世業，驤首登雲路」（〈示兒篪‧孫立德〉）

三

　　瞭解了蒲松齡的經歷，我們對〈葉生〉中的葉生的行為也就容易理解了。葉生做了鬼也要奮跡雲霄，考中個舉人，實際上表達了蒲松齡自己念念不忘的追求目標。葉生由於感戴知縣丁乘鶴的知遇之恩，竟然「魂從知己」，那是體現了蒲松齡對費禕祉的深深的眷念之情。葉生對科舉制度的難以自拔，正是反映了蒲松齡對科舉制度的迷戀。可以說，從某種意義上，小說中葉生對科舉制度的認識，也即是蒲松齡對科舉制度的認識；而葉生的悲劇，也即反映了蒲松齡自己性格和思想認識的悲劇。清代著名《聊齋志異》評論家馮鎮巒說；「余謂此篇即聊齋自作小傳，故言之痛心」，那確有一定的道理。

六、少府無妻春寂寞，花開將爾當夫人──淺析〈葛巾〉

一

　　〈葛巾〉是《聊齋志異》中一篇美麗的童話故事。寫牡丹仙子葛巾有感於常大用癖好牡丹，與他發生了愛情並結為夫妻。後來，葛巾

還介紹妹妹玉版嫁給了大用的弟弟大器。但由於最後察覺常大用猜疑她們的來歷，葛巾、玉版便擲還兒子，飄然而去。

葛巾是一個美麗而多情的牡丹仙女，她熱情、溫柔、對愛情有著大膽的追求。她被常大用愛牡丹之心感動後，便主動與常接近。她為常大用親調湯藥治好了病，又與他訂立幽期密約。她得知常大用缺乏生活費用，便慷慨地拿出錢來周濟他。葛巾深於情，摯於情，並小心地保護著她與常大用的愛情，她告訴常大用說：「此事要宜慎秘，恐是非之口，捏造黑白，君不能生翼，妾不能乘風，則禍離更慘於好別矣。」她得知「近日微有浮言」，便毅然與常大用商量一起逃走。葛巾也很有決斷和應付事變的能力。強盜來搶掠，她同玉版一起下樓從容地與強盜談判，使他們「哄然始散」。在這些方面，她的能幹、爽快，同常大用的怯懦形成了鮮明對照。她真摯地愛著常大用，「感君見思，遂呈身相報。」但是，一旦發現常大用瞞著她打聽她的身世，便說：「今見猜疑，何可復聚」，果斷地決絕了。

蒲松齡筆下的常大用則是一個忠厚而有些呆氣的花癡。他癖好牡丹，聽說曹州牡丹甲齊魯，便心嚮往之。一有機會，立即赴曹州，借住在花園裏賞花。牡丹未開，他「目注勾萌，以望其拆」，「作懷牡丹詩百絕」。牡丹開後，他流連忘返，以至於盤纏花光，典賣春衣。他對牡丹的癖好，果然感動了葛巾仙女來和他親近。但他又是一個膽小狐疑的人。初見葛巾，他「疑是貴家宅眷，亦遂遄返」。第二次見面，桑姥姥嚇唬他，他便嚇得「不能徒步，意女郎歸告父兄，必有詬辱之來。偃臥空齋，自悔孟浪。」他同葛巾返回家鄉後，也一直惴惴不安，擔心攜葛巾私逃的事被發現。膽小而多疑的性格，終於促使他悄悄跑到曹州對葛巾的身世刨根究底，釀成了悲劇。常大用又軟弱無能，當葛巾告訴他，「近有微言，勢不可長」後，他一點主意也沒有，驚呼「且為奈何」，讓葛巾拿主意，說「一惟卿命」；強盜來了，他也只是讓「舉家登樓」，聽憑葛巾退寇。當然，他很忠厚，他不願拿葛巾的錢，說：「以耗卿財，何以為人」。葛巾說：「姑假君」，他才接受了。尤其是，他對葛巾懷著深摯情感。他對葛巾說：「感卿情

好，撫臆誓肌」。「小生素迂謹，今為卿故，如寡婦之失守，不復能自主矣。一惟卿命，刀鋸斧鉞，亦所不遑顧耳。」葛巾、玉版擲兒離去後，他悔恨不已。總之，常大用雖然「未達」，卻仍不失為令人喜愛同情的書呆子形象。

二

〈葛巾〉的故事並不十分複雜，但作者寫得極其曲折多變。特別是常大用與葛巾的結合，跌宕起伏，千回百轉，有一種「好事多磨」的特點：常大用初見葛巾，「疑是貴家宅眷，亦遂遄返。」可以看做是第一磨；第二次見面，看到葛巾「宮妝豔絕」，驚為神仙，卻由於魯莽，受到桑姥姥的咄斥，這可以算作第二磨；葛巾親調湯藥，治好了常大用的病，常大用終於有一天「忽於深樹內，覿面見女郎」，而且「幸無他人」，但「正欲有言」，桑姥姥忽然來到，這是第三磨；常大用應葛巾之約赴幽會，一切似乎皆如願如約：「至夜，移梯登南垣，則垣下已有梯在；喜而下，果見紅窗。」正當常大用奔向紅窗，卻發現葛巾與一個白衣美人下棋，於是「姑逾垣歸」，「凡三往復，三漏已催。」後來，棋局已散，好事似乎就要成功了，卻眼睜睜地看著桑姥姥指揮丫環搬走了梯子，因此佳期又告吹，這是第四磨；第二天晚上常大用再去，「梯先設矣」，「幸寂無人」，但好事剛開了頭，葛巾卻被突然闖入的玉版強拉去下棋，以至常大用「恨絕」。這是第五磨。最後，作者變換角度，由葛巾主動來尋常大用，好事才諧合了。

常大用攜葛巾歸里，並為大器娶了玉版後，「兄弟皆得美婦，而家又日以富」，是小說情節發展的轉捩點，從此之後，大故迭起，不幸的陰影漸漸籠罩全篇，最終導致悲劇。在這個悲劇發展過程中，作者筆力貫注，毫不放鬆，仍然寫得曲折頓挫，迭宕起伏。像強盜前來搶錢劫人，氣勢洶洶，而且「聚薪樓下，為縱火計以脅之」，很像就要發生不幸了。但葛巾與玉版同強盜談判，卻取得神妙的結果，一家人從容地脫險。又過了二年，「姊妹各舉一子，始漸自言魏姓，母封

曹國夫人。」至此，葛巾、玉版與常家的關係按常理說很穩固了。不僅葛巾、玉版由於有了母子眷戀，不會輕易離開常家，而且按照中國的風俗和法律，女子有了兒子，她的地位就有了保障，即使是「異類」，似乎也不會被嫌棄。唐傳奇〈柳毅傳〉中的龍女不就是在生了兒子後，才對柳毅說出「真情」，說：「婦人匪薄，不足以確厚永心，故因君愛子，以託相生」麼？這裏，葛巾、玉版「始漸自言」，也是從這個角度考慮的。但是，葛巾和玉版半吞半吐地說出真情，卻給他們的愛情帶來災難：「素迂謹」的常大用因為「疑曹無魏姓世家，又且大姓失女，何得一置不問」，於是「託故復詣曹」，進行查證，終於對葛巾、玉版產生了「女為花妖」的懷疑。回家後，愛情急轉直下，「女慘然變色，遽出，呼玉版抱兒至，謂生曰『三年前，感君見思，遂呈身相報。今見猜疑，何可復聚！』因與玉版皆舉兒遙擲之，兒墮地並沒。生方驚顧，則二女俱渺矣。」

對於〈葛巾〉結撰故事情節的特點，清代評論家但明倫說過這樣的話：「此篇純用迷離閃爍，夭矯變幻之筆。不惟筆筆轉，直句句轉，且字字轉矣」。「事則反覆離奇，文則縱橫詭變。」這的確是中肯的見解。不過，〈葛巾〉篇也不完全是「純用迷離閃爍」之筆，而是按照故事發展的需要，按照作者的創作意圖，該曲折的地方曲折，不該曲折的地方也非常明快直捷。比如最後葛巾與常大用的悲劇，就斬截得出人意外，有一種「四弦一聲如裂帛」的藝術效果。

三

〈葛巾〉無疑是一篇充滿著浪漫色彩的小說。

這首先表現在作者所寄託的理想上。蒲松齡在異史氏曰中說：「懷之專一，鬼神可通，偏反者不可謂無情也。少府寂寞，以花當夫人，況真能解語，何必力窮其源哉！惜常生之未達也。」在這裏，作者謳歌了情感的力量，認為只要情感專注，鬼神也可以受到感動。他顯然是同情葛巾的，認為「偏反者不可謂無情。」既然葛巾本為情來，那

麼當常大用猜疑葛巾，就破壞了「懷之專一」這種情，葛巾的擲兒離去就是可以理解的了。作者在故事中寫強盜的劫奪不能奪走葛巾，而常大用的猜疑卻使他猝然失去了她，也正在於要強調情感專一的重要。作者批評常大用，認為他「不達」。「不達」，除了指他膽小而多疑的性格外，還指他思想上的不開通，拘泥於俗人之見，不能真正專注於情。這點，我們不妨將〈葛巾〉與它的姊妹篇〈香玉〉對讀一下。〈香玉〉篇也是寫人與花神的戀愛，不過在〈香玉〉篇中膠州黃生最後與牡丹香玉、耐冬絳雪一起殉情而死。所以作者在「異史氏曰」中說：「情之至者，鬼神可通。花以鬼從，而人以魂寄，非其結於情者深耶？一去而兩殉之，即非堅貞，亦為情死矣。人不能貞，猶是情之不篤耳。仲尼讀〈唐棣〉而曰『未思』，信矣哉。」因此，作者在〈葛巾〉篇歎息常大用的未達，也包含著對他「結於情者」不深的批評。就作者對情感超現實力量的歌頌來看，他與明末浪漫主義戲劇家湯顯祖在牡丹亭中所追求的是一致的。不同的地方只是在於，湯顯祖強調的是人「生者可以死，死者可以生」，而蒲松齡則又擴而張之，延伸到鬼狐花妖乃至萬物身上。

　　〈葛巾〉篇的浪漫色彩還表現在瑰麗而神奇的想像上。美麗而多情的葛巾是牡丹花妖，在全篇中始終帶有牡丹的特點：她手合的「鴆湯」，「藥氣香冷」，喝完後令人「肺鬲寬舒，頭臚清爽」，這是丹皮的藥物功效；常大用手握玉腕而起，感到「指膚軟膩」，這是花瓣的觸感呵；「此桑姥姥，妾少時受其露覆」，這是牡丹幼苗生長的環境呵；而牡丹馥鬱的香氣則流溢全篇，始終伴隨著葛巾的蹤跡。她靠近常大用，常大用「忽聞異香竟體」，她被常大用抱在懷中，常大用感到「纖腰盈掬，吹氣如蘭」，離去後「自理衿袖，體香猶凝」。她與常大用同枕共臥，更是「玉肌乍露，熱香四流，偎抱之間，覺鼻息汗熏，無氣不馥」，以至於連「衾枕皆染異香」。隨著她與常大用關係逐漸密切，馥鬱的香氣這一特點愈益突出，給人的印象更加深化。尤其神妙的是，當葛巾與玉版各把兒子擲落地上，竟然出現了二株牡丹幼苗，「一夜徑尺，當年而花。一紫一白，朵大如盤，較尋常之葛

巾、玉版，瓣尤繁碎。」──「朵大如盤」，當然是緣於花仙後裔的結果，那麼「瓣尤繁碎」呢？大概是擲落地上破碎的緣故吧！總之，這一切都使〈葛巾〉篇中牡丹仙子的形象，既具有人世間溫柔多情婦女的性格，又不失牡丹花妖的本色，達到了劉勰所謂「酌奇而不失其真，玩華而不墜其實」（《文心雕龍》）的境界。

篇末葛巾與常大用愛情破裂了，真是令人歎惋。但作者筆鋒輕輕一轉，寫「墜兒處生牡丹兩株」，而且「濃蔭成叢，移分他所，更變異種」，「自此牡丹之盛，洛下無雙」，便又使悲劇色彩淡化，歸結到民間牡丹的傳說上，使〈葛巾〉依然保持了它優美而輕鬆的童話色彩，令人無限神往！

七、青山白雲人──談〈黃英〉

一

《聊齋志異·黃英》雖然是蒲松齡描寫花妖的小說，卻蘊含著蒲松齡對於人生和社會問題的深長的思考。其中一個問題是如何看待商人和商業行為。這個觀點集中體現在陶生對馬子才所說的一段話，即，「自食其力不為貪，販花為業不為俗，人固不可苟求富，然亦不必務求貧也。」這段話有兩點值得注意，第一是「自食其力不為貪，販花為業不為俗，」這是針對馬子才「以東籬為市井，有辱黃花」說的。陶生打算當花農，賣菊為生，而馬子才看不起商人，反對經商，所以陶生有這段辯護之詞。這段辯護之詞，批判了當時一般讀書人持的傳統的看不起商人的觀點，為商業和商業行為進行了辯護。這個辯護，觀點是卓越的，反映了蒲松齡的商人意識，這是他那個時代資本主義生產方式萌芽在意識形態上的反映。另一點值得注意的地方是如何看待貧富。富和貧哪個好？什麼是貪？什麼是俗？貧與富對一個人的道德觀念到底會產生什麼影響？在作者看來，人們追求富裕的生活是正

當的要求，只要這種求富的手段不骯髒，不「苟且」就可以。他響亮地提出：「人固不可以苟求富，然亦不必務求貧也」。可以說整篇小說有很大部分在論述這一問題。馬子才和黃英結合後所發生的矛盾，是黃英的富有使得馬子才很尷尬，這固然有男子自尊心的問題，但主要的是如何看待貧和富，過富足生活是不是理直氣壯，能不能繼續保有清德的問題。在馬子才看來，安貧樂道是一個人有高尚節操的表現，而陶生和黃英的觀點恰好相反，「從自食其力不為貪」這一觀點出發，他們認為一個人過著富足的生活並不影響他的節操，「清者自清，濁者自濁」。事實上當黃英和馬子才結合後，馬子才日子好過了，並沒有喪失什麼清德，只是他的一番矯柔造作的表現，有些陳仲子「無乃勞乎」的味道罷了。就馬子才和黃英的矛盾而言，最後是以黃英的勝利而告終的，作者當然是肯定了這一觀點。

　　蒲松齡在本篇所提出來的這兩個社會觀點反映了他的商人意識，在當時是相當進步和大膽的，是同傳統的儒家觀念相對立的。

二

　　作品闡述的蒲松齡對於另外一個問題的關切是如何處理朋友和夫妻的關係，也就是說，展示的是蒲松齡心目中朋友和妻子理想的範型。

　　體現蒲松齡的觀點的是〈黃英〉中「異史氏曰」的一段話：「植此種於庭中，如見良友，如對麗人，——不可不物色之也。」可見，黃英姊弟在本篇中是被當做了朋友和妻子的美好典型來對待的。

　　那麼，姐弟兩人在品格上有什麼特點呢？

　　他們都「丰姿灑落」，「談言騷雅」，都不拘泥於常禮。像黃英在馬子才要娶她時就「辭不受采」，而且希望馬子才到南邊她的住所來，「若贅焉」；陶生特別喜歡喝酒，性格豪放，最後喝酒醉死。姐弟倆又都善於經營花木，並由此致富。尤其是黃英，做為妻子，不僅能持家，而且主持花木經銷業，非常有成績。小說寫她「課僕種菊，一如陶，得金益合商賈，村外治膏田二十頃，甲弟益壯」。用我們現

在的話說，她是一位女強人。但是，黃英姐弟做為馬子才的妻子和朋友，突出的特點則是他們待人既真誠又超脫，既幽默而又不傷人。他們有著自己卓然獨立的見解和觀點，但不強加於人，對朋友也好，對丈夫也好，有著一種高度的諒解精神。

黃英姐弟與馬子才的第一次衝突是馬子才反對陶生以菊謀生，他的話是尖銳而刻薄的：「僕以君風流高士，當能安貧。今作是論，則以東籬為市井，有辱黃花矣。」陶生的辯解，則只是一種說明：「自食其力不為貪，販花為業不為俗，人固不可苟求富，亦不必務求貧。」至此，馬不語，陶起而出」。「應該說，這是陶生的為友之道。——不隨從別人的觀點，但也不沾滯，既保有自己的立場，又豁達地對待對方。

那麼，陶生與馬子才是怎麼和好的呢？小說也有描寫。馬子才對陶生是不滿的，當陶生把自己的話付諸實踐後，馬子才「心厭其貪，欲與絕，又恨其私秘佳本，欲款其扉，將就誚讓」。以馬子才那種狷介的性格，當時的臉色一定是很難看的。但陶生是怎麼做的呢？他「握手曳入」，而且主動檢討自己：「僕貪，不能守清戒。連朝幸得微貲，頗足供醉。」沒有賣弄，沒有驕衿，用實際行動顯示了販花的好處，同時讓馬子才在面子上過得去。——過去是陶生在馬子才這邊吃，現在是馬子才到黃英姐弟這邊吃了。馬子才第一次嚐到了黃英烹飪的手藝。最妙的是第二天，馬子才要求陶生傳授種菊的竅門，陶生說；「此固非可言傳，且君不以謀生，焉用此！」那話頗為幽默，但不傷害人，而且側面回答了馬子才所謂「私秘佳本」的誚讓。

黃英姐弟第二次與馬子才的矛盾，是由黃英引起的。這時的黃英已是馬子才的妻子，主持家業了。由於馬子才狷介清高，仍然認為黃英姐弟靠販花為業賺來的錢有點臭味，特別是在封建社會，自認為男子漢的人是不能靠裙帶生活和富有的，因此馬子才心中一直耿耿而不自安，甚至發出「人皆祝富，我但祝窮」的喟歎。對此，黃英採取了一種高度諒解的態度：東西物品，她是按照自己的立場，「輒取諸南弟」的，馬子才要登記造冊，她並不干預。馬子才送來送去，後來自

己煩了，她才幽默地說：「陳仲子無乃勞乎！」對於馬子才的自鳴清高，黃英的態度是理解，是超脫，她沒有針對馬子才的觀點進行批駁，而是先坦誠地講自己為什麼要致富，她說：「妾非貪鄙，但不少致豐盈，遂令千載下人，謂淵明貧賤骨，百世不能發跡，故聊為我家彭澤解嘲耳。」在這點上，她很機智地找到她與馬子才志趣相同的一面，搬出陶淵明來。這是爭取馬子才理解自己的第一步。接著，她很巧妙地將了馬子才一軍：「貧者求富，為難。富者求貧，固亦甚易。床頭金任君揮去，妾不靳也。」黃英的超脫，使馬子才進退維谷，說：「捐他人之金，抑亦良醜。」但黃英是體貼他的，她有足夠的信心和時間去說服馬子才。她採取了一個辦法，即分開住，而且待遇非常優厚。經過一段時間，馬子才的矯柔造作，到底抗不住人間實際享受的誘惑，徹底屈服了。

在人與人之間的交往中，有時夫妻關係反而是最難處的。為什麼？因為夫妻不比朋友，朋友不必朝夕相處，在相互關係上一般為非連續性的，非全方位性的，由於往往心中明確地要顧及多方面的協調因素，一般來說，互相尊重，相處較容易些。夫妻關係也不比母子、父子、君臣，上下級關係，那裏因為有一個名分長幼的問題，也較容易調整處理關係。夫妻由於朝夕相對，形骸不避，沒有名分長幼的考慮，又是全方位地在生活中攪成一團，所以要擺好關係就較為困難。古人講要「相敬如賓」，說起來容易，做起來難。這個相敬如賓，所指不僅關係要平等，而且特別是指要像朋友那樣具有默契和諒解精神。假如夫妻之間沒有諒解，關係就很難處了。另外，夫妻雙方對生活上的一些事情，一定要超脫，不要執著，不要沾滯，不要把自己的意見強加給對方，在處理問題上一定要有著充分的耐心。〈黃英〉中的黃英在處理夫妻間矛盾時，正是因為對持有不同意見的丈夫懷著理解，有著耐心，所以才使得那麼執拗而狷介的馬子才服軟認輸，使得立場見解不同的夫妻在現實生活中仍能愉快融洽地生活在一起。

從目前掌握到的一些材料來看，蒲松齡在人與人之間的關係上是曾有著苦痛的經歷和體驗的。比如沈德符曾是他小時候要好的朋友，

僅因為一兩句話不合，就斷交了，《聊齋志異》中的〈王六郎〉、〈二青〉、〈小翠〉篇都反映了這方面的隱痛；就夫妻關係而言，蒲松齡的親友中反目夫妻，爭吵夫妻更是不少。他的嫂嫂就是一個潑婦，他的好朋友王鹿瞻的妻子就是虐待丈夫，打罵公公，乃至使得公公離家出走，使王鹿瞻難以做人的女人。因此，〈黃英〉篇中黃英姐弟可以看做是蒲松齡樹立的楷模，表現了蒲松齡對人性的理想的追求。

就這篇小說的三個主要人物而言，作者對於馬子才顯然是有些嘲弄和揶揄的。但馬子才在作者筆下不過是有點迂闊而已。他也可以看做是封建時代另一類正直、清高、具有狷介性格的代表，並不是反面人物。

有人認為作品中的陶生是花農形象的代表，這不確。實際上陶生是作者心目中的名士形象，是陶淵明一類放曠、真率的讀書人典型。不錯，就陶生從事的職業而言，他是以販花為業的，但就其思想品格而言，就其丰姿灑落，談言騷雅而言，就他對於從事販花職業的看法而言，那並不是花農所能為。尤其是從他的生活習慣和追求而言，那完全是名士的風度。《世說新語·任誕》說：「王孝伯言：『名士不須奇才，但使常得無事，痛飲酒，熟讀《離騷》，便可稱名士』。蒲松齡非常讚賞這一觀點，而且也以此作為自己追求的目標。他在〈九日再貽立甫，兼呈如水〉就說：「《離騷》若讀稱名士，山水之間見醉翁。」他在〈寄劉孔集〉中更是自述：「狂同昔日猶貪飲，興滅當年並廢歌。離恨無窮秋更劇，欲吟楚些奈愁何！」所以，從某種意義上來說，陶生的放達飲酒，同時也體現了蒲松齡心目中名士的形象，體現了蒲松齡的人格。

三

〈黃英〉篇從情節上來看比較平淡，因為作者所著重刻畫的是濃厚的人情和豁達的人生觀，他所要探索的是更深一層的人生哲理，因此，就〈黃英〉全篇的藝術風格而言，用得著司空圖《詩品》上的兩

句話：「落花無言，人淡如菊」。從情節到語言，〈黃英〉篇所表現的，像是陶淵明的詩歌那樣，樸實親切而又意味雋永。

在具體的藝術技巧上，〈黃英〉篇有三點值得注意：其一是結構。這篇小說寫三人，主人公是黃英姐弟，馬子才是陪襯，不過是用來觀察黃英姐弟的耳目。寫黃英姐弟，作者先合寫，發生第一次矛盾時，重點是陶生。陶生走後，黃英便處在重心上，發生了第二次矛盾。馬子才在金陵遇到陶生，把陶生請回來，重點又落在陶生上。結尾則又是合寫，不過落腳點放在黃英身上罷了。這是《聊齋志異》寫雙人或兩個以上主人公的慣用的結構模式，〈小謝〉、〈陳雲棲〉、〈蓮香〉、〈青梅〉等篇都是如此。

其二，這篇小說典型地體現了魯迅先生認為《聊齋志異》在藝術上「和易可親，而偶見鶻突，知復非人」的描寫特點。黃英姐弟倆是菊花精魅，只是到了陶生喝醉酒後才點明。而且像〈葛巾〉、〈香玉〉一樣，作品的末尾也賦予美麗的想像，陶生所化的菊稱為「醉陶」，「嗅之有酒香」，「澆以酒則茂」，留下無窮的韻味。

第三，這篇小說在人物語言上寫得雋永幽默，很有些《世說新語》的味道。特別是黃英的語言，詞鋒達到了「善為謔而不致虐」的地步。她的話往往很短，字數不多，卻風趣、耐人尋味，有戲謔的味道卻不傷害對方的自尊。比如馬子才登記家裏的東西，不願意與黃英的東西相混淆，黃英說了一句「陳仲子毋乃勞乎？」使得馬子才慚愧不已。馬子才與黃英分居，搞了幾天，受不住了。黃英說：「東食西宿，廉者當不如是」，於是馬子才「自笑，無以對」，只好徹底認輸服軟。在這些方面，黃英的話確實達到了司馬遷所說的「談言微中，亦可以解紛」的地步。

八、以俗情明道理——析《聊齋志異‧恒娘》

一

中國舊時有一句俗語，叫「妻不如妾，妾不如偷」。意思是說，男子對女人的愛的熱烈程度是有差別的，他對妻子不如對妾，對妾不如對外面的野花。《聊齋志異》中的〈恒娘〉用小說描述了這一現象，用審美心理學解釋了這一現象，並站在妻子的角度提出了解決的辦法。

小說中的朱氏碰到了舊時婦女們遇到的普遍難題：丈夫愛妾而冷落自己。渴望丈夫愛自己的朱氏，甚至懷疑是妾的名分使得丈夫這樣，她想，如若如此，不如自己做妾算了。

如果是年老色衰，貌不如人，倒也罷了。朱氏偏偏「資質頗佳」，而妾寶帶「貌遠遜朱」，這就更讓朱氏咽不下這口氣。朱氏後來與恒娘為鄰，恒娘的家庭結構與朱氏相仿，也是一妻一妾。但恒娘雖然「姿僅中人」，年已「三十許」；而其妾「年二十以來」，「甚娟好」；恒娘的丈夫卻「獨鍾愛恒娘，副室則虛員而已」。這引起了朱氏的興趣，小說也就在朱氏的對照、探索和學習過程中發展下去：

朱一日見恒娘而問之曰：「余向謂良人之愛妾，為其為妾也，每欲易妻之名呼作妾。今乃知不然。夫人何術？如可授，願北面為弟子。」恒娘曰：「嘻！子則自疏，而尤男子乎？朝夕而絮聒之，是為叢驅雀，其離滋甚耳！其歸益縱之，即男子自來，勿納也。一月後，當再為子謀之。」朱從其言，益飾寶帶，使從丈夫寢。洪一飲食，亦使寶帶共之。洪時一周旋朱，朱拒之益力，於是共稱朱氏賢。如是月餘，朱往見恒娘，恒娘喜曰：「得之矣！子歸，毀若妝，勿華服，勿脂澤，垢面敝履，雜家人操作。一月後，可復來。」朱從之：衣敝補衣，故為不潔清，而紡績外無他問。洪憐之，使寶帶分其勞；朱不受，輒叱去之。如是者一月，又往見恒娘。恒娘曰：「孺子真可教也！後日為上巳節，欲招子踏春園。子當盡去敝衣，袍褲襪履，嶄然一新，早過我。」朱曰「諾！」至日，攬鏡細勻鉛黃，一一如恒娘教。妝竟，過恒娘。

恒娘喜曰：「可矣！」又代挽鳳髻，光可鑒影；袍袖不和時制，拆其線，更作之；謂其履樣拙，更於箱中出業履，共成之，訖，即令易著。……臨別，飲以酒，囑曰：「歸去一見男子，即早閉戶寢，渠來扣關，勿聽也。三度呼，可一度納。口索舌，手索足，皆吝之。半月後，當復來。」朱歸，炫妝見洪。洪上下凝睇之，歡笑異於平時。朱少話遊覽，便支頤作惰態；日未昏，即起入房，闔扉眠矣。未幾，洪果來款關；朱堅臥不起，洪始去。次夕復然。明日，洪讓之。朱曰：「獨眠習慣，不堪複擾。」日既西，洪入閨坐守之。滅燭登床，如調新婦，綢繆甚歡。更為次夜之約，朱不可長，與洪約，以三日為率。半月許，復詣恒娘。恒娘闔門與語曰：「從此可以擅專房矣。然子雖美，不媚也。子之姿，一媚可奪西施之寵，況下者乎！」於是試使眄，曰：「非也！病在外眥。」試使笑，又曰：「非也！病在左頤。」乃以秋波送嬌，又輾然瓠犀微露，使朱效之。凡數十作，始略得其彷彿。恒娘曰：「子歸矣！攬鏡而嫺習之，術無餘矣。至於床第之間，隨機而動之，因所好而投之，此非可以言傳者也。」朱歸，一如恒娘教。洪大悅，形神俱惑，惟恐見拒。日將暮，則相對調笑，跬步不離閨闥，日以為常，竟不能推之使去。朱益善遇寶帶，每房中之宴，輒呼與共榻坐；而洪視寶益醜，不終席，遣去之。朱賺夫入寶帶房，局閉之，洪終夜無所沾染。於是寶帶恨洪，對人輒怨謗。洪益厭怒之，漸施鞭楚。寶帶忿，不自修，拖敝垢履，頭類蓬葆，更不復可言人矣。

　　恒娘教給朱氏的辦法簡直就是一個陰謀，她採用老子陰柔手段，以退為進，以守為攻。終於使朱氏從妾的手中奪回了丈夫的愛。

　　站在現代女性的立場上，也許覺得恒娘和朱氏為了贏得丈夫的愛，喪失人格，狐媚機變，實在太下作。但在舊時代的一夫多妻的家庭格局下，恒娘和朱氏要麼放棄愛和被愛的權利，要麼按照一夫多妻的遊戲規則進行，這幾乎是一種兩難的選擇。既然在舊時，妻妾爭寵是正常的家庭戰爭形態，那麼，無論《金瓶梅》中潘金蓮的手段，還是《紅樓夢》中王熙鳳的手段，乃或恒娘和朱氏的手段，都有一定的合理性。假如說她們的手段卑劣的話，可以說是時代的卑劣。

　　生活是需要技巧的，家庭生活也不例外。但那所謂技巧有一個限度，那是以情感，以愛為基礎的小把戲，而不是以利害的權衡為轉移的伎倆。尤其是，它應該是雙向的，互動的，互相關愛，互相尊重。由於朱氏和恒娘的伎倆是在以男性為中心的社會中，婦女單向的向男性的討好和諧媚，因此它受到現代社會中人的鄙視，自理所當然。

　　朱氏的成功也並非如蒲松齡所說「千古不能破其惑」，而是有一定偶然性的。你想，假如朱氏年老色衰，丈夫又對她無感情的話，恒娘教給她的方法能否實行，那就得打個問號了。與朱氏處境相同的婦女，假如沒有朱氏的年輕美貌以及丈夫潛在的情感，即使將恒娘的伎倆運用得再嫻熟，也未必能重複朱氏的幸運。實際上，蒲松齡在小說開端提出的是舊時代妻妾關係的一般矛盾，而解決問題的方法卻具有特殊性，那是建立在一定條件基礎之上的，這正是小說創作的藝術特點所在。

　　蒲松齡並不贊成恒娘和朱氏的為人。一則他在異史氏曰中說：「古佞臣事君，勿令見人，勿使窺書。乃知容身固寵，皆有心傳也」，對恒娘和朱氏的伎倆充滿鄙夷之情；二則恒娘和朱氏的為人同蒲松齡的審美理想正好相反（參見于天池〈蒲松齡的審美理想〉1982 年 6 期《北京師範大學學報》），同《聊齋志異》中那些童心爛漫，行「心所不能已者」的正面人物形象正好相反。雖然在家庭關係中，蒲松齡嫡庶分明，等級觀念很強，認為「妻之於妾，亦猶嫡之於庶」，堅決維護妻子的正統地位。比如〈妾擊賊〉中那個妾，再有能耐，也還是妾，蒲松齡對她恪守為妾之道非常贊許。但是蒲松齡在〈恒娘〉中對於恒娘和朱氏在家庭生活中玩陰謀，行虛偽，採取機詐手段維護自己在家庭中的地位，卻是厭惡的，因為這違背了蒲松齡心目中做人最基本的道德觀念。既然如此，那麼蒲松齡為什麼還要寫朱氏用這種方法維護家常倫理呢？唯一的答案就是，寫〈恒娘〉並非是蒲松齡就此問題認真嚴肅地給以解決的方案，乃是借題發揮，藉故事來闡明另外的道理。

二

　　關懷一般家庭之酸甜苦辣，研討細民之瑣碎人生，是本篇小說的一大特點。也是《聊齋志異》對文言小說題材的一大發展。由於中國文言小說源自史傳文學，它在題材的選擇上受史傳文學選材標準的影響很深，所敘人物多名流仕宦，志士仁人。講志怪不離星相災變，說事件均朝野僉載。唐以來，文言小說在題材上「做意好奇」的因素越采越強，「鳥花猿子，紛紛蕩漾」，但寫人世的題材、還是忠臣名宦，節婦烈女。其寫才子佳人風花雪月，寫個儻風流之士懷才不遇，寫豪俠慷慨之人仗義疏財，也都是驚天地，動鬼神，取其可歌可泣者。明以來，文言小說「傳奇風韻」「彌漫天下」，有走向纖巧的趨勢，但所寫也還是「每為異人俠客童奴以至虎狗蟲蟻作傳」（魯迅《中國小說史略》「晚清之擬晉唐小說及其支流」）。強調其傳奇，不平凡。而《聊齋志異》雖寫鬼狐花妖，但其中現實的部分則開始寫家庭瑣事，閨房私語，婦姑詬誶，夫妻吵架。表面上看，其寫的男女主人公，也不離花前月下，幽期密約，但《聊齋志異》對其婚後生活給予了相當的關注，進行了追蹤，給予了細膩的描寫。他寫婚後婦女的持家，寫丈夫的懼內，寫繼母填房與前房子女的矛盾，寫妻妾鬥法，姒娌拌嘴，寫嫡庶子女鬩於牆，寫婆媳之間的衝突。像〈恒娘〉就寫出了由於妾的存在，妻子對失去丈夫的愛的恐懼心理。故事的主人公是閨中之膩友，談說的是女性之間的悄悄話，這些內容，不僅開前代文言小說所未有的境界，而且就整個短篇小說而言，也可以說展示了新的天地。這是《聊齋志異》進一步貼近人生，世俗化市民化的表現。

　　當然，蒲松齡在〈恒娘〉篇中並不是單純反映妻妾爭寵的家庭瑣事，小說的主題並不在此。蒲松齡在異史氏曰中說：「買珠者不貴珠而貴櫝：新舊難易之情，千古不能破其惑，而變憎為愛之術，遂得以行乎其間矣。古佞臣事君，勿令見人，勿使窺書。乃知容身固寵，皆有心傳也。」他是借這一家庭瑣事，反映社會上各種各樣「容身固寵」的伎倆的。

更進一步說，小說是通過妻妾爭寵，反映審美心理的規律，反映美感的緊張度、延續性和社會因素之間的關係的。車爾尼雪夫斯基在〈藝術與現實的美學關係〉中這樣談到人們的審美心理，他說：「在正常的滿足的情況下，美的享受力是有限度的。萬一偶爾超過了限度，那通常並不是內在的自然的發展的結果，而是多少帶有偶然性和反常性的特殊情況的結果（比如，當我們知道我們很快就要和一件美的東西分開，不會像我們所希望的那樣有充裕的時間來欣賞它的時候，我們總是用特別的熱忱來欣賞它，諸如此類）。總之，這個事實似乎是毫無疑義的，我們的美感，正如其他的感覺一樣，在延續性和緊張的程度上，我們不能說美感是不能滿足和無限的。」小說中的恒娘易妻為妾的方法，正是看到了人們在審美中「厭故而喜新，重難而輕易」，「甘其所乍獲，幸其所難遘」的普遍性心理，採取了相應的對策取得成功的。從社會學的立場，恒娘教給朱氏的是生活技巧，是容身固寵之術，恒娘和朱氏是生活中的機詐者，蒲松齡由此論到佞臣的伎倆；從探討審美心理的立場，〈恒娘〉篇則是一篇用小說形式寫成的美學論文，與車爾尼雪夫斯基在〈藝術與現實的美學關係〉一文所研究的審美心理上的結論可以說有異曲同工之妙。無怪乎清代批評家馮鎮巒讚揚〈恒娘〉篇是以俗情闡明道理的妙文。

三

做為一篇帶有寓言性質的說理小說，〈恒娘〉夾敘夾議，一邊敘述故事，一邊闡明道理。小說先是敘述矛盾，提出問題，由恒娘加以評論。然後為了證明這一觀點，由恒娘一手導演了朱氏變憎為愛的把戲。故事結束時，再由恒娘加以闡釋說明。由於小說意在說理，故事情節就相對簡單，其佳處，其重心，尤在製造懸念上。恒娘雖在開端批評了朱氏「子則自疏」，指出其錯誤，但就如何奪回所愛，如何改弦更張，卻沒有正面的策劃，只是讓朱氏分步驟地實行她的指示。在這一過程中，朱氏只是忠實的實踐者，「能由之」，而「不能知之」。

讀者也跟著如墜五里雲霧中，恍惚徜徉，其奧妙最後才由恒娘點破。小說的敘述場景變換於朱氏家庭和恒娘家庭之間，敘述角度也在敘述人的全知視角和恒娘、朱氏的限知視角中不斷轉換，但銜接圓融，了無痕跡。小說在故事的發展上雖無大波瀾，卻層次分明，頗有深度。如恒娘對朱氏執行其計畫之反映和稱讚語從「一月後，當再為子謀之」，「得之矣……，一月後，可復來」，到「孺子真可教也……後日……早過我」；恒娘喜曰：「可矣」，「半月後，當復來」，再到恒娘闔門與語曰：「從此可以擅專房矣」，直到恒娘一日謂朱曰：「我術如何矣？」寫恒娘對朱氏由試探教導到信任可教，從由衷為朋友高興到為自己計謀的成功而自喜自負，歷歷分明。為了鞏固成果，使朱氏長久得寵，恒娘又教給朱氏性感媚術，使技巧和實力相結合，用實力進一步鞏固成果，既符合現實生活的實際，也使得小說讀來真實可信。

　　小說通篇用對話貫串情節，表現了高度的語言藝術。像恒娘對朱氏尖刻地數落，深謀幹練地策劃，循循耐心地誘導，閨中的悄悄話，乃至成功後的表功自負，均描摹口吻，惟妙惟肖。而且這一系列對話，把朱氏的無能但虛心、恒娘的精明又幹練的性格，鮮明地呈現給讀者。這種夾敘夾議，只敘過程，推出懸念性結果，最後才逐層剝析說明的寫法，還使我們看到《禮記》「智悼子卒」、《左傳》「曹劌論戰」對本篇的影響。

　　小說在結尾點明了恒娘是狐，卻極有人情味：

　　積數年，忽謂朱曰：「我兩人情若一體，自當不昧生平。向欲言而恐疑之也；行相別，敢以實告：妾乃狐也。幼遭繼母之變，鬻妾都中。良人遇我厚，故不忍遽絕，戀戀以至於今。明日老父屍解，妾往省覲，不復還矣。」朱把手唏噓。早旦往視，則舉家惶駭，恒娘已杳。

　　假如沒有這個結尾，〈恒娘〉篇名不正，言不順，很難說主人公是恒娘。有了這個結尾，故事的結構就落在了恒娘身上。假如沒有這個結尾，本篇的主旨可以說純在討論媚術，格調瑣屑卑下，而結尾寫恒娘戀戀的人情，就有了曲終奏雅的味道。它不僅使讀者對恒娘的印

象為之一變，也廓清了蒙在全篇的意在唆人機詐、狐媚惑人的迷霧，還作者——那個在生活中有著淳厚人情倫理，在審美理想中崇尚真率的蒲松齡以真實的面影。

九、〈枕中記〉與〈續黃粱〉比較論綱

（一）從續書現象說起

中國的古典小說有所謂續書現象，續書的形式千姿百態，大別不過兩類。一類是所敘故事人物與原作有關，它們或承襲原作故事的題材、人物、情節，加以發展，或不滿意於原作人物的命運及故事的結局而另出機杼。另一類則與原作故事人物情節無關涉，僅取前者的母題或結構甚或氛圍風格而別出人物故事。一般而言，長篇章回小說的續書取前者形態，短篇小說的續書則取後者的形態。

短篇小說的續書又有兩種方式，一種是整體上的，如《續玄怪錄》之於《玄怪錄》；《剪燈餘話》、《覓燈因話》之於《剪燈新話》；《續聊齋志異》、《後聊齋志異》之於《聊齋志異》等。另一種則是單篇的，如《聊齋志異》中的〈續黃粱〉之於〈枕中記〉。

續書就其本質來說，是一種模仿，但其中有承襲，也有創造，因此並不同於單純的摹擬，而是相當於詩詞中的步韻賡和。也因此，續作者對所承襲的前代名人名作即使不是津津樂道也會並不諱言的。

魯迅在《中國小說史略》中說《聊齋志異》「亦頗有從唐人傳奇轉化而出者（如〈鳳陽士人〉、〈續黃粱〉等），此不自白，殆撫古而又諱之也」（《中國小說史略》第二十二篇）。魯迅指出《聊齋志異》中有從唐傳奇轉化而出的作品頗具眼光，但視之為單純撫古，並言蒲松齡避諱遮掩，則不正確。從目前我們所見到的「從唐傳奇轉化而出」的作品而言，蒲松齡或在篇中或在篇末的「異史氏曰」中都有所交代，如〈織成〉篇男主人公曰柳生，篇中提起「聞洞庭君為柳氏，

臣亦柳氏」註1云云，篇末附有柳毅傳書與龍女結姻後的民間傳說；〈竇氏〉的「異史氏曰」稱奸騙竇氏的南三復遭到竇氏鬼魂的報復，「亦比李十郎慘矣」；在〈續黃粱〉中更是直認「黃粱將熟，此夢在所必有，當以附之邯鄲之後」，並在篇名上明言續書都是。小說在敘述交代上倘恍迷離，自有其特點，它不像詩詞的步韻賡和在說明上那麼明確，但由此說蒲松齡「諱之」，則有些偏頗了。

在《聊齋志異》「從唐傳奇轉化而出」的作品中，〈續黃粱〉是最為顯豁的。顯豁有三：其一是原作〈枕中記〉在唐傳奇中地位顯豁；其二是兩者之間的關係顯豁，共有的母題清楚，不像《聊齋志異》其他「從唐傳奇轉化而出」的作品與原作撲朔迷離，衍化線索不清；其三是蒲松齡在〈續黃粱〉中所顯露的人格與風格特徵顯豁，雖明言續書，卻大異其趣。因此，比較〈續黃粱〉與〈枕中記〉之間的異同，對於我們研究《聊齋志異》與唐傳奇的關係，並進一步研究蒲松齡及其作品就具有了相當的意義。

（二）創作宗旨的差異

作為〈枕中記〉的續書，〈續黃粱〉與〈枕中記〉有許多相似之處。比如，兩者都有寓言教化的性質。它們思考的都是封建社會士子們孜孜以求的社會存在價值本身。故事創作的宗旨有明顯的勸戒的意味，都借助於宗教「自色悟空」的方式以警醒解脫。就故事的框架而言，主人公都希冀富貴，在夢中經歷了富貴榮辱之後都在幻滅中警醒而拋棄了追求，可謂有共同的母題。

但是，〈續黃粱〉和〈枕中記〉之間的不同又遠過於相似。

首先是創作宗旨的不同。在〈枕中記〉中，沈既濟寫盧生的幻滅，同時也是寫他自己的幻滅，是寫一代士子的社會理想價值的破滅，帶有夫子自道的意味。由於他進而與人生悲劇聯繫在一起，顯得雋永，悠長，具有人生哲學意味，強烈地震撼了當時的士林。李肇將〈枕中記〉比為莊生寓言，把它與韓愈之〈毛穎傳〉等列並舉（見《國史補》

下）。房千里稱：「彼真為貴者，乃數年之榮耳；吾今貴者，亦數刻之樂耳。雖久促稍異，其歸於偶也同。列禦寇敘穆天子夢遊事，近者沈拾遺述枕中事，彼皆異類微物，且猶竊爵位以加人。或一瞬為數十歲。吾果斯人耶？又安知數刻之樂不及數年之榮耶」（〈骰子選格序〉見《全唐文》760 卷）。〈枕中記〉對後代的影響更是歷久彌深，被改編為各種文藝形式的作品，「一枕黃粱」成為流行的成語。蒲松齡的〈續黃粱〉則不然，蒲松齡在〈續黃粱〉中所否定的不是士子所追求的普遍的人生道路，他所抨擊警醒的只是士林中的敗類。〈續黃粱〉中曾孝廉的幻滅，只是他作為貪官的個人的幻滅，蒲松齡在其中的苦口婆心的勸戒，雖然不乏深刻、生動，但所反映者不具備普遍性，不具有人生哲學意味。〈續黃粱〉缺乏〈枕中記〉那種哲學的思考。

　　沈既濟創作〈枕中記〉由於表達的是士林普遍價值的毀滅，故寫盧生入仕之前的理想是「士之生世，當建功樹名，出將入相，列鼎而食，選聲而聽，使族益昌而家益肥」註2。入仕後，雖然也作威作福，驕奢淫逸，但更寫其濟世抱負，建功立業：「性好土功，自陝西鑿河八百里，以濟不通。邦人利之，刻石紀德。」「大破戎虜，斬首七千級，開地九百里，築三大城以遮要害。邊人立石於居延山以頌之」。「嘉謨密令，一日三接，獻替啟沃，號為賢相」。盧生的失勢下野是由於「大為時宰所忌」，「同列害之，復誣與邊將交結，圖謀不軌，下制獄」。

　　蒲松齡創作〈續黃粱〉由於是批判貪官意識，故寫曾孝廉在入仕之前便「聞作宰相怡然而喜」，揚言「某為宰相時，推張年丈作南撫，家中表為參、遊，我家老蒼頭亦得小千把」。入仕後，乏善可陳，結黨營私，貪污腐敗，縱情聲色，誤國誤民。他的下臺源於天怨人怒，源於包拯的彈劾，是罪有應得。

　　沈既濟既然在〈枕中記〉中意在寫士林傳統價值的幻滅，故一旦盧生官場失意，感受到富貴如雲煙，夢覺也即憬悟。蒲松齡由於意在懲戒貪官，故〈續黃粱〉中的曾孝廉丟官甚至丟命，仍覺不足以警醒

愚頑，甚至也覺不解氣，故不厭其煩地又用陰間地獄果報和再生為人的受苦受難來懲戒。情節的簡與繁是由創作動機決定的。

（三）關於仕途行為的描寫

〈枕中記〉和〈續黃梁〉在仕途行為的描寫上也存有很大的差異，這差異體現在時代精神的不同和作者人格風格的不同上。

〈枕中記〉中的盧生的入仕，其入手處是「娶清河崔氏女，女容甚麗，生資益厚。生大悅，由是衣裘服馭，日益鮮盛」，然後才「舉進士，登第，釋褐秘校」。出將入相後，仍強調「其姻媾皆天下族望」。盧生是在聯姻望族和進士及第雙管齊下之下入仕的，甚至更為強調前者。因為那是唐代社會士子入仕的重要路徑。〈續黃梁〉中的曾孝廉的入仕就簡單得多了，他由舉人而「高捷南宮」，便進而詢問「有蟒玉分否」。這是明清時代士子的進身途徑的反映。中國封建社會人才的選拔制度是由世族把持的九品中正制和辟舉制而後過渡到科舉取士制度的。雖然科舉制度早在隋朝煬帝時即已建立，但它在唐代的確立及其發展有一個過渡性的階段。沈既濟的〈枕中記〉中盧生的入仕就是這過渡階段的反映。

〈枕中記〉和〈續黃梁〉中的主人公在夢中的官場上都實踐著夢前的理想。盧生的理想是「建功立業，出將入相，列鼎而食，選聲而聽，使族益茂而家用肥」。曾孝廉的理想是「某為宰相時，推張年丈作南撫，家中表為參、遊，我家老蒼頭亦得小千把」。兩者理想的差距不啻天壤，一個恢弘，一個猥瑣。沈既濟和蒲松齡的官場描寫固然各自受其創作動機的制約，但同時也受到時代精神和個人風格的影響。盧生的人生理想，反映的是唐代士子，那正是處於封建社會上升期的讀書人的理想，其開疆拓土，建功立業，有一種英雄史詩般的追求。此時傳奇小說所表達的張揚的氣勢，恢弘的魄力，一如唐代的詩歌。曾孝廉的人生理想，則體現的是科舉制度糟漉下士人的私欲，那是封建社會日暮途窮時的貪官心理。即使是蒲松齡借老僧之口稱作官

要「修德行仁」的正面的仕宦行為說教，也表現為一種內斂的局促，失去了蹈厲張揚的精神。沈既濟的描寫，多用史筆，這表現在三個方面。其一，有明確的紀年，故事明言所敘為「開元七年」，為神武皇帝時事；其二，所敘盧生事蹟多參以當時史實，如盧生「自陝西鑿河八十里，以濟不通。邦人利之，刻石紀德」，「同列害之，復誣與邊將交結，所圖不軌，下制獄」均混雜當時時事。其三，所敘盧生生平經歷，謹嚴明晰，如「釋褐秘校，應制，轉渭南尉，俄遷監察御史，轉起居舍人，知制誥。出典同州。遷陝牧。」「移節汴州，領河南道採訪使，徵為京兆尹」云云，這都是史傳寫法。蒲松齡的描寫，則純為小說筆調，不僅曾孝廉子虛烏有，不知為何朝人物，而且所寫強調生活瑣事，突出的是曾孝廉的個人隱私。

沈既濟寫盧生在官場上的浮沉極為曲折，寫他「大為時宰所忌，以飛語中之，貶為端州刺史，三年，徵為常侍」。「同列害之，復誣與邊將交結，所圖不軌，下制獄」。「其罹者皆死，獨生為中官保之，減罪死。投驩州。數年，帝知冤，複追為中書令，封燕國公，恩旨殊異」。「凡兩竄嶺表，再登臺鉉」。這就深刻地寫出了「百足之蟲，死而不僵」的官場現實。反觀蒲松齡寫曾孝廉官場上的垮臺，借助於民間的包拯的彈劾，一呼百應，摧枯拉朽，顯得過於輕易簡單。這大概與蒲松齡不太熟悉官場生活有關。

沈既濟寫〈枕中記〉的官場生活用史筆，寫得如同現實般真實，是因為唐代文化有包容批評的氣魄。蒲松齡寫〈續黃粱〉用小說筆法，儘量泯滅現實的痕跡，是因為清代的文字獄使得他不得不這樣。

（四）出世和人世

如果〈續黃粱〉的故事止於曾孝廉被強盜所殺，醒悟後便披髮入山，那麼〈續黃粱〉只是〈枕中記〉的拙劣的仿製品，作為續書，並沒有什麼太大的意義。然而，〈續黃粱〉作為《聊齋志異》「從唐傳奇轉化而出」的作品，畢竟在承襲中有創造，有獨立的品格，它讓曾

孝廉死後經歷地獄之酷，身經人生之苦，最後才憬然而悟。這一平添的曲折，鮮明地體現了蒲松齡的人格與風格，或者說〈續黃粱〉的後半部分才充分地體現了蒲松齡的人格與風格。

〈續黃粱〉的後半部分，表面上看，只是要完成另一個世界裏懲罰貪官的程式，實際上則是蒲松齡要通過一而再再而三的懲罰達到教育貪官的目的。

蒲松齡是一個教育家，他的教育思想既貫徹著儒家主觀唯心主義的體系，又受有佛教因果報應的浸潤（參見于天池〈論蒲松齡的教育思想與聊齋志異的教育精神〉，載《明清小說研究》1999.3）。他在〈王如水問心集序〉中明確地倡言因果報應的警戒作用：「聖人有以知其必不能也，遂慨然操智慧劍，起而破混沌氏於茫蕩之野，不已而將車服祠廟以導其前，不已而懸之刀鋸斧鉞以迫其後，又不已而加之烊銅熱鐵，湯鑊油鼎以惕其夢寐」。「且試於平心靜氣之中，冥然公念曰：『若某事宜得某報，某事宜得某報。即此宜得之公心，返觀內視，而九幽十八獄，人人分明見之矣。酆都萬狀，何謂渺冥哉？故東嶽魑魅，固所以惕小人，而北門鎖鑰，乃所以防君子』（《蒲松齡集》卷三）。他堅信因果報應式的警戒教育，同樣適用於封建吏治中的腐敗。他在〈公門修行錄贅言〉說：「《公門修行錄》竟刊自公門，余聞之望空膜拜。此真大士現空門而為說法，從此火盆中青蓮頓生，其功德何可思議！又聞是舉者，闇室潛修，並不求多福之報。然人之所祝，則天之所佑，蒼蒼者必不耳冷也。若猶疑之，試問從來威靈顯赫，震動一時，而卒終於正寢者誰歟？謂鬼神於惡彰彰，而於善獨憒憒，必不然矣。」（《蒲松齡集》卷十）這種懲戒手段在《聊齋志異》中應用頗為廣泛。試看：〈夢狼〉、〈王者〉、〈潞令〉、〈紅玉〉，寫貪官在人間被受害的百姓所殺；〈三生〉、〈某公〉、〈考弊司〉、〈梅女〉寫貪官在陰間受酷刑並在輪回中受苦，即可知〈續黃粱記〉警戒貪官的方式是其中的集大成者。

在蒲松齡懲戒曾孝廉的方式中，最可注意的是所謂輪迴之苦。因為他被免職，抄家，乃至被殺，不過是完成既定的懲罰貪官的程式；

曾孝廉在地獄中的受難，蒲松齡也沒有較唐宋以來的文學作品和宗教作品提供什麼新的內容，只是針對他在陽世的欺君誤國，倚勢凌人和貪污受賄取地獄相應的酷刑罷了。但是曾孝廉再世為人的輪回之苦卻耐人深長思之。這是蒲松齡自己設計的生活，它不僅對於研究明清時代的民俗生活有著意義，而且對於瞭解蒲松齡的思想也很有意義。曾孝廉再世為人是用來受罰吃苦的。那麼，人世間命運最主要的標誌是什麼？明清時代的人（包括蒲松齡）認為什麼是最苦最賤最屈辱最殘酷的呢？曾孝廉再世為人有這麼幾件事：託生為女人，而且是赤貧的乞丐女；長大後做妾，塚婦悍妒，受大房的虐待；遇惡少年，險些喪失貞操；家中遭劫匪，丈夫被殺，自己則被誣為因奸殺夫；吃冤枉官司，最後被凌遲處死。可以說都是封建社會中不幸之事的極致了，由此我們可以窺見明清時代一般人心目中的人生價值觀念。其中有兩點頗可注意：一是曾孝廉託生的乞丐女嫁給秀才作妾，在本篇小說中是當作不幸的事出現的。這在《聊齋志異》中也有類似的例子，比如〈姿擊賊〉、〈邵女〉，應該說這是社會上的普遍觀念並為蒲松齡所認可的。但《聊齋志異》也有很多二女喜嫁一夫的例子，這更為蒲松齡津津樂道。如〈小謝〉、〈陳雲棲〉、〈青鳳〉、〈蓮香〉、〈寄生〉等。如何解釋這一矛盾現象呢？答案只能是：就前者而言，蒲松齡表述的是社會的一般立場。而就後者言，他所描述的男性喜擁兩位女性，女性也如魚得水，則是蒲松齡站在男性的立場上所表述的白日夢。二是曾孝廉託生的妾，在遇到強暴時竟然念念不忘貞操不可失，以至於冒死反抗。篇中這樣描寫：「東鄰惡少，忽逾垣來逼與私。乃自念前身惡孽，已被鬼責，今那得復爾。於是大聲疾呼，良人與嫡婦盡起，惡少年始竄去」。這反映了蒲松齡對曾孝廉道德底線的信任，認為他尚存廉恥之心，可以勸戒，更反映了明清時代「萬惡淫為首」，「失節事大」這一時代觀念。如果說在曾孝廉再世為人的苦命生涯中，像託生為乞丐家女，作妾，吃冤枉官司，在唐傳奇中有可能發生的話，那麼此一情節則只能為明清時代所獨有的了。而且，這一情節也反映

了蒲松齡對婦女貞操的觀念。那是他在非鬼狐花妖的情況下對這一問題的態度。

曾孝廉再世為人所遇到的苦難，蒲松齡用墨不多，卻敘述得委婉曲折，頗有神韻。其精彩正如沈既濟之述官場之傾軋。原因很簡單，蒲松齡對下層百姓生活民俗之瞭解，亦正同於沈既濟對世族官場生活之熟悉。

〈枕中記〉和〈續黃粱〉雖然都受宗教思想的影響，一者為道教，一者為佛教，但〈枕中記〉為出世的，寫的是人生價值的幻滅，純然在宣傳「寵辱之道，得喪之理，死生之情」的不足道，可稱為是宗教文學。而〈續黃粱〉為入世的，所寫對貪官的憤慨和批判，洋溢著蒲松齡憂國憂民的救世婆心，其輪迴因果掩抑下的是正統的儒家修德行仁的仕宦觀念。

（五）餘論

從文言小說續書的角度看，沈既濟的〈枕中記〉來源於《搜神記》中的「焦湖玉枕」（見《太平寰宇記》126 卷）故事。「焦湖玉枕」故事只是粗陳梗概，稱道靈異，而〈枕中記〉則將「歆慕功名之唐代」士人的心理寫得「詭幻動人」（魯迅《中國小說史略》第八篇「唐之傳奇文」），可謂青出於藍而勝於藍。蒲松齡的〈續黃粱〉來源於〈枕中記〉，把明清時代讀書人在科舉制度毒害下的貪污鄙瑣的心態刻畫得惟妙惟肖，其藝術的感染力則遠遜於〈枕中記〉了。究其原因，並不是蒲松齡遜於沈既濟的藝術才分，而是蒲松齡遜於官場生活的瞭解，勸戒動機太強烈的緣故。

注 1： 引文依據上海古籍出版社 1978 年出版蒲松齡《聊齋志異》，下同。
注 2： 《枕中記》今所傳有兩本，一在《太平廣記》83 卷，題作〈呂翁〉，注云出《異聞記》；一見於《文苑英華》883 卷，題現名。兩本文句不同。如開首《文苑英華》本作「開元七年」，《太平廣記》本作「開元十九年」。引文採用《文苑英華》本。

十、《聊齋俚曲》的創作及其成就

一

在中國文學史上，蒲松齡是為數極少的既在傳統文學的領域中，又在通俗文學的領域上都取得了巨大成就的作家之一。他不僅給我們留下了豐富的詩詞文賦以及傑出的文言短篇小說集《聊齋志異》，而且也給我們留下來璀璨的通俗文學巨著《聊齋俚曲》。按照學術界的一致意見，《聊齋俚曲》大部分創作於作者的晚年。但是，為什麼蒲松齡在晚年突然對俚曲發生興趣，並以極大的熱情連續寫下五十多萬字的十幾種俚曲呢？為什麼《聊齋俚曲》大多數題材直接取材自《聊齋志異》而內容大都是描寫家庭生活，反映家庭道德，主人公大都為婦女呢？

原來，在 1702 年，即蒲松齡六十三歲的時候，蒲松齡教館的東家畢盛鉅為了給自己的母親慶八十大壽，買來了一個說唱俚曲的瞎女替她解悶。[15]畢盛鉅的母親王夫人是一個非常喜歡聽故事的人，據蒲松齡在〈畢母王太君墓誌銘〉中講，她「喜夜坐淪茗談往跡，或遣諸孫子燈下讀野史，正襟坐聽之。」她的興趣很高，以至於「更闌，侍兒頭觸屏風，作鼾聲，呼之頻，猶喃喃囈應之。」說唱瞎女的到來，滿足了老太太消閒解悶的需要，同時，也就給蒲松齡創作俚曲以很深的刺激和契機。

俚曲同一般詩文小說的創作不同，它不僅依賴於作家文學方面的修養，還依賴於作家對曲藝音樂和戲劇音樂的熟悉，依賴於獨特創作規律的掌握。同時，俚曲的大量創作又必須有演出條件，也就是說，只有在有演員，有舞臺，有觀眾的情況下，作家的創作激情才能夠持續下去，它們的大量創作才成為可能。

---

[15] 見〈姑婦曲〉：「二十餘年老友人，買來朦嬸樂萱親，惟編姑婦一般曲，借偁弦歌勸內賓。」老友人限指畢盛鉅。

蒲松齡的家鄉淄川一帶在明末清初一直流行著民間小唱，這在小說《醒世姻緣傳》以及作者的《聊齋志異》、《聊齋俚曲》中都有所描寫。這使愛好文藝的蒲松齡從小就耳濡目染。當蒲松齡去江南寶應縣結識了歌妓顧青霞之後，他對於說唱藝術和曲藝音樂有了更進一步的瞭解。顧青霞是一個很有文學修養，愛吟詩，會唱曲，在聲腔吐字上很有造詣的歌妓。蒲松齡讚揚她：「曼聲發嬌吟，入耳沁心脾。如披三月柳，斗酒聽黃鸝。」（〈聽青霞吟詩〉）「篇篇音調麝蘭馨，鶯吭囀出真雙絕。」（〈又長句〉）可見她說唱吟誦的才能確是高超。顧青霞和蒲松齡交誼也很深，蒲松齡寫詩引她為「千秋知己」，在她去世後，寫了〈傷顧青霞〉一詩來哀悼她，「吟音彷彿耳中存，無復笙歌望墓門。燕子樓中遺賸粉，牡丹亭下吊香魂。」可見兩人感情的深厚。顧青霞對蒲松齡後來創作俚曲及曲藝方面的見解都給予了很深的影響。像〈慈悲曲〉中提出的「詞宜音調清，白宜聲色相」的曲藝美學原則，就同顧青霞的影響有關。蒲松齡南遊歸來後，俚曲的創作即已開始。據日本學者藤田佑賢的轉述，現在日本所藏俚曲抄本〈琴瑟樂〉作於蒲松齡三十五歲，〈窮漢詞〉作於蒲松齡三十七歲。[16] 不過蒲松齡這時期俚曲的創作一定是時作時輟，僅只是消遣遊戲，到後來乾脆停筆了。因為從現存資料看，相傳為這時期的創作實在成績寥寥：〈琴瑟樂〉國內無藏本，〈窮漢詞〉只是抒情的短篇，它們在俚曲十四種中實在不足道。這可能是南遊歸來後，蒲松齡進取功名的心情依然強烈，正像他在〈遣懷〉詩中說的「生涯歲歲擁寒釭，落拓無成鬢欲龐，清興可憐因病減，壯心端不受貧降。」因此，這時他的主要精力依然集中在科舉上，集中在更能表達此時孤憤精神的《聊齋志異》上。

到了蒲松齡晚年，情況發生了一些變化。這時，隨著子女「以次析炊，歲各謀一館」，他的生活逐漸溫飽，「甕中始有餘糧」。特別是隨著年歲增高，儘管蒲松齡在「五十餘尚希進取」（〈柳泉公行述〉），

---

[16] 見日本慶應大學藤田佑賢教授《聊齋俚曲考》。

時間卻終於使他在科舉上的幻想徹底破滅。他那種懷才不遇、鬱憤不平的心境也逐漸平和。但蒲松齡的性格又天然是熱情的，他把這熱情逐漸轉向了對世俗的勸懲以及日用農桑知識的普及，「甄陶一世之意，始託於著述」。（蒲箬等〈柳泉公行述〉）而他宣傳教育的對象也由原來的士大夫轉向了村農市媼。

睰女的到來，重新激起了蒲松齡創作俚曲的激情，因為這使他有了創作方面的切磋者，有了固定的演唱者；又由於畢母的愛好和祝壽的需要，《聊齋俚曲》有了演唱的舞臺，有了穩定的觀賞群眾，而這正是大量創作俚曲的重要條件。在這種刺激下，蒲松齡終於選擇了俚曲作為表達晚年思想的藝術形式，而他也就在通俗文學領域中，同樣向世人表現出不愧是中國文學史上熠熠的慧星。

然而，這給蒲松齡的俚曲創作在內容和形式上同時也就帶來了不可忽視的影響：

（一）《聊齋俚曲》的長篇大凡都帶有祝壽色彩，主人公最後福祿壽考的結局都有著畢家光榮歷史的影子。像〈翻魘殃〉「到了後來，仇家老爺官做到尚書，兒殿了翰林，……」〈寒森曲〉「後來商老爺升了尚書，大相公又中了進士，選了翰林。」〈富貴神仙〉「太老爺在朝三十年，做到兵部、吏部二部尚書，少老爺從侍讀學士起，做到吏部天官。」尤其是〈磨難曲〉「做官做了三十多年，虛度六十五歲。自從六十上就不願做官了，上了七八疏，皇上不允。又因循五六年，才准許致仕歸家。官到了吏部尚書也就罷了。何況三個兒子，大的到了祭酒，二兒中了進士，三兒中了舉人。五個孫子，一個刑廳，一個翰林，其餘都是名士。大曾孫也進了學……」如果對照《明史·畢自嚴列傳》和《淄川縣誌》裏有關畢家的記載就會發現，俚曲雖然有誇張，有虛構的成分，但基本上同畢家鼎盛榮耀的門楣相吻合。《聊齋俚曲》中祝壽性質明顯的劇目有〈姑婦曲〉〈翻魘殃〉、〈寒森曲〉〈蓬萊宴〉，〈禳妒咒〉以及〈富貴

神仙〉後變〈磨難曲〉共七種，占了聊齋俚曲總數的一半。從1702年畢母慶八十大壽到1710年蒲松齡從畢家撤帳歸家的九年中，每年幾乎都有為祝壽而創作的俚曲問世。

（二）由於《聊齋俚曲》演唱的對象是「內賓」，是以畢母王夫人為首的婦女群眾，因此，《聊齋俚曲》的內容大都是描寫家庭生活，表現婦女道德的。採用的語言不僅是白話，而且方言性極強。這是由偏僻山村聽眾的特點所決定的。又由於蒲松齡同畢家的關係很密切，作者的《聊齋志異》基本上是在畢家坐館時寫成，其中的故事不僅為畢家所熟悉，有些甚至就同畢家有關（〈狐夢〉）。因此，在為畢母祝壽時用通俗的形式把聊齋故事加以改編敷演，並在此基礎上摻雜上畢家發跡的行狀軼事，對於討得老壽星畢母的歡心是再方便不過了。

（三）《聊齋俚曲》的創作既然是以祝壽為契機的，那麼，它在當時就應當是演唱的腳本，而非案頭之作。為什麼呢？從俚曲中有「二十餘年老友人，買來朦婢樂萱親，惟編姑婦一般曲，借爾弦歌勸內賓」（〈姑婦曲〉）來看，從「詞宜音調清，白宜聲色相，止有一分曲，借爾十分唱」（〈慈悲曲〉）以及「等老頭有了興趣，。再說那富貴神仙」（〈蓬萊宴〉）來看，都證明它們是演出用的腳本。因此，劉大杰先生在《中國文學發展史》中懷疑「這些鼓詞，當日究竟演唱過沒有，就無從知道了」，是不確的。

　　《聊齋俚曲》同《聊齋志異》不同。《聊齋志異》主要是作者中年和壯年時期的作品，那時作者對功名科舉充滿熱望和理想，由於現實的冷酷和黑暗，使他不得不在鬼狐花妖中尋找知己，尋找慰藉。因此，作者「集腋為裘，妄續幽冥之錄；浮白載筆，僅成孤憤之書」，充滿了孤憤和寂寞感。《聊齋志異》儘管也不乏勸懲之作和遊戲之筆，但內容主要是渲洩孤憤之情的，因此在表現上就具有濃烈的情感和浪

漫的筆調。俚曲就不同了，由於大都寫於作者的晚年。他已經把早年經世致用的熱情轉向了日用農桑知識的普及和倫理道德的勸懲上，因此，表現在俚曲中，那感情是幽默超脫的，筆調是偏近於現實主義的。俚曲中雖然間亦有抒寫情懷的〈快曲〉、〈窮漢詞〉和遊戲之作〈醜俊巴〉，但內容主要是「警發薄俗，扶樹道教」了。正如蒲箬在〈柳泉公行述〉中所指出的：通俗俚曲是要「參破村農之迷，而大醒市媼之夢」，是出自蒲松齡的「救世婆心」。

《聊齋俚曲》同《聊齋志異》另一不同點是，《聊齋志異》由於「自鳴天籟，不擇好音」，作者在瑰奇的浪漫世界中「遄飛逸興，狂固難辭，永託曠懷，癡且不諱」，敢笑，敢罵，自抒襟懷，毫無顧忌。而俚曲由於大部分是為畢母祝壽演唱用的，就帶有一定的應酬性質。雖然還不完全像蒲松齡在〈戒應酬文〉中感歎的「無端而代人歌哭，胡然而自為笑啼」，然而，畢竟在題材的選擇上，在語言的運用上，在思想內容的發揮上，都受到了一定的限制。

二

在國內現存的十三種俚曲中，除〈增補幸運曲〉是根據原有民間唱本改編，寫正德皇帝逛妓院的故事，〈富貴神仙〉和〈磨難曲〉寫張鴻漸夫妻離合故事，〈寒森曲〉寫商三官兄妹為父報仇的故事，〈蓬萊宴〉寫仙女彩鸞和書生文簫相戀故事，另外，〈窮漢詞〉、〈醜俊巴〉、〈快曲〉等或屬於抒情短篇或為民間傳說外，其他俚曲全是作者從農村家庭實際情況出發，針對當時道德風俗淪喪衰敗的情況有所為而發的：〈姑婦曲〉批評婆媳不正常關係並連及兄弟姆娌如何相處；〈慈悲曲〉批評後娘虐待前房子女並樹立異母兄弟友愛的典型；〈翻魔殃〉批評壞鄰居；〈禳妒咒〉批評潑婦虐待丈夫；〈俊夜叉〉又從另一方面讚揚了潑辣婦女對不走正道男人的嚴格正當的約束；〈牆頭記〉則批評子女不奉養老人的現象，這些都是蒲松齡那個時代農村家庭中極其尖銳、亟待解決的問題，內容極現實，極有針對性。

　　有人認為古典文學作品中凡正面反映家庭道德問題的題材都是宣傳封建道德觀念，因此都應該摒棄，這是一種誤解。道德倫理是協調人與人，人與社會關係的一種規範，做為精神文明，它是人類在自己長期進化過程中的產物。封建社會的道德倫理，較之奴隸社會不僅是一種進步，而且也是人類社會達到一定歷史階段人與人之間關係的反映。同封建時代的其他精神產品一樣，它有腐朽的，反動的一面，同時也有合理的一面，可以繼承的一面。對待它，我們同樣也要分清哪些是屬於剝削階級的，哪些是屬於勞動人民的；哪些是封建社會陳腐的說教，是適應封建社會經濟基礎的上層建築，哪些是人類社會長期發展以來積累的共同的精神文明遺產。對於反映封建社會倫理道德觀念的《聊齋俚曲》，我們也應該從這一立場出發去分析。

　　在俚曲所反映的社會問題面前，蒲松齡首先表現了他極豐富的人生經驗和敏銳的觀察力，比如，對於婆媳關係，蒲松齡認為：「家中諸人好作，惟有婆婆極難，管家三日狗也嫌，惹得人人埋怨。……兒孫是自己生的，還要七拗八掙的，何況媳婦是四山五嶽之人，相逢一處。若著那爺娘從小教誨，那裏有天賢的呢？還有四句歪詩：『媳婦從來孝順難，婆婆休當等閒看。自此若有豺狼出，方識從前大婦賢。』」（〈姑婦曲〉）這就把婆媳之間的矛盾放在廣闊的社會背景下考察了，認為婆媳之間的矛盾是由於兩代人有著年歲的距離，有著性格氣質和環境上的差異，又有著教育方面的諸因素造成的。因此婆媳應該互相體貼諒解。

　　對於後母同前房子女的關係，蒲松齡也表現了犀利的眼光：世間兩種最難當：一是偏房，二是填房。天下惡事幾千樁，提起來是後娘，說起來是後娘。」「後娘冤屈也難明，好也是無情，歹也是無情。譬如有一個前窩兒，若是打罵起采，人就說是折磨，若是任憑他做賊當王八，置之不管，人又說是他親娘著，他那有不關情的，謂之左右兩難。」〈慈悲曲〉這較之《聊齋志異》中認為「再娶者，皆引狼入室耳。」（〈黎氏〉）對後娘一概攻擊的偏激態度客觀多了。

　　蒲箬在〈柳泉公行述〉中說蒲松齡晚年道德聲望極高，「凡族中桑棗鵝鴨之事，皆願得一言以判曲直，而我父亦力為剖決，曉以大義，俾各帖然欽服而去。雖有村無賴剛愎不仁，亦不敢自執己見，以相悖謨，蓋義無偏徇，則坦白自足以服眾也。」這讚頌自然是事實，不過，除了蒲松齡「義無偏徇」外，能使族人「各帖然欽服而去」，當也由於蒲松齡極富於人生經驗，有著洞幽燭微的判斷。

　　蒲松齡對於人倫關係的理解並沒有脫離儒家的道德範疇，俚曲的創作宗旨正如他所說的是「勸人孝悌」。但是俚曲確也比較深刻地揭露批判了封建社會家庭關係的窳敗，批判了人倫道德的墮落。他所針砭的醜惡社會現象，如子女不奉養父母的晚年，婆婆虐待兒媳，兒媳欺侮婆婆，後娘虐待前房子女等，都是人類社會中當然被唾棄的不道德的行為，這種針砭具有著正義性和進步性。同樣，俚曲所反映的父母子女之間，婆媳之間以及兄弟姊娌之間的義務和基本道德，也是人類社會生活中普遍應該遵守和堅持的。特別是其中一些男女主人公的優秀品質，在一定程度上體現了那個時代勞動人民的道德理想，表現了農村勞動人民的可貴品格。

　　比如〈姑婦曲〉中的珊瑚，作者歌頌她，「好一個俊媳婦風流不過，穿上件粗布衣就似嬋娥，又孝順又知禮，一點兒不錯。不說她為人好，方且是活路多：爬灰掃地，洗碗刷鍋，大裁小鉸，掃碾打羅，餵雞餵狗，餵鴨養鵝。冬裏啜豬五口，夏裏養蠶十箔。黑夜紡棉織布，白日刺繡綾羅，五更梳頭淨面，早早侍候婆婆」，就特別強調了她勤勞吃苦的性格。〈姑婦曲〉又有意寫了和她全然相反、好吃懶作的臧姑形象。兩者的好壞，真是判然分明。由於作品同時對惡婆婆于氏進行了批判，對大成的不近情理的愚孝也有微詞，因此，〈姑婦曲〉並不同於一般的宣傳「三從四德」的作品。珊瑚的善良、柔順，能夠團結人的品格也不能簡單地視為是封建道德的表現。俚曲中的珊瑚實在是應該基本肯定的我國古代優秀婦女的形象。

　　尤其使我們感興趣的是，俚曲所刻畫的婦女形象除珊瑚外，都是極潑辣的婦女，而且除臧姑、于氏、江城、李氏等，又都是作者所歌

頌的正面人物。像〈富貴神仙〉、〈磨難曲〉中的方娘子，〈翻魘殃〉中的仇大娘，〈慈悲曲〉中的趙大姑，〈姑婦曲〉中的何大娘，特別是〈俊夜叉〉中的張三姐，作者寫她「為人極有本領，管的她那漢子回了頭，重新做了人。」蒲松齡評論說：「潑婦名頭甚不香，有時用她管兒郎，管的敗子回了頭，感謝家中孩子娘。」這篇俚曲不啻是為舊社會所攻擊的「悍婦」寫了一篇大膽的翻案文章。在中國描寫家庭生活的文學作品中，正面婦女形象向來是溫柔和順、嫻淑貞靜的，而潑辣的性格，幾乎與「悍婦」、「潑婦」為同義語。這裏，蒲松齡對潑辣婦女的歌頌，表現了他對婦女獨立人格的尊重，表現了他對傳統的「三從四德」信條的蔑視，有著強烈的反封建的戰鬥性。

蒲松齡做了一輩子教育工作，他在俚曲中還表現出一個教育家對社會道德問題的敏感。他否認人的道德品質是天生的，認為道德都是後天學習的結果。在〈姑婦曲〉中，他說：「若著那爺娘從小教誨，那裏有天賢的呢？」他寫珊瑚勤勞能幹，尊敬婆婆，強調這是由於「是個秀才的女兒，又知禮，又孝順」。而臧姑之所以好吃懶作，脾氣暴戾，卻因為她出生在一個「生意人家」，又得到母親嬌慣縱容的緣故。集中體現了蒲松齡對道德與教育關係看法的是〈牆頭記〉。〈牆頭記〉寫張老漢在王銀匠的幫助下使刻薄而又貪財的兩個兒子奉養晚年的故事。兒子為什麼變壞不奉養父母？作者借張老漢的口說，這是從小疏於教育的結果：「五十多抱娃娃，冬裏棗夏裏瓜，費了錢還怕他吃不下，惹得惱了掘墳頂，還抱當街對人誇，說他巧嘴極會罵，慣搭得不通人性，到如今待說什麼。」同時，蒲松齡認為這也是受環境影響的結果。張老的二兒子剛分家時還不錯，對老人「聳著蛇頭實落去做衣買帽，傻著脖子當真地去稱肉殺雞，恐怕不如家兄我先討愧。」但當哥嫂做出壞榜樣後也就變壞了，表示「跟好就學好，他乖覺俺也不憨。」尤其發人深思的是當大怪和二怪受到官府的譴責打了板子，作者安排了這樣一個情節來結束全劇：

（張大說）小瓦鴣子，給我擦擦腿上這血。（瓦鴣子說）俺不，怪髒的。（張大說）小雜羔子氣煞我！我到家可打你！（瓦鴣子說）

俺爺爺長瘡癋叫你給他看看，你就嫌髒，正眼不理吆。怎麼這個待打人？（張大睉哼著說）我做下樣子了。我對你說，休學了，我這就不是樣子吆？望上看有雙親，往下看有兒孫，我不好後代越發甚。指望他到家服侍我，誰想，他事事要學人……

這就非常明確地指出了不侍候老人對兒童心靈帶來的毒害，指出了上行下效，惡性循環的惡果。在這裏，蒲松齡提出了教育問題，提出了第二代的問題，觀點是相當卓越的。

中國許多古典作家經過坎坷的人生，接受了佛教思想後，晚年便走向消極，失去了對人生的熱情。但蒲松齡似乎是一個例外。蒲松齡出生在一個篤信佛教的家庭中，他大約在三十歲左右即對佛教思想有了研究，並以居士自居。雖然他一生對佛教研究的並不深，不過是些世俗的輪迴報應觀念，但畢竟成為《聊齋志異》創作思想的重要組成部分。從「文化大革命」中蒲松齡墳墓被盜掘所發現的殉葬念珠看，晚年的蒲松齡對佛教仍然是信仰著的。可驚異的是，晚年蒲松齡所做的俚曲卻看不到絲毫消極避世的痕跡，始終洋溢著人生的歡樂和追求。〈蓬萊宴〉是俚曲中唯一的神話故事，具有元人度脫劇的形式，卻又充滿對人生的歌頌和眷戀。它寫仙女彩鸞對人生幸福的熱愛：「早知人間這樣歡，要作神仙真是錯，要作神仙真是錯！」寫彩鸞對度脫後的文簫埋怨說：「我為你神仙都不做，怎麼捨我去求仙？」劇中還對熱心度脫的呂洞賓進行了尖銳地嘲笑：「不虧你殷勤省著，天上神仙全無。」最後，「吳彩鸞上了天，忘不了兒女緣，一心偷著來家看。娘娘又罰三年整，才把仙家蹤跡傳。」總是執著地嚮往著人生，謳歌著人生，可以說是〈蓬萊宴〉的主要精神所在，也是整個《聊齋俚曲》思想內容的一大特色。

同《聊齋志異》相比，俚曲所反映的社會面畢竟狹窄了，對現實社會的揭露和批判相對地削弱了。但蒲松齡畢竟是一個面對現實的作家，他厭惡應酬文學，他保有著獨立的人格和創作精神，從〈富貴神仙〉後變〈磨難曲〉的改寫，可以看出蒲松齡努力使俚曲擺脫祝壽文學的努力。

〈富貴神仙〉和〈磨難曲〉都是根據《聊齋志異・張鴻漸》改編的。〈富貴神仙〉在故事情節上改動不大，寫張鴻漸出逃的原因也很簡略，不過是〈張鴻漸〉篇的擴大和通俗化，並在一前一後增加了祝壽的內容。但〈磨難曲〉就不同了，〈磨難曲〉把張鴻漸的故事放在一個極悲慘的背景下，作者詳盡地描寫了蘆龍縣老百姓如何遭到災荒，如何衣食無告，縣官老馬如何勾結上司匿荒不報，拷打百姓，如何打死了秀才引起公憤。最後，才引出張鴻漸寫狀子被迫害的情節。

〈磨難曲〉的第一回就是百姓逃亡的場面：

（蓮花落）萬民造孽年景荒，田地焦乾麥枯黃，共總種了十畝麥，連根拔了勾一筐。……大家沒法乾瞪眼，餓的口乾牙又黃。一窩孩子吱吱叫，老婆子扡菜插粗糠，老頭子不濟瘟著了，出不下恭來絕氣亡。大家告災到了縣，知縣不肯報災傷，眾人又望上司告，差下鹽正道老黃。知縣怕他實落報，送上厚禮哀哀央，他轎裏底頭麻瞪眼，合縣報了幾個莊。百姓跟著號啕痛，搖呵怒喝臉郎當；一溜飛顛揚長去，罵聲空在耳邊廂。軍門照著起了本，按莊赦了三分糧；哭的哭來笑的笑，人人祝贊那公道娘。路上行人多淒涼，暫時不知死合亡，鄉里人民都散盡，城裏大板大比糧。近日相傳有大赦，越發狠打苦難當！一限抬出好幾個，莊莊疃疃出新喪。與其臨死臀稀爛，不如囫圇死道傍；今日還能沿地走，運氣極低算命長。俺也不指望逢大赦，指望出門逢善良。一路無災又無難，安安穩穩到汴梁。天爺睜眼不殺死，他日還能返故鄉，貪官拿去年成好，正紙大錁又燒香。蓮花落哩溜蓮花。

這把農民在天災人禍面前的慘狀寫得真是沉痛極了。對照《淄川縣誌》和《蒲松齡集》的有關記載就會發現，〈磨難曲〉所寫的百姓逃亡場面完全是淄川縣甲申年和戊子年的真實寫照。作者是把對家鄉人民不幸的同情，把對貪官的憤怒，寫進了他的俚曲裏。甲申那年，蒲松齡曾寫了一首〈流民〉詩，「男子攜筐妻負雛，女兒賣別哭嗚嗚，鄭公遷後流民死，更有何人為畫圖。」〈磨難曲〉就正是蒲松齡為家鄉人民勾畫的生動真實的「流民圖」。

可以想像，這樣大場面地寫百姓逃亡，讓這麼一大群叫化子上場，顯然並不適合畢母祝壽時演出。這就是同一〈張鴻漸〉題材編寫了兩種俚曲的原因。可能是蒲松齡為畢母祝壽時先寫了〈富貴神仙〉，覺得意猶未盡，為了抒洩胸中的積蘊，又寫了〈磨難曲〉。值得指出的是，〈磨難曲〉還塑造了一個「只殺贓官與貪官，那官兵誰敢正眼看」的綠林好漢任義的光彩形象。作品寫任義占山為王，立志要「一匹馬掃清金鑾殿」。後來雖然接受招安，卻又英勇地殺退外族的入侵，保衛了人民的生命財產，受到老百姓的衷心愛戴。戲的結尾寫張鴻漸保薦三山大王任義進京做官，老百姓聽說後一起哭了起來，唱道：「多虧了三山大王，給俺百姓除災殃。大王若還從此去，俺盡死在山溝餵虎狼。」張鴻漸告訴百姓說：「朝廷家有的是人，不許另有極好的來吥？何必定是任老爺呢？」百姓卻回答：「張老爺說話差，有人可中做甚麼？都督楊爺不救難，倒縱著兵丁害人家。官兵和賊無兩樣，強劫姦淫亂如麻。」這一情節的設計，反映了蒲松齡對這個農民英雄的讚頌和對官兵的鄙夷，愛憎是非常分明的。

一般說來，《聊齋志異》很少直接反映農民生活的疾苦，很少反映農民同地主階級政權之間的直接矛盾和鬥爭，但在〈磨難曲〉中這些問題卻得到了比較充分而深刻的表現。同樣，《聊齋志異》雖然也側面描寫過于六、于七和謝遷的農民起義，卻不僅描寫粗略而且是站在統治階級立場去污蔑他們的，頂多帶有人道主義的同情然而〈磨難曲〉中三山大王任義的形象，卻是作者用重彩勾畫的農民造反英雄。這表明晚年的蒲松齡在同情人民的疾苦上，在對人民反抗統治階級鬥爭的看法上，思想有了新的提高，有了新的發展。

三

毫無疑問，《聊齋俚曲》最大的特點是通俗。然而，蒲齡松不像一些古代作家採用通俗的民間文學形式僅只是獵奇、消遣、自我表現，也不是僅滿足於文化低的大眾能夠看懂、聽懂，而是從「救世」、「勸

世」的嚴肅目的出發，從故事內容到曲調語言，乃至俚曲的全部細微技巧都做了精心安排，從而達到了藝術性與通俗化的高度統一。

《聊齋俚曲》的內容是由三部分：即根據《聊齋志異》改編的故事，其他廣泛流傳的民間故事，原有民間俚曲故事組成的。它們絕大部分都同農民的家庭生活有關。凡是與此無關的題材，都被蒲松齡摒棄了。比如，關於科舉制度的不合理，這是蒲松齡終生都耿耿於懷，並且曾是《聊齋志異》著重表現的題材。但俚曲除〈禳妒咒〉隨帶加以諷刺外，很少觸及。這是什麼原因呢？這當是蒲松齡考慮到「村農」「市媼」對此不僅不熟悉，也不會十分關心，因而捨棄了。再比如，有關書生同鬼狐花妖的浪漫戀愛故事，俚曲也很少表現了，因為那浪漫氣息不僅與俚曲的勸懲教育精神不合，也為村農市媼所不理解，因此俚曲也改變了《聊齋志異》寫少男少女相悅相愛的主題，而以表現夫婦家庭生活為主。俚曲中女主人公的身份同《聊齋志異》也不同，不僅很少鬼狐花妖，也很少士大夫的閨秀，更沒有吟著「幽情苦緒何人見，翠袖單寒月上時」（〈連瑣〉）那種弱不禁風的女性。作者所表現的是「又洗碗又刷鍋，趕著驢兒去推磨」的那種農婦。這一方面反映了蒲松齡晚年美學思想的變遷，也反映了蒲松齡為了使俚曲更易為農民群眾接受，有意識地減少士大夫氣息和浪漫氣息所進行的努力。

俚曲是用淄川的方言土語寫成的，凡是閱讀過俚曲的人都會為蒲松齡土語辭彙之豐富，運用之高超而讚歎。可以說不管什麼難以描摹的情態，難以闡明的道理，難以敘述的複雜事情，蒲松齡都能用淄川土語維妙維肖、生動活潑地表達出來。對於民間特有的修辭格式，像諺語，俗話，歇後語，數子歌，繞口令等，蒲松齡也都能隨手拈來，而且總是同人物性格及當時的情態氣氛有機結合在一起。〈牆頭記〉中的張大怪在一出場等待岳父光臨時念了一段繞口令：他的達強及俺達，他那達俊及俺達，他達合俺達一堆站，俺達矮了夠一搌。叫他達教人不支架，不因著情受他那土，俺只說俺是他達。」這段調侃性質的繞口令不僅貼合張大怪的卑劣靈魂，也起到了調劑戲劇氣氛，避免冷場的作用。〈慈悲曲〉裏當張大姑指桑罵槐痛斥李氏虐待自己侄子

時有一段「數子」的修辭格式：「……那科子是從前來的，這孩子不是後窩呦？那科子把那孩子朝打夕罵，昨日跳了井裏，幾乎死了。有人說，就該罵那科子，有人說，不止罵，就該打那科子；有人說，不光打，就該殺那科子；依我說，不光殺，還該油鍋煎那科子；刀山上紮那科子，吊在樹上靶那科子，一刀一塊挎那科子。張大姑罵到興頭子上，便就搖起桌子來了。」這段「數子」就把張大姑借題發揮傾瀉對李氏的仇恨表達的淋漓盡致，那語言幾乎可以讓我們看到張大姑那張激憤的臉。

《聊齋志異》最善於寫潑辣婦女，而每個潑辣婦女又各有不同的潑辣方式。〈姑婦曲〉中的于氏軟的欺負硬的怕；〈慈悲曲〉中的張大姑嫉惡如仇，有正義感。後娘李氏則顯得刻薄瑣碎，心胸狹窄；〈翻魘殃〉中的仇大娘同〈磨難區〉中的方娘子的潑辣顯示出受過教育的人的那種決斷和幹練。蒲松齡寫潑辣婦女的對話，又很善於歇後語的運用，這也可以說是俚曲刻畫潑辣婦女的一個特點。像〈姑婦曲〉中何大娘嘲罵轟趕于氏就連用了三個歇後語：「秕芝麻上不得鍋炒，——歇了還無了油水」。「褲襠裏鑽出個醜鬼，——你唬著我腔垂子哩。」「鐵鬼臉滿地炢，——看丟出那醜來了。」語言很鄙俚粗俗，但不如此如何表現大娘的潑辣性格！蒲松齡語言的民間性正是同他所描寫的人物，所表現的農民生活相一致！

在中國明清文學史上，完全採用白話創作曲子詞的作家並不少見，然而像蒲松齡這樣不是使用市井俗語，而是採用地地道道我國北方農村的農民語言來進行創作，具有那麼濃烈的地方色彩和民間氣息，卻是很罕見的。俚曲的通俗性同明清以來其他作家所創作的雜曲的區別，主要的並不在純粹白話的使用上，而是從內容到語言的農民性上。

蒲松齡俚曲語言的風格又是極豐富的。他可以根據所寫的內容和人物自由的變換語言的色彩。〈蓬萊宴〉寫仙女吳彩鸞和書生文蕭戀愛故事，語言就甜麗工整。像第二回〔兩地相思〕寫文蕭對彩鸞的思念：「運氣低，就合那冤家相見，魂靈兒飛上半天。恨不能把身子變

上一變：愛你的鬢頭，好變一對鳳頭簪；變一塊螺黛，畫你的春山；變一瓶胭脂，近你的舌尖；變一根銀絲，穿你的耳環；變一個菱花，照你的嬌顏；變一個荷葉，遮你的香肩；變一條腰帶，纏你的腰間；變一幅羅裙，罩你的金蓮。又情願變上一雙凌波，隨著你那腳步兒轉。」這語言多麼纏綿旖旎，簡直是一篇通俗的〈閒情賦〉！

俚曲在體制上並不統一，大部分是敘事的說唱文學，小部分是代言的戲劇。但無論是哪種形式，蒲松齡都能夠從演出出發，熟練地運用民間特有的技巧來豐富創作。比如民間演出是相當注意開場的，〈聊齋俚曲〉也極重視開場，而且寫得有聲有色。像說唱型的〈慈悲曲〉前面就有類似於「入話」或「得勝頭回」的長段落：一開始先是詩贊，然後評論做後娘的苦衷，接著講小燕子遇到後娘的童話，再接下來講古代王祥同後娘及異母弟王覽的故事，最後才進入正題，極有層次。而戲劇型的〈禳妒咒〉開場又是這樣的：

（醜笑上）（西江月）諸樣事有法可治，惟獨一樣難堪：畫簾以裏繡簾邊，使不得威靈勢焰。任憑你王侯公子，動不動怒氣衝天；他若到了繡房前，咦，漢子就矮了一半！

家家房中有個人（一堆），戴著鬆髻穿著裙（禍根），仰起巴掌照著臉（瓜得）（內問云）是你打她吆？（哭云）那裏，是她打我。（作介）我只雄起起地闖進門（撲忒）（內問云）這是怎麼？（笑云）撲忒一聲我就跪下了。（內問云）你就這麼怕老婆？（醜云）列位休笑，天下哪一個不是怕老婆的呢？

接著，小丑從他父親懼內的故事說起，說到一般怕老婆的原因和規律，然後又說到明朝大將戚繼光怕老婆的民間趣聞。最後：

（內云）這沒根子瞎話，我就不聽。（醜云）說起來你不信，如今就現有一個哩。你看，那不是怕老婆的他達來也？（下）

這樣的開場是何等有趣！經過這麼暢足的鋪墊，在正戲開演前觀眾自然就靜下來，急切地盼望故事的正式開始了。

在戲劇型的俚曲中，蒲松齡還很注意民間特有的切末道具和表演形式的運用。像〈牆頭記〉中張大怪把他的父親攝弄到牆頭上，使張

老漢「過不去下不來，手合腳瞎蹬歪」，就很富於民間特有的滑稽色彩。〈禳妒咒〉的第三回寫江城一家搬家，小江城喊累不肯去，場面是這樣的：

（子正上云）腳夫打發去了，娘兒兩個如何還不到？不免迎他迎去。呀，還在那簷下坐著哩。坐會子就不去了吆？（徐氏說）正在這裏弄鬼哩（子正說）過來，我背著你走吧。（江城笑著說）將將著罷。（子正說）就依著你。（江城又說）俺在這肩膀上站著罷。（上在肩膀上介）怪丫頭站的牢壯，大立碑好似秦王。不怕翻了往下張，走來好似天仙降。一心似箭，奔走慌忙，來到家門才把孩予放。（下）

這一細節安排得很巧妙。不僅寫出了小江城嬌慣的性格，為她以後悍潑性格的發展埋下伏筆，而且小江城在父親肩膀上站著又具有強烈的舞臺戲劇效果，使帶有過場性質的平淡的搬家氣氛活躍起來了。我們可以想像，當日扮演樊江城和樊子正的演員一定又可以在這種造型下做各種身段來贏得觀眾許多掌聲的。這見出蒲松齡對農村的民間戲劇歌舞演出技藝是多麼熟悉，掌握運用的又多麼精到！

蒲松齡不僅在俚曲的演出通俗化方面下了很大功夫，而且為了使識字的「村農」「市媼」直接閱讀腳本，也「詞句曾經推敲，編書亦費鑽研。」（〈慈悲曲〉）像戲劇型的俚曲腳本凡是科白，蒲松齡全用「說」來代替，凡是動作，全用白話直接描敘而不用「介」。這就使沒有閱讀過雜劇，傳奇等正統戲劇劇本的人也能便當地閱讀。蒲松齡為他的教育對象設想的真是周到極了，可以說俚曲從創作到演出，直到腳本的閱讀流傳都閃爍著為「村農」「市媼」服務的精神。

正是由於通俗，《聊齋俚曲》在當時就受到蒲松齡家鄉人民的廣泛喜愛，「膾炙人口，可歌而口口」（〈蒲箬等祭父文〉）。據現在年近八十的蒲松齡十二世孫講，以前每年正月十五日，蒲家莊的人便裝扮成大怪、二怪，裝扮成仙姑彩鸞、狐精施舜華到城裏和鄉鎮輪番演出。每到一處，東道主都端上大食盒餉以酒肉。演出時人山人海，臺上唱，台下和。一九八○年全國蒲松齡學術討論會在淄川召開時，

與會者親耳聽到了蒲松齡家鄉人民大段大段地演唱俚曲，那音調真是優美動聽極了。

十一、《蒲松齡集》載《日用俗字》非蒲松齡原作

目前學術界研究蒲松齡的人多有引用《日用俗字》的，然而，由路大荒先生整理集輯，中華書局出版的〈蒲松齡集〉所收的《日用俗字》是否為蒲松齡原作卻極為可疑。

一、據《日用俗字》自序，這部字書作於康熙甲申歲，即 1704年。然而第十章〈丹青〉又有「近年又有指頭畫，能將一藝動官家」的話。指頭畫是清初畫家高其佩所創，高生於 1660年，卒於 1735 年。據他的姪孫高秉〈指頭畫說〉所言，他作指頭畫始於二十歲左右，但其時指頭畫並未得到社會公認。康熙四十年（1701），高其佩由難蔭授宿州知州，兩年後內遷工部員外郎。康熙四十五年外放浙江溫處道，隨後在鹽運使任上因虧欠鹽課丟官。這一段仕宦生涯雖然正處在蒲松齡編撰《日用俗字》期間，但此時高尚未以指頭畫名世，官運談不上亨通。康熙五十四年，高其佩重入仕途，出任川南永寧道。六年後升調四川按察使。雍正元年（1723）內遷光祿寺卿。九月升刑部右侍郎，次年升正紅旗漢軍都統，仍領刑部右侍郎。此時畫家官運亨通，指畫的聲譽也日漸隆盛。但他主要是靠政績升官，因此依然談不上「能將一藝動官家」。雍正八年，高其佩受詔以畫家身分入圓明園如意館，並為宮廷作《天空海闊圖》、《長江萬里圖》和《民安物阜圖》。高其佩晚年入如意館為皇帝作畫，才是「能將一藝動官家」。然而，此時不僅距蒲松齡編撰《日用俗字》晚了有二十多年，距蒲松齡去世也有十五六年之久了。蒲松齡怎麼可能在《日用俗字》中談到以後才會發生的事情呢？

二、第二十九章〈禽鳥〉云「八十老翁難記數，」這句話也極可疑。蒲松齡生於 1640 年，卒於 1715 年，享年七十六歲。張元〈柳泉蒲先生墓表〉言之鑿鑿，學術界現在也沒有疑義。《日用俗字》據作者自序，是寫於 1704 年，其時蒲松齡六十五歲，根本談不上是八十老翁。三十年代學術界曾圍繞蒲松齡的生卒年問題發生過一場爭論，後來由於路大荒先生發現張元〈柳泉蒲先生墓表〉，蒲松齡活了七十六歲而不是八十六歲成了鐵案。路大荒和胡適據此還判定當時流傳的蒲松齡八十述懷之類的詩都是贗品。《日用俗字》中出現了「八十老翁」的話，是作偽者沒有看見〈柳泉蒲先生墓表〉的緣故。

三、第十五章〈裁縫〉有「馬蹄袖口與弓靫，又見驢蹄變一遭」的話，這是諷刺滿人服裝的。其大膽令人驚異！蒲松齡對於當時旗人裝束頗有微詞，這確是事實。比如《聊齋志異》中的〈夜叉〉篇就嘲笑「母女皆男兒裝，類滿制」，是夜叉服。蒲松齡在自己畫像的題字上也說「作世俗裝，實非本意，恐為百世後怪笑也」，然而《日用俗字》直接攻擊滿人服裝為「驢蹄」，這在文字獄猖獗的時代是不可想像的。

四、第二十二章〈僧道〉痛罵和尚道士，同時戳穿輪回報應和作佛事的虛偽，認為「行香招亡猶可說，分燈破獄總胡云」，「撮猴挑影唱淫戲，傀儡場擠熱騰熏」。這同蒲松齡的一貫思想並不吻合。蒲松齡哲學思想和社會思想是儒家和佛教思想的大雜燴，這不僅在他的代表作《聊齋志異》裏表現得很明顯，就是在他寫的詩文中，如〈王如水《問心集》序〉、〈《會天意》序〉裏也有體現。蒲松齡信仰佛教，信仰輪回報應之說，並以居士自居。蒲松齡墳墓裏的隨葬品就有念珠。他可以為了風俗教化，「請禁巫風」（《聊齋文集》卷六），但絕不會根本否認因果報應，根本排斥佛教徒作道場、誦經文。他可以在《聊齋志異》裏痛罵「金和尚」那樣的佛

門冒牌貸，也可以對鄉村淫祠表示輕視（如〈創修五聖祠碑記〉），但絕不能象《日用俗字》〈僧道〉章所言，認為和尚道士根本就不應該有，寺廟、庵觀根本就不應該存在。〈僧道〉篇裏還有「齊魯而今有陋弊，牛驢歡乍跑成群」的話，牛指道士，驢指和尚，這樣破口大一罵的語言，不僅同蒲松齡的宗教思想不合，而且過於粗俗，和《日用俗字》作為識字課本的編撰宗旨也不協調。

從以上列舉的幾點來看，《蒲松齡集》所載的《日用俗字》不是蒲松齡的原作，儘管我們還不能徑直就認為全部是偽作，但竄入了後人的文字則是可以肯定的。

國家圖書館出版品預行編目

蒲松齡與《聊齋志異》脞說 / 于天池作. -- 一
　版.-- 臺北市 ： 秀威資訊科技， 2008. 05
　　面；公分. --（語言文學；AG0083）
　含參考書目
　ISBN 978-986-221-011-6（平裝）

1.（清）蒲松齡 2. 聊齋志異 3. 學術思想
4. 筆記小說 5. 研究考訂

857.27　　　　　　　　　　　97007094

 語言文學類　AG0083

蒲松齡與《聊齋志異》脞說

作　　者 / 于天池
主　　編 / 蔡登山
發 行 人 / 宋政坤
執行編輯 / 賴敬暉
圖文排版 / 鄭維心
封面設計 / 莊芯媚
數位轉譯 / 徐真玉　沈裕閔
圖書銷售 / 林怡君
法律顧問 / 毛國樑　律師
出版印製 / 秀威資訊科技股份有限公司
　　　　　台北市內湖區瑞光路 583 巷 25 號 1 樓
　　　　　電話：02-2657-9211　　　傳真：02-2657-9106
　　　　　E-mail：service@showwe.com.tw
經 銷 商 / 紅螞蟻圖書有限公司
　　　　　台北市內湖區舊宗路二段 121 巷 28、32 號 4 樓
　　　　　電話：02-2795-3656　　　傳真：02-2795-4100
　　　　　http://www.e-redant.com

2008 年 5 月 BOD 一版
定價：380 元

讀　者　回　函　卡

感謝您購買本書，為提升服務品質，煩請填寫以下問卷，收到您的寶貴意見後，我們會仔細收藏記錄並回贈紀念品，謝謝！

1. 您購買的書名：_____

2. 您從何得知本書的消息？

　　□網路書店　□部落格　□資料庫搜尋　□書訊　□電子報　□書店

　　□平面媒體　□ 朋友推薦　□網站推薦 □其他_____

3. 您對本書的評價：(請填代號　1.非常滿意 2.滿意 3.尚可 4.再改進)

　　封面設計____　版面編排____　內容____　文/譯筆____　價格____

4. 讀完書後您覺得：

　　□很有收獲　□有收獲　□收獲不多　□沒收獲

5. 您會推薦本書給朋友嗎？

　　□會　□不會，為什麼？_____

6. 其他寶貴的意見：_____

_____

_____

_____

讀者基本資料

姓名：_____　年齡：_____　性別：□女 □男

聯絡電話：_____　E-mail：_____

地址：_____

學歷：□高中(含)以下　　□高中　　□專科學校　　□大學

　　　□研究所(含)以上 □其他_____

職業：□製造業 □金融業 □資訊業 □軍警 □傳播業 □自由業

　　　□服務業 □公務員 □教職　□學生 □其他_____

To：114

台北市內湖區瑞光路 583 巷 25 號 1 樓

秀威資訊科技股份有限公司　　　收

寄件人姓名：

寄件人地址：□□□

(請沿線對摺寄回,謝謝!)

秀威與 BOD

BOD（Books On Demand）是數位出版的大趨勢,秀威資訊率先運用 POD 數位印刷設備來生產書籍,並提供作者全程數位出版服務,致使書籍產銷零庫存,知識傳承不絕版,目前已開闢以下書系:

一、BOD 學術著作—專業論述的閱讀延伸
二、BOD 個人著作—分享生命的心路歷程
三、BOD 旅遊著作—個人深度旅遊文學創作
四、BOD 大陸學者—大陸專業學者學術出版
五、POD 獨家經銷—數位產製的代發行書籍

BOD 秀威網路書店：www.showwe.com.tw
政府出版品網路書店：www.govbooks.com.tw

永不絕版的故事・自己寫・永不休止的音符・自己唱